ENTRE NOUS LE CHAOS

De la même autrice :

À corps brisés, Luv et Poche
Dark Ride, Addictives
Last Ride, Addictives
Vicious Ride, Addictives
The Dominant, Addictives
Evil Ride, Addictives
Sensual Stepbrother, Addictives
Un enfoiré mais un coup d'enfer !, Addictives
Say Yes to the Boss, Addictives
Le Meilleur Ami de mon frère, Addictives

ANA SCOTT

ENTRE NOUS LE CHAOS

addictives

1

Chloé

Je contemple la façade de l'immeuble du 71, avenue de Saint-Mandé, dans le 12e arrondissement, puis la devanture. Les lettres dorées « Office notarial » ainsi que l'emblème des notaires, le gnomon[1] – mot que j'ai appris tout récemment –, doré également, s'étalent sur le fronton bleu marine ; cette même couleur encadrant la vitrine aux vitres teintées. L'ensemble est plutôt sympa, avec une touche de modernisme. Pour autant, je m'interroge. Le courrier que j'ai reçu était peu explicite : je devais prendre rendez-vous dans les plus brefs délais pour une histoire de succession.

Quelle succession ? Je l'ignore !

Lorsque j'ai appelé, la personne qui m'a répondu n'a pas souhaité m'en dévoiler davantage par téléphone.

C'est donc passablement déroutée et ne sachant pas à quoi m'attendre que je pénètre dans l'office, les mains moites, le cœur serré, avec le sentiment que mon corps tout entier tremble, alors que… punaise, je ne joue pas ma vie ! Mais je n'aime pas particulièrement les surprises !

L'hôtesse lève la tête de son écran d'ordinateur à mon approche.

1. Emblème des notaires depuis Louis XIV, un cadran à deux faces, signifiant « connaître » en grec.

– Bonjour, madame, Chloé Fayard pour Me Dufour, s'il vous plaît, annoncé-je.

Elle décroche son téléphone, me désigne les fauteuils lui faisant face.

– Installez-vous, je lui fais part de votre arrivée.

– Merci.

– Je vous en prie…

Je lui tourne le dos, prends place dans l'espace salle d'attente, croise les jambes. J'espère que le notaire ne me fera pas trop attendre ou je devrai me lever et marcher pour tromper mon anxiété. Car souvent, à mon cerveau en surchauffe s'ajoute l'impatience de mon corps qui ne peut rester en place.

Si je déteste les surprises, je déteste encore plus attendre.

L'attente me met les nerfs à vif et, soudain, des vagues de souvenirs affluent sans prévenir : l'hôpital, les minutes qui s'égrènent, interminables, l'incertitude, la solitude, le sentiment d'abandon, d'être démunie, en danger, réduite à une pauvre petite chose fragile ballottée par des vents impitoyables, puis l'immense chagrin et le désespoir à l'annonce de la mort de ma mère.

La vie me prenait la personne que j'aimais le plus, ma mère, mon seul parent. Lorsqu'elle est morte, mon monde s'est effondré.

Des larmes emplissent mes yeux.

Elle me manque tellement… Je n'arrive pas à me faire à sa disparition.

Je secoue la tête et repousse ces pensées qui me torturent et me sapent le moral. Je sais qu'il me faudra du temps pour faire mon deuil ; six mois se sont écoulés, c'est peu. Comme beaucoup de personnes, je suppose, je suis passée par des phases compliquées, au choc de l'annonce de sa mort s'est substitué le déni, puis est venue la colère, puis la tristesse, la mélancolie, et maintenant la résignation. L'acceptation. Ensuite surviendra la reconstruction, je l'espère. Mais je n'en suis pas encore là. J'ai beaucoup de mal à me projeter. Même si j'essaie de toutes mes forces.

– Madame Fayard ?

Je reviens à l'instant présent, souris à l'homme debout devant moi – la petite quarantaine, taille moyenne, costume bleu, cravate assortie et chemise blanche –, me lève et serre la main tendue.

– C'est bien moi ! Bonjour, Maître.

– Suivez-moi, je vous prie…

Je lui emboîte le pas.

Il m'invite à entrer dans son bureau – une belle pièce lumineuse où règne une bonne odeur de propre et de papier –, à m'asseoir devant une grande table de bois clair, puis il referme la porte derrière nous.

– Bien… madame Fayard, attaque-t-il, après s'être installé, avoir rapproché sa chaise du bureau et ouvert un dossier. Je ne vais pas vous faire languir plus longtemps. J'ai été mandaté par la Haute Cour néo-zélandaise pour gérer la succession de James Stevenson, votre père. Selon ses dernières volontés, vous êtes sa légataire universelle.

Qui, que… QUOI ?!

Il tourne une feuille, poursuit :

– Vous héritez donc de sa demeure située en Nouvelle-Zélande, d'un élevage ovin, ainsi que de ses actifs, soit la somme de… j'arrondis… cent cinquante mille euros en dollars néo-zélandais, déductions faites des frais d'obsèques, qui avaient été prévus, ainsi que des frais successoraux, en France, car en Nouvelle-Zélande, ils n'existent pas. Quant à l'exploitation, elle engrange des bénéfices, mais manifestement, elle est en perte de vitesse, ajoute-t-il après avoir tourné quelques feuillets.

Il lève un doigt sans même me regarder, comme s'il prenait connaissance du dossier en même temps que moi, tandis que, bouche ouverte, oreilles bourdonnantes et yeux écarquillés, j'essaie d'assimiler les informations qui se bousculent dans ma tête et s'emmêlent : père, Nouvelle-Zélande, élevage ovin…

C'est quoi, « ovin » ? Je suis dans la mode, pas fermière ! Et il y a des bêtes venimeuses, là-bas, non ? Punaise, je hais les bestioles !

Je vais pour lui demander des éclaircissements sur ce père qui tombe du ciel, lorsqu'il enchaîne :

– Signez ici, s'il vous plaît…

Hein ? Il est malade, lui ! Je ne vais pas signer sans savoir dans quoi je m'embarque !

Je regarde l'homme assis en face de moi, avec le sentiment d'avoir pris le plafond sur la tête. Et j'éclate de rire.

C'est nerveux !

Me Dufour m'inspecte, remonte ses lunettes. Il doit me prendre pour une folle, mais est-il conscient de ce qu'il vient de m'asséner sans le moindre ménagement ? Heureusement qu'il m'avait prévenue qu'il irait droit au but.

– Vous vous moquez de moi ? réussis-je à articuler après avoir repris contenance. Vous êtes en train de me dire que j'ai hérité d'un… d'un élevage… à l'autre bout du monde, et d'un père que je n'ai jamais vu et dont j'ignore tout, sauf ce que m'a dit ma mère, à savoir qu'il n'en avait rien à faire qu'elle soit enceinte de lui !

– C'est peut-être ce qu'elle a voulu vous faire croire.

– Pardon ?

Il lève la main.

– Loin de moi l'idée de juger votre mère, madame Fayard, mais ce legs laisse à penser que vous étiez plus chère à votre père que vous ne l'imaginiez. Peut-être a-t-il toujours veillé sur vous et que vous l'ignoriez.

– Et ma mère m'aurait menti durant toutes ces années ?

– C'est une éventualité, madame. J'ai pris la liberté d'imprimer les photos portées au dossier.

Il fait glisser vers moi les clichés : une grande bâtisse en bois au bord de ce qu'il me semble être un lac – certainement la résidence de mon père –, en assez bon état bien que la façade grisonnante ait besoin d'un coup de lasure, avec une immense terrasse, une rotonde, de grandes baies vitrées ; des immensités vertes avec des milliers de moutons et des montagnes enneigées en arrière-plan ; des bâtiments autour d'une grande cour ; du vert, du bleu, du blanc… les couleurs sont sublimes, limpides, minérales…

J'ai un petit coup au cœur.

Les paysages sont magnifiques et, malgré ma réticence, mes interrogations, ma sidération face à ces révélations, je me sens irrésistiblement attirée par ces paysages comme sortis d'un magazine de voyage.

Je désigne un homme sur l'une des photos, de dos, le coude sur le capot d'un pick-up noir, un chien à ses pieds. Trop jeune pour être mon père.

– Et lui, qui est-ce ?

– Je l'ignore ! L'un des employés, je suppose.

Je n'arrive pas à quitter l'homme des yeux.

Je contemple le tee-shirt noir, le jean brut, les larges épaules, les cheveux sombres dépassant d'un Stetson et reviens à l'instant présent.

– Et… mon… mon père… vous auriez une photo ?

Punaise, j'ai tellement de mal à prononcer ces mots…

Mon père…

Quand j'ai été en âge de me poser des questions, j'ai demandé à ma mère pourquoi moi, à la différence de la plupart de mes copines, je n'avais pas de papa ? Elle m'a alors expliqué que mon père résidait dans un autre pays. Je m'en suis contentée, j'étais petite et ma mère me suffisait. Puis, bien des années plus tard, j'ai voulu en savoir plus et là, elle m'a tout raconté : son coup de foudre pour un garçon rencontré dans un pub durant son dernier séjour linguistique en Angleterre ; elle avait 20 ans, lui, 24, et elle avait compris qu'elle était enceinte après son retour en France. Ce fut la douche froide, car ils s'étaient protégés, sauf une fois, lorsqu'ils avaient cédé à la passion[2]. Quand elle lui avait révélé sa grossesse, là encore, douche froide ! Il se jugeait trop jeune pour avoir un enfant et ne voulait pas sacrifier son avenir ni sa liberté. Il lui avait dit de faire comme elle voulait, mais que lui ne désirait pas cet enfant. Ma mère avait souhaité me garder. Elle avait mené de front sa grossesse et ses études, s'était fâchée avec ses parents qui l'incitaient à avorter et, dès qu'elle l'avait pu, elle avait quitté le Sud d'où elle était originaire pour la région parisienne, puis pour Paris même et le 12e arrondissement, où elle avait décroché un poste de professeur d'anglais au lycée privé Saint-Michel de Picpus. Arrondissement où je vis encore et où j'ai eu la chance de trouver un petit appartement pas trop cher, sous les toits.

J'ignore s'ils avaient gardé contact, si mon père lui écrivait, s'il veillait sur moi de loin… *Peut-être…* puisqu'il a fait de moi son héritière.

---

2. Je rappelle qu'il faut utiliser un préservatif lors de relations sexuelles afin d'éviter tout risque de grossesse non désirée ainsi que les maladies sexuellement transmissibles.

Je reporte mon attention sur le notaire lorsqu'il me répond :

– Non, madame, je suis désolé, il n'y en avait pas dans le dossier.

– Et vous… vous savez de quoi il est mort ?

Il fouille dans ses papiers.

– Un accident d'avion…

Ma mère, d'une rupture d'anévrisme.

Bon sang, ils étaient bien trop jeunes pour mourir ; 45 ans pour ma mère, 49 pour mon père.

– Il y a combien de temps ?

Il regarde de nouveau ses documents.

– Quatre mois… Le dossier a demandé du temps, il fallait vérifier l'authenticité du testament et le valider, s'excuse-t-il. Puis mes confrères se sont mis en relation avec moi, qui suis le plus proche de votre résidence.

– Personne de son entourage ne connaissait mon existence ?

– Sans doute pas… mais maintenant, si.

C'est un fait…

Soudain, contre toute attente, j'ai envie d'en apprendre plus sur cet homme qui pensait à moi sans que je le sache et qui a fait de moi son héritière. Pour… j'en sais rien… comprendre qui il était, et lui pardonner, peut-être. Lui pardonner de ne pas avoir voulu de moi, de m'avoir considérée comme indigne d'intérêt, puisqu'il n'a jamais souhaité faire ma connaissance. Cela ne me mènera sans doute à rien, mais quelque chose me pousse à partir sur ses traces, pour voir où il a vécu, et avec qui ; qui sont les personnes avec lesquelles il partageait son quotidien… Il n'a pas eu d'autres enfants, sinon, je ne serais pas sa seule héritière, mais une femme, peut-être.

Si c'est le cas, comment m'accueillera-t-elle ?

Et les autres ?

À moins qu'il n'ait vécu en ermite !

Mais il y a cet homme sur cette photo… Qui est-il ? Comment est-il lié à mon père et jusqu'à quel point ?

Ne ferais-je pas mieux d'engager quelqu'un pour vendre et oublier jusqu'à l'existence de ce père que je n'ai jamais connu ? Après tout, je vivais très bien sans lui jusqu'à présent. Et de toute façon, il est trop tard pour un rapprochement, il est mort lui aussi.

Des tonnes de questions se précipitent sous mon crâne.

– Et… l'élevage ?

Encore une fois, le notaire feuillette son dossier.

– Le domaine de votre père se situe à une quinzaine de kilomètres de Tūrangi, au bord du lac Taupo, sur l'île du Nord. Je vous montre sur la carte, ajoute-t-il en posant une feuille devant moi.

Il entoure une zone avec son stylo, ajoute :

– Il s'agit d'un élevage comptant quatre mille bêtes environ. Les comptes sont sûrs, le bilan satisfaisant, l'entreprise est rentable et fait des bénéfices, mais je vous avoue qu'elle a connu des temps meilleurs.

– Pourquoi ?

– Je l'ignore. Sans doute la vente de viande ovine est-elle en perte de vitesse… Il faudrait peut-être diversifier, trouver d'autres sources de revenus… Vous pourriez tout simplement vendre, madame, et profiter de l'argent de votre héritage pour quelque chose qui vous tient à cœur. C'est en tout cas ce que je vous conseille. Vous avez une activité professionnelle ?

– Eh bien… je suis styliste modéliste et je rêve d'acheter une boutique dans Paris et pourquoi pas, plus tard, de créer ma propre ligne de vêtements. Mais pour l'instant, je suis à la recherche d'un emploi.

Il a un grand sourire.

– Eh bien, voilà ! Vous avez votre source de financement.

Si c'était si simple… Je n'ose y croire.

La carte m'attire comme un aimant.

Les noms des villes dansent dans ma tête : Auckland, Wellington, Christchurch, Dunedin sur l'île du Sud… Je pense aussitôt au *Seigneur des anneaux*, dont je suis une grande fan. J'avais trouvé les paysages de la saga majestueux. Mystérieux. Sauvages. Empreints de magie… Je me promets de prospecter sur Internet pour en apprendre davantage sur ce pays et, dès cet entretien terminé, je convoquerai Tristan et les filles, mes meilleurs amis, pour une cellule de crise. J'ai besoin de savoir ce qu'ils en pensent, même si je comprends, à mon cœur qui s'emballe, que je suis prête à faire le voyage pour partir à la découverte de mon père et de cette contrée.

– J'ai droit à un délai avant de donner ma réponse, n'est-ce pas ?

Le notaire me contemple avec bienveillance.

– Effectivement, le délai d'acceptation d'une décision de succession, en France, est de quatre mois. Donc, vous avez le temps.

Oui, j'ai le temps, mais ne dit-on pas qu'il faut battre le fer pendant qu'il est chaud ?

Je sens, au fond de moi, que ma décision est déjà prise.

– Si vous refusez, poursuit le notaire, les biens iront à l'État. C'est ce que font les gens lorsqu'il y a des dettes. Ce qui n'est pas le cas dans cette situation, je vous rappelle que l'élevage de votre père se porte bien financièrement, même s'il a été plus florissant.

– Rien ne m'empêche de vendre, donc ?

– Non, rien !

– Si j'accepte mon héritage et me rends sur place, vous auriez un contact à me procurer ?

– Je peux demander à mes collègues de me mettre en relation avec quelqu'un de l'exploitation.

– Ce serait parfait !

– Je m'engage également à vous débloquer les fonds rapidement pour vous permettre de financer votre voyage.

– Formidable ! m'extasié-je, soulagée de sa prévenance.

– Vous parlez anglais ?

– Oui ! Ma mère était professeure d'anglais. Elle vient de décéder, elle aussi. Il y a six mois.

– Oh… je suis désolé, madame, toutes mes condoléances. Si vous avez besoin de conseils ou d'une aide quelconque, je suis à votre disposition.

Je vois, à son regard compatissant, qu'il est sincère.

– C'est très aimable à vous, mais la succession a déjà été réglée par l'un de vos confrères. Et ma mère ne possédant rien en propre, elle a été rapide.

J'ai dû quitter notre appartement, trop grand et trop onéreux pour moi seule, et mes maigres économies sont passées dans ses obsèques.

L'angoisse m'étreint.

Que vais-je devenir si je ne retrouve pas rapidement du travail ? Les allocations chômage ont une fin… Je ne peux nier que l'héritage de mon père arrive à point nommé. C'est une véritable aubaine, un cadeau de la vie, le moyen pour moi de sortir de la précarité et de réaliser mon rêve : ouvrir un magasin, créer quelques modèles si je le peux et si j'en ai le temps, puis développer mon activité. Je n'ai plus qu'à espérer que cette exploitation ne s'avère pas un cadeau empoisonné dont je ne pourrai pas me débarrasser ; je n'ai aucune envie de devenir fermière !

L'horreur !

Je ne m'imagine pas une seule seconde les pieds dans la boue courant derrière un troupeau de bestiaux pour les rassembler.

Les pensées se bousculent encore dans ma tête, mais l'une d'elles prédomine : je dois me rendre en Nouvelle-Zélande et trouver un acquéreur pour l'exploitation. Si elle est rentable, elle va bien intéresser quelqu'un… Un voisin, peut-être, ou un regroupement. J'ignore s'il existe des coopératives comme ici en France. J'ignore tout de ce pays, des habitants comme des coutumes, mais la meilleure des choses à faire est d'y aller pour m'en rendre compte par moi-même et prospecter. Je ne peux pas agir de loin et risquer de mettre des familles à la rue…

Je vais peut-être découvrir que mon père était un gros con, mais tant pis, je prends le risque !

– Vous êtes sûr de pouvoir m'avoir un contact ? Enfin… quelqu'un de l'exploitation pourrait m'attendre à l'aéroport et m'emmener sur les lieux ? J'avoue que je serais rassurée.

– Je crois savoir que la Nouvelle-Zélande est l'un des pays les plus sûrs et les plus paisibles du monde, mais je vous arrange ça, vous pouvez compter sur moi. Je vais même demander à l'une de mes secrétaires de faire les démarches administratives pour vous. Cela vous conviendrait ?

– Ce serait merveilleux !

Il prend un stylo :

– Je vais faire une demande de visa visiteur. Vous voudriez partir quand ?

– Le plus tôt possible !

– Mmm… Combien de temps comptez-vous rester ?

– Trois mois ?

Il lève la tête.

– Ça risque de faire court. Le temps de trouver un acheteur si jamais vous désirez vendre, de faire les démarches…

– OK, alors… six mois ?

Il saisit son portable et je le vois pianoter.

– Je vérifie… alors… le visa visiteur a une durée de validité de neuf mois, mais attention, vous ne pourrez pas travailler. Si vous souhaitez le faire ou rester plus longtemps, il faut demander un visa de travail ; il est valable un an. Toutes les démarches en ligne sont payantes.

– Je ne compte pas travailler et neuf mois me paraissent amplement suffisants.

Je ne souhaite surtout pas m'attarder ; dès la vente effectuée, je rentre !

– Très bien… Vous devrez également faire une radio pulmonaire, remplir des documents attestant de votre intention de quitter la Nouvelle-Zélande à la fin de votre séjour, avoir les fonds suffisants afin de subvenir à vos besoins, ce qui sera le cas, et posséder un billet de retour ou être en mesure de vous en payer un.

– Je ne pensais pas les voyages si encadrés !

– La Nouvelle-Zélande est attractive ! Ils se protègent. Votre passeport doit être valide encore trois mois après votre date de retour. Si j'ai besoin d'autres renseignements, je vous contacterai. Cela vous convient-il ?

Ma décision prise, je m'avance au bord de mon siège.

– Où dois-je signer ?

2

Chloé

– T'as signé ?! s'étonne Maéva.

Je contemple les visages ébahis de mes meilleurs amis qui, comme à leur habitude, sont serrés les uns contre les autres sur le canapé de mon minuscule coin salon tandis que je leur fais face, bien à l'aise dans mon fauteuil. Entre nous, ma table basse, sur laquelle reposent des assiettes d'amuse-bouche. J'ai le sentiment que des oiseaux de paradis ont élu domicile dans mon appartement : les rousses, de vraies jumelles, aux chevelures flamboyantes ramenées en *buns* flous au-dessus de leurs têtes, sont revêtues de vert, leur couleur de prédilection, en accord avec celle de leurs iris. Maéva porte une très belle robe d'hiver à la coupe impeccable mettant en valeur ses courbes parfaites, rehaussée de bottes camel à hauts talons ; Ambre, un pantalon moulant foncé, une blouse fluide d'un vert plus flashy, ainsi que des escarpins d'une hauteur vertigineuse, tandis que Tristan arbore un pantalon orange, une chemise à motifs géométriques multicolores et des boots à bouts pointus.

Look improbable, mais classe !

Mais ce sont leurs mimiques qui, dans l'instant, me font sourire.

Ils sont sur le cul !

D'autant plus que j'étais restée évasive dans le message

que je leur ai envoyé sur notre Messenger après la fin de mon entrevue avec le notaire, ne tapant qu'un simple « cellule de crise ! »

Ils savent ce que cela signifie : le sujet est grave et il y a urgence !

Tristan et moi, nous avions déjà cette habitude durant nos études, et elle a perduré avec les filles : si nous avons besoin d'un conseil ou le moindre problème, nous appelons à l'aide et les autres rappliquent. Ce qui, en soi, n'est pas compliqué : Maéva et Ambre sont célibataires, tout comme moi, et Tristan a un nouveau mec qu'il ne voit que le week-end.

Donc, je suis restée mystérieuse, et j'avoue que leur réaction dépasse mes espérances !

Pour ma part, je suis peut-être folle, mais j'ai envie d'y croire. J'ai envie de croire que d'où ils sont, mes parents veillent sur moi. Je ne peux nier également que le fait que mon père ait fait un testament en ma faveur me touche. Après tout, j'ai le droit de croire qu'il pensait à moi. Qu'est-ce qui m'en empêche si ça me fait du bien ?

Je comprends qu'un homme refuse d'assumer sa paternité lors d'une grossesse accidentelle, cela arrive tous les jours… Je peux comprendre qu'il n'était pas prêt, que ma mère n'était pas importante au point qu'il veuille construire sa vie avec elle, après tout ils venaient de se rencontrer, ils s'étaient aimés passionnément, mais ne s'étaient rien promis ; il avait certainement d'autres projets, mais aujourd'hui, avec les moyens de communication actuels, il est facile de garder contact avec quelqu'un. S'il avait voulu être présent dans ma vie, cela lui aurait été possible, et ça, j'ai quand même du mal à l'encaisser. À moins que… à moins qu'il ait été si accaparé par son élevage qu'il n'avait pas eu une minute à lui, puis le temps avait passé et il était trop tard ; il n'avait pas prévu de mourir si jeune ! Nous sommes tous à remettre au lendemain ce que nous pourrions faire le jour même. Il avait peut-être voulu garder un œil sur moi, mais ma mère l'en avait effectivement empêché.

Tout est possible !

C'est pour cette raison, également, que je dois me rendre en Nouvelle-Zélande. Pour avoir réponse à mes questions. Ou pas… mais il y a bien là-bas quelqu'un qui pourra me renseigner sur qui était mon père…

Je me retiens d'exploser de rire devant les yeux écarquillés de mes amis.

– Oui, j'ai signé ! acquiescé-je, tout en les servant en champagne.

Je remplis ma propre flûte alors que Ambre s'exclame qu'elle en aurait fait de même.

– Attends, c'est royal ! renchérit-elle, sous le regard courroucé de sa jumelle. J'aurais bien aimé que ça nous arrive ! Tu imagines, Maé, si un héritage nous tombait du ciel !

Mes amies ont, elles aussi, le projet de créer leur propre business dans la lingerie de luxe, alors que Tristan, lui, se satisfait de travailler pour un patron si tant est qu'il le laisse exprimer sa créativité.

– Je sais pas, je crois que j'aurais la trouille ! répond sa sœur.

– La trouille de quoi ? Il faut saisir les opportunités de la vie ! De toute façon, Chloé ne prend aucun risque. Ce n'est pas comme si une clause l'obligeait à s'occuper de l'élevage. Elle fait ce qu'elle veut de cet héritage, il n'est stipulé nulle part qu'elle ne peut pas vendre. En vrai, je suis trop jalouse !

Ambre a toujours été la plus fonceuse des deux, la

plus excentrique et celle qui mène le duo.

– Je suis d'accord avec toi, acquiescé-je. Je ne risque rien, hormis perdre mon temps ! Si tout se passe comme je l'espère, dans deux mois maximum, avant les Fêtes, je serai en Nouvelle-Zélande ! Vous vous rendez compte ?! ajouté-je, excitée.

– T'as raison, fonce ! s'exclame Tristan à son tour. La Nouvelle-Zélande est un pays magnifique ! Où se situe l'exploitation exactement ?

– Au bord du lac Taupo, sur l'île du Nord. Enfin, la maison se situe au bord du lac, alors j'imagine que les terres sont à proximité. J'ai regardé, c'est à plus de trois cents kilomètres de Wellington. Le notaire s'est occupé de demander à quelqu'un de l'exploitation de venir me récupérer à l'aéroport.

Tristan lève sa flûte dans ma direction.

– À toi, Chloé, et à cette nouvelle vie qui s'ouvre à toi !

Maéva et Ambre en font de même, tout sourire.

Je choque mon verre contre les leurs, tandis qu'une intense émotion m'étreint.

Oui, à ma nouvelle vie !

Puisse-t-elle m'apporter la concrétisation de mes rêves.

3

Chloé
Deux mois plus tard

Après vingt-huit heures de vol, une escale à Singapour, une autre à Sydney – trop courtes pour sortir de l'aéroport et visiter –, excitée comme une puce, mais le cœur serré d'appréhension, j'arpente les couloirs de l'aéroport international de Wellington, capitale de la Nouvelle-Zélande.

Selon les indications accessibles dans l'avion, en ce 9 décembre, la température au sol est de 14 degrés, il est quatorze heures, heure locale et, fait exceptionnel, il ne pleut pas !

Je souffle, heureuse d'à nouveau fouler le plancher des vaches.

Pour un premier vol, j'ai fait fort en termes de durée, et comme j'avais lu que les atterrissages à Wellington étaient compliqués en raison du détroit de Cook qui sépare l'île du Nord de celle du Sud, où tourbillonnent des vents violents – la ville ayant la réputation d'être la plus venteuse du monde ! –, j'ai serré les fesses.

Pourtant, du ciel, le paysage était époustouflant et m'a permis d'oublier le stress qui m'envahissait minute après minute en voyant la piste d'atterrissage se rapprocher. Les buildings s'étiraient vers l'azur crevé de longs nuages blancs ; la mer, tout autour de l'île, avec ses baies où flottaient des tas de petits bateaux, rutilait dans le soleil de ce début d'après-midi.

Le contraste des couleurs était si saisissant que des larmes, un instant, ont troublé ma vue.

J'emboîte le pas aux autres passagers, franchis des portes automatiques, emprunte un long couloir vitré aux croisillons de bois permettant d'accéder au hall où nous attendent les tapis roulants qui nous restituent nos bagages. Après de longues minutes d'attente, je récupère ma valise, lourde comme le diable – ne sachant pas trop à quoi m'attendre au niveau météo, j'ai pris la presque totalité de mes fringues – et, un peu paumée, je me dirige vers les escalators menant, comme l'indiquent de grands panneaux, au hall d'accueil.

Je l'atteins et là, je marque un temps d'arrêt, sous le choc : au-dessus de moi, occupant la majeure partie du plafond, sont accrochées de gigantesques sculptures de Gollum et de Gandalf ! Ce dernier est représenté sur le dos de Gwaihir, l'aigle des montagnes qui l'aide à s'échapper de la tour de Saroumane, tandis que Gollum, ses bras osseux tendus devant lui comme s'il voulait me sauter dessus, tient dans la main droite un poisson.

Je reste statufiée, me retenant de *fangirler*, en totale addict des romans de Tolkien, puis je continue mon chemin, tout en cherchant une pancarte portant mon nom dans la foule agglutinée devant les portes de sortie.

Sans succès.

Ça commence bien ! Je vais faire comment, moi ?

J'étais tellement sûre que le notaire planifierait mon périple à la perfection, je lui faisais entièrement confiance – il a tenu parole en me virant l'argent de la succession en temps et en heure –, que je n'ai pas envisagé d'alternative.

Je me place à l'écart pour éviter de me faire bousculer

et me saisis de mon portable.

Tandis que les odeurs de nourriture, le brouhaha ainsi que les va-et-vient incessants des voyageurs m'environnent, et tout en continuant d'observer autour de moi afin de ne pas louper *mon guide*, je tape une recherche « Wellington-lac Taupo » et découvre que je peux accéder à l'aéroport de Taupo en deux heures quarante, via un autre avion, ou par bus, ou encore par train, mais le trajet dure six heures !

C'est fou ! Pourquoi tant de temps ?

J'imagine des accès compliqués, des routes impraticables, et les terres de mon père en pleine cambrousse.

Punaise, dans quoi je me suis embarquée ?

J'attends pendant ce qui me semble des heures, tout en observant les allées et venues des touristes. Une jeune femme court se jeter dans les bras de son amoureux qui la serre contre lui avant de l'embrasser à pleine bouche. Une petite pointe d'envie traverse ma poitrine. Est-ce qu'un jour, un homme m'enlacera avec une telle passion ? Je ne crois pas en l'amour, l'expérience de ma mère, le rejet de mon père, ainsi que mes propres histoires qui se sont toujours mal terminées m'ont vaccinée, mais je pense pourtant que cela me plairait.

Afin de tromper mon ennui, j'appuie sur l'icône Messenger, puis sur le groupe que je forme avec Tristan et les filles, et lance un vocal pour leur raconter mon voyage, ainsi que ma déconvenue de n'avoir personne pour m'accueillir et m'emmener chez mon père. Ils prendront connaissance de mon message plus tard. En France, avec les douze heures de décalage, il est actuellement trois heures du mat', mais au moins, ils seront rassurés de me savoir arrivée à bon port, ce qui est déjà une bonne chose !

Je ne suis pas surprise de ne pas obtenir de réponse !
Je tape rapidement :

[Je vais tenter de trouver un moyen
de transport ! Je vous tiens au courant !
Ne vous faites pas de souci pour moi,
je vais me débrouiller et la Nouvelle-Zélande
est si belle vue du ciel que je ne regrette pas
une seule seconde d'être venue ! À très vite !
Je vous bisouille !]

Tout en me dirigeant vers un guichet d'informations, je leur raconte ma surprise en découvrant les immenses figurines du *Seigneur des anneaux* ; j'en suis encore tout émue.

Je range mon portable dans mon sac, me positionne devant la banque et explique mon problème à une charmante jeune femme, Abigaël – comme indiqué sur le badge ornant la veste de son uniforme bleu marine.

– Je peux vous proposer un autre avion depuis un petit aérodrome privé situé en périphérie de la ville auquel vous pourrez accéder par une navette, m'explique-t-elle dans un anglais chantant après m'avoir souhaité la bienvenue sur le sol néo-zélandais. Si vous le souhaitez, je les appelle pour réserver votre vol… Ah, mais justement, voici Jack O'Brien ! Il possède un petit avion et habite dans la région de Taupo, vous pourriez faire le voyage avec lui.

Elle fait de grands gestes, tout en hélant le *Jack* en question.

Il tourne la tête vers nous, s'approche d'une démarche assurée, un large sourire aux lèvres.

La vache…

Je n'ai jamais vu un type aussi beau !

Il m'observe, lève un sourcil, puis s'appuie avec nonchalance sur le côté de la banque.

– Salut, Abi. Madame… Que puis-je faire pour vous, mesdames ? susurre-t-il d'une voix suave.

– Salut, Jack ! Madame se rend à Taupo, tu pourrais l'y conduire ?

Je me prends la lumière de son regard en pleine face, d'un vert intense.

Je me demande aussitôt s'il ne porte pas des lentilles tant la couleur de ses iris me semble irréelle. Avec également des cheveux très bruns dans le style coiffé-décoiffé dont quelques mèches retombent sur son front, ainsi qu'une barbe de trois jours, de près, il est encore plus beau. Encore plus remarquable. Et que dire de ce sourire, dont il ne semble pas avare, de cette dentition parfaite d'un blanc éclatant, de ces lèvres gourmandes, de cette mâchoire carrée et de ce look jean noir et chemise blanche aux manches retroussées et largement ouverte sur le torse, sinon qu'ils le rendent plus sexy encore.

Il n'y a rien à jeter chez ce mec, il est parfait !

Et mon corps, ce traître, répond un peu trop violemment à ce qu'il dégage.

Je bave, tandis qu'une légère chaleur se répand sur mes joues sous l'intensité de son observation dont, tout comme moi, il ne se prive pas.

– Je dois réceptionner quelqu'un, mais je me ferai un plaisir de vous prendre en plus…

Le feu grignote davantage mes joues face à l'intérêt qu'il montre sans retenue après avoir parcouru mon corps avec gourmandise.

Je lui plais et il me le fait savoir !

J'aime les hommes entreprenants… mais j'avoue que la beauté de celui-ci m'intimide…

– Je réponds de Jack, madame, intervient l'hôtesse. C'est un très bon pilote et quelqu'un de confiance. Vous serez en sécurité avec lui.

– Je n'en doute pas !

Faut juste qu'il arrête de me regarder comme s'il allait me dévorer et m'imaginait dans son lit !

De toute façon, je doute avoir le choix.

Je parle du trajet en avion, hein... pas de son lit...

M'aventurer seule sur les routes m'enchante encore moins que voyager avec cet inconnu, même si le notaire m'a assuré que la Nouvelle-Zélande s'avère être le deuxième pays le plus sûr au monde, après l'Islande.

– Si cela vous convient, monsieur O'Brien, je veux bien profiter de votre avion.

Il inspecte le hall, sa montre, puis reporte son attention sur Abigaël, me laissant admirer son profil parfait, ainsi que le charnu de ses lèvres.

Parfaites, elles aussi, et diablement attirantes.

– Le vol de Sydney est arrivé ? demande-t-il.

– Depuis une bonne heure ! Tu attendais quelqu'un ?

– Oui, mais c'est sans importance ! Elle a dû louper son vol ! Tant pis pour elle, elle se débrouillera ! ajoute-t-il, les traits soudain implacables.

Manifestement, si j'en crois son expression farouche, il ne porte pas cette personne dans son cœur.

– Je peux attendre, vous savez, je ne suis pas pressée.

Je pense à ma propre situation ; se retrouver abandonnée dans un pays étranger est tout sauf sympathique ! Mais la personne connaît peut-être le pays, après tout, je l'ignore. Je l'espère pour elle, en tout cas.

Au lieu d'acquiescer à ma proposition, Jack s'adresse à l'hôtesse qui ne cesse de le dévorer des yeux, manifestement sous le charme :

– *Kia ora*, Abi !

Les mots sonnent comme une invitation sensuelle, tant sa voix à cet instant est sexy.

– *Kia ora*, Jack ! Bon retour.

Il lui sourit, s'empare de la poignée de ma valise, frôle mes doigts au passage.

Mon rythme cardiaque s'accélère, nos iris se soudent longuement avant qu'il se détourne, ce sourire que je juge totalement ravageur errant toujours sur ses lèvres.

Je lui emboîte le pas, allonge les foulées pour me maintenir à sa hauteur tandis qu'il m'entraîne à grandes enjambées vers la sortie, ne pouvant empêcher la nervosité de me gagner à l'idée de monter dans un petit coucou avec cet inconnu, même si l'hôtesse m'a assuré que je n'avais rien à craindre. J'espère également qu'il ne sera pas hors de prix ; je dois faire attention à mes dépenses. Comme toujours lorsque la nervosité me gagne, les mots se bousculent sur ma langue :

– Nous n'avons pas parlé de vos tarifs, monsieur O'Brien, j'espère que vous ne me ruinerez pas, mais n'ayez crainte, j'ai de quoi vous payer ! ajouté-je aussitôt. Mais j'ai un projet professionnel qui m'attend et…

Il m'interrompt, le sourire aux lèvres, manifestement amusé.

– Je vous ferai un prix !

– Oh… c'est… c'est gentil ! (Punaise, pourquoi je bégaie ?) En tout cas, je vous suis reconnaissante de bien vouloir m'emmener. C'est votre métier ? Vous promenez des touristes à bord de votre avion ?

– Des clients, plutôt. Où allez-vous exactement ?

Nos iris se soudent une nouvelle fois.

Les miens glissent sur ses lèvres pulpeuses.

Bon sang, ça devrait être interdit d'être aussi canon !

– Dans la baie de Tūrangi, au bord du lac, articulé-je, me forçant à une expression placide. C'est dans cette région que mon père possède un élevage de moutons. Enfin, possédait…

Il s'arrête si brusquement que je lui rentre dedans.

Il me remet droite d'une main serrée autour de mon biceps, m'évitant la honte d'une chute sur le trottoir, puis me relâche aussi brusquement qu'il m'a saisie, comme si mon contact le révulsait.

– Votre nom ?

– Chloé… Chloé Fayard ! Pourquoi ? réponds-je, tout en me massant le bras.

Il extirpe un carton plié en quatre de sa poche arrière, le déplie.

Je vois…

– Vous avez mis le temps ! assène-t-il, reprenant sa marche, m'obligeant à courir à sa suite.

– Vous êtes gonflé ! Mon avion est arrivé à l'heure ! C'est vous qui étiez très en retard, à tel point que j'ai pensé que la personne en charge de me récupérer à l'aéroport m'avait posé un lapin ! Si vous n'aviez pas envie de venir me chercher, il ne fallait pas…

Jack stoppe de nouveau brusquement sa marche pour me faire face.

– Vous parlez toujours autant ? rétorque-t-il encore, le ton tranchant.

Oui ! Quand je suis énervée !

Je me redresse, plonge dans son regard de jade voilé de colère, me demandant ce qu'il a contre moi pour être si imbuvable alors qu'il y a quelques minutes, j'aurais juré qu'il avait envie de fondre sur mes lèvres.

Je fais abstraction de sa beauté renversante et souffle discrètement par le nez pour me calmer.

– Seulement lorsque je suis *contrariée* ! asséné-je à mon tour, insistant sur le mot.

Ou lorsque je m'adresse à un individu contrariant !

– Rien ne vous obligeait à venir ! lâche-t-il, me tournant le dos.

Pardon ?

Bon sang, s'il n'arrête pas tout de suite son délire, ça va très mal se passer.

Je le retiens par le bras.

– Si vous avez quelque chose à me reprocher, autant le dire maintenant plutôt que faire des insinuations désagréables !

Ses iris s'enflamment.

Il observe mes doigts toujours autour de son poignet, remonte le long de mon bras, puis se perd dans la contemplation de mon visage après s'être attardé sur ma poitrine, comme s'il cherchait à l'évaluer à travers mon tee-shirt blanc recouvert d'une courte veste en jean clair. Ou à me mettre mal à l'aise.

Mais c'est mal me connaître !

Je verrouille mes prunelles aux siennes, relâche son poignet que je tenais toujours entre mes doigts, qui glissent sur sa peau. Douce. Chaude. Mon cœur accélère. Son regard se trouble un court instant, mais de façon si fugace qu'après coup, j'en viens à douter. Il observe autour de nous, reporte son attention sur moi.

– Ce n'est ni le lieu, ni le moment ! Mais rassurez-vous, pour vous, le vol sera gratuit ! Je ne peux pas faire payer ma patronne !

Sa patronne ? Effectivement, techniquement, je le suis !

Une fois de plus, il se détourne et s'éloigne.

Les pensées se bousculent dans mon esprit alors que,

cette fois-ci, je me tiens à distance. Jack a raison sur un point, ce n'est pas le moment d'avoir une discussion. Je devrais lui avouer que j'ai fait le voyage jusqu'en Nouvelle-Zélande dans le but de découvrir qui était mon père et de vendre au plus vite, non pour diriger l'exploitation, néanmoins, nous sommes en colère tous les deux, rien de bon ne résulterait de cette confrontation. Mais en tout cas, il n'est pas ravi de me voir ! Je savais que ma venue poserait problème à certaines personnes, j'en avais conscience et je jugeais cela normal, mais je ne m'attendais pas à autant de ressentiment, ni d'accusations à peine voilées. Jack en fait une histoire personnelle et m'en veut pour quelque chose que j'ignore ! J'espère qu'il ne sera pas la seule personne à pouvoir me parler de mon père, ou je vais devoir composer avec cet homme et son sale caractère.

Mais si je n'ai pas le choix, je le ferai !

À moins qu'il ne sache déjà que j'ai dans l'idée de vendre au plus offrant. Mais j'en doute, j'ai demandé au notaire de garder mes projets secrets…

En l'observant, à tout juste un mètre de moi, je reconnais le dos large, les épaules carrées, les longues jambes moulées dans le jean, le cul parfait, les cheveux bruns, aujourd'hui coupés court… Il ne manque plus que le Stetson ! Pendant des jours, je me suis demandé à quoi ressemblait l'homme de la photo, fantasmant sur son visage, la force de ses bras, sa virilité manifeste – son attitude et ce qu'il se dégageait de lui m'avaient séduite au premier regard –, maintenant, je le sais ! Dans mes rêves – parce que j'ai rêvé de lui plusieurs fois –, il m'accueillait avec un grand sourire à ma descente d'avion, me parlait de son pays, de ses coutumes, des gens, puis de mon père et me narrait son histoire, pourquoi et comment mon géniteur avait quitté l'Angleterre pour s'installer en Nouvelle-Zélande et, tout en discutant à bâtons rompus, il me faisait découvrir des paysages extraordinaires et s'avérait un merveilleux guide.

Je crois que j'ai un peu trop fantasmé sur le personnage !

Il va falloir que j'oublie ce que sa présence et son sourire ont déclenché dans mon corps tout à l'heure, et vite ! La réalité a rejoint le rêve, pour mieux l'anéantir ! Ce type est le plus beau et le plus attirant que je n'aie jamais rencontré, mais également le plus intraitable ; ses yeux de jade peuvent devenir aussi froids et implacables que des icebergs. En tout cas, il s'est départi de sa courtoisie et je le regrette ; j'ai aimé le regard qu'il a posé sur moi, j'ai aimé l'intérêt dans ses yeux, j'ai aimé leur lumière, et oui, je l'avoue, j'ai apprécié être le centre de son attention et beaucoup aimé son sourire qui le rendait plus accessible et plus irrésistible encore.

Mais bon, dorénavant, je vais devoir faire avec sa colère…

Je me tiens à distance raisonnable lorsqu'il s'arrête à côté d'un van Mercedes noir aux vitres fumées. Il ouvre la porte arrière coulissante, dépose ma valise derrière les sièges passagers et, d'un bref geste de la main, m'invite à m'installer. Je prends place, réfrénant les paroles acerbes qui se pressent dans ma bouche pour le remercier comme la personne polie et pacifiste que je suis, mais avant même que j'aie le temps de prononcer un fichu mot, il claque la portière.

Charmant…

Je l'agace !

Mais son comportement m'agace également !

Le voyage risque d'être compliqué ! Heureusement

que nous l'effectuerons en avion et non en voiture, ou il m'aurait semblé une éternité. Il s'installe côté conducteur, à ma droite, la conduite, comme en Angleterre, se faisant sur le côté gauche de la chaussée. Si j'avais dû louer une voiture, je me serais heurtée à cet écueil, je dois donc reconnaître que je suis plus que ravie de me laisser prendre en charge.

Même si mon guide continue à tirer une tête de cent pieds de long !

Mais qu'il tire la tronche, je m'en moque !

En plus de ne pas être patiente, je suis têtue ! En tout cas, je suis bien décidée à ne pas m'abaisser à lui réclamer des explications. Je l'ai fait une fois, il m'a rembarrée, maintenant, je suis résolue à attendre qu'il me donne les raisons de son comportement à mon égard.

Je ne desserre pas les dents alors qu'il démarre.

Heureusement que je ne souffre pas du mal des transports ou j'aurais vomi sur la moquette au bout d'un quart d'heure tant sa conduite est… sportive ! Mais c'est un bon pilote, je ne peux lui enlever ça. Du moins en voiture, je verrai ce qu'il donne en avion ! Mais s'il doit me malmener de la sorte, je ne sais pas si je tiendrai le coup !

J'inspire lentement et à fond plusieurs fois afin de faire baisser ma tension interne, trouvant dans la bonne odeur de cuir et de propre de l'habitacle du van une sécurité bienvenue. J'ignore si cette voiture m'appartient également – je n'ai pas pris le temps d'éplucher les possessions du domaine, je sais, ce n'est pas bien, mais je m'étais fait la réflexion que je verrais sur place – mais si c'est le cas et que le reste est dans le même état, me voici rassurée sur le prix que je pourrai en tirer. La maison, sur la photo, bien qu'un peu défraîchie, m'avait semblé spacieuse, et surtout idéalement située au bord du lac, avec un panorama fantastique. Je me vois aussitôt la remettre à neuf et au goût du jour afin d'attirer les éventuels acheteurs ; la décoration intérieure étant un autre de mes hobbies, après la mode. Si ce n'était cet emmerdeur de Jack qui – quand même ! – me plantait à l'aéroport pour mieux embarquer une inconnue, ignorant que ces deux personnes n'en faisaient en réalité qu'une seule, je pourrais dire que mon périple ne commence pas si mal.

Je me concentre sur l'extérieur pour cesser de penser à mon si horripilant mais si séduisant *guide*, m'efforçant de ne pas loucher sur son profil toutes les trois secondes.

La route, longeant le littoral, me permet d'admirer des eaux couleur cobalt, la baie, la plage, l'océan à perte de vue, les bateaux de différentes tailles amarrés au port, les estivants, ainsi que les planchistes. Les abords des quartiers de la capitale présentent différents styles : des maisons colorées à plusieurs étages et au toit pointu, en bois, côtoient celles d'influence victorienne. Un tram rouge circule sur les hauteurs, me faisant penser à San Francisco avec ses rues en pente à flanc de colline. L'ensemble crée un tableau tout à fait charmant. Je tourne la tête pour suivre des yeux une immense aiguille orange maintenue par un support métallique, planté au centre d'un rond-point, qui semble agir comme une girouette et osciller à la force du vent. Je souris en voyant, quelques kilomètres plus loin, un « Wellington », tel un « Hollywood », aux dernières lettres s'élevant vers le ciel, qui s'étale sur la roche. Les Néo-Zélandais ont manifestement le goût de l'ironie, ou de l'autodérision, voire peut-être de la provocation si l'on en croit le haka, la danse cérémonielle rendue célèbre par les All Blacks – l'équipe de rugby néo-zélandaise –, qui l'exécute avant chaque match. J'ai lu qu'en maori – la langue ancestrale de la Nouvelle-Zélande, venant des Polynésiens, les premiers colonisateurs –, *haka* veut dire « danse » et qu'il s'agit d'une démonstration de fierté et de force pour effrayer l'adversaire. Pourtant, j'ai lu également que les Kiwis, comme l'on surnomme les Néo-Zélandais, sont très accueillants, sympathiques et polis : « d'une gentillesse simple et fun, sans attendre quoi que ce soit en retour », ai-je appris.

Ce qui ne semble pas caractériser mon guide.

Je tourne la tête en l'entendant soupirer.

Peut-être que la tension entre nous, palpable, lui pèse autant qu'à moi et, malgré mes résolutions, j'entame la discussion après avoir soupiré à mon tour :

– Je ne suis pas venue pour vous causer des problèmes, Jack !

– Pourquoi êtes-vous venue, alors ?

– Pour faire connaissance avec mon père.

Et pour vendre les biens qui sont aujourd'hui à moi !

Ce que je me garde bien de révéler.

Il le saura bien assez tôt.

– C'est un peu tard pour cela, vous ne croyez pas !

– Je pensais… je pensais que vous pourriez me parler de lui…

Il tourne la tête, me jette un regard furibond :

– Il fallait venir de son vivant ! Maintenant, comme je l'ai dit, c'est trop tard ! Il est mort ! assène-t-il, la voix éraillée.

Mon cœur se serre.

– Vous étiez très proches ?

– Pourquoi ne pas avoir répondu à ses lettres dans lesquelles il vous proposait de venir lui rendre visite ? attaque-t-il subitement. Il vous a même envoyé plusieurs fois de l'argent pour faire le voyage, et il attendait tellement votre visite qu'il n'en dormait plus…

Je me raidis, la surprise et la peine me poignardant le cœur.

Je ne le crois pas, il se trompe !

Le cœur de plus en plus douloureux, je souffle :

– C'est faux ! Je n'ai jamais reçu de lettres de la part de mon père, encore moins d'argent !

J'échappe à son regard surpris et observe l'extérieur. Ma mère se serait-elle servie de l'argent ? Auquel cas, certainement pour améliorer notre quotidien, pour me payer mes études… comment lui en vouloir ? Elle l'a fait pour mon bien, pour notre bien à toutes les deux, elle ne s'est pas offert des vacances aux Seychelles, ou un collier de diamants, je le saurais. La vie était dure pour elle, elle a dû faire des sacrifices.

Elle s'est sacrifiée…

Elle a sacrifié sa vie de femme !

Je ne peux croire qu'elle m'ait caché que mon père souhaitait me rencontrer, cela ne lui ressemble pas.

La voix de Jack s'élève :

– Je dis la vérité, madame ! J'ai moi-même posté la majeure partie de ces lettres. J'enrageais de le voir souffrir à cause de vous !

D'où son hostilité à mon égard !

Je devrais déverser ma colère sur lui, lui dire de cesser de prononcer « madame » comme s'il le vomissait, mais après ce qu'il vient de me révéler, je n'en ai pas le courage. J'ai plutôt le sentiment que toute énergie m'a quittée.

– Vous pourrez demander à votre mère ! assène-t-il encore.

Non, mais je pourrai sans doute me procurer ses extraits de compte. Encore que… pas sûr ! Je vais donc devoir le croire sur parole pour le moment, jusqu'à ce que j'obtienne la preuve du contraire.

– Durant combien de temps m'a-t-il envoyé ces lettres ?

– Je ne sais pas exactement, dix ans, peut-être !

Encore une fois, sa voix tonne comme une accusation.

La douleur des regrets augmente dans ma poitrine, m'amenant au bord des larmes.

J'ai tellement de questions à lui poser…

Mais je m'en abstiens lorsqu'il met le clignotant, tourne à gauche et emprunte une route menant à ce que je découvre être un aérodrome. Il gare le van à côté d'un autre, ouvre la portière et saute de son siège. Je le suis des yeux alors qu'il contourne la voiture, ouvre la portière arrière coulissante et, sans un regard, s'empare de ma valise avant de s'éloigner. Il tourne quand même la tête au bout d'un moment, et je l'entends soupirer d'exaspération en constatant que je ne l'ai pas suivi.

Il revient vers moi de son pas martial, plante ses iris implacables dans les miens.

Des iris dans lesquels je me perds instantanément, malgré moi.

J'ignore ce qu'il lit dans les miens, s'il comprend la détresse qui m'habite, le chagrin, les regrets, les siens s'adoucissent un instant.

Un bref instant seulement.

– Je n'ai pas que ça à faire ! gronde-t-il entre ses dents. Alors, j'apprécierais que vous vous pressiez un peu !

– Je ne savais pas, Jack, je vous le jure, réponds-je, faisant abstraction de sa colère. Ma mère ne m'en a jamais rien dit, sinon, je serais venue.

Oh oui, je serais venue…

Son regard s'adoucit en apercevant certainement les

larmes dans le mien et, pour la première fois depuis qu'il sait qui je suis, il m'observe sans animosité.

– Vous n'avez pas besoin de vous justifier.

La trêve s'avère de courte durée.

– Je crois au contraire que c'est nécessaire.

Il hausse un sourcil.

– Pourquoi ?

– Pour que vous ayez une meilleure opinion de moi !

– C'est important ?

– Oui, Jack, c'est important !

Il ouvre la bouche, la referme.

– Très bien, venez !

Je soupire en comprenant que je n'obtiendrai rien de plus pour le moment et certainement pas des excuses pour m'avoir malmenée.

4

Chloé

Quelques minutes plus tard, je me retrouve sanglée à un siège d'avion, – un joli coucou rouge et blanc à cinq places et intérieur en cuir beige – à l'avant cette fois-ci, un casque vert sur les oreilles, observant avec une certaine appréhension Jack se préparer au décollage.

– C'est quoi comme modèle ? demandé-je, afin de tromper ma nervosité. Il a l'air neuf !

Jack tourne la tête vers moi, manifestement surpris.

– Il l'est ! Vous savez comment James est mort, n'est-ce pas ? m'interroge-t-il, la voix rauque.

Je blêmis.

Bien sûr, quelle sotte !

– Oui, je le sais, je... je n'ai juste pas fait le rapprochement...

Je ne pensais pas non plus que cet avion appartenait à la société...

Encore une fois, il ouvre la bouche, peut-être pour enfin s'excuser de son comportement de sale con accusateur, mais au lieu de cela, il reporte son regard sur le tableau de bord empli d'écrans, de cadrans et de boutons.

– Alors, c'est quoi comme appareil ? demandé-je de nouveau.

– Un Cessna 172 Skyhawk ! entends-je dans le casque, avant qu'il n'appuie sur divers boutons.

– Pourriez-vous me dire ce que vous faites, s'il vous plaît ? Ça m'interpelle.

Il tourne la tête vers moi, lève un sourcil.

– Vraiment ?

– Oui, vraiment ! Ce n'est pas parce que je suis une fille que la mécanique et les moteurs ne m'intéressent pas. Je suis curieuse, j'aime apprendre et comprendre.

– Curieuse, oui, en effet, maugrée-t-il. Curieuse et bavarde !

Punaise, quel ours mal léché !

– Peut-être pourriez-vous me faire visiter la région où se trouve le domaine de mon père de cette manière l'un de ces prochains jours ? demandé-je, afin de… je ne sais pas, me rapprocher de lui, peut-être.

Combler cette distance que je sens augmenter de minute en minute et qui, malgré moi, me chagrine.

– Pourquoi ?

Encore cette question qui sonne comme une accusation…

– Parce que les avions m'ont toujours fascinée et parce que, d'en haut, la vue doit être imprenable. J'imagine…

Ses iris sondent encore les miens.

– Je doute en avoir le temps ! répond-il, toujours sèchement.

– D'accord, ce n'est pas grave, je demanderai à quelqu'un d'autre ! Il y aura bien une personne assez gentille et aimable, à l'exploitation, pour me servir de guide.

Je le vois se raidir.

– Je suis le seul à avoir un brevet de pilote !

Je lui fais mon plus beau sourire.

– Oh… Eh bien, ce n'est pas grave, l'autre personne me fera visiter en voiture, mais j'apprécierais que ce soit vous ! J'insiste, Jack, je suis persuadée que vous serez un guide hors pair.

Je me fous clairement de sa tronche parce que, soyons clairs, ce n'est pas l'amabilité ni la courtoisie qui l'étouffent, mais j'ai envie de l'emmerder en le forçant à me supporter.

– Comme je vous l'ai dit, je suis très occupé, et chacune des personnes de l'exploitation également, alors si vous voulez faire le tour du propriétaire, madame, vous devrez le faire seule !

Et paf… Prends ça dans ta face !

– Pourquoi ? À quoi occupez-vous vos journées en ce moment ?

– Vous verrez par vous-même !

Et pour couper court à la conversation, il tire sur une manette. Un bruit aigu se fait entendre. Il inspecte à gauche, à droite, puis appuie sur un bouton tout en parlant dans une langue qui m'est inconnue ; du maori, sans doute. Le rotor se met en route, les hélices s'actionnent, vont de plus en plus vite, propulsant l'appareil. Nous prenons de la vitesse et, soudain, quittons le sol.

Mon estomac remonte dans ma gorge, mais la sensation est si incroyable que je ne peux m'empêcher de m'agripper au siège. En un rien de temps, nous nous élevons dans les airs et, malgré moi, je me laisse gagner par l'euphorie, faisant abstraction de la présence de mon bougon de voisin pour me concentrer sur ce qui m'entoure.

Je regarde partout, en haut, en bas, sur les côtés, ne voulant rien louper du paysage.

La couleur de l'eau est incroyable, d'un bleu intense, celle du ciel également, parsemé de longs nuages d'un blanc immaculé, et bientôt, la capitale, entrecoupée de grands axes, laisse place au relief. Du vert, du marron, des collines, des forêts, des villes, de plus ou moins grande importance, nichées çà et là, dans les vallées ou sur les versants verdoyants ; des zones plus désertiques ; le reflet des nuages sur le sol. L'avion n'allant pas très vite – enfin… comparé à un Boeing, évidemment – j'ai tout loisir d'apprécier, de profiter de la vue et de m'émerveiller.

Je souris à cette diversité enchanteresse.

J'ai lu, lorsque je me suis renseignée sur Internet, que la Nouvelle-Zélande est le pays des sports extrêmes, avec une nature riche et préservée, ainsi qu'une pluralité de lieux insolites.

À de nombreuses reprises, je perçois le regard de Jack sur moi.

Il doit me prendre pour une débile en m'entendant m'extasier à tout bout de champ, mais comment dire : je n'ai jamais quitté Paris ! Jamais pris l'avion, jamais voyagé. Je n'en ai jamais eu les moyens, l'argent que je gagnais avec mes jobs d'été servait à me payer mes vêtements et mes sorties. Tout cela est une première pour moi ! Et le paysage est tellement magnifique que je ne peux pas ne pas m'extasier, c'est impossible.

Je me cale dans mon siège, ferme les yeux et fais le vide.

***

Un à-coup de l'avion me réveille en sursaut.

Je bâille à m'en décrocher la mâchoire, m'étire, autant que faire se peut, et tourne la tête vers Jack. Encore une fois, j'admire son profil, ses lèvres ourlées, ses avant-bras, ses mains. Après quelques secondes, se sentant très certainement observé, il me jette un coup d'œil, puis reprend sa position initiale.

Je pensais qu'il engagerait la conversation, mais bon…

Je regarde ma montre – j'ai dormi plus de deux heures –, m'éclaircis la gorge.

– Nous arrivons dans combien de temps ? crié-je, afin que ma voix couvre le bruit des moteurs.

– Une demi-heure !

– Oh… génial !

– Pardon ?

Me rendant compte que j'ai parlé en français, je répète, cette fois-ci en anglais.

– Vous parlez plutôt bien anglais pour une Française !

Je souris, ravie qu'il me parle sans m'agresser.

– Ma mère était professeure d'anglais. Ils se sont rencontrés en Angleterre, mon père et elle, lors de son dernier séjour linguistique, lui livré-je, même s'il n'en a certainement rien à faire.

– « Était » ? Elle n'exerce plus ?

– Non, elle… elle est morte elle aussi. Il y a six mois…

Il tourne subitement la tête vers moi, m'observe ardemment comme s'il sondait mon âme une fois de plus, avant de regarder de nouveau droit devant lui.

– Je suis désolé…

J'ignore s'il s'excuse de sa maladresse, de me faire de la peine, ou pour son comportement jusqu'à cette minute.

– Vous êtes tout excusé, vous ne pouviez pas savoir. Et vous, vous avez toujours vos parents ?

– Plus qu'un ! Vous comptez réellement vous occuper de l'exploitation ? enchaîne-t-il abruptement, après avoir une fois de plus laissé son regard errer sur mon corps. Parce que… pardonnez-moi, mais vous n'avez pas franchement le look d'une éleveuse !

Tandis qu'un petit sourire étire ses lèvres, il s'attarde sur mes escarpins, mes jambes que couvre un jean *stone* ajusté, mon tee-shirt blanc et ma courte veste, en jean également, que j'ai customisée avec des strass et des broderies pour la rendre unique, puis sur les bracelets et les bagues à chacun de mes doigts ; des breloques sans la moindre valeur, achetées aux puces.

– L'habit ne fait pas le moine ! Vous sembliez un gars gentil tout à l'heure à l'aéroport ! le provoqué-je. Et qui sait, j'arriverai peut-être à vous surprendre ! Mais je vous l'accorde, en parfaite citadine, je fais à peine la différence entre une vache et un mouton !

– Vous plaisantez ?

– Juste un tout petit peu, mais honnêtement, je n'y connais vraiment rien en élevage ! Mais vous me montrerez… Vous n'avez pas le choix, Jack, c'est votre patronne qui vous l'ordonne !

À ma grande surprise, il éclate de rire.

– Vous marquez un point, madame ! Je suis à vos ordres !

Je n'en crois pas un mot.

J'observe son profil, sa mâchoire carrée, ses sourcils froncés, ses avant-bras noueux, ses mains autour du… truc qui sert à piloter l'avion. Il est vraiment très beau ! Et même s'il est mal embouché au possible, il n'en reste pas moins très attirant.

Je me racle la gorge, cherchant une échappatoire à ce qu'il m'inspire toujours.

– Si nous en profitions pour faire connaissance ! Dites-m'en plus sur vous, Jack, d'où venez-vous ? Depuis combien de temps connaissiez-vous mon père ? Et quel est votre rôle dans l'exploitation ? J'espère vraiment que vous accepterez de me faire visiter ! insisté-je, même s'il m'a déjà répondu qu'il n'en aurait pas le temps. Et de tout m'expliquer. Comme je vous l'ai dit, je suis curieuse, j'aime tout voir, et j'aime apprendre. Et si, d'abord, nous commencions par nous tutoyer et nous appeler par nos prénoms, ce serait plus cool, non ?

– Woh, woh, woh… ne vous emballez pas ! Sans déconner, vous parlez toujours autant ?

– Je suis bien obligée, vous ne m'adressez la parole que lorsque je vous pose une question ! (Ou pour m'agresser ! Ce que je garde pour moi, ne voulant pas envenimer une situation déjà tendue.) J'ai pourtant lu que les Néo-Zélandais étaient accueillants, gentils et serviables. C'est de la publicité mensongère !

Un sourire étire à nouveau ses lèvres face à ma provocation.

– Ou l'exception qui confirme la règle !

– Oui, peut-être ! Donc… Jack… d'où venez-vous ?

– Nous arrivons ! lâche-t-il, la voix cassante.

D'accord… Jack « le Bougon » est de retour et, manifestement, il n'aime pas parler de lui…

Et j'avoue que le mystère dont il s'entoure le rend davantage intrigant.

– Plus tard, alors ? tenté-je.

Il reporte ses magnifiques iris couleur jade sur moi.

– Je vous l'ai dit, je suis très occupé !

Je me renfrogne, dépitée de ne rien obtenir de plus.

Je pourrais de nouveau jouer la carte de la patronne qui donne des ordres, mais je n'en ai plus envie ; tout à l'heure, je le provoquais. Je ne veux pas que Jack devienne mon ennemi, j'ai besoin de lui. Besoin de lui pour qu'il me parle de mon père, qu'il me soutienne dans mon projet de vente et m'aide, pourquoi pas, à trouver un acheteur. Et peut-être pourrait-il lui-même l'acquérir. Ce serait l'idéal. Il connaît le métier, les animaux, sans doute est-il attaché à cette terre, ce qui n'est pas mon cas… Je vais lui parler de mes projets, obtenir son aide afin qu'il me fasse part de son sentiment sur la question et j'écouterai ses conseils. Il est mal embouché, mais je composerai avec sa mauvaise humeur, après tout, nous avons tous nos défauts… Je possède également, manquant de patience, une propension à m'emporter ainsi qu'à mal gérer les contrariétés. Et je ne peux nier que j'ai peur… peur que les choses ne tournent pas comme je le souhaiterais, peur de ne pas trouver les mots pour convaincre Jack de me faire confiance et de me parler de mon père, peur de me planter lamentablement, de ne pas trouver d'acquéreur et de ne pas réussir à concrétiser les projets qui me tiennent à cœur.

Un hoquet de surprise m'échappe lorsque Jack effectue un virage et me désigne du menton la zone en dessous de nous.

– Bienvenue chez vous, patronne !

Je contemple la terre qui m'appartient désormais, reconnais les champs verts, ainsi que les milliers de moutons paissant paisiblement. Au loin se découpent une maison, *la* maison, avec sa terrasse et sa rotonde vitrée, puis, sur la droite, plus haut, les nombreux bâtiments composant l'exploitation proprement dite, entourés d'enclos, certains couverts, d'autres non, avec çà et là, des bétaillères, des pick-up, des engins dont j'ignore l'utilité.

– Combien de moutons, exactement ? m'enquiers-je.

– Autour de quatre mille ! Mais là, vous n'en voyez qu'une partie, les brebis sont confinées dans la bergerie, elles viennent d'agneler.

– « D'agneler » ?

– De mettre bas !

OK…

– Combien de temps dure la gestation ?

– En moyenne cent quarante-cinq jours. Nous nous arrangeons pour que les petits naissent au printemps. Ils sont ainsi plus forts lorsqu'arrive l'hiver. Les naissances sont des moments forts dans la vie d'un éleveur, nous devons veiller à ce que tout se passe bien, et dans quatre-vingt-quinze pour cent des cas, les agneaux naissent normalement, sans complications.

– Et dans les autres cas ?

J'admire son profil.

J'aime la chaleur de sa voix lorsqu'il parle de son métier, où transparaissent l'attachement et la passion qu'il lui porte.

– La brebis peut avoir besoin d'aide, alors il faut faire vite si l'on ne veut pas perdre le petit, voire les deux.

– Je ne crois pas que j'aimerais assister à ça, ronchonné-je, vaguement écœurée.

– Pourtant, les mains de femmes sont idéales pour aller chercher les petits. Vous vous y ferez !

Euh… je ne crois pas non ! Et je suis sûre qu'il me dit ça exprès pour me dégoûter !

Je réprime une grimace en m'imaginant les mains plongées dans… non…

Pouah, je ne pourrai jamais !

De toute façon, je ne compte pas m'attarder et n'assisterai pas aux naissances ; au printemps prochain, je serai loin et, si tout va bien, propriétaire d'une belle boutique parisienne !

Je vais pour m'en ouvrir à Jack lorsque les mots se bloquent dans ma trachée en sentant l'avion effectuer un virage serré à droite, puis un piqué. Je serre les dents, me plaque au fond de mon siège tout en résistant crânement au vertige qui me saisit. Je ferme les yeux en voyant le sol se rapprocher à une vitesse effrayante et laisse échapper un couinement en m'agrippant de toutes mes forces à mon siège. Les sensations n'ont rien à voir avec celles d'un

Boeing, et pour la « sexytude », je repasserai, mais là, dans l'instant, c'est le cadet de mes soucis, je veux juste ne pas mourrrriiirrrr !

Jack, ne voyant pas mes tourments – ou les voyant très bien, je l'ignore, mais je préfère lui laisser le bénéfice du doute – continue de faire descendre l'appareil à tout berzingue tandis que je serre tout ce que je peux de trouille, jusqu'à ce que les roues touchent enfin le sol. Avec délicatesse, je dois le reconnaître. Si je le pouvais, j'applaudirais, mais mon corps, à la limite de la tétanie, refuse de me répondre, et mes paupières sont tellement pressées l'une contre l'autre que je doute pouvoir les rouvrir un jour.

Je perçois un rire, puis la main de Jack qui tapote ma cuisse.

– Nous sommes arrivés, patronne, vous pouvez ouvrir les yeux !

C'est ça, moque-toi de moi !

Je pousse un profond soupir, laisse tomber ma tête vers l'avant.

Il éclate de rire de nouveau.

– C'était si terrible que ça ?

– Pire !

– Vous auriez dû me dire que c'était trop pour votre petit cœur, j'aurais été plus délicat !

Je lui retourne un regard furibond.

– Parce que vous savez l'être, peut-être ?

Il a un sourire sournois, à la limite de l'indécence, rétorque :

– Vous n'imaginez pas à quel point !

Malgré moi, mes joues s'échauffent à ce que ses mots impliquent.

Jamais, de ma vie, un homme ne m'a autant déstabilisée,

ni énervée, ni... intriguée. Ni... excitée...

Et... je crois qu'on va s'arrêter là... Ce n'est pas une bonne idée, pas une bonne idée du tout !

– OK... Comme je n'ai aucune envie de vérifier vos propos, on va dire que je vous crois sur parole !

Ses iris alpaguent les miens.

Je me perds dans le vert intense de son regard, me demandant à quoi il joue. J'ignore ce qu'il cherche, s'il compte me dégoûter de la Nouvelle-Zélande et des Néo-Zélandais pour que je reparte d'où je viens *illico presto*, ou s'il cherche seulement à me faire payer ce qu'il pense être une trahison vis-à-vis de mon père qui a attendu pendant dix ans ma venue, mais s'il veut jouer au plus malin, il va me trouver. Je décide de ne pas répliquer, attendant patiemment de comprendre ce qu'il attend de moi et jusqu'où il est capable d'aller.

Sans quitter des yeux mes lèvres, qui semblent le fasciner, il se penche, si proche que je peux sentir son haleine sur mon visage, à la fois chaude et mentholée.

Je retiens mon souffle, réprime l'envie irrésistible de fermer les paupières, toute frémissante à l'idée de ressentir son baiser. Je suis persuadée à cet instant qu'il va m'embrasser et je me maudis intérieurement de l'avoir tant espéré, lorsqu'il se détourne et déclipse l'accroche de la sangle qui me retient au siège, ce satané sourire qui commence à me taper sur le système plaqué sur les lèvres.

Il continue de se foutre de ma figure et il a raison, parce que ça marche !

J'avais envie qu'il m'embrasse.

L'espace d'un instant, je suis dévorée par le désir de sentir ses lèvres sur les miennes, sa peau contre la mienne, ses mains sur moi... J'ai envie qu'il me touche...

Je m'efforce de cacher le trouble qui m'envahit à le sentir si proche et à l'idée qu'il m'embrasse, ainsi que la pointe de colère de m'être si facilement laissé tenter – et berner –, pour l'observer sortir une petite boîte de sa poche poitrine, l'ouvrir et gober un petit carré vert que j'imagine être un chewing-gum.

D'où son haleine mentholée !

Il tourne la tête vers moi et, tout en mastiquant de ses belles dents blanches, lâche :

– J'adore votre parfum !

Il se libère de ses sangles, ouvre sa portière et saute de l'appareil.

Que... Quoi ?

J'écarquille les yeux, lève mon bras gauche.

Ouh la, oui, j'ai peut-être eu un peu chaud !

Mais punaise, c'est vraiment un emmerdeur !

Un emmerdeur qui réussit avec trois misérables mots à me foutre le seum !

Humiliée plus que je ne saurais le dire, je me force à ne pas réagir – ce serait apporter de l'eau à son moulin ! – et reste stoïque lorsqu'il ouvre ma portière, s'empare de ma valise, la pose au sol et me tend la main pour m'aider à descendre de l'engin.

– Je peux me débrouiller, grommelé-je en me tournant, saisissant la poignée tout en posant la pointe de mon escarpin sur le premier barreau métallique. Je n'ai pas besoin de...

Je pousse un petit cri lorsque mon pied dérape.

Jack enserre aussitôt ma taille, m'évitant de m'écraser comme une merde contre la carlingue et de me faire très mal. Il me repose doucement les pieds au sol, se penche pour me souffler à l'oreille :

– On a toujours besoin d'un plus petit que soi...

Sur ces mots, il saisit mon bagage et s'éloigne.

Je lève les yeux au ciel, exaspérée : en plus, il cite La Fontaine !

On aura tout vu !

Rhooo et j'en ai marre aussi de toujours lui courir après !

Je chope mon sac à main, trottine sur la pointe des pieds pour le rattraper ; manquerait plus que je m'étale sur le bitume, là, ce serait le pompon ! Je ne souffre pas de maladresse habituellement, mais cet homme me chamboule tellement, en plus de m'exaspérer, que mon corps ne cesse de me trahir.

– Je ne crois pas vous avoir jamais traité de haut !

Il me retourne un sourire.

– C'était une façon de parler ! Vous êtes ma patronne, non ? Donc au-dessus de moi dans la hiérarchie.

– C'est donc cela qui vous pose un problème ? Qu'une femme vous domine ?

Eh oui, moi aussi, je peux te provoquer, mon p'tit gars !

Il laisse échapper un petit rire à travers son sourire.

Une fois de plus, ce son rauque à la limite du carnassier allié à ses belles dents blanches, ainsi qu'à sa mastication aussi sexy que provocante, déclenche des pensées indécentes. Qu'une fois de plus je refoule. Je ne peux quand même pas continuer d'être attirée par cette espèce de… rustre mal poli ! Si ? Non ?

Et alors que je m'attends à une repartie cinglante, il se contente d'allonger les foulées, l'air de rien. Je souffle par le nez, m'efforçant de conserver un rythme cardiaque supportable, alors que… punaise, j'ai du mal à rester à sa hauteur. Heureusement que les bâtiments de l'aérodrome sont proches, car je doute, sous ce soleil de plomb, pouvoir supporter cet effort encore très longtemps ; le sport et moi, ça fait deux !

Je le suis jusqu'à un pick-up noir, *le pick-up* de la photo.

Il balance ma valise dans la benne, m'ouvre la portière passager et s'incline, avec un geste de la main.

– Si madame veut bien se donner la peine…

– Merci… Méfiez-vous, je pourrais m'habituer à ce que vous soyez aux petits soins avec moi ! riposté-je, caustique, avant de prendre place.

Un sourire Colgate lui échappe encore.

Un sourire franc qui me séduit et me fait baisser ma garde, mais au lieu de refermer la portière comme je m'attends à ce qu'il le fasse, il entre à demi dans l'habitacle, m'écrase de sa présence. Je me tasse dans mon siège, les yeux fixés sur les siens alors que son souffle balaie ma peau. Mon bas-ventre répond à sa présence, malgré moi, se gorge d'envies.

– J'aime qu'une femme me domine, Chloé, mais seulement dans certaines situations !

Mon prénom, dans sa bouche, m'émoustille plus que de raison, tout comme ce qu'il insinue. Des images de nous, nus, dans un lit, moi au-dessus de lui, inondent soudain mon cerveau.

– Ça tombe bien, rétorqué-je en me mordant la lèvre. J'aime dominer… Jack…

Je soutiens le feu de ses iris.

Il n'est pas insensible à ma présence, oh non… loin de là ! Je le vois de nouveau à son regard redevenu sombre, à cette façon de me dévisager comme s'il me découvrait. Ou avait encore envie de se ruer sur mes lèvres.

Notre petit jeu te plaît, Jack ? J'ai le sentiment que oui…

5

Jack

Je serre les mains autour du volant, le regard fixe, tout en appuyant sur l'accélérateur comme un taré. Le pick-up rebondit sur la route cabossée menant à la propriété de James, distante de quelques kilomètres. Quelques kilomètres qui me laisseront le temps de la réflexion et peut-être celui de me calmer.

Mais c'est loin d'être gagné !

Qu'est-ce qui m'a pris de lui sortir un truc pareil ? Que, de temps à autre, j'aime qu'une femme soit au-dessus, qu'elle me domine et s'occupe de mon plaisir… Je ne pouvais pas garder mes distances ?!

Je jette un coup d'œil à ma « patronne », assise sur le siège passager.

Accrochée d'une main à la poignée au-dessus de la portière, elle serre les dents, mais ne se plaint pas de ma conduite de bourrin.

Je lève pourtant le pied, alors que j'enrage.

Ouais, putain, j'enrage !

J'enrage d'être attiré par cette femme et de mourir d'envie de l'embrasser, alors que je devrais l'ignorer. J'enrage de la désirer, alors que je lui en veux pour ce qu'elle a imposé à James que je considérais comme un père, même mieux qu'un père, un ami. Un confident, un soutien de tous les instants. Ce que mon paternel n'a jamais été ! Il a tellement souffert de l'indifférence de sa fille, sans jamais lui en vouloir, du reste, et était tellement déçu qu'elle ne réponde pas à ses invitations, que ça me rendait dingue. Cette colère ne m'a pas quitté ! Pour prendre des proportions indécentes lorsque j'ai appris qu'elle rappliquait ! Je n'ai pas pu m'empêcher de lui dire à mots couverts ce que je pensais d'elle : qu'elle n'est qu'une ingrate venue profiter du fruit du travail de son père !

J'aurais dû la foutre dans un avion pour qu'elle retourne d'où elle venait, mais je n'en ai pas le pouvoir et, au lieu de ça, je n'ai fait que me perdre dans la lumière de ses iris si semblables à ceux de James et, ça aussi, ça me bouffe.

Elle est bien sa fille, je ne peux le nier !

Elle possède sa force de caractère, sa détermination, sa repartie aussi, et je dois dire qu'elle a le cœur bien accroché sous des dehors fragiles de poupée sophistiquée. Elle ne s'est pas laissé démonter lorsque je l'ai un peu malmenée tout à l'heure dans l'avion, en piquant vers le sol, espérant la faire réagir. Pour… pour la punir, je crois, la pousser dans ses retranchements, la provoquer, lui faire payer ce qu'elle est, ce qu'elle représente, ainsi que ce qu'elle déclenche dans mon corps… Elle était morte de trouille, mais elle n'a pas crié ! Non, au lieu de ça, un petit couinement de souris a franchi ses lèvres. Des lèvres que je mourais d'envie de goûter dès que j'ai posé les yeux sur elle, ignorant qui elle était, et ensuite, ensuite… cette pensée ne m'a plus quitté, pas une seule seconde alors que… bon sang… elle est la fille de James ! La nouvelle propriétaire de l'exploitation à laquelle j'ai consacré dix ans de ma vie ! Je me demande ce que James dirait s'il savait que je meurs d'envie de baiser sa fille !

Ouais, je suis en colère.

Et j'aurais dû continuer à me retrancher derrière ce sentiment, plutôt que laisser nos échanges dériver vers quelque chose de plus intime et de plus sensuel ; je n'ai fait qu'exacerber le désir que j'ai pour elle, bien que j'enrage.

J'enrage toujours…

J'enrage que mon avenir dépende de cette petite Parisienne qui, selon ses propres mots, n'y connaît rien en élevage et sait à peine faire la différence entre une vache et un mouton.

Bon Dieu, ouais, j'aurais dû envoyer Liam la récupérer à l'aéroport ! Un Écossais arrivé là – James devait avoir la faculté de recueillir les âmes égarées – et devenu au fil des années mon meilleur pote. Mais, en tant que bras droit de James, c'était mon rôle d'aller chercher sa fille. Je ne m'attendais pas à ce qu'elle soit si bandante ni à ce qu'elle m'attire au premier regard. Est-ce que ça aurait changé quelque chose si je l'avais su ?

Sans doute pas…

Putain, James… pourquoi tu m'as fait ce coup ?

Pourquoi t'es mort avant qu'on planifie l'avenir ? Pourquoi tu ne m'as rien dit de tes projets de faire de ta fille ton héritière ? Là encore, est-ce que ça aurait changé quelque chose ? Je l'ignore ! Mais j'aurais eu le temps de me préparer à l'idée et de l'accepter ! De toute façon, n'ayant pas les moyens de reprendre l'affaire, à moins de tuer mon propre père, *ce connard*, je suppose qu'effectivement, cela n'aurait rien changé !

Je jette un coup d'œil à Chloé, étrangement silencieuse, occupée à observer ce qui l'entoure avec ce regard émerveillé qui ne l'a pas quittée depuis notre départ de l'aéroport.

Je devrais lui demander, là, tout de suite, quels sont ses projets pour l'exploitation, mais je crois que je me suis suffisamment comporté comme un imbécile jusque-là, je vais la laisser souffler un peu et lui laisser le temps de s'installer ; j'ai été dur avec elle. J'ai perdu mon mentor, mais elle a perdu son père après tout, même si elle ne le connaissait pas.

Je peux faire preuve de mansuétude et de patience, elle se confiera lorsqu'elle sera prête.

Ou pas… après tout, ça ne me regarde pas !

Ouais, j'ai été dur, agressif, accusateur, et une petite pointe de remords me titille d'une façon désagréable. Je m'en veux ! D'autant qu'elle m'a juré ne rien savoir de l'argent que James lui envoyait, ni des lettres, et je suis enclin à la croire. Ses yeux baignés de larmes m'ont prouvé qu'elle en ignorait tout et regrettait sincèrement d'avoir loupé cette rencontre avec son père, qu'il désirait tant. Je me fiche de savoir pour quelles raisons elle n'en a jamais rien su, ce n'est pas mon problème et, de toute façon, il est trop tard !

Trop tard pour tout…

Pour James, pour moi, pour l'exploitation, maintenant entre les mains de cette femme, citadine jusqu'au bout des ongles.

Tout en mastiquant mon chewing-gum, une habitude que j'ai conservée depuis que j'ai arrêté de fumer, je cogite. Ouais, j'ai été un sale con avec elle, mais j'avais mes raisons. Et maintenant… maintenant, je pourrais être sympa, tout en gardant mes distances. Hors de question de reproduire l'erreur de tout à l'heure, lorsque j'étais à deux doigts de sauter sur ses lèvres et de l'embrasser comme un mort de faim, me laissant prendre à mon propre piège de la provocation. En tout cas, si le projet de ma patronne est de se débarrasser de l'élevage, il est hors de question qu'il tombe entre *ses* mains !

Moi vivant, ce charognard n'aura pas les terres de James !

Je quitte la route des yeux, que je connais par cœur, contemple de nouveau Chloé. Son profil harmonieux, la courbe de ses cils, sa nuque… Elle a retiré sa veste, l'a posée sur ses genoux, et ses seins ronds, épanouis, me font de l'œil. Elle est vraiment bien foutue et jolie. Plus que jolie, même ! Il n'y a rien à jeter chez cette nana ! Elle est peut-être un peu trop mince, je préfère les femmes plus en chair ! Je demanderai à Belinda, notre cuisinière, de bien la nourrir, qu'elle se remplume un peu…

Percevant mon regard sur elle, vu que je ne cherche pas à être discret, la belle tourne la tête dans ma direction et ses iris azur harponnent les miens.

– Oui ?

La revoilà avec ses airs de duchesse !

Loin de me rebuter, son expression hautaine me fait bander. Pour la première fois de ma vie, je suis attiré par une femme de caractère, alors que je les préfère soumises. Je réfrène mes élans libidineux ainsi que les images classées X qui la mettent en scène à quatre pattes, la bouche autour de mon membre – histoire qu'elle l'utilise autrement que pour me casser les bonbons ! –, ou mes doigts agrippant ses mèches blondes tandis que je vais et vient entre ses reins. La sensation s'avère si prégnante que mon érection, de dure, devient douloureuse.

– Rien, grondé-je, me retenant d'empoigner ma gaule par-dessus mon jean pour me soulager.

– Ah bon… Je croyais que vous aviez quelque chose à me dire ! Nous arrivons bientôt ?

Elle a tout d'une gosse qui ne cesse de poser des questions !

– Quel âge avez-vous, Jack ? enchaîne-t-elle.

Qu'est-ce que je disais !

– C'est étrange, je me posais la même question à votre sujet, patronne !

Gardant pour moi le fait de l'avoir traitée de gamine impatiente et mal élevée parce que trop curieuse.

– J'ai 25 ans, Jack, et vous ?

– 28 !

– Oh, alors, vous avez rencontré mon père lorsque vous aviez 18 ans ! Racontez-moi !

– Je n'aime pas particulièrement parler de moi ! rétorqué-je sèchement.

– Alors, parlez-moi de mon père !

– Je le ferai, Chloé, mais plus tard. Nous arrivons !

Timing parfait !

La maison se découpe à quelques centaines de mètres, en contrebas, au bord du lac.

Je dépasse l'entrée de l'exploitation, signalée tel un ranch d'un immense « Wallaroo » inscrit en arc de cercle sur un porche métallique, emprunte le chemin caillouteux menant à l'habitation de James.

– Vous me le promettez ?

Je me noie dans ses iris couleur océan.

À cet instant, sa vulnérabilité, plus que toute autre chose, m'émeut.

– Oui, Chloé, je vous le promets, me surprends-je à répondre.

Ce qui ne me ressemble guère !

Je n'ai jamais composé avec les désirs d'une femme, ni n'ai jamais été tenté de le faire. Je ne me suis d'ailleurs jamais encombré d'une femme, ni même d'une petite amie, les relations durables ne m'intéressent pas et, de ce point de vue-là, la génétique a bien fait son œuvre, comme un putain de pied-de-nez : je ressemble à mon père ! Je suis incapable de me contenter d'une seule femme ! Alors, à quoi bon ? Je ne pourrais que faire souffrir celle qui partagerait ma vie, comme mon père a fait souffrir ma mère, qui a fini par le quitter – parce que je l'ai poussée à le faire –, mais qui en est morte de chagrin, m'accablant un peu plus sous le poids des remords.

Non, je préfère rester seul et tirer des coups quand ça me chante !

C'est préférable et mieux pour tout le monde !

Et ça m'évite les emmerdes !

– Merci…

– Je vous en prie…

Je stoppe le pick-up au pied de la maison, et à peine ai-je tiré le frein à main que Chloé saute de la voiture. Tout en l'observant avancer vers l'eau, je sors moi aussi du véhicule et vais me saisir de son bagage, ne pouvant m'empêcher d'admirer sa silhouette alors qu'elle s'étire, les mains nouées dans le dos, en regardant droit devant elle. L'expression de son visage m'est dissimulée, mais je sais ce qu'elle ressent car cette vue me chavire le cœur tous les matins : le lac Taupo, le plus grand de Nouvelle-Zélande, ses eaux vertes d'une incroyable transparence, puis bleu turquoise ; le bateau à moteur de James près du ponton, que je n'ai pas utilisé depuis sa mort ; la bande de terre parsemée d'eucalyptus de différentes tailles dont les effluves, exacerbés par le soleil encore chaud, arrivent jusqu'à nous, et plus loin, la montagne grise surmontée d'une bande de longs nuages blancs d'où la Nouvelle-Zélande tire son surnom, le pays au long nuage blanc.

J'ai beau être né ici, à quelques kilomètres, je reste encore subjugué par cette nature sauvage. Elle coule dans mes veines, elle fait partie de moi, je me reconnais en elle et je ne pourrais vivre nulle part ailleurs qu'ici ; j'aurais l'impression qu'il me manque une partie de moi-même. Le lac, avec ses eaux aux couleurs sublimes, me calme et m'apaise.

Malgré moi, je me vois emmener Chloé en balade en bateau, à la rencontre de la gravure rupestre de Mine Bay représentant le navigateur maori qui a conduit son peuple en Nouvelle-Zélande, au XIIIe siècle ; ou sur la rivière Waikato jusqu'au pied des rapides – impressionnants, on se sent écrasé par la puissance des éléments – ; ou en randonnée sur le Tongariro, un paysage lunaire stérile fait de cratères et de volcans actifs, parsemé de coulées de lave et de geysers ; ou sur l'Orakei Korako, une vallée constituée de sources chaudes et de boue bouillonnante au milieu de terrasses de silice recouvertes de taches d'algues vertes, jaunes ou oranges à l'effet saisissant. Je nous imagine sans peine effectuer ces périples ensemble avec, au-dessus de nos têtes, ce même ciel d'un bleu intense parsemé de rubans nuageux d'un blanc si pur… Face à ces merveilles de la nature, on ne peut que se sentir minuscule.

Qu'est-ce qui m'arrive ? Il n'en est pas question, *bordel de merde*, je dois garder mes distances !

À cet instant, sa présence m'attire comme un aimant, mais j'ai un rôle à tenir…

Je me retiens de souffler de dépit, pose sa valise au pied de l'escalier en bois menant à la terrasse et la rejoins au bord de l'eau. Elle tourne son visage vers moi, sur lequel se reflète l'émerveillement.

– Cet endroit est superbe, Jack !

C'est elle qui l'est…

Son sourire, la lumière intense de ses yeux la magnifient, même si une douleur sourde persiste dans son regard d'un bleu profond, aussi beau que celui des eaux.

Ma gorge se serre.

James avait souvent cette expression lorsqu'il contemplait le lac du haut de la terrasse, une tasse de café fumante à la main ; cette même lueur dans les yeux.

– Et vous, où habitez-vous ? demande-t-elle, avant de me laisser le temps de commenter sa réaction.

– Ici !

– Ah…

– Oui, patronne ! Nous allons devoir cohabiter…

Et contre toute attente, le fait m'excite autant qu'il me déplaît… peut-être même davantage. La question est – une parmi tant d'autres : vais-je réussir à me tenir loin d'elle ?

Elle me fixe, mordille sa lèvre tout en m'évaluant et l'envie soudaine de bomber le torse pour me montrer à mon avantage me submerge. Elle me provoque, et j'adore ça ! La plupart des femmes que je rencontre manquent cruellement d'intérêt. En même temps, ce n'est pas pour leur conversation que je recherche leur compagnie, mais pour tirer un coup !

– D'accord, ça ne me pose pas de problème ! rétorque-t-elle. Et vous ?

Je m'extirpe de mes pensées intimes pour me concentrer sur la sublime créature devant moi qui, la tête penchée sur le côté, m'observe, attendant manifestement une réponse :

– Pardon ?

– Et vous ?

– Quoi, moi ?

Elle soupire (je crois que je la désespère) :
– Que pensez-vous de notre cohabitation forcée ?
– Ça me va…
Elle hausse un sourcil, dubitative.
– Vous êtes sûr ? Parce que je peux parfaitement loger dans un hôtel. Il faudrait juste que vous m'appeliez un taxi, ou que quelqu'un m'y conduise.
– Pourquoi ?
– Comment ça, pourquoi ? Pourquoi j'irais à l'hôtel ? Vous le faites exprès ou ça se passe comment ? Vous m'avez clairement fait comprendre que vous me détestiez, Jack, alors… mieux vaut en rester là, nous deux, et ne pas nous fréquenter plus que nécessaire !
Je me sermonne.
James, lui si accueillant, si généreux, et qui se mettait en quatre pour les autres, m'en voudrait de traiter sa fille comme une pestiférée et, en plus, de la virer de chez elle !
– Je ne vous déteste pas !
– Alors, vous n'êtes plus en colère contre moi et vous me croyez quand je dis que j'ignorais que mon père m'avait écrit ?
Je me passe la main dans les cheveux.
– Je n'aurais pas dû vous traiter comme je l'ai fait, je vous demande de me pardonner…
Elle écarquille les yeux, visiblement surprise, puis ses épaules s'affaissent tandis qu'un autre soupir lui échappe.
– Vous défendiez mon père, je le comprends, et je vous pardonne… Bon, qu'est-ce qu'on fait, maintenant ?
– On va reprendre depuis le début !
Je lui tends la main :
– Je me présente, Jack O'Brien, éleveur ! Désolé du retard à l'aéroport, cela ne se reproduira plus !

– Je pourrai toujours compter sur vous à partir de maintenant ? demande-t-elle, s'emparant de ma main pour la serrer.

Je plonge dans la profondeur de son regard.

– Toujours, patronne ! Je vous fais visiter la maison ?

– Et comment !

Elle lâche ma main et je réprime un frisson en sentant sa peau glisser sur la mienne.

C'est quoi, ce bordel ?

Incapable de bouger, dérouté par ce qui se passe dans ma tête et dans mon corps, je la regarde s'éloigner en direction de l'habitation.

Au bout de quelques pas, elle s'arrête, se retourne.

– Alors, vous venez ? Je n'ai pas que ça à faire ! assène-t-elle, souriante, me rendant la monnaie de ma pièce.

Je me secoue, lui passe devant le nez, vaguement conscient de me comporter de nouveau comme un gros con, mais je n'ai pas le choix, je dois remettre de la distance entre nous ou je suis foutu !

6

Chloé

À mon sens, Jack a un gros problème !

Un gros, gros problème !

Il s'excuse, me sourit, me charme et, la minute d'après, il redevient froid comme une banquise, ce qui me replonge immédiatement dans le climat d'animosité et de défiance du début de notre rencontre. Il s'est excusé, certes, mais il n'a pas répondu à ma question lorsque je lui ai demandé s'il me croyait au sujet de mon père. J'ai bien peur que non ! Il doit avoir besoin de preuves et j'avoue que moi aussi.

Je retiens un soupir et fais fi de mon guide aussi attirant que perturbant pour observer ce qui m'entoure tout en montant l'escalier à sa suite. Comme je l'avais noté sur les photos, le bois de la terrasse, des garde-corps, ainsi que de l'habitation proprement dite, a pris une teinte vert-de-gris et aurait besoin d'une bonne couche de lasure pour lui redonner son brillant. En même temps, je ne peux nier que la bâtisse à la toiture en tôle également grise, entourée de fougères et d'eucalyptus – si j'en crois l'odeur qui titille agréablement mes narines –, s'insère parfaitement dans cet univers rustique et sauvage. Je ne parviens pas à m'empêcher pourtant d'imaginer des ajouts qui pourraient apporter une touche de modernisme : une lasure blanche, par exemple, ainsi que des balustrades en aluminium, des colonnes en pierres supportant le toit de la rotonde plutôt qu'en bois ; un nouveau mobilier extérieur avec des coussins colorés, ou dans les tons écrus, ou rouges, plutôt que ces vieux trucs en rotin tout défraîchis et inconfortables ; des plantes en pots… Peu de choses en somme.

Jack ouvre la porte d'entrée.

– Vous ne fermez pas à clé ? demandé-je, étonnée.

– Pas besoin ! Comme vous pouvez le constater, nous sommes dans un endroit reculé. Et il y a un panneau « propriété privée » en haut du chemin.

Je reste dubitative.

– Bah… si ça suffit pour arrêter les touristes, tant mieux !

– James avait coutume de dire qu'il n'avait rien à se faire voler… et quand bien même, il aurait fait un heureux. Votre père était quelqu'un de généreux.

Je lui souris, heureuse qu'il se décide enfin à me livrer des informations sur mon père. Informations que j'aurai certainement au compte-gouttes – Jack semble un homme pudique et réservé, et pas très bavard ! –, mais je m'en contenterai. Je me retiens de le questionner davantage – je vais le laisser se confier à son rythme – et j'entre dans l'habitation.

Je m'arrête, muette de surprise, tant la vue sur le lac et les montagnes, avec ces immenses baies dont une partie en rotonde, est stupéfiante. Je ne m'attendais pas à ça ! La maison étant en hauteur, avec aucun vis-à-vis, la sensation est incroyable. J'ai le sentiment d'être seule au monde, perdue au milieu de nulle part et d'avoir l'eau à portée de main.

Quant à voler quelque chose, effectivement !

Le mobilier est sommaire, résolument masculin et se

résume à deux transats devant les baies avec chacun un plaid en peau de mouton, une banquette sur ma gauche, une cheminée en pierre et une immense bibliothèque. À ma droite, l'espace donne accès à une cuisine ouverte, possédant un îlot central avec un coin repas et *deux* tabourets !

Partout, je les imagine tous les deux, Jack et mon père !

Une petite pointe de jalousie me transperce le cœur. Ou plutôt d'envie… teintée de peine. J'aurais tellement voulu que ce soit mon père, et non Jack, qui me fasse découvrir la maison. Il m'en aurait narré l'histoire ainsi que les raisons pour lesquelles il s'est installé ici, son quotidien, à quoi il occupait son temps libre… En tout cas, l'intérieur est plutôt spartiate et mon père ne devait pas recevoir souvent du monde. Personne, certainement ! Personne, excepté Jack !

– Vous êtes un grand garçon, Jack, vous n'avez jamais souhaité posséder votre propre maison ?

Il me retourne un regard noir dont il a le secret, mais ignorant mon sarcasme, il ouvre la baie, qui donne également sur la terrasse, d'une main – l'autre tenant mon bagage – et il repasse devant moi.

– J'ai une maison…

Tant mieux ! Le foutre à la rue m'aurait chagrinée !

Tu devrais le lui dire, me susurre une petite voix.

Je prends une grande inspiration, mais me dégonfle. Je le lui dirai, mais pas maintenant, pas tout de suite, je veux qu'il me parle de mon père d'abord et qu'il ait confiance en moi pour accepter de m'aider à trouver un acheteur.

– C'est… c'ést cool ! m'extasié-je, tout en lui emboîtant le pas dans le couloir.

Mais alors, pourquoi habite-t-il ici, s'il possède sa propre propriété ? Pour plus de commodités, j'imagine, pour être proche de l'exploitation et pouvoir seconder mon père…

– Je n'ai pas encore fini les travaux, ajoute-t-il après quelques secondes de silence.

– Vous devez certainement manquer de temps ! Vous étiez le bras droit de mon père, c'est ça ?

– C'est ça !

Punaise, il pourrait développer !

Il ne comprend pas que je crève d'impatience d'en apprendre plus sur la vie de mon père ?

Il ouvre une porte.

– Voici sa chambre ! La mienne est à l'étage !

OK… Contente de le savoir…

En vérité, je m'en moque, il pourrait tout aussi bien habiter sur la Lune ou à l'autre bout de la planète, à cet instant précis, rien d'autre n'existe que cette pièce. Mon cœur frappe contre mes côtes alors que j'en franchis le seuil, lentement, sentant le regard de Jack sur moi. Je n'étais pas prête, il aurait pu commencer par me montrer la salle de bains, les toilettes, un bureau, j'en sais rien, mais soudain, une odeur me happe.

– Il fumait ? m'enquiers-je, sans me retourner.

– Oui, le cigare. Assez souvent…

Je m'enivre de l'odeur. Une odeur forte, masculine. Si j'avais eu un père, j'aurais aimé qu'il ait exactement cette odeur. J'ignore pourquoi, mais c'est ainsi. En tout cas, c'était la sienne, et je m'en repais et l'imagine, comme s'il allait apparaître et entrer dans la pièce, vêtu d'un jean et d'une veste à carreaux, ou en cotte kaki et crotté de la tête aux pieds ! Qu'importe son allure, je crois que j'aurais adoré. Comme j'aurais adoré me blottir dans ses bras. Et j'imagine la scène, justement, si j'avais reçu ces satanées lettres au lieu d'avoir vécu dans l'ignorance.

Je me secoue, reprends mon inspection.

Comme les pièces à vivre, l'antre de mon père possède des cloisons en bois, de bonnes dimensions, et est meublé sommairement d'un grand lit, d'un bureau au plateau garni de livres, d'une commode et d'une armoire ; une baie, dépourvue de rideaux, donne sur la terrasse. Je vais l'ouvrir, admire le lac à ma gauche, inspire à pleins poumons pour retrouver mon calme et me retourne.

Jack a lâché mon sac et, appuyé contre le chambranle, les bras croisés, m'observe.

– Vous avez fait du rangement ?

– Non ! James était méticuleux et ne s'encombrait pas de superflu…

– Je vois ça… Ses affaires sont donc encore dans les placards ?

– Oui, je n'ai touché à rien.

– OK, merci, Jack, j'apprécie votre attitude.

Il lève un sourcil, la surprise marbrant ses traits, ainsi qu'autre chose : de la compassion peut-être… Il aimait mon père, c'est indéniable, et il souffre autant que moi de sa mort, sinon plus, parce que lui, il l'a connu et a vécu avec lui.

Encore une fois, une pointe de regret s'insinue dans mon cœur.

Lorsque je m'imaginais partir à la rencontre de mon père, découvrir son univers, je ne pensais pas avoir autant de peine ni souffrir autant, mais c'est le cas !

– De rien, patronne ! sort-il encore, ne cessant de me dévisager.

Je fais abstraction de son regard insistant, reviens au centre de la pièce et me rapproche des photos que j'avais repérées au-dessus du bureau, contre le mur, mais que j'avais délibérément occultées. Là encore, je voulais me laisser du temps. Elles sont au nombre de trois, chacune entourée d'un cadre en bois.

Mon Dieu...

Une vive émotion m'étreint, car pour la première fois de ma vie, je fais connaissance avec mon père (j'ai tapé son nom sur Google, mais il y avait tellement de photos que j'ai renoncé à chercher plus avant de peur de me planter). Les larmes aux yeux, j'observe son visage, constatant qu'il était bel homme, très grand, mince, blond, les traits fins. Ses yeux d'un bleu intense crèvent la photo ; des yeux dont j'ai manifestement hérité. Sur cette photo, il a les cheveux coupés court. Mes épaules frémissent, puis se raidissent en sentant Jack approcher. Il ne dit mot, comme s'il était conscient que j'avais besoin de recueillement, ce dont je lui suis reconnaissante. Au bout d'un long moment de silence durant lequel nous regardons l'un et l'autre les clichés, il tend le bras, me désigne de l'index celui de droite sur lequel on y voit mon père, accroupi, un immense sourire aux lèvres et un agneau dans les bras. Derrière lui s'élève l'entrée de l'élevage telle que je l'ai vue tout à l'heure, avec en arc de cercle le mot « Wallaroo ». Certainement le nom de l'exploitation, ce que, comme il n'est noté nulle part, j'ignorais.

Quant à mon père, son bonheur évident là encore crève l'image. Et moi, je suis heureuse qu'il ait eu une belle vie. Il en a sans doute bavé, la vie d'éleveur ne doit pas être drôle tous les jours, mais il avait, semble-t-il, trouvé sa place dans ce monde.

– Celle-ci date d'il y a dix ans, murmure Jack. C'est moi qui l'ai prise, quelques mois après mon arrivée.

Je tourne la tête, observe son profil alors qu'il redescend son bras.

Sa peine, là encore, est manifeste et m'émeut plus que je ne saurais le dire.

– Vous veniez d'où ? demandé-je simplement, ignorant s'il va accepter de se livrer, ou non.

– De pas très loin ! répond-il laconiquement tout en continuant de regarder les clichés, semblant plongé lui aussi dans le passé.

Son passé ? Ou celui partagé avec mon père ? Qu'a-t-il vécu pour être si réservé sur son histoire personnelle ? Jack est quelqu'un de bien, je le sens, au plus profond de moi, mais j'ai également la sensation que quelque chose lui pèse. Qu'il porte lui aussi le poids de remords. Ou de regrets. Mais en même temps, c'est le cas de tout un chacun, non ?

– Vous étiez jeune, qu'est-ce qui vous a motivé à faire ce travail ?

– J'avais besoin de bosser et je… je suis venu trouver James, que je connaissais de réputation. Je lui ai demandé de me donner une chance de lui prouver que je pouvais travailler dur, malgré mon jeune âge, et il m'a pris à l'essai. Puis il m'a embauché.

Jack n'a manifestement pas joui d'une vie facile, d'où, peut-être, son intransigeance, sa réserve et son implacabilité dans certaines situations, bien qu'il sache se montrer, dans d'autres, agréable, souriant et séducteur. Ses regards dévorants, à l'aéroport, avant qu'il apprenne à qui il avait affaire, m'ont donné vraiment chaud !

Je chasse ces souvenirs, demande :

– Ça veut dire quoi, « Wallaroo » ?

– C'est le nom d'un kangourou !

– Oh… Il y a des kangourous en Nouvelle-Zélande ? demandé-je avec étonnement.

Il se marre.

Ouais, ben, c'est bon ! En plus de détester les bestioles, je suis nulle en géo, faune, flore et tout le bordel ! J'ai jamais aimé ça ! L'histoire, ça passe, mais les sciences naturelles, à l'école, me donnaient des boutons. Ce n'est pas pour autant que je suis inculte ! Je pense même avoir une culture générale pas trop mauvaise !

– Non ! Mais l'ancien propriétaire était australien, et certainement nostalgique ! répond Jack, du sourire dans la voix.

OK...

J'observe une photo de groupe, puis lui désigne la troisième, sur laquelle mon père a les bras autour des épaules de deux jeunes hommes, dont Jack.

– Et lui, qui est-ce ? demandé-je, désignant l'autre type.

De la même taille que Jack, mince, mais aussi roux et pâle de peau que Jack est brun et a le teint hâlé.

– Liam ! Il est arrivé peu de temps après moi. Je vous présenterai à lui tout à l'heure, à l'exploitation.

– Il vit aussi dans cette maison ?

– Non, là-bas ! Avec les autres employés à temps plein.

– Dommage, il a l'air sympa ! Pas comme certains !

J'assortis mon propos d'un sourire caustique. En réponse, Jack plonge son regard ténébreux dans le mien, voilé de contrariété, mais aussi de quelque chose de nouveau ; d'amusement, je crois.

Néanmoins, je ne devrais pas le provoquer !

Ou la situation finira par se retourner contre moi. Mais tant pis, je prends le risque, et au moins, j'aurai trouvé une échappatoire à la peine qui me ronge.

Et ce n'est qu'un juste retour des choses pour m'avoir traitée comme une indésirable, d'abord !

Bon, OK, ce n'est pas très charitable, mais ça m'amuse ! Et j'en ai le pouvoir…

– Il l'est ! réplique Jack sèchement. Vous vous en rendrez compte par vous-même, puisque c'est lui qui vous fera visiter l'exploitation !

Mince… Déception !

Liam est pas mal, mignon et bien fait de sa personne, mais il n'arrive pas à la cheville de Jack niveau charisme. Il n'a pas cette dangerosité qui m'attire irrésistiblement ; cette animalité et cette virilité à fleur de peau qui caractérisent le beau brun et qui me font me sentir toute petite, intimidée, mais en même temps, en confiance.

– Je comprends, ce n'est pas dans vos compétences ! raillé-je.

Il rit.

Et encore une fois, ce son rauque, diablement masculin, enflamme mon corps.

– Si ! Mais comme je vous l'ai dit, mon temps est précieux ! À moins que vous l'ordonniez, auquel cas, je me plierai à vos exigences, patronne ! réplique-t-il, avec quelques coups de dent sur son chewing-gum, me laissant admirer ses canines de carnassier et me mettant manifestement au défi de, justement, lui donner des ordres.

– Non, non, ce sera parfait ! Comme je vous l'ai dit tout à l'heure, je ne veux pas être un poids pour vous, Jack. Je m'adapterai et ne prendrai que ce que vous voulez bien me donner.

Il m'observe ardemment, tout en mastiquant son chewing-gum.

Il doit voir que ça m'énerve, autant que ça me trouble, et il en profite.

– Je prends note ! finit-il par répondre, avant de se détourner. Je vous montre la chambre que je vous ai fait préparer ? À moins que vous ne souhaitiez vous installer dans celle de votre père ? lance-t-il par-dessus son épaule.

Quoi ?

– Non, non, vous avez eu raison, je préfère une autre chambre. Merci, Jack.

– De rien, patronne ! rétorque-t-il en me jetant un bref regard.

J'entends l'ironie dans sa voix, malgré la gravité du moment.

Et manifestement, il a décidé de ne pas répondre à mes provocations. J'avais pris la même décision, avant de me mettre au diapason et de lui rendre la monnaie de sa pièce en le provoquant autant qu'il me provoque.

Au moment de sortir de la pièce, je jette un dernier regard à l'intérieur, avec un petit pincement au cœur à la pensée de devoir vider les placards des effets personnels de mon père.

Je crois que c'est ce qui m'a fait le plus de mal après le décès de ma mère. Cela rendait sa disparition atrocement réelle, et c'est en pleurant toutes les larmes de mon corps que j'ai trié ses affaires, ne conservant que ses bijoux, qui se trouvent aujourd'hui dans une petite boîte dans ma salle de bains. Puis j'ai fait venir Emmaüs pour qu'ils me débarrassent du reste, vêtements comme meubles, ne gardant que ceux qui iraient dans mon nouvel appartement, que Tristan et les filles m'ont aidée à aménager. Devoir recommencer ici me crève le cœur. Même si je n'ai jamais rencontré mon père, même s'il demeure un inconnu, sa mort me touche. Je n'en suis pas terrassée, comme j'ai pu l'être pour ma mère, mais peinée. D'autant plus que s'il n'était pas mort, je n'aurais jamais su qui il était. Nous aurions dû faire connaissance de son vivant, c'est injuste… mais la vie l'est parfois.

Néanmoins, je n'ai pas eu à me plaindre, j'avais une maman attentionnée et aimante, pour laquelle j'étais tout – qui m'a peut-être quelque peu couvée et surprotégée, mais je ne m'en plaignais pas. J'ai fait des études que j'ai choisies, en fonction de mes inclinations, embrassé une carrière qui me plaît et dans laquelle j'espère m'éclater dans un avenir proche, et je me suis fait des amis en or... Je m'estime gâtée par l'existence. Existence aujourd'hui noircie par les deuils de mes parents, mais je m'en remettrai, j'en suis persuadée ; je ne suis pas d'une nature à me morfondre et à me plaindre. Surtout que j'ai des objectifs et des idées plein la tête, qui me permettront d'avancer tout en tirant un trait sur le passé ; les souvenirs, seuls, persisteront, et je finirai par ne plus en souffrir, même si je suis, maintenant, seule au monde. En tout cas, je ne regrette pas d'être venue jusqu'ici, malgré l'accueil plus que réfrigérant de Jack ; j'avais besoin de faire cette rencontre avec mon père. J'espère seulement que les autres personnes qui l'ont fréquenté ne me jugeront pas aussi durement que l'a fait Jack ! Mais peut-être est-il le seul à savoir, pour les lettres...

J'abandonne mes pensées intimes lorsque Jack, après m'avoir conduite à l'étage, m'ouvre une porte. Étage où, si je m'en souviens bien, il a sa propre chambre.

Il me désigne la porte en face.

– Ma chambre ! précise-t-il, en mastiquant de plus belle.

Je me demande si cette attitude est le reflet de son agacement, ou de son excitation.

– Et là, vous avez la salle de bains, et les toilettes, enchaîne-t-il en me désignant les portes de chaque côté du couloir, en direction de l'escalier. Communes. J'espère que ça ne vous dérange pas de les partager avec moi ?

– Non, et vous ?

– Je devrais pouvoir le supporter !

Il pose mon bagage au sol.

– Dix minutes, ça vous va ?

– Nickel !

– Alors, à tout de suite. Je vous attends en bas !

Et il se tire.

Je regarde sa silhouette s'éloigner. Il ne peut pas me voir, alors j'en profite pour me rincer l'œil. Il a vraiment de belles fesses ! Je n'en reviens toujours pas qu'il ait fini par s'excuser ! De plus, sa présence m'a beaucoup aidée, tout à l'heure. J'ai apprécié qu'il me parle des photos, qu'il reste près de moi et partage avec moi ce moment fort en émotion. Je l'ai remercié, mais je vais devoir encore le faire d'avoir été si prévenant. Tout compte fait, Jack O'Brien ne se résume pas à une plastique attrayante, il sait se montrer attentionné et sensible. Et il a l'air de prendre son rôle d'employé modèle à cœur, même si ce n'est pas lui qui me fera visiter l'exploitation.

Je vire cet homme de ma tête, récupère mon bagage et pénètre dans la chambre. *Ma* chambre. Du moins pour les quelques semaines à venir. Ou mois… non, pas *mois* ! Plus vite je me débarrasserai de mon héritage, plus vite je pourrai me mettre en chasse de mon magasin et commencer ma nouvelle vie !

Là encore, le mobilier est en bois clair, spartiate – lit, armoire, petit bureau avec une chaise –, mais la pièce est lumineuse et propre. Un tapis en laine épaisse couvre le parquet brun entre le lit et la fenêtre.

Je pose ma valise sur le lit, me dirige vers l'immense baie à deux vantaux. De côté, j'aperçois le lac. J'adore ! Je crois que je vais me sentir bien ici, même si l'idée que la chambre de Jack est à proximité – ainsi que Jack lui-même – me rend quelque peu fébrile.

J'abandonne le sublime panorama pour me rediriger vers le lit et mon bagage, l'ouvre, me saisis de mon linge de toilette, ainsi que de mon vanity, sors de la pièce et me rends à la salle de bains, que je découvre également sommaire : une douche, un lavabo surmonté d'un miroir, un meuble en dessous, un autre sur le côté, étroit, d'une bonne hauteur. Sommaire, mais là encore d'une propreté irréprochable. J'investis les lieux, dépose mes affaires un peu partout, en poussant légèrement celles de Jack afin de pouvoir caser mes nombreux produits de soin et de maquillage.

Je me passe de l'eau sur le visage, le cou, la nuque, les aisselles – pas le temps pour une douche –, nettoie le dessous de mes yeux avec mes doigts pour ôter les coulures de crayon, presse mes pommettes pour leur redonner un peu de couleur, me donne un coup de déo, et face au miroir, je refais ma queue de cheval. Je replace ma frange du bout des doigts et me parfume largement avec ma fragrance du moment : *Angel* de Thierry Mugler.

Je suis prête à faire de nouveau face à cet homme déroutant qu'est Jack, ainsi qu'à découvrir le reste de mon héritage. J'avoue que la maison et la vue depuis la terrasse m'ont séduite, ce qui ne sera certainement pas le cas de l'exploitation. Je ne sais pas à quoi m'attendre, mais je suis sûre d'une chose, je déteste les bêtes, les petites comme les grosses, alors… je crois que je ne suis pas au bout de mes peines. Surtout si Jack s'amuse encore à me torturer et ne me facilite pas les choses.

7

Jack

La voilà !

Je lui avais donné dix minutes, et les dix minutes sont tout juste écoulées lorsqu'elle apparaît en haut des marches. Elle est ponctuelle et j'apprécie !

La ponctualité, c'est la base !

C'est une question de respect.

Je l'observe descendre les marches en se tenant à la rambarde, telle une duchesse, y a pas d'autre mot, et ça me fait marrer intérieurement parce que, dans quelques minutes, elle va perdre de son assurance et de sa superbe, la patronne ! J'ai hâte de la voir froncer son joli petit nez lorsqu'elle entrera dans la bergerie !

Nous nous observons et plus elle avance vers moi, plus mon corps se tend et ma gorge se noue. Elle est fière, entière, j'ai pu le constater, courageuse, mais elle possède également cette fragilité qui – je sais pas… – me donne envie de la serrer dans mes bras et de la protéger du reste du monde. Ça change des moments où j'ai envie de lui rouler des pelles pour la faire taire et de m'enfoncer jusqu'à la garde dans son joli petit corps ! J'ignore si elle est consciente de ce qu'elle m'inspire, mais en cet instant, son petit sourire triste où transpire encore sa peine m'émeut, et malgré moi et contre toute attente, ma gorge se serre davantage parce que ce chagrin de la perte de

James, je le ressens dans chaque fibre de mon être et je le partage avec elle. Ce qui n'est, là encore, absolument pas dans mes habitudes. Je suis fils unique ! Et c'est parfait ainsi… Un malheureux suffit !

Sans quitter ma patronne des yeux, je m'avance pour lui tendre la main et l'aider à franchir la dernière marche, comme si je la conduisais au bal. La galanterie n'est pas mon truc, mais je succombe à cet instinct primaire qui me commande de la toucher. Sa peau appelle la mienne, je n'y peux rien ! Et putain, ouais, je la désire, comme jamais je n'ai désiré une femme.

Je la désire et je la veux !

Un reste de loyauté envers James me submerge ; c'est sa fille, bordel !

Regarde ailleurs, Jack !

Si James était encore de ce monde, je suis sûr qu'il me foutrait une branlée pour oser loucher sur sa fille ! Sachant à quel point je peux me comporter comme un connard avec les femmes, il aurait eu peur que je lui brise le cœur et, en cela, je ne peux lui donner tort.

Le sourire quitte mon visage.

Je ne suis pas un mec bien !

J'en donne l'apparence, je sais jouer de mon charme pour arriver à mes fins avec les femmes qui m'intéressent, mais ce ne sont justement que des apparences ! Je ne sais pas me comporter autrement qu'en fumier !

J'oublie mes tourments pour reporter mon attention sur celle qui est en train de foutre le bordel dans ma tête, et après l'avoir aidée à franchir la dernière marche, je lâche sa main et lui tourne le dos, pour aller lui ouvrir sa portière.

Après tout, elle est ma boss !

Je peux faire montre de zèle, tout en la maintenant à distance.

Je l'entends soupirer dans mon dos.

Je l'agace, et sans doute est-elle perdue ! On le serait à moins ! Depuis le début, je n'ai fait que lui envoyer des signaux contradictoires, laissant parler mon désir, mais le combattant aussitôt par une attitude d'enfoiré ! Je n'ai pas le choix ! Je me répète, mais je dois me comporter en professionnel… et ne pas la laisser m'approcher plus que nécessaire.

Elle est ma boss et je suis son employé, point !

Je reste indifférent et garde le regard braqué droit devant moi alors qu'elle me passe sous le nez. Son parfum caresse mes narines. Je ne connais pas, mais j'aime bien, il lui va bien ! Même si je préfère des senteurs plus… naturelles. Tout à l'heure, lorsque je n'ai pu m'empêcher de lui avouer que j'aimais son parfum, elle a cru que je me foutais de sa gueule, mais c'était vrai ! J'aime l'odeur de sa peau, sans artifices.

Je ne peux m'empêcher d'inspirer. Discrètement. Et putain, j'en ai des frissons sur tout le corps et ma bite tressaute.

Fait chier !

Je claque la portière, mettant un point final à mon délire et mes réactions de puceau, tout en me traitant mentalement de débile à me laisser subjuguer par une saloperie de parfum que j'adorerais sentir sur chaque millimètre carré de sa peau, je fais le tour de la voiture et m'installe au volant.

Je démarre, effectue un virage serré sur les chapeaux de roues et remonte le chemin.

– Vous conduisez toujours comme ça ?

– Comme ça, comment ?

– Ben, comme ça ! Comme vous vous conduisez dans la vie !

– Là, faudra m'en dire plus, patronne !

– Comme si vous en vouliez à la terre entière !

Je ne vois pas du tout de quoi elle parle !

– Faut croire ! Et alors ?

– Alors, rien… bougonne-t-elle. Laissez tomber !

Elle tourne son visage de l'autre côté, regarde par la vitre.

Au bout de quelques minutes, elle l'ouvre et penche sa tête par la fenêtre ; j'espère qu'elle n'a pas la gerbe, mais si elle avait dû être malade, elle aurait déjà vomi dans l'avion, non ? J'inspecte tout de même son profil pour lever le pied si toutefois elle était patraque, mais non, elle a fermé les yeux et manifestement mon humeur n'entache pas la sienne. Elle semble résolue à profiter de chaque instant et elle a raison ; qu'elle oublie le connard que je suis !

Elle replie son bras gauche, le pose contre le montant de la portière pour protéger sa tête des soubresauts du pick-up et reste là, à profiter des derniers rayons de soleil. L'odeur de cette terre que j'aime tant pénètre dans l'habitacle. Une odeur de foin mouillé, d'eucalyptus, et plus nous approchons de l'exploitation, plus elle charrie des relents animaux, la plupart de nos femelles étant confinées dans la bergerie avec leurs petits. Mais c'est sans commune mesure avec celle de la fin de l'hiver, début du printemps, juste avant la tonte, quand la laine est dense. Pour autant, nos moutons vivant la plupart du temps à l'extérieur, elle n'est jamais désagréable. Personnellement, j'adore ! Et j'adore la période de la tonte. Nous faisons venir une équipe de tondeurs professionnels et je leur donne un coup de main. L'exercice est éreintant, mais là encore, je me frotte aux meilleurs et je m'éclate ; juste pour la gloire, pour le challenge personnel et je dois avouer que je ne suis pas trop mauvais. Je n'égale pas les cadors capables de tondre deux cent quatre-vingts moutons en huit heures, mais je me défends.

Pour ce qui est de l'odeur, James a toujours veillé à ce que les bâtiments restent propres, le fumier remisé et les boucs mis à l'écart dès que leur odeur musquée atteste que la période d'accouplement approche, alors nous continuons. Pour lui. Pour qu'il soit fier de nous.

Putain, ce qu'il me manque…

Il était ma famille.

Mon unique famille…

Je combats la vague de chagrin qui s'abat sur moi, décélère et emprunte la voie bitumée conduisant à l'exploitation, donnant ensuite sur un chemin caillouteux encore plus bosselé que celui qui mène à l'habitation. Les bâtiments sont sur une sorte d'esplanade, immense, avec une vue incroyable sur le lac et les montagnes.

Ma boss ouvre les paupières au moment même où je coupe le moteur.

Un sourire étire mes lèvres lorsque je la vois battre des cils, puis écarquiller ses jolis yeux.

– Oh… Jack…

Elle ouvre la portière, agrippe la poignée et se dresse sur le marchepied pour prendre de la hauteur.

– C'est magnifique ! Regardez ! s'extasie-t-elle, tandis que je descends du pick-up pour la rejoindre. On croirait les montagnes encore plus proches ! Je n'ai jamais rien vu d'aussi beau ! Vous ne trouvez pas que c'est beau, Jack ? Mais non, vous, vous êtes habitué, ça ne doit plus vous émouvoir. Quand on contemple ce panorama tous les jours, on ne fait plus attention, mais je peux vous assurer…

Je n'entends pas le reste.

Je la regarde, elle, sourd à ce qui m'entoure, j'observe l'expression d'extase de son visage, son corps dressé, la cambrure de ses reins, ses mollets contractés sous l'effort que son jean ajusté comme une seconde peau me révèle.

Une envie irrépressible torture mon corps.

J'ai envie, là, tout de suite, de m'installer derrière elle sur le marchepied, de la prendre dans mes bras, de la serrer contre moi et d'admirer avec elle le paysage. J'ai envie de la sentir s'éveiller à son contact, de percevoir chacun de ses tressaillements, chacun de ses souffles admiratifs, chacun de ses tremblements, car oui, c'est un véritable éveil qu'elle vit à cet instant, je le vois sur son visage ; un véritable voyage initiatique qui ne laisse pas indemne, j'en sais quelque chose, je suis passé par là, et James avant nous. La voir s'extasier, voir son visage se transformer est le plus beau spectacle qu'il m'ait été donné de contempler.

Elle le tourne vers moi, les yeux embués, et soudain, elle saute du pick-up et court à moi, en larmes. Je n'ai pas d'autre choix que de lui ouvrir les bras. Elle se presse contre moi, s'agrippe à mes épaules et éclate en sanglots. Je referme mes bras sur elle, complètement perdu, et au bout de quelques secondes, je glisse une main dans son dos, l'autre sur sa nuque découverte qui m'attire comme un aimant depuis que j'ai posé les yeux sur elle. Comme ses lèvres. Ses lèvres que j'ai envie de goûter. Il me suffirait de l'écarter légèrement, de soulever son menton et de fondre sur elles. Je suis sûr que, les nerfs éraillés par ses émotions intenses, elle ne me les refuserait pas, mais ce serait profiter de sa faiblesse, aussi je n'en fais rien, me contentant de la serrer contre moi pour adoucir sa peine sans demander davantage. Me rendant compte que je ne souhaite rien d'autre. Rien d'autre que son corps souple et chaud contre le mien, ses cheveux caressant mon cou, sa peau vivant sous mes doigts.

Il se passe un truc dans cette étreinte.

Un lien se tisse entre nous.

Un lien que je n'aurais jamais dû laisser se tisser, mais je ne pouvais pas la repousser. Elle en avait besoin, et d'une certaine manière, je crois que moi aussi. Nous avions besoin, l'un comme l'autre, de nous rapprocher de James, de nous reconnecter à lui, de communier avec lui.

Par ce moyen…

Je regarde droit devant moi, le cœur douloureux, comme si c'était la première fois que je contemplais le panorama, alors que je le connais par cœur. Les rayons du soleil commencent à décliner. Bientôt, le ciel prendra feu… les nuages, entrecoupés de brume, s'habilleront d'orange, de jaune, de rouge par endroits… puis l'astre commencera sa descente vers les eaux dans lesquelles il se reflétera en une bande chatoyante cramoisie aux bords tremblants d'une incroyable luminosité, avant de disparaître, comme englouti par le monde. Et de réapparaître, de l'autre côté, pour un lever tout aussi magnifique. Et tout aussi poignant.

J'ignore combien de temps nous restons ainsi, serrés l'un contre l'autre.

Mon cœur bat fort, tout comme celui de Chloé que je sens contre mon torse. Ils battent à l'unisson. Et le mien se serre sous l'effet d'une émotion sans pareille. Je comprends, en un clignement de paupière, que le contact de Chloé me calme.

Et ça, c'est la merde !

Je la laisse m'échapper.

Elle recule, passe ses mains sur ses joues en poussant

un soupir à fendre l'âme et relève son visage vers moi.

– Pardon, je… je n'aurais pas dû courir ainsi dans vos bras… Vous devez me trouver ridicule.

Oh non, pas ridicule du tout…

J'ai envie de lui balancer un truc débile pour rester dans le rôle que je me suis fixé, pour restaurer cette distance mise à mal par notre étreinte, mais la peine emmurée dans ses iris m'en empêche. Nous reprendrons nos joutes, mais pas maintenant. Là, tout de suite, je vais la laisser souffler et se remettre de ses émotions.

– Pas de problème, boss. Et non, je ne vous trouve pas ridicule… Bon ! écourté-je, campant l'attitude du connard. Vous avez d'autres chaussures ?

– Là ? Ici ?

– Ouais, dans votre sac à main ?!

– Euh, non, mais j'ai des baskets dans ma valise…

– Blanches avec des brillants ?

Elle ouvre de grands yeux.

– Comment le savez-vous ? Vous avez fouillé dans mes affaires ?

Je ne peux m'empêcher d'éclater de rire.

– Non, patronne, c'était juste une intuition !

Parce que t'aimes les paillettes ! Et peut-être même les licornes !

Je plonge le bras vers la plateforme par-dessus le montant du pick-up, m'empare de bottes que je sais trouver là et les lui tends.

– Mettez ça ! Elles seront dix fois trop grandes pour vous, mais c'est mieux que rien ! Je ne voudrais pas que vous vous pétiez une cheville sur le chemin.

Elle réprime une grimace, regarde les bottes, me regarde.

Je les pousse vers elle avec un sourire.

Allez, duchesse !

– Vous serez magnifique avec ça aux pieds, vous verrez ! la charrié-je.

– D'accord, vous avez sans doute raison, soupire-t-elle, en s'en emparant avant d'aller s'asseoir sur le marchepied de la voiture. Pour l'utilité de ces choses, parce que pour ce qui est d'être magnifique avec ce genre de… d'aberrations, je ne crois pas. Je ne comprends pas qu'on puisse porter ce genre de trucs infâmes, poursuit-elle, en retirant sa godasse et en regardant l'intérieur de la botte.

Je devrais perdre patience et aller lui enfiler moi-même ces foutues bottes, mais au lieu de ça, je la contemple. Fasciné. Chacun de ses gestes, d'une grâce infinie, chacune de ses expressions me subjugue, son petit nez froncé, ses sourcils parfaitement épilés rapprochés en signe de contrariété.

Elle secoue la botte, lève son visage dans ma direction.

– Il peut y avoir des bêtes là-dedans, non ? demande-t-elle, soudain inquiète. De grosses araignées, par exemple ? Je déteste les bêtes !

Nan… je m'en serais pas douté !

– Vous n'avez rien à craindre ! la rassuré-je, muselant mon envie de la charrier et parce qu'on va pas y passer la nuit non plus ! Nous ne sommes pas en Australie, ici, patronne ! Il n'y a aucune espèce venimeuse en Nouvelle-Zélande ! Vous pouvez dormir sur vos deux oreilles, aucune mygale ne viendra vous chatouiller les orteils.

Je la vois frissonner.

– Vous êtes sûr ?

Je ris.

– Certain !

– Brrrr, rien que d'y penser, j'en ai la chair de poule !

– Heureusement que vous n'avez pas hérité d'un élevage chez nos voisins australiens ! Vous n'auriez pas tenu deux jours !

Elle secoue la botte pour plus de sûreté et se décide – enfin ! – à l'enfiler.

– Il n'y a vraiment pas de bêtes sauvages dans votre pays ?

– Si, plein !

Son visage se décolore, sa bouche forme un O de surprise.

– Mais vous venez de dire qu'il n'y en avait pas !

– Je sais ce que j'ai dit, patronne ! Il n'y a aucune espèce venimeuse, mais cela ne veut pas dire qu'il n'y a pas d'animaux sauvages ! répliqué-je, comme si j'apprenais la vie à une gamine. Ils ne sont juste pas dangereux pour l'homme !

– Ah, je préfère ça ! profère-t-elle, en se mettant debout.

J'éclate encore de rire.

Elle regarde ses pieds, puis me fait un immense sourire qui me donne à nouveau envie de me ruer sur ses lèvres.

– Là, j'ai l'air ridicule ! Mais c'est pas grave ! enchaîne-t-elle, avant que je la rassure.

Encore une fois, elle n'est pas ridicule, elle est charmante au contraire, d'une naïveté touchante qui me séduit. Naïveté, qui s'évapore pour laisser place à une certaine détermination lorsqu'elle avance vers moi.

– Je suis prête ! On y va ?!

Je contemple les bottes qui lui arrivent au-dessus des genoux et dans lesquelles elle flotte.

Je lui fais encore mon plus beau sourire, assorti de quelques coups de dent.

– Ça va aller ? Sinon, je peux toujours vous transporter sur mon épaule !

L'évocation me séduit.

J'imagine la gueule des gars, à l'exploitation, s'ils me voyaient arriver avec Chloé sur l'épaule comme un sac à patates. Pour ensuite leur avouer qu'elle est notre nouvelle patronne.

Ce serait drôle, tiens !

C'est à son tour d'éclater de rire.

– Non, non, ça ira, Jack, je ne voudrais pas abuser de votre corps !

J'aime quand elle me provoque.

J'adore ça !

Là, plus aucune trace de naïveté, ni de la moindre tristesse, elle semble au contraire très sûre d'elle et de ce qu'elle inspire aux hommes. Mais ce n'est pas son but premier ! Elle pourrait, hein, elle en a clairement les moyens, mais elle n'est pas dans la séduction et c'est ce que j'aime aussi chez elle.

Avant que je réponde, elle me dépasse.

Je lui emboîte le pas, la devance légèrement pour ouvrir la marche et la guider vers les bâtiments de l'exploitation.

– Quels animaux je peux croiser, au juste ? demande-t-elle, après trois secondes de marche.

Certainement pour tromper sa nervosité.

– Outre des moutons, vous voulez dire ?

– Oui, les moutons, ça devrait aller ! Ils sont tout bouclés à cause de la laine qu'ils ont sur le dos, c'est bien ça ?

Je me retiens de rire.

Elle n'y connaît vraiment rien !

– C'est ça ! La Nouvelle-Zélande en compte trente millions, alors vous allez en voir partout, tout le temps ! En ce qui concerne les autres animaux, vous aurez peut-être la chance de rencontrer un kiwi, notre mascotte.

Avant l'arrivée de l'homme, il n'existait pas de mammifères ici, les kiwis, qui sont pourtant des oiseaux, ont donc perdu la capacité de voler. Ils font aujourd'hui partie des espèces menacées.

– Ah bon, pourquoi ?

– Parce que l'homme a introduit des prédateurs.

– D'accord ! Quoi d'autre ?

– Le weka ! Comme le kiwi, c'est un oiseau qui a perdu ses ailes. Il faut s'en méfier, il est têtu et bagarreur.

– OK ! Je saurai m'en souvenir !

Je lui souris.

– Vous aurez peu l'occasion d'en voir, ils ne sortent que la nuit.

– Oh… dommage… quoi d'autre ? demande-t-elle encore, toujours avec cette voix de gosse émerveillée.

Alors que cette attitude aurait dû me gaver, je me surprends à lui répondre patiemment.

– Le kéa, un perroquet des montagnes, si rusé qu'il fouille dans les sacs des touristes ! Il s'attaque aussi aux joints en caoutchouc des voitures, et l'on ignore pourquoi !

Ma remarque la fait sourire et je me perds un instant dans le bleu de ses yeux, tout en continuant d'avancer.

– Vous croiserez aussi des weta ! La plus grosse sauterelle du monde. Son nom signifie « laid » en maori, et ça lui va bien ! Vous pourrez également voir des baleines, des cachalots, des otaries, des manchots, ainsi que des dauphins si vous allez au large de nos côtes ou sur les plages de l'île du Sud.

Je lui ai dit qu'il n'existait aucune espèce mortelle en Nouvelle-Zélande, mais ce n'est pas tout à fait vrai ! Effectivement, on ne trouve pas de serpents, ni de scorpions ou de crocodiles, ni de grosses araignées, mais deux petites espèces venimeuses. Comme elles sont en voie d'extinction, on ne les rencontre que très rarement. Pour ma part, je n'en ai jamais vu ! La katipo, reconnaissable à son ventre rouge, au venin mortel – mais tous les hôpitaux possèdent des sérums –, ainsi que la *white-tailed spider*, venue d'Australie, malgré la biosécurité. Sa piqûre n'est pas mortelle, mais peut occasionner de fortes démangeaisons et des nausées. Et il y a aussi les *sandflies*, dans le Fiordland, – une région peu peuplée et très sauvage du sud-ouest de l'île du Sud où se trouvent nos fjords –, ces moucherons piqueurs dont les piqûres entraînent également des démangeaisons et des rougeurs durant des semaines si on oublie de s'asperger de répulsif. Et des requins ! Mais ils ont largement de quoi se nourrir dans les eaux poissonneuses du Pacifique pour ne pas être obligés de s'attaquer à l'homme !

– Par contre, nous avons des possums ! enchaîné-je. Et lui, c'est de la saloperie ! Il est mignon, mais il ravage tout sur son passage ! Alors qu'il est protégé en Australie, ici, nous lui livrons une guerre sans merci ! Il y en a trop ! Quelques possums suffisent à mettre un arbre à terre en quinze jours !

– Ils sont herbivores ?

– Yep ! Ils dévastent les plantations et le problème, c'est qu'ils transmettent la tuberculose au bétail. C'est un vrai fléau que le gouvernement cherche à éradiquer à coups de pièges et de poisons.

– Nous en avons ici ?

Le terme « nous » m'amuse.

– Oui ! Ne soyez pas étonnée si vous me voyez sortir le fusil !

– Ah, mince… Merci de me prévenir ! Oh, mais c'est sympa comme tout, cet endroit ! s'exclame-t-elle alors que nous pénétrons dans la cour centrale, bordée de bâtiments.

C'est vrai, c'est sympa !

Outre la bergerie, nous possédons un immense hangar faisant office de salle de tonte et de remise pour le matériel, des appentis pour les véhicules, un dortoir pour les employés ainsi que plusieurs chalets pour la « cantine », l'habitation de Liam, et un bureau. Bureau dans lequel je passe la majeure partie de mon temps. C'était déjà le cas lorsque je secondais James, depuis qu'il n'est plus, je n'ai plus le loisir de faire grand-chose d'autre que la paperasse, la gestion du personnel et des éventuels conflits (ils sont rares, heureusement !), les plannings, même si depuis le temps, chacun connaît son job, les rendez-vous commerciaux à travers le pays, l'accueil de potentiels acheteurs, et la vie au grand air me manque. Baiser, aussi ! Mais ça, c'est un autre problème ! Je croule tellement sous le boulot que je serai heureux de m'en décharger sur ma boss, si tant est qu'elle puisse endosser une partie de la tâche. Je vais devoir la coacher ! Donc… passer du temps avec elle ! J'espère qu'elle apprend vite !

– Venez ! bougonné-je.

Je l'entraîne vers la cantine où sont installés – sous un appentis joliment décoré de lierre et de plantes grimpantes pour en faire un endroit chaleureux et convivial –, Liam, Doug – un autre de nos employés à temps plein –, Belinda, notre cuisinière faisant également office de femme de ménage – elle s'occupe de mes repas personnels qu'elle dépose chez James, de mon linge et de l'entretien de la maison du lac –, ainsi qu'un couple de woofers[1] anglais fraîchement débarqué : Mary et Peter. Bruce et Danny, d'autres employés à demeure, sont sans

1. Personne qui travaille en échange du gîte et du couvert.

doute occupés à la bergerie où ils se relaient, avec Liam et Doug, veillant au confort des mères et des petits. D'autres employés saisonniers du coin ou d'autres woofers viennent augmenter les effectifs lors des foins, pour ramasser le maïs et tondre les bêtes. James n'a jamais utilisé aucune nourriture industrielle, et il n'a jamais cherché à faire de l'élevage intensif. Il prenait soin de ses animaux qu'il aimait comme des membres de sa famille et j'appréciais cette intégrité chez lui, ainsi que son état d'esprit. Ici, les animaux sont heureux et bien traités. Pas comme dans d'autres élevages !

– Les amis, je vous présente Chloé Fayard, la fille de James, et notre nouvelle patronne !

Belinda est la première à réagir.

Elle saute sur ses pieds et tend la main à Chloé.

– Oh… bienvenue, madame ! J'avais tellement hâte de faire votre connaissance, lui déballe-t-elle, avec sa bonhomie habituelle.

Je prends un peu de distance pour la laisser profiter de la boss à son tour, qui, elle, se prête au jeu, tout sourire, manifestement ravie de l'accueil. Accueil qui n'a rien à voir avec le mien ! Mais eux ne savent pas ce que je sais ; eux n'ont rien à lui reprocher. Eux ne sont pas attirés par elle, alors qu'ils n'en ont pas le droit !

Je suis le seul à être intéressé par la patronne et à nourrir un intérêt plus… charnel !

Belinda donne le ton. Notre cuisinière est une femme formidable et une mère pour nous tous. Généreuse, dévouée, protectrice, elle nous materne et nous consacre tout son temps, hormis les week-ends, qu'elle passe chez sa fille, à Tūrangi, la ville la plus proche. Durant ses absences, nous devons nous débrouiller sans elle, mais elle veille à nous préparer les repas que nous n'avons plus qu'à réchauffer. Tandis que les autres employés les prennent ici, je me contente de déjeuner frugalement dans mon bureau et, le soir, je dîne à la maison du lac. Seul, la plupart du temps, sauf lorsque Liam se joint à moi, quand il ne part pas s'entraîner ou faire la fête en ville.

Je m'approche de mon meilleur ami, tout en observant Belinda présenter les employés à Chloé ; ce que j'aurais dû faire.

Passons…

– Tu pourras l'emmener visiter la bergerie ? lui soufflé-je discrètement. J'ai à faire !

J'ai surtout passé assez de temps avec ma trop charmante boss !

– OK, pas de problème !

Il hausse les sourcils en me rendant mon regard, tandis qu'un sourire danse sur ses lèvres.

Il est intéressé par Chloé ! Mais comment ne pas l'être ?! Elle est foutrement attirante !

Et malgré moi, cet intérêt me dérange.

Encore une fois, je ne me reconnais pas ! Ce n'est pas moi, ce mec possessif envers les femmes ! Il nous est même arrivé, avec Liam, de nous refiler les meufs après usage…

Cette femme fait naître en moi des sentiments que j'ignorais posséder jusqu'à ce jour.

– Ça va ? s'enquiert-il.

– Ouais ! Pourquoi ça n'irait pas ?

– Tu as ta tête des mauvais jours !

– J'ai toujours la même tête, Liam !

– Ouais, c'est bien ce que je dis ! se marre Liam.

Je souffle, refusant de m'appesantir sur sa réflexion.

Liam a rapidement décelé ma véritable nature, il sait que je suis imbuvable pour me protéger et maintenir les gens à distance, sauf quand je décide d'user de mon charme pour séduire les femmes. Il sait que mon attitude de connard est une carapace, mais venant de lui, ça ne me dérange pas ; c'est un mec bien ! Un mec qui n'utilisera pas mes faiblesses contre moi. Sauf qu'aujourd'hui, il lorgne la femme qui me plaît plus que de raison et m'attire, et ça m'emmerde ! Mais en même temps, la lui refourguer m'évitera de passer tout mon temps avec elle !

Je reporte mon attention sur ma boss qui, souriante, détendue, discute avec les employés, auxquels sont venus s'ajouter Bruce et Danny.

Je croise les bras sur mon torse lorsqu'elle avance vers nous.

– Liam, c'est ça ? débite-t-elle, lui tendant la main.

Je les regarde, impassible, se saluer.

Si Liam semble sous le charme, ce n'est pas le cas de Chloé qui observe mon pote sans laisser paraître le moindre intérêt.

– Je vous ai vu sur une photo dans la chambre de mon père, ajoute-t-elle devant l'air surpris de Liam. Jack a fait les présentations.

Elle me regarde à mon tour, et mon cœur fait un bond dans ma cage thoracique.

Bordel !

Je me raidis, lui sors :

– Je vous laisse entre les mains de Liam, boss ! Bonne visite !

– Oh, très bien… mais… pour ce qui est de la société proprement dite ? ajoute-t-elle rapidement avant que je prenne la fuite. J'ai besoin que vous me montriez les dossiers et que vous m'expliquiez comment fonctionne l'exploitation.

– Nous verrons ça demain !

– Je ne vous reverrai pas d'ici là ?

– Je ne crois pas, non ! J'ai beaucoup à faire !

– Très bien ! Eh bien… merci, Jack, pour… pour tout, enchaîne-t-elle, faisant certainement référence à son moment de faiblesse dans mes bras.

Moment qui devrait se barrer de mon cerveau !

Je la salue d'un mouvement sec de la tête et m'éloigne, ignorant les regards.

Néanmoins, je les perçois, je les ressens : celui, ironique, de Liam, qui n'est certainement pas dupe et a décelé mon intérêt ; celui de Belinda, peiné, car elle m'aime et me reproche de me réfugier dans la solitude, surtout depuis que James nous a quittés ; et ceux des autres, surpris peut-être, mais indifférents. Pourquoi ne le seraient-ils pas ? Ils ne me connaissent pas ! En tout cas, ils ne connaissent de moi que ce que je veux bien leur montrer et, jusque-là, j'ai été le second de James, puis leur boss par intérim.

Pour autant, je n'ai jamais souhaité prendre la place de James.

Je soupire à l'idée que l'exploitation soit tombée entre les mains d'une nana qui n'y connaît rien ! Et davantage à l'idée que nous devions non seulement cohabiter, mais également travailler ensemble ! Et que je doive l'initier à son nouveau job !

J'entre dans le bureau, m'installe et fais pivoter le siège pour être face à la fenêtre.

J'aperçois Liam et Chloé entrer dans la bergerie.

Au moment d'en franchir la porte à la suite de mon pote, elle tourne la tête dans ma direction.

Ressent-elle la brûlure de mon regard sur elle ?

Je l'ignore, mais j'ai le sentiment, depuis le début, qu'une incroyable connexion existe entre elle et moi. Une connexion surprenante, inattendue, et j'ignore également à quoi elle tient. Ce que je sais, c'est qu'elle me bouscule. Depuis que j'ai fait sa connaissance, je ne me reconnais plus ! Je devrais oublier ce qu'elle m'inspire, mais j'aime tout chez elle, sa personnalité, ses grands yeux bleus candides, ses expressions, sa façon de s'extasier, sa fragilité apparente, son parfum, la douceur de sa peau que j'ai pu percevoir sous mes doigts lorsque je l'ai tenue contre moi. J'en ai encore des frissons sur le corps et ma bite se réveille à ce souvenir.

Je suis mal barré si le simple fait de penser à elle attise ma libido !

Ouais, mec ! T'es mal barré !

Elle se détourne, entre dans le bâtiment, que Liam referme derrière eux. Et je dois me faire violence pour ne pas courir prendre sa place.

Je me morigène, je ne dois pas céder à mon attirance et j'ai du boulot !

Je me tourne vers l'écran de l'ordinateur, empoigne la souris et la déplace jusqu'à l'encadré du mot de passe, que je tape pour ouvrir ma session. J'ouvre ensuite le logiciel de gestion de l'exploitation et tente de me concentrer sur les chiffres qui, assez rapidement, perdent de leur intérêt.

Je n'arrête pas de penser à ma boss !

Alors que je devrais continuer à me retrancher derrière la colère et l'indifférence.

Je soupire comme un buffle.

Allez, un peu de couilles, Jack !

Ce n'est pas une petite précieuse française qui va te faire perdre tes moyens ! Mais malgré toute ma persévérance et ma bonne volonté, elle ne cesse de s'inviter dans mon esprit et, au bout d'un moment, j'en ai ras-le-cul !

Je me lève et sors du bureau.

8

Chloé

Je pénètre à la suite de Liam dans la bergerie et ouvre de grands yeux.

Le lieu, fait de bois, avec une charpente impressionnante et des compartiments contenant un nombre également impressionnant de brebis accompagnées de leurs petits, est immense ; j'en vois à peine le fond. Les bêtes ont l'air bien et ont suffisamment de place pour pouvoir s'allonger. Certaines sont justement couchées, d'autres debout, mais nombreuses sont celles en train de nourrir leurs bébés et il règne une certaine cacophonie faite de bêlements et de bruits de succion.

Liam m'entraîne vers le fond du bâtiment et j'éclate de rire lorsqu'un agneau, reconnaissant manifestement mon compagnon, sort de l'un des compartiments et se dirige vers nous en faisant des petits bonds.

Il est trop chou ! On le dirait monté sur ressort !

– Ça, c'est Jumpy ! s'amuse Liam.

Je me baisse, le caresse, surprise par la douceur de sa laine.

C'est incroyable comme il est doux ! En plus, il sent bon !

J'avoue que, lorsque je suis entrée dans la bergerie, je m'attendais à être écœurée par l'odeur, il n'en est rien ! Alors, certes, ça sent, mais ce n'est pas horrible, et loin d'être désagréable.

– Vous leur donnez des noms à tous ? demandé-je, tout en grattant la tête du petit qui se frotte contre moi comme un chiot, et en regardant autour de moi la quantité impressionnante de brebis et de bébés.

Si c'est le cas, comment font-ils pour se souvenir de tous les noms et les identifier ? Ils se ressemblent tous ?!

– Seulement aux plus dégourdis. Elle, c'est Fluffy ! ajoute-t-il, en saisissant un autre agneau venu nous rejoindre. Regardez comme elle est douce ! Encore plus que Jumpy ! Lui, c'est un vrai chiot, il nous suit à la trace !

– Oui, il est marrant !

Je me redresse, abandonne Jumpy, le petit mouton sauteur, qui reprend ses bonds autour de nous, pour me rapprocher de Liam et caresser la tête de la peluche blanche qu'il tient dans les bras.

– Vous voulez la prendre ?

Hum… quoi ?

– Euh, oui… pourquoi pas, obtempéré-je pourtant.

Il me tend la boule de poils dont je m'empare, mais il me surprend en s'approchant de moi.

– Je vais vous montrer comment la tenir pour ne pas lui faire mal…

– Euh… OK !

Je le laisse s'approcher davantage, positionner le bébé dans mes bras.

Je le dévisage un bref instant, avant de me concentrer sur Fluffy qui, ayant manifestement l'habitude d'être portée, semble totalement en confiance. C'est étrange, son contact ne me révulse pas autant que je l'aurais imaginé. Quant à Liam, il est agréable à regarder. Ce que j'avais déjà remarqué sur la photo. Mais contrairement au cliché où il apparaissait dégingandé et maigrichon, il possède aujourd'hui une musculature digne d'un bûcheron. Les cheveux roux foncé, légèrement ondulés, qui lui descendent jusqu'aux épaules accentuent la ressemblance, tandis que les yeux bleus, la peau claire, les belles lèvres mais un peu trop fines à mon goût, la légère barbe, les quelques taches de rousseur… lui confèrent un petit air de Sam Heughan, l'acteur phare de *Outlander*. Mais tout séduisant qu'il est, sa présence et sa proximité ne déclenchent absolument rien dans mon corps.

Pas comme le fait Jack !

Jack…

Qui ne cesse d'habiter chacune de mes pensées depuis que j'ai fait sa connaissance. Jack, que je m'attends à voir réapparaître à tout instant. À tel point que je sursaute au moindre bruit et ne peux m'empêcher de loucher vers l'entrée. Jack, qui, malgré moi et malgré son sale caractère, m'intrigue toujours autant qu'il m'attire. Il me manque, je ne peux le nier. Je repousse de toutes mes forces les sentiments qui m'ont envahie lorsque je me suis jetée dans ses bras, idiote que je suis, pour me concentrer sur Liam.

– Ça va comme ça ? demandé-je, évitant son regard insistant.

– Vous pouvez même la tenir plus étroitement, ajoute-t-il, en pressant l'animal contre moi.

Je me sens un peu gauche avec la petite dans les bras, l'un sous les pattes avant, l'autre enserrant son corps, en plus d'être surprise par son poids, dense pour une si petite chose. Je dois donner l'impression d'être une poule qui a trouvé un couteau et d'être légèrement crispée, c'est le moins qu'on puisse dire. Si mes potes me voyaient !

Ils mourraient de rire à me découvrir avec une bestiole dans les bras et seraient étonnés que je ne me sois pas sauvée en courant plutôt que de la prendre contre moi, faisant fi des microbes, des maladies, de la saleté ; tout ce que je déteste et dont je me méfie… Comme le dit si bien Jack, heureusement que je n'ai pas hérité d'une ferme en Australie, je n'aurais pas tenu trois heures ! Que dis-je, trois secondes !

Pour autant, Fluffy est propre, et elle sent bon le bébé.

– Elle a quel âge ?

– 2 mois !

– Elle pèse déjà son poids ! Elle doit être bien nourrie !

Il me désigne une brebis parmi tant d'autres.

– Sa mère est là-bas ! Eh oui, elle n'a qu'un autre petit, donc elle s'en sort ! D'ailleurs, ils vont bientôt être sevrés.

– Et si ce n'était pas le cas, s'ils n'ont pas assez ?

– Nous leur donnons le biberon ! Matin, midi et soir !

– C'est du boulot !

– C'est clair ! C'est pour cette raison que nous sommes plusieurs à nous en occuper ! Je peux vous montrer, si vous voulez ?

Tout en caressant la petite tête duveteuse de Fluffy, qui porte bien son nom tant elle est douce, je lui retourne son sourire.

Allez, soyons fous…

– Oui, je crois que ça me plairait !

Il jette un coup d'œil à sa montre.

– Il est bientôt l'heure ! Les autres ne vont pas tarder à rappliquer. Venez, je vais vous installer.

Il me prend l'agneau des bras, et avant qu'il ne le repose au sol, je lui gratte la tête.

– À plus, Fluffy, sois sage ! Elle est vraiment trop choute ! m'extasié-je.

C'est fou, mais moi qui n'aime pas particulièrement les animaux – je n'en ai jamais eu, ma mère et moi n'en avions pas les moyens et elle me disait toujours qu'un animal n'avait rien à faire en appartement, privé de liberté –, je me surprends à avoir envie de lui faire un bisou, tellement elle est douce comme une peluche. Mais avant que je me décide, Liam l'a reposée sur ses pattes.

Je la regarde, attendrie, rejoindre sa mère et donner des coups de tête contre la mamelle laissée libre par son frère. Ou sa sœur !

– Elle a l'air dégourdie !

– Elle l'est ! me confirme Liam. Elle est née en premier et a eu l'ascendant sur son frère dès le début !

Je l'observe engloutir la tétine et souris en la voyant pousser l'autre petit pour avoir plus de place. Elle est douce, mais semble avoir du caractère, la petite !

Finalement, ma première expérience avec le monde animal ne se passe pas si mal !

Je me rends compte également, à ma grande surprise, que je prends même plaisir à faire connaissance avec l'univers de mon père. À m'intégrer. Une façon pour moi de me sentir proche de lui.

C'est ainsi que je me retrouve, quelques minutes plus tard, assise sur un banc, un agneau debout entre mes genoux, un bras passé en travers de son cou, un biberon dans la main droite.

– Et maintenant ? demandé-je, désemparée, les jambes tremblotantes.

– Vous n'avez jamais donné de biberon à un enfant ? me questionne-t-il, étonné.

– Ben… non !

Je lui rends son regard.

– J'avoue que les bébés, les animaux, les bestioles, la…

la campagne, tout ça… ce n'est pas mon truc !

– Alors, vous êtes mal barrée, ici ! ironise-t-il, les yeux pétillants, sans aucun jugement.

– Ça, c'est sûr ! Mais… hum…

Je ne compte pas m'éterniser…

– … je ferai avec, éludé-je.

Il me sourit, replie mon bras sur l'agneau qui commence à s'agiter et pose sa main sur la mienne pour guider la tétine du biberon dans la bouche du petit qui, aussitôt, se met à téter goulûment. Puis il s'éloigne, remplit de lait des seaux accrochés aux palissades, percés de tétines, vers lesquels se pressent les petits affamés, s'empare d'un biberon dans le « lactarium », une grosse cuve en aluminium dont il m'a expliqué le fonctionnement ainsi que l'utilité, contenant du lait de brebis, puis d'un autre agneau.

– Ils ne prennent pas le biberon, ceux-là ? demandé-je, intriguée.

– Non ! Ils sont assez forts pour se débrouiller seuls, mais ont été repoussés par leur mère.

– Oh, les pauvres… On sait pourquoi certaines brebis refusent leurs petits ?

Il vient s'asseoir à mes côtés, son agneau dans les bras.

– Les causes sont multiples, comme bien souvent, un déséquilibre hormonal, le stress, les parasites. Même si nous sommes vigilants, c'est dur de l'éviter. D'où les biberons et les collectifs.

Nos regards se croisent et un sourire illumine son visage.

En voilà un, au moins, avec qui les relations sont simples.

Pas comme avec Jack. Néanmoins, je crois que je suis devenue accro à sa présence en quelques heures. Tout en sachant, évidemment, que ce n'est pas l'idée du siècle ! Jack est insupportable, exaspérant, il me donne envie de le frapper presque autant que de l'embrasser ! Pourquoi faut-il qu'il soit aussi beau, aussi… aussi… intrigant et attirant ? Pourquoi son sale caractère me charme, au lieu de me rebuter ? Peut-être parce que je sens, intimement, que ce sale carafon, justement, cache quelque chose et parce qu'il peut être doux et gentil, comme il y a peu, lorsqu'il m'a laissée m'épancher dans ses bras. Et parce qu'il a de la rancœur à mon égard.

– Vous vous débrouillez bien, on dirait que vous avez fait ça toute votre vie !

La voix de Liam me sort de mes pensées et j'allais le remercier lorsqu'un bruit vers l'entrée fait accélérer mon cœur. Je cherche avidement la silhouette de Jack dans le groupe passant la porte de la bergerie, mais aucune trace de lui.

Je devrais partir à sa recherche…

Après tout, une boss se doit d'être aux commandes, non ? Et non aux tâches subalternes ! Mais je me prends au jeu, me rendant compte que le petit corps tout chaud de l'agneau contre le mien, la douceur de sa laine et son plaisir manifeste à téter me calment étrangement. Je ne pensais pas prendre moi-même plaisir à ce genre de chose, mais c'est un fait… et s'il faut donner un coup de main les jours à venir, je suis partante. Tout en prospectant afin de trouver des acheteurs.

Tant que l'on ne me demande pas de rentrer du fumier !

Je souris aux nouveaux arrivés, auxquels s'est jointe Belinda, les observe s'emparer de biberons, d'agneaux et s'installer sur les bancs à nos côtés, ainsi que sur des tabourets en face de Liam et moi. Les discussions s'élèvent et je suis ravie que ma présence ne les dérange pas.

Contrairement à Jack.

Pourquoi je pense encore à lui, bon sang ?!

Cet homme s'immisce dans mon esprit toutes les trois secondes. Je le repousse de mes pensées pour me concentrer sur mon agneau, tout en écoutant les conversations où il n'est question que de rendement, de tâches à accomplir et de personnes que je ne connais pas. À ma grande déception, je n'apprends rien sur mon père ou son quotidien. Peut-être n'osent-ils pas parler de lui devant moi.

Une heure passe, peut-être deux…

Liam, afin de m'éviter de me lever, me prend les agneaux repus des bras, les emporte dans le foin sur lequel ils s'allongent aussitôt et m'en apporte un autre, ainsi qu'un biberon. Je perds littéralement la notion du temps et laisse encore mon esprit divaguer. Je n'en reviens pas d'être ici, à des milliers de kilomètres de chez moi, à des années-lumière de mon univers ! Je repense à ma mère.

Pourquoi avoir gardé le secret sur mon père, pourquoi ne m'a-t-elle jamais parlé de lui, hormis pour me raconter leur rencontre ?

Sans doute parce qu'elle avait tiré un trait sur lui et ne souhaitait plus en entendre parler !

Certainement parce qu'elle lui en voulait de l'avoir éconduite lorsqu'elle lui a avoué qu'elle était enceinte de lui et elle avait peut-être peur qu'il ait une mauvaise influence sur moi. Elle considérait certainement, et à juste titre, qu'il n'était pas digne de confiance. Elle avait peut-être peur, également, qu'il me prenne à elle, que je l'aime, lui, plus que je ne l'aimais, elle… Que sais-je… Elle voulait sans doute me protéger, mais peu importent ses raisons, je lui en veux ! Elle n'avait pas le droit de prendre des décisions à ma place et de me priver de mon père s'il voulait me voir. Elle aurait dû me laisser le choix ! Le choix de créer des liens avec lui si j'en avais le désir, de le fréquenter, ou pas… J'ignore ce que j'aurais fait, puisque j'ignore quel genre d'homme il était !

Mais d'après les photos, l'accueil que m'ont fait ses employés – hormis Jack, qui avait ses raisons, je l'admets –, sa maison, son intérieur, l'atmosphère de son exploitation, je serais tentée de penser que mon père était apprécié, qu'il se comportait bien avec ses employés ainsi qu'avec ses animaux et qu'il avait une vie plutôt rangée.

Encore faut-il que les accusations de Jack soient exactes et que mon père ait réellement cherché à me faire venir à lui… mais pourquoi m'aurait-il menti ? Je ne vois pas où serait son intérêt, il n'avait rien à gagner à me l'avouer, ni rien à perdre… Je me promets de questionner Liam et Belinda dès que j'aurai fait un peu plus connaissance avec eux.

Soudain prise d'une profonde lassitude, je réprime un bâillement.

– Vous êtes fatiguée ? demande Liam qui, très souvent, m'observait, comme s'il s'attendait à ce que je tourne de l'œil.

– Pour ne rien vous cacher, je suis éreintée…

Le voyage, le décalage horaire, les émotions… j'ai le sentiment d'avoir 100 ans et d'avoir vécu trois vies en une…

– Pardon, c'est ma faute, je n'aurais pas dû vous retenir si longtemps…

– Ne vous en voulez pas, Liam… je… c'était une belle expérience ! Et si vous avez besoin d'un coup de main à l'avenir, n'hésitez pas…

– OK, pas de problème ! À moins que Jack ait d'autres projets pour vous !

Mon cœur bondit une nouvelle fois. Sans prévenir. Juste en entendant son prénom.

– Pourquoi ? Il vous a dit ce qu'il prévoyait pour moi ?

– Non, mais… vous êtes la nouvelle patronne, alors je suppose qu'il va falloir vous familiariser avec la direction de l'exploitation.

Il se lève, va poser le petit qu'il tenait dans les bras, s'empare du mien qui avait également terminé son biberon. Je ne suis pas fâchée que ma tâche prenne fin, l'odeur du lait et des animaux commence à m'écœurer.

Je me remets sur mes pieds, souris aux employés de mon père qui, tous, ont levé les yeux vers moi.

– Je profite de ce que vous êtes tous là pour vous remercier de votre accueil, qui me va droit au cœur. Je… Ne changez rien, surtout, faites comme vous l'avez toujours fait, je ne suis pas venue pour bouleverser vos vies.

Je ne peux empêcher mes yeux de se gorger de larmes.

– Je ne regrette qu'une chose, que mon père n'ait pas été là pour m'accueillir et qu'il ait fallu qu'il meure pour que j'entende parler de lui…

Je m'interromps, la gorge serrée, incapable de dire un mot de plus.

Belinda se lève aussitôt de son tabouret pour venir me prendre dans ses bras.

– Oh… chère petite…

Après m'avoir serrée contre elle comme l'aurait fait une amie, elle me prend aux épaules, plonge ses yeux dans les miens.

– Nous aimions beaucoup James, vous savez, nous formions une grande famille et nous avons tous eu le cœur brisé lorsqu'il nous a quittés. Vous êtes ici chez vous, vous faites aujourd'hui partie de cette famille !

Mes lèvres tremblent.

– Merci, Belinda… vous êtes vraiment adorable…

– N'hésitez pas à venir me trouver si vous avez besoin de quoi que ce soit, ou si Jack n'est pas gentil avec vous !

Les autres s'esclaffent.

– J'ai cru remarquer qu'il n'avait pas un caractère facile, effectivement, répliqué-je, espérant en apprendre davantage sur l'homme qui fait accélérer mon cœur et pulser un peu plus vite mon sang dans mes veines.

– C'est le moins qu'on puisse dire, rétorque Liam, mais…

– … il a beaucoup de qualités et on l'aime ! le coupe Belinda.

– Voilà ! Je n'aurais pas mieux dit !

Je pense surtout qu'il allait faire des confidences sur son « ami », car je sais qu'ils le sont, je n'ai aucun doute là-dessus ! Tout à l'heure, ils conversaient à voix basse – d'ailleurs, j'aurais bien voulu savoir ce qu'ils se disaient – et la photo les montrant tous les deux entourant mon père m'a donné l'impression qu'un tendre sentiment les liait tous les trois. Je les ai enviés un instant. Eux avaient approché mon père et vécu auprès de lui, et ce dernier semblait ravi de les avoir à ses côtés. Peut-être les a-t-il considérés comme ses fils, peut-être m'ont-ils remplacée dans son cœur, moi, son véritable enfant. Moi, la fille ingrate qui persistait à l'ignorer et ne voulait pas de lui dans sa vie. Je ne peux empêcher les regrets de m'assaillir.

Ce n'est pas ma faute, je ne savais pas…

– Je vous laisse finir, les gars ! annonce Liam. Je raccompagne Mme Fayard chez James !

– Désolée de vous abandonner…

Belinda me frotte les épaules.

– Allez vous reposer, vous semblez en avoir grand

besoin ! On se voit demain !

– Bien sûr, à demain, Belinda ! Bonne soirée à tous !

– Bonne soirée à vous aussi, patronne ! répondent-ils en chœur.

Mince !

Ils doivent penser que je vais remplacer mon père à la tête de l'élevage ! Je leur ai dit que je ne comptais pas bouleverser leurs vies, mais en vendant l'exploitation, ce sera forcément le cas.

Peut-être, mais je n'ai pas le choix si je veux concrétiser mes projets personnels !

– Si vous avez faim, il y a ce qu'il faut dans le réfrigérateur, dit Belinda avant que je m'éloigne. Et s'il vous manque quelque chose, comme je vous l'ai dit, n'hésitez pas…

Je lui serre la main et lui souris, reconnaissante.

– Merci, Belinda.

Elle me répond d'un clignement de paupières.

Je rejoins Liam, et nous traversons la bergerie pour gagner la sortie. Je remarque aussitôt que le pick-up noir n'est plus là.

– Jack est parti ? demandé-je, alors qu'il me conduit en direction de l'une des remises sous laquelle sont stationnés d'autres véhicules.

– Faut croire ! répond-il, laconique.

J'imagine aussitôt que Jack est allé rejoindre sa petite amie. Je l'imagine passer la soirée avec elle. La nuit. Je ravale ma déception. Après tout, il a sa vie, il ne me doit rien, il n'a aucun compte à me rendre et, surtout, il n'est pas mon chaperon ! Mais peut-être est-il rentré… Je tourne la tête vers la maison du lac, en contrebas. Il y a de la lumière, mais il ne me semble pas apercevoir la voiture.

Liam se dirige vers un vieux pick-up orange, tout rouillé, m'ouvre la portière.

– Ça vous dirait d'aller manger un morceau ? Promis, je ne vous ramènerai pas tard.

Encore une fois, son sourire est chaleureux, avenant. Mais tout sympathique qu'il est, il n'est pas Jack !

– C'est gentil, Liam, mais je suis vraiment fatiguée, je préfère rentrer.

Et j'ai espoir que Jack soit à la maison et ait garé la voiture sur le devant, ou dans le garage. Je ne peux empêcher mon cœur de s'emballer à l'idée de le revoir.

– Une autre fois, alors ?

– Bien sûr, ce sera avec plaisir, Liam, réponds-je, avant de prendre place sur le siège passager.

Il me sourit comme s'il avait gagné à la loterie, referme ma portière.

Je le regarde plus attentivement alors qu'il contourne la voiture par l'avant et vient prendre place à mes côtés. Son sourire ne l'a pas quitté ! Il est beau, grand, bien foutu, musclé juste comme il faut… Sa compagnie est agréable. Différente de celle de Jack qui, lui, bouleverse mes sens, mais non dénuée d'intérêt.

Le principal étant qu'il peut me révéler des choses sur mon père !

Et sur Jack… me dit une petite voix, que je m'efforce d'ignorer.

Je repousse le foin parsemé de petites billes noires toutes sèches – ravie pour la première fois de ma vie d'avoir des horreurs de bottes aux pieds plutôt que mes escarpins favoris achetés en soldes dans une boutique de prêt-à-porter dégriffé –, laisse passer quelques minutes durant lesquelles Liam engage le vieux pick-up sur le chemin cabossé de l'exploitation et demande :

– D'après la photo dans la chambre de mon père, j'imagine que vous travailliez pour lui depuis de nombreuses années, n'est-ce pas ?

Je manque éclater de rire en entendant ma voix chevroter.

L'engin est tellement délabré que ses amortisseurs doivent être morts !

En plus, il est sale à faire peur et il règne dans l'habitacle une odeur si forte malgré nos vitres ouvertes que je fronce le nez. Cette voiture n'a rien à voir avec celle que conduit Jack, bien plus récente et bien mieux entretenue, mais sans doute son usage diffère-t-il.

– Pas loin de dix ans, oui ! répond Liam. Je suis arrivé peu de temps après Jack, ajoute-t-il, à ma grande satisfaction, avant même que je pose la question. J'ai quitté l'Écosse avec un permis de travail pour la Nouvelle-Zélande, sans savoir véritablement ce que j'allais bien pouvoir faire. J'ai répondu à une annonce et j'ai atterri ici. Je ne suis jamais reparti !

– Je comprends… Cet endroit est magnifique. Vous n'avez jamais eu envie de rentrer chez vous, dans votre famille ?

– Pas une seule seconde ! C'est ici chez moi, maintenant. Et les personnes que vous avez rencontrées sont dorénavant ma famille. J'ai pris un nouveau départ, j'ai tout quitté et c'est le meilleur choix que j'aie pu faire…

Je regarde au-dehors, perdue dans mes pensées.

Le lac, assombri, la maison…

– Vous n'étiez pas heureux en Écosse ? osé-je demander.

– On va dire que… que mon père avait une conception bien à lui de l'éducation. Surtout lorsqu'il avait un coup dans l'aile. Ma mère s'est barrée lorsque j'étais petit, alors il ne restait plus que moi…

Je vois…

Je pourrais lui dire que je suis désolée, mais à quoi cela l'avancerait-il ? Sa vie est ce qu'elle est, je ne peux en porter le fardeau à sa place ; chacun sa croix ! Et… il a l'air de se débrouiller plutôt pas mal, d'avoir trouvé sa place et d'être bien dans ses baskets. À moins que ce ne soit qu'une façade, mais je ne crois pas, il respire la sérénité, le calme et la joie de vivre. Pas comme Jack qui semble toujours animé d'une puissante colère et sur le point d'éclater. Encore une fois, je me demande ce qu'il a subi lui aussi dans le passé pour être ainsi à fleur de peau.

Ne voulant pas questionner davantage Liam sur son histoire personnelle, manifestement douloureuse, je me contente de lui adresser un sourire compatissant et, à la lueur traversant son regard, je comprends qu'il apprécie que je ne m'apitoie pas sur son sort ; il n'y a rien de pire que d'inspirer la pitié. Pour ma part, je déteste ça ! Et je sais de quoi je parle, je l'ai vécu, j'ai surpris les propos de certains de mes professeurs : j'étais la pauvre petite fille élevée sans père ! Alors que j'étais très heureuse. J'avais ma mère et elle suffisait à mon bonheur.

Elle me manque toujours tellement…

J'aurais tant aimé partager avec elle cette expérience de la Nouvelle-Zélande, cette immersion dans l'univers de mon père. J'aurais voulu qu'elle me conseille comme elle l'a toujours fait, qu'elle me guide et me soutienne. Nous partagions tout, nous n'avions aucun secret l'une pour l'autre ! Enfin… c'est ce que je croyais… jusqu'à aujourd'hui. Mais je ne crois pas qu'elle m'ait dissimulé d'autres choses, ou menti sur d'autres sujets que celui de mon père, encore qu'elle ne m'ait pas menti puisqu'elle ne m'a rien dit ! Est-ce à cause de lui qu'elle n'a pas souhaité vivre d'autres histoires d'amour, parce qu'il lui avait brisé le cœur ? À cause de moi ? Parce qu'elle ne voulait pas m'imposer un homme qui n'était pas mon père ? A-t-elle sacrifié son bonheur pour le mien ? Mais après tout, elle a peut-être eu des aventures, des coups d'un soir… Ça aussi, je l'ignore.

Que de questions sans réponses !

En ce qui concerne sa vie personnelle et ses secrets, je n'aurai jamais le fin mot, puisqu'elle n'est plus là pour me faire des confidences, mais pour ce qui est de mon père et de l'argent qu'il m'envoyait, dès demain, j'écris un mail à la banque ! J'ignore si ma conseillère pourra me renseigner, si elle voudra ou aura la possibilité de rechercher dans les écritures bancaires du compte de ma mère des chèques ou des virements provenant de Nouvelle-Zélande… À moins que je demande à Jack de m'apporter des preuves de ses propos ! Et peut-être trouverai-je ces fameuses preuves dans les affaires de mon père que je vais devoir débarrasser au plus vite si je veux vendre la maison. Je ne sais pas encore si je la vendrai séparément ou avec l'exploitation, elle est vraiment idéalement située. Je pourrai sans doute en tirer un bon prix en la vendant seule… Une exploitation peut ne pas attirer et les nouveaux propriétaires de l'élevage auront parfaitement la possibilité de se construire une habitation près des autres bâtiments, il y a largement la place !

Bah… je verrai bien ce qui s'offre à moi…

Je romps le fil de mes pensées lorsque Liam stoppe le pick-up devant la maison.

– Nous y sommes !

Effectivement…

Je secoue la tête, contemple la bâtisse.

Comme je l'avais aperçu de l'exploitation, quelques lampes d'appoint sont allumées à l'intérieur, mais nulle trace du pick-up noir. Je serre les poings, soudain prise d'une indicible angoisse à me savoir seule dans cette grande baraque.

– Quelque chose ne va pas, madame Fayard ?

– Appelez-moi Chloé, Liam, s'il vous plaît ! soupiré-je. J'ai le sentiment d'avoir 100 ans à vous entendre tous m'appeler par mon nom de famille. D'autant que je suis certainement plus jeune que vous…

– Oui, mais vous êtes la patronne !

– Ouais, ça aussi, ça me fait bizarre !

Son sourire, empreint de sympathie, me réchauffe de l'intérieur.

– Vous serez une bonne patronne ! Vous avez su en quelques mots vous faire apprécier.

Je repousse le sentiment de culpabilité effleurant ma conscience pour me focaliser sur l'instant présent. Et présentement, je n'ai pas le courage d'affronter seule le fantôme de mon père.

– Je vais accepter votre proposition d'aller manger un bout, finalement, si elle tient toujours !

Une fois de plus, un grand sourire s'étire sur ses lèvres.

– Elle tient toujours, bien sûr !

– Accompagnez-moi à l'intérieur ! Vous vous servirez un verre pendant que je me prépare !

– Pas de problème, je connais la maison ! répond-il, toujours souriant, en ouvrant sa portière.

J'en fais de même et nous nous retrouvons au pied de l'escalier, que nous montons lentement.

– Vous veniez souvent du temps de mon père ? m'enquiers-je, en atteignant la terrasse.

Liam me devance, m'ouvre la porte d'entrée, comme

précédemment non verrouillée.

Ça aussi, ça me fait bizarre… Je n'imagine pas du tout ne pas fermer à clé mon appartement parisien.

– Dès que le travail à l'exploitation me le permettait, répond Liam.

– Il y a beaucoup de boulot ?

– Surtout durant l'agnelage et l'engraissement des petits, comme vous avez pu vous en rendre compte ! Ce sera plus calme lorsqu'ils retourneront tous au pré !

– Et la tonte ?

– Ah, ça, c'est toute une affaire ! Vous verrez, c'est impressionnant !

– Elle a lieu quand ?

Parce que j'aimerais quand même bien voir ça une fois dans ma vie !

– Une fois par an ! À la sortie de l'hiver ! Les moutons se portent mieux en été sans trop de laine sur le dos et la tonte permet de les libérer de leurs parasites et d'une laine qui finit par moisir. De plus, les brebis tondues mangent davantage, donc nourrissent mieux leurs petits. Quant à eux, ils trouveront plus facilement les mamelles et ne téteront pas en vain des mèches de laine.

L'image me fait sourire.

– Les pauvres ! Ils font vraiment ça ?

– Oh oui, et certains n'y survivent pas.

J'imagine aussitôt l'énervement de Fluffy si elle tétait un truc ne donnant pas de lait.

– La tonte est donc un acte d'hygiène pour une bonne santé de l'animal ! résumé-je.

– Elle est hyper importante ! Et doit être faite dans les règles de l'art par des hommes expérimentés. C'est pour cette raison que votre père s'est toujours refusé à augmenter son cheptel. Pour que ses animaux vivent dans les meilleures conditions possibles.

– Parce que ce n'est pas toujours le cas ?

– Loin de là ! Certains éleveurs n'en ont rien à foutre ! Ils perdent beaucoup de bêtes, mais s'en tapent, ils se rattrapent sur le nombre !

Je vois que le sujet lui tient à cœur.

– Vous pratiquez la tonte, vous-même ? demandé-je encore alors que nous pénétrons dans l'immense pièce à vivre.

Liam, qui connaît bien la maison, appuie sur un interrupteur.

Plusieurs lampes sur pied s'allument, dispensant à l'espace une belle lumière dorée ainsi qu'une impression de confort et de chaleur. Avec la terrasse, elle-même agrémentée de luminaires qui m'ont tout l'air d'être solaires, et l'ombre du lac qui semble ne pas avoir de fin, l'effet est saisissant.

Je ne peux m'empêcher de soupirer, subjuguée.

– Non ! Je laisse ce soin à Jack ! entends-je Liam répondre, de l'amusement dans la voix. Étant né ici, il a une sacrée expérience en la matière et je dois dire qu'il est plutôt bon ! Non, moi, ce sont dans les jeux néo-zélandais que j'excelle. On dirait pas comme ça, mais je suis pas mauvais au lancer de tronc d'arbre.

Je me marre, imaginant la scène :

– Des lancers de troncs d'arbres ?

– Ouep ! C'est la version néo-zélandaise des Highland Games !

Oh…

– J'aimerais bien voir ça !

– Ce sera possible si vous le souhaitez ! Ils ont lieu le week-end prochain à Tūrangi, là où nous allons dîner ! Vous n'aurez qu'à demander à Jack de vous emmener !

Ah, ben... ça va être compliqué alors, tout dépend comment Monsieur Le Bougon sera luné !

– D'accord ! éludé-je. Faites comme chez vous, Liam, je monte me préparer et je suis à vous !

– Pas de problème ! Prenez votre temps ! Je vous sers un whisky en attendant ?

– Non, merci ! Je ne bois que très rarement, et pas d'alcools forts.

J'ai pris une cuite, un jour.

J'ai été tellement malade que j'ai cru que j'allais mourir et, depuis, l'alcool me dégoûte.

– Donc... je vous laisse boire sans moi ! asséné-je, pour ensuite aller m'asseoir sur la première marche de l'escalier.

Je retire mes bottes, les laisse au sol, me redresse.

– Je me dépêche !

– Prenez votre temps, rien ne presse !

– Vous n'avez pas d'heure pour rentrer à l'exploitation ?

– Aucune ! James ne nous a jamais rien imposé. Seuls les woofers ont des contrats en ce qui concerne le nombre d'heures et les tâches. Quant à nous, les réguliers, nous faisons en fonction de la demande.

– Vous arrivez quand même à prendre des vacances ?

– Belinda part toutes les fins de semaine chez sa fille, à Tūrangi. Pour ma part, je ne m'arrête jamais, sauf nécessité absolue ! Mais si j'ai besoin d'une journée pour faire un truc, je prends. À partir du moment où le boulot était fait, James était très cool !

– Et Jack ? osé-je demander, pour la première fois. C'est bien lui qui dirige l'exploitation depuis la... la mort de mon père ?

J'ai tellement de mal à prendre conscience de l'existence de ce père, disparu avant que je le connaisse.

– Jack a repris le flambeau, effectivement, ainsi que les façons de faire de James. Il bosse autant que nous, sinon plus, et nous fait confiance.

– Alors, j'en ferai tout autant !

Comme si j'allais réellement diriger l'élevage !

Je me garderai bien d'intervenir ! Ce que Liam ignore, mais autant le rassurer sur ce point ; ainsi, il en parlera aux autres et nos relations en seront facilitées. Même si je le leur ai fait comprendre.

Je désigne l'escalier derrière moi avec mon pouce :

– Bon, je monte cette fois-ci !

J'abandonne Liam et grimpe jusqu'à ma chambre, me demandant pour la millième fois ce que fait Jack.

Jack...

Jamais très loin de mes pensées depuis que j'ai fait sa connaissance, il y a moins de vingt-quatre heures. Cela ne fait pas une journée que ce type est entré dans ma vie et je ne cesse de penser à lui. C'est ridicule ! Il ne lui a fallu que quelques heures pour envahir mon cerveau ! Ce qui ne m'est jamais arrivé. Jamais je n'ai autant pensé à un homme.

Peut-être justement parce que Jack n'est pas mon mec et qu'il ne le sera jamais !

Peut-être que l'interdit et ne rien savoir de lui me le rendent plus intrigant. Peut-être qu'il m'attire autant parce que j'ai fantasmé sur lui avant même de le connaître. Me montant la tête comme une midinette ! Parce que... parce qu'il me fait ressentir des émotions qui m'étaient jusqu'ici inconnues, parce qu'il me provoque, me pousse dans mes retranchements, me domine et me fait me sentir toute petite, insignifiante et limite mal dans ma peau ; ce qui ne m'est, là encore, jamais arrivé ! Parce qu'il est un savant mélange de froideur et de séduction ;

et parce qu'il est super beau ! Je n'ai jamais vu un mec aussi beau. Sauf à la télé, ou sur le papier glacé des magazines de mode.

Je l'ignore !

Mais en tout cas, il m'a remuée.

Quand bien même, être attirée par un mec, aussi beau soit-il, ne fait pas partie de mes plans !

Je vais m'en tenir à mes objectifs : faire estimer le domaine et la maison, trouver un acheteur, vendre et rentrer chez moi plus riche de quelques millions d'euros. Et alors, à moi la vie de rêve !

9

Jack

– J'ai vu ton père !

Je bois une gorgée de bière, la troisième (bière, pas gorgée !), déporte mon regard sur un autre de mes amis – même si dix ans nous séparent –, Brody, patron du Cooper Bar & Restaurant, réputé pour sa cuisine traditionnelle et ses cocktails maison. Ancien marine, Brody a quitté son corps d'armée après une grave blessure à la jambe qui lui a laissé une vilaine boiterie, puis sa patrie, avant de finir alcoolique, selon ses propres mots ! Comme beaucoup d'étrangers, il est tombé amoureux de la Nouvelle-Zélande, et de cet endroit en particulier. Il a acheté ce bar, il y a de cela cinq ans, et n'est jamais reparti.

L'endroit, un joli chalet de bonnes dimensions – beaucoup de constructions en Nouvelle-Zélande sont faites de bois afin de conserver l'esprit nature –, agrémenté de larges terrasses à l'arrière et à l'avant, où se côtoient touristes et autochtones, est, comme chaque soir, bondé. Bruyant. Animé. Les bruits des couverts, des assiettes et des conversations baignent l'atmosphère d'une joyeuse cacophonie, surmontés de temps à autre par un « Service ! » braillé par un serveur – ou une serveuse –, suivi du tintement d'une cloche, lorsqu'un généreux client laisse un pourboire. Dans un coin, sur sa console ébène, trônent un buste de Nat King Cole – célèbre pianiste et crooner américain des années 1950 – ainsi qu'un magnifique jukebox Art déco aux couleurs fluo, d'où s'élèvent des airs, anciens ou modernes, de rock'n'roll, de rhythm and blues, de jazz ou de folk, actuellement le très bon « (Sittin'on) The Dock of the Bay » d'Otis Redding.

Bras croisés sur son torse musculeux, adossé contre l'arrière de son zinc et entouré de tout un tas de bouteilles dans lesquelles se reflètent les lumières tamisées du lieu, chevilles l'une sur l'autre, Brody m'observe depuis un bon moment alors que je m'enferme dans le mutisme, les yeux dans le vague.

J'ingurgite une nouvelle gorgée, prends le temps de la réflexion – l'évocation de mon paternel déclenchant le malaise habituel –, réponds :

– Quand ça ?

– Hier ! Il a posé des questions sur la fille de James.

Les nouvelles vont vite !

– Qu'est-ce que t'as répondu ?

– Que j'ignorais quand elle arrivait.

– T'as bien fait ! Ce qui se passe à Wallaroo reste à Wallaroo !

Brody avance vers son bar, se sert un diabolo menthe ; il attend la fin de son service pour s'autoriser un fond de whisky. Avant cela, il tourne au soft.

– Je pense qu'il ne va pas tarder à débarquer pour lui faire une proposition, ajoute-t-il.

– Je le pense aussi !

Mon père est un charognard. Une enflure qui profite de la détresse des éleveurs, endettés jusqu'au cou et pris à la gorge par l'effondrement des prix de la viande ovine néo-zélandaise sur les marchés européens, pour racheter leurs propriétés une bouchée de pain et augmenter ses propres profits. Je pense même qu'il est en cheville avec les huissiers du coin, des banquiers ou des notaires peu scrupuleux, pour être au courant des saisies avant tout le monde ! Dès qu'un exploitant a des soucis financiers, il rapplique et fait une offre de rachat. Il sait que ces pauvres gars n'ont plus d'espoir et finiront par accepter afin de payer leurs dettes et sauver ce qu'il reste à sauver ! Parfois pas grand-chose. Nombreux sont ceux qui, en faillite, ont mis fin à leurs jours. Le mois dernier, un éleveur de l'autre côté de la ville, criblé de dettes, a foutu le feu à son élevage et s'est immolé devant sa banque, laissant une femme et deux enfants en bas âge.

Ça m'a secoué.

Ça m'a fait mal.

Je le connaissais, il venait souvent chez Brody, le soir, prendre un verre. Il buvait parfois plus que de raison et, Liam et moi, nous le ramenions chez lui. Il parlait peu, se confiait encore moins… Je savais qu'il était acculé, mais j'étais loin d'imaginer qu'il en viendrait à de telles extrémités et je m'en veux de ne pas l'avoir soutenu. En même temps, quoi faire ? Je ne pouvais lui être d'aucune aide, hormis lui permettre de se confier et de vider son sac. Sa femme a quitté la région pour retourner dans sa famille, sa propriété a été mise aux enchères et mon père a raflé la mise, comme de bien entendu.

Il me dégoûte !

James, lui, avait heureusement anticipé en développant ses ventes en Australie grâce aux contacts de l'ancien propriétaire. Lorsqu'elles ont pris de l'ampleur, il nous a payé, à lui et à moi, une formation pilote et a investi dans un avion pour nous permettre de nous rendre sur le sol australien aussi bien que d'aller récupérer des clients – curieux, ou voulant s'assurer de la qualité de notre cheptel et de nos modes d'élevage –, à l'aéroport de Wellington.

– Qu'a-t-il voulu savoir de plus ?

– Si j'avais eu vent de ses intentions. Tu sais ce qu'elle compte faire ?

Je revois en pensées Chloé Fayard, ma nouvelle boss. Une peau magnifique, des cheveux qui ne le sont pas moins, un corps de rêve, un parfum délectable, de grands yeux bleus… touchante, attirante, belle… incroyablement belle !

Belle, mais manucurée, bordel de merde ! Raffinée jusqu'au bout des ongles !

Je grogne :

– Absolument pas ! Ce que je sais, c'est qu'elle n'a pas l'étoffe d'une éleveuse !

– Tu l'initieras ! se marre-t-il.

Ouais, et c'est bien ce qui m'emmerde !

– Elle est comment ? s'enquiert-il.

– Intéressante !

Et c'est rien de le dire !

Je me remémore l'émerveillement dans ses magnifiques iris, puis sa peine qu'elle m'a cachée avec pudeur avant de craquer et de se jeter dans mes bras. Jamais je n'ai pris soin d'une femme, jamais je n'ai *consolé* une femme ! Ce n'est pas mon genre. Je sais que j'ai un problème avec les sentiments, ma mère me le disait assez… Sans doute parce que mon père détestait les geignards, comme il disait, et qu'il m'a élevé à la dure ; parce que, selon lui, les hommes ne montrent pas leurs sentiments ; ils rendent faibles ! Parce que l'amour rend faible et qu'il n'y a pas de place dans ce monde pour les faibles. Que seuls les forts survivent et sont faits pour dominer les autres… Voilà avec quels préceptes j'ai été élevé ! Et lorsque je ramenais une mauvaise note de l'école, je passais un sale quart d'heure. Alors j'ai essayé d'être le meilleur, jusqu'à ce que je me rende compte que mon père n'aimait que lui-même et que, quoi que je fasse, je ne serais jamais digne de lui, alors j'ai plus rien foutu.

J'en voulais aussi à ma mère, bien sûr !

Ma mère qui ne prenait jamais ma défense, mais s'arrangeait pour détourner la colère de mon père, ma mère qui buvait pour oublier ; qui était là physiquement, mais pas moralement. Ma mère qui supportait sans rien dire les brimades, les remontrances, les vexations, les humiliations. Et qui pourtant restait. J'ai compris, bien plus tard, que c'était pour moi, pour mon avenir, tout seuls tous les deux, que serions-nous devenus ? Elle en était consciente. Nous avions une belle maison, de quoi manger, mon père était respecté de tous, et petit à petit son business a pris de l'ampleur. Elle aurait pu demander le divorce, certes, mais elle était complètement sous sa coupe et elle l'aimait. Malgré tout. Malgré le mal qu'il nous faisait.

Puis le jour de mes 18 ans, je suis parti de la maison !

Je suis allé chez James, et…

Je secoue la tête.

Ce n'est pas le moment de me perdre dans mes souvenirs. Ceux de mon passé, ou encore moins ceux qui me rattachent à ma boss. Un frisson, pourtant, m'échappe. Je ressens le contact de son corps contre le mien. Chaud. Vibrant. Je perçois sa détresse d'avoir perdu ce père qu'elle ne connaîtra jamais et d'être *perdue* dans un pays qu'elle ne connaît pas davantage. Perdue et malgré tout émue par sa beauté. Et moi, c'est par la sienne que j'ai été ému.

Je me suis reconnu en elle, j'ai partagé sa peine et c'est con, mais je me sens lié à elle depuis cet instant.

Il faut que je fasse quelque chose ou mon état ne va cesser d'empirer à son contact !

– Jack ?

– Hum ?

Je vire ma boss de mon cerveau pour me concentrer sur Brody. Il me désigne l'entrée de son bar du menton.

– Si ta boss est la nana qui accompagne Liam, elle est plus qu'intéressante !

Il se penche, souffle :

– Je comprends que tu sois perturbé, elle est canon !

– Je suis pas du tout perturbé ! lâché-je aussitôt.

Ce petit con se redresse, me fait un clin d'œil avant de lancer :

– Liam… quelle bonne surprise ! Salut, mec ! Tu me présentes ?

J'observe mon meilleur pote et Chloé, refusant de m'appesantir sur ce que cette vision déclenche, là, dans mon corps.

Après tout, je l'ai cherché, non ?

C'est moi et personne d'autre qui la lui ai mise dans les pattes pour qu'il lui fasse visiter la bergerie, je n'étais pas obligé, j'aurais pu m'en charger personnellement. Mais c'est mieux ainsi, nous nous côtoierons bien suffisamment à la maison du lac !

Une odeur de bergerie, justement, arrive jusqu'à moi.

Les gens d'ici sont habitués à côtoyer des éleveurs, les touristes un peu moins. Le jean taché et le tee-shirt d'un blanc douteux de Liam, pourtant en partie caché par la chemise à carreaux aux manches retournées sur ses bras musculeux, attirent tous les regards. À moins que ce ne soit le couple qu'il forme avec Chloé ; la belle et la bête ! Liam a noué ses cheveux roux sur l'arrière. Avec ce *bun*, il a tout l'air d'un highlander ! Manque plus que le kilt !

Quant à Chloé, elle a elle-même ramassé sa chevelure en un chignon flou, découvrant sa nuque gracile qui attire aussitôt mon regard. Vêtue d'un simple tee-shirt noir qui moule sa poitrine, d'un ensemble en jean clair à la veste ornée de strass et de pompes à hauts talons, elle est sublime.

J'imagine ses jambes fuselées autour de ma taille ; les talons m'ont toujours fait fantasmer.

Ce qui me fait penser que j'ai encore ses autres pompes dans la benne de mon pick-up !

Je chasse les pensées hot de mon cerveau, mais ne peux m'empêcher de la dévisager alors qu'elle s'appuie contre le bar et répond aux paroles de bienvenue de Brody, après que Liam la lui a présentée. Elle est souriante, avenante et semble parfaitement à l'aise.

– Une bière, Chloé ? lui demande Liam.

OK ! Ils en sont déjà à s'appeler par leurs prénoms… J'enrage de les savoir aussi intimes, mais encore une fois, c'est ce que je voulais. Alors, pourquoi cette idée me dérange-t-elle autant ? Pourquoi je ne supporte pas de les voir ensemble ? Bordel, il l'a invitée à dîner et elle a accepté !

Nos regards se croisent un instant avant qu'elle détourne le sien pour répondre :

– Merci, Liam, mais je préfère un Perrier tranche !

– Un Perrier tranche pour la dame, Brody, s'il te plaît ! Et toi, Jack ? Une autre ?

Il me désigne ma bière.

– À moins que tu aies ton compte ?

Putain, à quoi il joue ?

Je n'ai pas pour habitude de boire plus que de raison. Enfin… plus ! Mais c'est vrai, j'ai joué au con, avant que James me remette dans le droit chemin. J'aurais mal tourné s'il n'était pas entré dans ma vie ; je passais mon temps à picoler et à me battre. Liam m'a vu plusieurs fois défoncé à l'alcool, mais c'est fini tout ça ! À partir du moment où James a cru en moi, je me suis fait un point d'honneur à ne pas le décevoir et je me suis rangé.

Je lui retourne un regard noir, siffle ma bouteille, me lève du tabouret.

– J'ai mon compte, effectivement, je vais rentrer ! Je vous souhaite de passer une bonne soirée !

Il me retient par le bras, les sourcils froncés.

– Attends, pars pas comme ça, tu vas bien manger un bout avec nous ? T'as une table, Brody ?

– Bien sûr !

Mon regard se perd à nouveau dans celui de ma boss, indifférent, tandis que Brody ordonne à l'une de ses serveuses passant à proximité du bar, les bras chargés d'assiettes et de couverts sales, de nous préparer la quinze qui vient juste de se libérer.

– Jack ?

Je me rassieds.

– Va pour une bière !

Liam me tape sur l'épaule alors que le regard de Chloé se trouble et je serais bien incapable de déterminer si elle est heureuse de ma décision, ou pas. Peut-être espérait-elle rester en tête-à-tête avec Liam ? L'idée, une fois de plus, me chagrine.

– Et tu manges avec nous ! Il est hors de question que tu partes d'ici avec seulement des bières dans l'estomac, parce que je te connais, tu vas rentrer, bosser et te passer d'un repas digne de ce nom même si Belinda a rempli ton frigo !

– N'insistez pas, Liam, Jack a certainement mieux à faire ! sort Chloé avant même que j'ouvre la bouche.

Je rêve ou elle me vire ?!

Mon regard dévie sur ses lèvres pulpeuses, lui faisant hausser un sourcil.

– T'as raison, je vais rester, acquiescé-je, pour la contrarier.

Je prends la bière que Brody dépose devant moi, la lève dans sa direction, l'air narquois.

– *Hauora*, boss !

– Qu'est-ce que ça veut dire ?

– Santé ! lui répond Liam, me devançant.

Mais ta gueule, toi, c'est à moi qu'elle posait la question !

– Oh… alors, *hauora* à tous les deux, répond notre patronne en soulevant son propre verre après que Brody le lui a rempli. Vous parlez maori tous les deux ?

– Quelques mots pour moi ! répond encore Liam. Quant à Jack, sa mère était maorie.

Chloé tire sur sa paille, parcourt mon corps du regard, évaluant manifestement ma peau hâlée, héritage de ma mère. Elle m'a également légué ses yeux ; ma mère était une très belle femme qui malheureusement pour elle est tombée sous la coupe d'un sale type violent et manipulateur.

– Je vous apprendrai quelques mots si vous voulez, clame encore Liam.

– Oui, avec plaisir !

Elle m'ignore ostensiblement et, loin de me mettre en colère, son attitude frondeuse me fait de l'effet.

– Votre table est prête ! nous interrompt la serveuse.

Liam s'empare de sa bière.

– Nous vous suivons ! À plus, Brody… Madame, je vous en prie, ajoute-t-il à l'intention de Chloé, l'invitant à le devancer.

Ce qu'elle fait.
Il place la main dans son dos, l'accompagne.
Putain, mais à quoi il joue ?
Il ne se contente pas d'être galant – je ne l'ai jamais vu se comporter de la sorte, d'ailleurs, il est comme moi, adepte des coups sans lendemain –, il la colle ! Et son désir est évident. Je le comprends, puisque ce sentiment m'a terrassé à la minute même où j'ai posé les yeux sur elle à l'aéroport, pour ensuite être entaché de ressentiment et de colère avant de revenir en force malgré toute ma bonne volonté.
Je bois une gorgée de bière, focalisé sur le couple.
– Eh ben, plutôt pas mal, la petite dame, siffle Brody, admiratif. Tu m'avais caché que la fille de James était si canon !
– Ouais, peut-être, mais c'est la fille de James, justement, et ma patronne !
Donc marquée « interdit » !
C'est juste bon à s'attirer des emmerdes ! On ne couche pas avec son patron ! C'est inscrit nulle part, évidemment, mais ça ne se fait pas. Et j'aime trop mon job pour mettre en péril mon avenir pour une histoire de fesses.
– Ça n'a pas l'air de déranger Liam ! rétorque très justement Brody.
– Il est majeur et vacciné, il fait ce qu'il veut !
Je me demande ce que je ressentirais s'il tombait amoureux d'elle, et que ce sentiment était partagé. Arriverais-je à les regarder s'embrasser ? J'en sais rien, mais je crois pas ! Je pense plutôt que j'aurais envie de tout défoncer, mais Liam est mon ami, mon meilleur ami, je lui souhaite le meilleur, alors je fermerai ma gueule ! Il est hors de question que je me batte avec lui pour une femme.

– Ils ont l'air de bien s'entendre…

Un peu trop bien !

– Je vais les rejoindre. À plus tard, Brody…

Je sors un billet de ma poche, le claque sur le zinc, descends de mon tabouret. Les femmes me matent lorsque je traverse la salle, mes iris plongés dans ceux de ma boss, indifférents. Je sais que je plais, qu'elles me désirent, et que la plupart des nanas avec lesquelles j'ai tiré un coup ont ensuite rêvé de me mettre la corde au cou, mais c'est peine perdue. Je ne suis pas l'homme d'une seule femme ! Celle qui m'attachera n'est pas encore née !

J'allais atteindre la table de Liam et Chloé, sans cesser de la dévisager – je ne peux pas m'en empêcher, comme si… comme si un fil invisible nous reliait l'un à l'autre, une attirance irrésistible, une connexion surréaliste – lorsqu'une femme, que je n'ai pas vue entrer, court à moi et se plaque contre moi.

– Jack… ça fait longtemps !

Je continue de regarder Chloé, dont les yeux sont rivés sur nous, puis se détournent lorsque je passe un bras autour de Marleyne, une nana avec laquelle je couche de temps à autre depuis le lycée, et l'embrasse sur la joue.

– Ça va, ma belle ?

– Très bien, et toi ? souffle-t-elle, sa bouche à quelques centimètres de la mienne, déjà conquise et consentante.

Je reporte mon attention sur ma boss.

Nos regards se croisent.

Mais à nouveau, elle se détourne, m'empêchant de déceler ses sentiments. Me voir avec une autre femme dans les bras la dérange-t-elle autant que moi de la savoir proche de mon meilleur ami ? Une bouffée de possessivité qui n'a rien à faire là me traverse de part en part lorsqu'elle se penche vers Liam assis à côté d'elle pour lui parler.

Elle est trop près, putain !

Je sers davantage Marleyne contre moi, les yeux rivés sur le visage de Chloé. Elle lève les siens sur moi, se rapproche de Liam, poursuivant leur conversation. Mon cœur s'emballe à les voir si intimes. Mais c'est mieux ainsi… J'ai pris la décision de ne pas poser les mains sur la fille de James, et je m'y tiendrai. Quelle que soit l'intensité du désir que j'ai pour elle.

– On va chez toi ? murmuré-je à l'oreille de Marleyne.

Je reprends mon rôle du parfait connard.

Je pourrais rouler une pelle à Marleyne, là, tout de suite, devant ma boss, pour lui montrer à qui elle a affaire – un mec avec une belle gueule, peut-être, mais un parfait connard ! Ce dont, peut-être, en fille intelligente, elle s'est certainement rendu compte par elle-même –, mais je m'en abstiens. Non pas qu'être dans un lieu public me gêne, la lumière est tamisée, la musique couvre notre conversation, les amis de Marleyne se sont installés et ne font pas attention à nous, mais je n'en ai pas réellement envie.

Ce ne sont pas les lèvres de Marleyne que je voudrais ressentir sur les miennes, mais celles de ma boss, et je vais devoir tuer ce désir dans l'œuf avant qu'il m'étouffe.

Ou succomber, me souffle une petite voix. *Ainsi, tu pourras passer à autre chose parce que ça vire à l'obsession, cette histoire !*

Bon sang, je n'aurais jamais dû lui permettre de se blottir contre moi ! Depuis, je suis à la ramasse. Ma seule échappatoire, c'est qu'elle me déteste et se tienne loin de moi !

– Jack ?

Je regarde Marleyne.
– Quoi ?
– Je t'ai posé une question !
– Et ?
– C'est qui, cette femme ?
– Personne ! lancé-je, avant de lui prendre la main et de l'entraîner vers la sortie.

10

Chloé

Mais quel sale type !

Je suis en colère !

D'autant plus en colère qu'il disait avoir beaucoup à faire et ne plus avoir de temps pour moi ! C'est sûr qu'il semblait vachement occupé au bar tout à l'heure, face à face avec sa bière !

Bon sang, s'il me cherche, il va me trouver !

De plus, il s'est barré avec cette fille comme s'il avait le feu au cul ! Ce qui devait être le cas vu la façon dont il la serrait contre lui ! Il donnait l'impression de vouloir la baiser au milieu du restaurant, tout en me dévorant de ses iris intenses.

C'est bon ! S'il voulait que je comprenne que je ne suis pas à son goût, c'est chose faite !

La femme avec laquelle il est parti est magnifique, grande, brune, les cheveux longs, pulpeuse, elle doit elle aussi avoir du sang maori dans les veines. Et je dois reconnaître qu'ils forment un beau couple.

Liam, à côté de moi, éclate de rire.

– Tout Jack !

– Il a l'habitude de se barrer comme ça, sans un mot ?

Liam se lève et s'installe en face de moi, prenant la place de Jack.

– Non, pas vraiment ! Mais il doit y avoir urgence ! se marre-t-il encore.

Désillusion. Déception.

Je le déteste… Jack, toujours Jack, pas Liam qui, lui, est une crème. Un gentil gars bâti comme un bûcheron. Ou un rugbyman !

J'imagine Jack au lit avec une autre femme et… ça me fout les boules, il n'y a pas d'autre mot ! Ce qui ne devrait pas ! Jack n'est pas mon mec ! Il n'est rien pour moi, pas même mon ami, il couche avec qui il veut ! J'avais juste… J'avais juste le sentiment que quelque chose nous liait, surtout après qu'il m'a parlé des photos dans la chambre de mon père ; quelque chose de subtil, mais de bel et bien réel, j'en ai été émue, à tel point que j'en ai eu des frissons, c'était comme… comme une communion, un échange subliminal, j'ai eu le sentiment qu'il comprenait ma peine et la partageait. Ce qui a certainement joué dans le fait que je me sois ruée dans ses bras à la première occasion pour chercher du réconfort.

Et je m'en veux pour ça !

Quelle conne !

Jamais je ne me suis laissée aller entre les bras d'un homme… Jamais je n'ai lâché prise, à vrai dire. Je m'efforce de ne pas y penser et je fais avec, mais j'ai un problème avec les hommes ! Peut-être parce que je n'ai pas eu de père et parce que j'en voulais au mien de m'avoir abandonnée, enfin… je crois… Je devrais peut-être penser à aller voir un psy ! Tristan m'incite à le faire depuis longtemps ! Depuis que je lui ai révélé que je n'avais aucun plaisir au lit, enfin… que je n'atteignais jamais l'orgasme…

– Chloé ?

Je reporte les yeux sur Liam.

– Désolée, j'étais perdue dans mes pensées.

– J'ai vu ça ! Vous voulez en parler ?

Et lui confier que jamais aucun homme ne m'a fait décoller ? Jamais de la vie !

– Si vous avez besoin d'aide, je suis là ! insiste-t-il.

Je pouffe, bois une gorgée de mon verre.

– Non, ça ira, Liam. Je devrais pouvoir gérer seule, mais merci, j'aime bien l'idée de pouvoir compter sur quelqu'un, au cas où…

Il se cale contre le dossier de sa chaise, tourne la bière entre ses doigts.

– C'est en rapport avec l'élevage ?

– Non… non, non, de ce côté-ci, tout va bien… Vous gérez comme des chefs depuis le décès de mon père et je ne vous en remercierai jamais assez. Maintenant, c'est à moi de… de prendre les décisions qui s'imposent.

Je reste évasive à dessein. Si je dois en parler avec quelqu'un, ce sera avec Jack, qui dirige l'élevage seul depuis plus de six mois.

Liam se penche, pose sa main sur l'une des miennes, serrées autour de mon verre.

– Je suis capable de tout entendre, vous savez…

Je retire ma main.

Son contact ne me révulse pas, mais mieux vaut ne pas le laisser espérer que de tendres sentiments puissent naître entre nous. Il est gentil, de compagnie agréable, néanmoins, il n'est pas à mon goût et ne m'attire pas.

Liam me dévisage, désespéré.

– Pardon, je… je n'aurais pas dû…

Il a l'air tellement mal qu'à mon tour, je lui serre la main. Brièvement. Liam est quelqu'un de bien, je ne veux en aucun cas le heurter.

– Ce n'est rien, Liam, je vous assure… Je ne vous en veux pas.

C'était déplacé, mais pas méchant...

– Vous avez déjà quelqu'un dans votre vie, c'est ça ?

– Non, mais...

Je soupire :

– Les hommes et moi, c'est compliqué ! À cause de mon père, je suppose.

Liam allait me répondre, mais l'arrivée de la serveuse l'en empêche.

– Jack n'est pas resté, finalement ? demande-t-elle, manifestement déçue.

Décidément, partout où il passe, le beau brun semble déclencher de l'intérêt. En même temps, il est canon, le plus bel homme qu'il m'ait été donné de rencontrer, et il doit faire partie des habitués. Peut-être même a-t-elle eu une aventure avec lui ! Elle est elle aussi très jolie, dans le genre du cru, comme la jeune femme au bras de laquelle il est parti : très brune, les yeux noirs, les cheveux lissés avec une partie attachée derrière la tête en chignon vaporeux, un tatouage sur les lèvres et le menton, de belles dents blanches.

– Il avait à faire, répond Liam, laconique.

Elle tord légèrement la bouche, qu'elle a très belle, ainsi mise en valeur par le tatouage aux motifs tribaux. Manifestement, elle n'est pas dupe, mais s'abstient du moindre commentaire !

– Vous avez fait votre choix ?

– Nous n'avons pas regardé la carte ! Tu peux revenir dans quelques minutes, Maggy, s'il te plaît ?

– Pas de problème ! Un autre verre en attendant ?

– Je reprendrais bien une bière ! Chloé ?

– Une carafe d'eau, s'il vous plaît.

– Je vous apporte ça !

La serveuse s'en retourne.

Je la suis du regard, hypnotisée par le mouvement lascif de ses hanches.

– Elle est vraiment très belle ! commenté-je, reportant mon attention sur Liam.

Tout comme la femme avec laquelle Jack est parti !

Je désigne du menton un groupe d'hommes aux visages intégralement tatoués.

– Leurs tatouages ont une signification ?

– Ils sont appelés *moko* et montrent leur engagement envers leur tribu et la culture maorie. En général, les hommes se tatouent l'ensemble du visage, et les femmes le menton, voire la bouche. Comme vous pourrez le voir, les Maoris sont aujourd'hui parfaitement intégrés dans la société néo-zélandaise. Certains présentateurs de télé sont tatoués, de même que l'une des parlementaires, Nanaia Mahuta. Dans leur culture, le tatouage est un rite de passage de l'enfance à l'âge adulte, un signe d'appartenance. Il a longtemps été interdit par les Anglais, mais des politiques, dans les années quatre-vingt, ont permis le retour de la langue et des traditions. Mais… vous parliez de votre père…

Je m'empare de la carte.

– On va peut-être choisir, non ? Avant que la serveuse ne revienne avec nos boissons. Que me conseillez-vous comme plat traditionnel ?

Liam me sourit et se saisit de sa propre carte.

– La Nouvelle-Zélande n'est pas réputée pour avoir une grande gastronomie et, en tant que Française, vous serez certainement déçue, mais Brody propose de très bons *whitebait*, une friture de petits poissons blancs agrémentée d'une sauce, et évidemment le *fish'n'chips*, puisque nous faisons partie du Commonwealth. Vous connaissez ?

– Oui, on en trouve aussi en France, mais je suppose qu'ici, il est meilleur. Quant à ne pas me satisfaire, je n'ai pas l'habitude d'aller dans de grands restaurants, je n'en ai jamais eu les moyens. Ensuite ?

Liam hausse un sourcil, mais ne dit mot.

Il pensait quoi ? Que j'avais été élevée dans le luxe ?

Ce n'est pas parce que je suis parisienne que je vis dans l'aisance. Loin de là, d'ailleurs. Encore une fois, ma mère n'avait pas les moyens de nous payer des restaurants huppés, ni des vacances, et comme elle n'était pas fan des fast-foods, elle confectionnait tous nos repas. Parfois, quand même, elle nous payait des plats asiatiques ou des pizzas des restaurants du quartier. C'était la fête à la maison ! Et c'était tellement exceptionnel que ces instants ont marqué ma mémoire !

– Des moules vertes ! ajoute-t-il, répondant à ma question.

Je ris, m'étonne :

– Des moules vertes ?

– Parfaitement ! Elles ont la particularité d'avoir le bord de leur coquille de cette couleur. Brody les propose gratinées au four, avec du fromage, ou à la sauce de crème de coco. Une tuerie ! Si vous aimez les moules ! Il paraît qu'elles apaisent les rhumatismes.

– Vous m'en direz tant… Et le *hangi*, c'est quoi ?

– C'est un plat, mais aussi un mode de cuisson ancestral maori descendant de la culture polynésienne. Le cuisinier maori de Brody le prépare à l'ancienne, dans un trou creusé dans le sol, sur des pierres volcaniques. Il s'agit d'un mélange de viande, pommes de terre, patates douces, légumes, qui mijote trois quatre heures. C'est succulent !

– Ça a l'air sympa ! Et le *roasted lamb* ?

– C'est de l'agneau rôti ! Qui lui aussi cuit pendant plusieurs heures. Il y a aussi les *meat pie*, de petites tourtes à la viande, accompagnées de salade. Et en dessert, je vous conseille la *pavlova*, à base de meringue, de crème fouettée, de fruits de saison et d'éclats de pistache. Délicieux et léger !

– Va pour la *pavlova* ! Et je crois que je vais me laisser tenter par une tourte ! Et vous ?

Je souris à la serveuse venue nous rejoindre.

Elle dépose la bière devant Liam, le pichet d'eau de mon côté, et sort un boîtier de la poche de son tablier rouge, qu'elle porte sur une chemise à carreaux, rouge également, ouverte sur un tee-shirt blanc, et un jean. J'ai remarqué qu'elle était chaussée de santiags noires. Ils ont un peu le look canadien dans le coin !

Nous passons commande et elle s'éclipse.

Finalement, Liam a pris la même chose que moi.

Nous nous observons, un peu gênés.

J'imagine Jack face à moi plutôt que Liam et je regrette que ce ne soit pas lui assis à cette table. Je l'imagine me dévorer du regard, comme à l'aéroport, m'envoyer des piques auxquelles je répondrais, me provoquer ; je me remémore ses prunelles vertes ardentes et intenses sur moi, implacables, puis passionnées ; je nous vois nous engager sur le terrain glissant de l'intimité et de la séduction, nous faire des confidences à voix basse, nos visages si proches l'un de l'autre que nos souffles se mêleraient et qu'il en faudrait peu pour que nos lèvres se rapprochent. Je me revois, dans l'avion, en attente de son baiser et je me délecte des sensations que la perspective de ce contact a déclenchées dans mon corps. Entre mes cuisses. Je me souviens de ses coups de dent carnassiers, de ce qu'eux aussi ont provoqué en moi. C'est fou d'être aussi captivée et attirée par un homme ! Autant, je veux dire ! Et en aussi peu de temps ! Il est tellement beau, comment rester indifférente… Beau, mais pas que… Profond, inaccessible, impénétrable, incernable. Mystérieux.

Mais il s'est barré et m'a laissée seule avec Liam !

Il s'est barré sans le moindre regard, dans une totale indifférence, alors que je croyais que nous avions dépassé le stade du ressentiment ! Mais bon, pourquoi s'intéresserait-il à moi ? Pourquoi voudrait-il passer du temps avec moi ? Il a le droit d'avoir des occupations en dehors du travail et de fréquenter qui il veut. Encore une fois, il ne me doit rien et je vais devoir composer avec son sale caractère sans lui montrer qu'il m'affecte et me fait de la peine. Peut-être m'en veut-il pour mon indifférence de tout à l'heure ? Parce que j'avoue que je n'ai pas pu m'en empêcher, tant j'étais à la fois heureuse de le revoir, mais également vexée de le découvrir dans cet endroit, alors qu'il avait soi-disant du boulot.

Bref, je dois me faire une raison, Jack et moi aurons toujours des rapports difficiles et je doute qu'ils s'améliorent un jour ! Il m'en veut et ne me fait pas confiance. Mais je ne vais pas passer ma soirée à ressasser le passé, à penser à lui et à me prendre la tête ! Je vais me dépêcher de trouver un acheteur et basta ! Ils sont tous très sympas, très accueillants – tous, sauf Jack –, je crois que je m'attacherais facilement à eux, alors je vais faire en sorte que leurs postes soient maintenus par le nouveau propriétaire – s'ils le souhaitent, bien sûr –, et dès que je serai rassurée à ce sujet, je me barre.

Et alors, à moi la belle vie parisienne !

À moi la boutique de prêt-à-porter et les créations ; j'ai des idées plein la tête et des milliers de croquis qui attendent. Y a plus qu'à ! Et j'ai hâte ! Bon sang, comme j'ai hâte ! Mais je ne veux pas passer à côté de cette rencontre avec mon père, qui est le but principal de ce voyage.

Je me sers un verre d'eau, bois une gorgée, croise le regard de Liam qui manifestement m'observait, respectant mon silence.

– Ça va ?

– Oui, ça va, merci !

– Pourquoi dites-vous qu'à cause de votre père, c'est compliqué avec les hommes ?

– Pardonnez-moi, Liam, mais je n'ai pas franchement envie de m'étendre sur le sujet, c'est… intime ! ajouté-je, avec fermeté (et ça ne regarde que moi). Mais vous qui l'avez côtoyé de près, comment était-il ?

– Votre père était un type formidable et Belinda vous a dit la vérité, sa mort accidentelle nous a tous anéantis.

– Que s'est-il passé exactement ?

– Jack ne vous a rien dit ? Je pensais que, comme il était allé vous chercher à l'aéroport, vous auriez eu le temps de discuter.

– Nous aurions pu avoir le temps, effectivement, mais… non !

– Ben… comment ça se fait ?

Je soupire.

Jack, encore Jack… mais cette fois-ci, ce n'est pas moi qui le mets sur le tapis !

– Il est en colère contre moi, vous le saviez ? avoué-je.

– Non ? Pourquoi ? demande-t-il, étonné.

– Il faudra le lui demander, éludé-je, satisfaite malgré tout que Jack n'ait pas brossé un horrible portrait de moi.

Manifestement, j'en ai confirmation, les autres employés n'étaient pas aussi intimes avec mon père que Jack et ignoraient qu'il envoyait de l'argent en France pour me payer le voyage jusqu'à lui. Je ne vais pas nier que cela m'arrange ; j'aurais détesté passer pour la vénale de service venue rafler le blé sans jamais avoir daigné rencontrer son géniteur qui, très généreusement, l'a couchée sur son testament.

– Alors, cet accident ?

– Le cœur, apparemment. Il rentrait de Wellington où il a raccompagné des clients australiens.

– Il était malade ?

– Pas que je sache. Mais il ne parlait jamais de lui… Il était plutôt secret. Et tout allait toujours bien. Il était plus du genre à s'occuper des autres que de lui-même et il faisait passer l'exploitation avant tout le reste. Alors, s'il était souffrant ou fatigué, je l'ignorais, il ne nous en avait rien dit. Mais encore une fois, vous devriez en discuter avec Jack. Peut-être que lui était au courant. Certainement, même, puisqu'ils vivaient ensemble.

– J'ai appris ça ! Comment en sont-ils arrivés à cohabiter ?

– James a beaucoup misé sur Jack. Depuis le début. Il a su voir en lui la relève, comme ça a été le cas pour votre père avec le précédent propriétaire, qui l'a pris sous son aile et lui a ensuite remis les rênes de l'exploit'. Votre père a payé à Jack une formation d'ingénieur en agronomie, élevage et production animale, qui a duré cinq ans, afin de moderniser les techniques ainsi que les règles d'hygiène pour être crédibles auprès de nos acheteurs tout en améliorant le rendement. Toujours dans le respect de l'animal et de l'environnement, c'est très important pour nous. Ce qui n'est pas le cas dans tous les élevages, je vous assure. Jack payait sa dette en ne comptant pas ses heures, durant les week-ends et les vacances, en le secondant au mieux et en prenant de plus en plus de responsabilités.

– Je vois ! Il lui a aussi payé une formation de pilote ! ajouté-je, avec une petite pointe d'envie.

Mon père a plus fait pour Jack que pour moi !

Je sais, ce n'est pas bien d'être envieuse, mais je ne peux m'empêcher d'être blessée. C'est légitime, non ? Mon père aurait pu ne pas se contenter d'envoyer de l'argent pour que je lui rende visite, il aurait pu se déplacer, venir me voir en personne, nous aider, ma mère et moi – c'est dur d'être maman solo, aujourd'hui, avec une petite paye de prof ! –, *participer* à notre quotidien, être présent, même à distance. Au lieu de cela, il a brillé par son absence ! Je n'en étais pas malheureuse, puisque je ne savais rien de lui et même pas qui il était ; je connaissais juste son prénom. Mais c'est pour ma mère. Elle aurait pu se sentir moins seule, moins désespérée. Elle a assumé son choix, mais je sais qu'elle en a bavé, ce n'était pas facile tous les jours.

– Exact ! renchérit Liam. Il fallait qu'ils soient deux pour se relayer auprès des clients. Jack est très doué ! Il a mené de front ses études d'ingénieur ainsi que la formation pour apprendre à piloter des petits avions.

Ainsi, Jack n'est pas qu'une belle gueule, il a également la tête bien pleine.

– Et la cohabitation ?

Nous remercions la serveuse, venue nous apporter nos plats, avant que Liam ne réponde à ma question :

– Quand je suis arrivé, Jack habitait déjà chez votre père.

Ils se sont trouvés…

Je fais le film dans ma tête ; ils ont mêlé leurs deux solitudes – Jack n'a pas voulu s'étendre sur son passé, que je soupçonne d'avoir été compliqué –, il a peut-être trouvé un père et James un garçon à aimer comme son fils. Si en plus, ils avaient la même passion pour l'élevage…

– Bien… on attaque ?

J'en ai assez !

Cette discussion me remue et je me sens mal : j'ai le sentiment d'être une intruse et de ne pas avoir ma place ici. Mais en même temps, je n'avais rien demandé, moi ! Cet héritage m'est tombé dessus comme la misère sur le pauvre monde ! Je me doutais qu'il serait à la fois une bénédiction et source de désillusions, de remise en question et de chagrin. Parfois, il faut accepter que le parcours de la vie soit semé d'embûches, me disait ma mère. Pour évoluer et se trouver. Là, j'avoue qu'elle me malmène, mais ça va passer. Il y aura des jours meilleurs. Je suis une fois de plus triste qu'elle ne soit pas là pour m'aider à supporter cette situation.

Le repas se passe.

Les plats sont excellents, l'ambiance est bonne et nous discutons comme deux vieux amis.

Liam me parle des jeux du week-end à venir, sur le modèle de ceux d'Écosse, pour lesquels il s'entraîne depuis un an ! Lancer de tronc d'arbre – ce qui me fait beaucoup rire tant je trouve ça fou –, de marteau ou de pierre, léger ou lourd, de poids, de fût, de bouchon (la folie !). Je lui promets d'aller le soutenir. Si Jack ne veut pas que je l'accompagne, je devrais bien pouvoir emprunter l'un des véhicules de l'exploitation.

Il insiste pour payer l'addition, et après un dernier café offert par Brody, que nous prenons au bar, nous regagnons la maison en une bonne vingtaine de minutes.

Liam se gare au pied de l'escalier menant à la terrasse.

– Ça va aller ? Jack ne devrait plus tarder, il ne se couche jamais très tard…

Il est à peine vingt-trois heures !

Il a peut-être décidé de passer la nuit chez *elle*.

Je secoue la tête en signe d'assentiment, malgré l'angoisse qui me serre la gorge à la pensée d'être seule dans cette maison.

– Vous voulez que je l'attende avec vous ?

– Non, c'est gentil, mais ce n'est pas la peine. Vous devez vous lever tôt demain matin, je présume.

Il tend la main.

– Donnez-moi votre portable…

Je le récupère dans mon sac, le déverrouille, m'exécute.

– Si toutefois Jack n'est pas là demain matin, appelez-moi et je viendrai vous chercher.

Il me rend mon téléphone, sans cesser de me dévisager. Les lumières extérieures se reflètent sur son visage et ses cheveux roux bouclés, conférant à ses traits fins un charme certain. Néanmoins, il ne m'inspire rien. Rien d'autre qu'une profonde reconnaissance.

Je tends la main à mon tour.

– Merci, Liam, d'avoir passé cette première soirée avec moi. J'apprécie de ne pas m'être retrouvée seule !

Sa paume vient au contact de la mienne.

– Merci à vous, j'ai vraiment passé un bon moment, répond-il, en serrant ma main dans la sienne et en la secouant doucement.

– Moi aussi…

– On remet ça quand vous voulez ! Vous avez mon numéro !

Son sourire en coin et son regard incendiaire me prennent par surprise et je m'échappe avant qu'il tente sa chance en cherchant à m'embrasser, parce que c'est très clairement ce que je lis dans ses yeux : il meurt d'envie de coller ses lèvres sur les miennes. Ce qui n'est pas mon cas ! Je claque la portière, grimpe l'escalier, lui fais quand même un petit « coucou » de la main avant d'entrer dans la maison et de m'adosser contre la porte, luttant contre ma propre envie de m'enfermer à double tour. Après tout, je ne connais rien de cet homme. S'il entrait dans la maison en pleine nuit… S'il venait me trouver dans ma chambre ? J'ignore si je peux fermer ma porte à clé, je n'ai pas regardé.

Liam semble un gars bien, mais les psychopathes sont d'apparence normale ; leur déviance n'est pas marquée sur leur visage. J'avoue que je suis trouillarde et que je me méfie de tout et de tout le monde ; je ne fais pas confiance facilement.

La vie parisienne, sans doute !

Les lampes d'appoint me permettent d'accéder au salon. Je pose mon sac sur la banquette, glisse mon portable dans la poche arrière de mon jean avant de gagner le coin cuisine. J'allume le plafonnier, me dirige vers les placards et les ouvre les uns après les autres jusqu'à trouver ce que je cherche : des tasses et des sachets de thé, un Earl Grey, mais il fera l'affaire ! Je remplis la bouilloire, fais chauffer l'eau. Ma boisson prête, je m'empare de la tasse, traverse le séjour et vais me poster devant la baie.

La température est clémente, il fait bon à l'intérieur, mais j'ai froid. Un froid interne qui me gèle les os. Et je sais que ma veste n'y changera rien… Frissonnante, j'enroule ma main libre autour du thé, souffle sur les volutes de chaleur, tout en me perdant dans la contemplation de l'immensité noire du lac face à moi, dont seul le rivage m'est dévoilé par les nombreux photophores de la terrasse. L'odeur de bergamote m'environne, associée à celle du bois, omniprésente.

Je bois une gorgée de thé, me brûle la trachée.

Néanmoins, la chaleur, réconfortante, calme mon cœur oppressé.

Un peu…

Mais après quelques secondes, la solitude, le silence, la nuit, les bruits de cette maison inconnue ont raison de moi, et une larme glisse sur ma joue. Puis une autre, et encore une autre. Mes lèvres tremblent. Je me mords celle du bas pour ne pas éclater en sanglots, tant je me sens effroyablement seule en cet instant. Je laisse couler ma détresse et mes peines, renifle, tout en buvant mon thé par petites gorgées. Ma mère me manque. Mon père me manque. Alors même que je ne l'ai pas connu, cherchez l'erreur ! Mes amis me manquent. Je pourrais les joindre, mais je n'en ai pas le courage. Je n'ai pas envie de parler, ce qui est paradoxal, puisque la solitude me pèse, mais je crois que je me sentirais encore plus seule si j'échangeais avec eux et je ne veux pas les alarmer inutilement.

Plus tard peut-être…

Mon cœur manque un battement lorsque des phares illuminent la nuit. Puis j'entends le bruit de roues de voiture dans le chemin caillouteux.

Jack… ou Liam…

Mais j'en doute, ce n'est pas le son d'un vieux tacot, plutôt celui d'un pick-up cossu.

Je m'approche de la baie, regarde en contrebas.

Cette fois-ci, ce sont mes mains qui tremblent légèrement lorsque Jack saute du pick-up après avoir coupé le moteur. Les secondes s'égrènent, lourdes de tension. Il lève la tête. Nos regards s'accrochent, se lient, se jaugent, tandis qu'après avoir récupéré mes chaussures dans la benne, il gravit l'escalier du porche quatre à quatre. Pas une seule seconde, il ne cesse de m'observer et j'en suis également incapable. Je suis comme… hypnotisée par la fluidité de son corps, par le sérieux de son visage mis en valeur par la clarté lunaire associée aux nombreux photophores extérieurs. La lumière blanche fait danser des reflets argent sur sa peau et ses cheveux, l'auréolant de mystère.

J'avale ma salive.

Difficilement.

Mes battements cardiaques accélèrent tandis qu'il disparaît pour franchir les derniers mètres le séparant de la porte d'entrée. J'essuie vivement mes joues mouillées de larmes, souffle sur ma tasse et prends une gorgée de thé afin de me donner une contenance lorsqu'il réapparaît dans mon champ de vision après avoir claqué la porte.

Le bruit résonne tout à l'intérieur de moi, me rend frémissante. En attente. Les nerfs à vif.

Mon souffle se raréfie.

Ce mec me fait un effet de dingue !

Dès que je pose les yeux sur lui, mon cœur s'emballe et j'ai le sentiment de ne plus respirer convenablement, de manquer d'air. J'ai beau prendre sur moi, me sermonner, il me met dans tous mes états et déclenche dans mon corps un désir presque douloureux ! Pourtant, je lui en veux, je suis en colère contre lui ! Et c'est du grand n'importe quoi ! Il ne peut pas changer ses plans et ses habitudes pour moi !

Surtout s'il a une petite amie…

– Salut, boss ! me lance-t-il avant de déposer mes chaussures au sol et de se diriger vers la cuisine.

– Salut…

Je l'observe se préparer un expresso.

Le bruit de la machine crève le silence. L'odeur du café arrive jusqu'à moi, caresse agréablement mes sens. Il s'empare de sa tasse, se retourne et s'appuie contre le plan de travail.

Il souffle sur sa boisson, trempe ses lèvres et aspire une petite gorgée, tout en me dévisageant.

J'en fais de même, par mimétisme, et parce que la nervosité me gagne de seconde en seconde sous l'intensité de ses iris. Toute sa personne est intense, c'est incroyable ! L'air, entre nous, se charge d'électricité.

– Toujours pas couchée ?

– Comme vous pouvez le voir !

Il prend le temps d'avaler une nouvelle gorgée de café avant d'ajouter :

– Votre soirée avec Liam s'est bien passée ?

Il sourit, mais j'ai le sentiment qu'il est tendu.

– Formidable ! lâché-je.

Je n'ajoute rien. Je pourrais le questionner sur la sienne, lui demander s'il a pris du bon temps de son côté, mais cela voudrait dire que je m'intéresse à lui et… il n'en est pas question ! Il baise avec qui il veut, je m'en fous ! Enfin… je devrais m'en foutre ! Mais je me rends compte avec effarement que ce n'est pas le cas.

– Bien ! se contente-t-il de répondre.

– Oui… bien…

Je termine mon thé, le rejoins, pose ma tasse dans l'évier. Impassible. Détachée. Vraiment très fière de moi. Je me détourne, m'éloigne.

– Chloé !

Je marque une pause, me retourne, cligne des yeux en le voyant s'approcher à pas mesurés. Plus il avance, plus je suis obligée de lever la tête pour le regarder dans les yeux, les soutenant avec toute la volonté dont je suis capable, et plus mon connard d'appendice cardiaque joue au Yo-Yo.

– Vous avez pleuré ?

Je m'attendais à tout (à rien de spécial, plus exactement !), sauf à ça !

Je recule d'un pas.

– Quoi ?

Il avance. Lentement. Prend mon menton entre ses doigts, m'inspecte.

Et punaise, je ne sais pas pourquoi je ne recule pas davantage, pourquoi je le laisse me toucher, mais sa proximité, ce que je lis dans son regard émeraude où je me noie me bouleversent, et mon corps refuse de m'obéir.

– Vous avez pleuré !

Cette fois-ci, il affirme, ne demande pas.

– Non ! affirmé-je à mon tour, me noyant davantage dans ses iris dévorants. J'avais une poussière dans l'œil !

Il lève le bras, caresse ma joue de la pulpe de son pouce.

Mon corps tout entier se tend.

Je devrais fuir pendant qu'il en est encore temps. L'éviter, rester loin de lui, ne pas répondre à ses provocations, ne pas le laisser entrer dans mon intimité, ne pas le laisser me toucher, me questionner et, dans le cas présent, ne pas fondre comme une débile face à son regard si extraordinairement vert. D'un vert que je découvre intense et vertigineux maintenant que, proche de lui, je peux en mesurer la profondeur. Mon cœur vrille dans ma poitrine, mes entrailles se serrent. La peine me terrasse. La vulnérabilité. Cette solitude qui, depuis le décès de ma mère, me terrifie et me torture sans prévenir, à n'importe quel moment, de jour comme de nuit.

J'ignore pourquoi, comment, pourquoi lui… Pourquoi il arrive à fissurer ma carapace avec ce regard maintenant d'une tendresse infinie alors qu'il caresse toujours ma joue, la tête penchée sur le côté, comme s'il cherchait lui aussi à comprendre ? À comprendre ce que je lui cache. Pourquoi ce regard interrogateur me donne-t-il envie de me blottir à nouveau contre lui ? Pourquoi je ressens encore cette impression qu'il partage ma détresse, et qu'il a envie de m'aider ? Pourquoi j'ai ce besoin irrépressible de sentir ses bras autour de mon corps ? Sa chaleur. Pourquoi j'en ai tant besoin ? Un besoin viscéral.

– Chloé, répondez-moi… Pourquoi avez-vous pleuré ?

Sa voix est si douce…

Si lénifiante, si apaisante. Ses prunelles, du vert intense, passent au noir. Et je sais… en cet instant, j'en suis persuadée, il me désire. Il me désire autant que je le désire. Mais tout comme moi, il se fait violence pour ne pas succomber.

Il a raison, ce serait de la folie, nous deux !

Une vraie folie de ma part, car je compte repartir dès la vente de l'élevage effective, et lui… Eh bien, parce que je suis sa boss, je suppose ! Il ne faut pas mélanger travail et plaisir ! Ou c'est le désastre assuré !

– C'est à cause de James ? demande-t-il, la voix rauque, sans cesser de caresser ma joue. Ou parce que vous êtes jalouse ?

– Pardon ?!

Mon cœur bat comme un dingue dans ma poitrine.

Connard !

Il a un sourire en coin.

Un sourire charmant.

Mais qui me donne envie de lui coller une droite.

– J'ai perçu votre regard lorsque j'ai quitté le bar avec

Marleyne ! insiste-t-il, tout en caressant toujours ma peau.

Ses yeux pétillent.

S'il voulait me changer les idées, c'est réussi ! J'ai maintenant plus envie de me battre avec lui que de pleurer. Surtout qu'il a dû s'envoyer en l'air avec cette femme !

J'englobe son poignet.

Sa peau est douce et, sous mes doigts, son pouls bat la chamade. Ce qui prouve qu'il n'est pas insensible à ma présence.

Je me rapproche, nos visages ne sont plus qu'à quelques centimètres l'un de l'autre.

Hors de question que je me dévoile.

– Cette discussion est terminée ! Bonne nuit !

Je relâche son bras, qu'il laisse retomber le long de son corps, m'éloigne.

Sa voix me parvient alors que j'ai un pied sur la première marche d'escalier.

– Six heures, demain matin ?

Je me retourne une nouvelle fois.

Toute trace de raillerie a déserté son visage.

Il semble déçu ! Il pensait que j'allais m'épancher ? Sans doute l'aurais-je fait s'il ne m'avait pas une nouvelle fois provoquée. Je ne suis pas jalouse, car il n'est pas mon mec ! Non, j'ai juste été déçue qu'il ne reste pas avec nous, qu'il recherche la présence de cette autre femme plutôt que la mienne – et je sais très bien pourquoi il l'a fait : il a baisé avec elle ! Et ça me fout en rogne ! Et en colère, justement ! Comme bien souvent lorsqu'il s'agit de lui. Je passe la moitié de mon temps à le détester, et l'autre moitié à le désirer.

– Si ce n'est pas trop tôt pour vous, duchesse…

Là, il se fout clairement de ma gueule.

Je ne pense pas m'être comportée en « duchesse » jusque-là ! Une duchesse ne serait jamais allée donner le biberon à des agneaux ! Elle n'aurait même pas mis un orteil dans la bergerie !

Mais là, tout de suite, je suis lasse et n'ai plus envie de me bagarrer avec lui.

– Ça me va ! Bonne nuit, Jack !

– Bonne nuit, duchesse !

Je reprends mon ascension, le dos droit.

S'il veut de la duchesse, je vais lui en donner !

J'entre dans ma chambre, referme la porte, traverse la pièce et me laisse tomber sur mon lit, les bras en croix, mon cœur battant toujours comme un forcené.

Jack, Jack, Jack… Qu'est-ce que tu me fais, bon sang ?!

Je me retourne sur le dos, m'empare de mon portable, le déverrouille avec l'empreinte digitale de mon pouce, appuie sur Messenger, sur le groupe, puis sur le vocal.

« Salut… »

Je me racle la gorge, continue :

« Vous devez être en plein boulot ou en pause déjeuner, et j'espère que vous allez bien. Moi, je… je vais me coucher ! Je… hum… j'ai finalement trouvé un avion pour le lac Taupo, et un… un pilote qui s'est avéré être l'employé de mon père. Son bras droit, plus exactement… »

Je pourrais leur raconter que Jack me détestait avant même de me connaître, que je ne suis à ses yeux qu'une fille vénale qui a refusé de voir son père de son vivant, qu'il m'abandonnait à l'aéroport sans aucun scrupule et que je doute qu'il me fasse confiance un jour. Surtout s'il apprend que je suis venue dans le but de faire connaissance avec mon père, certes, mais également pour vendre le fruit d'années de travail de ce même père alors qu'il pense que j'ai dans l'objectif de faire tourner la boutique.

Bon sang, à la minute même où il le saura, il me détestera !

Même s'il me désire... Surtout s'il me désire ! Il aura le sentiment de s'être fait berner ! De la même façon, je garde pour moi notre attirance mutuelle. Indéniable. Irrépressible. Une attirance qui nous pousse à nous bouffer le nez et à nous provoquer. Je pourrais effectivement vider mon sac et tenter d'y voir un peu plus clair dans cet imbroglio de sentiments, mais je m'en abstiens. Je suis trop crevée et, demain, une grosse journée m'attend, puisque mon « guide » m'a donné rendez-vous à six heures du matin. Donc lever cinq heures trente ; le temps de me doucher et de grignoter un bout. J'en suis fatiguée d'avance ! Et je me demande ce que Jack me réserve.

Je respire à fond et me calme.

Néanmoins, si je veux être sincère, je suis impatiente de découvrir les pâturages, le cheptel, les bureaux et, si je dois être honnête avec moi-même, impatiente de le retrouver, même si nous devons continuer à nous bagarrer. Cela m'évitera de penser à mes parents disparus et de souffrir d'être aujourd'hui sans plus personne à aimer.

11

Jack

C'est la merde !

J'étais encore à deux doigts de l'embrasser ! Alors que je m'étais promis de ne plus me laisser attendrir ni l'approcher. Mais elle m'a regardé avec ses grands yeux mouillés de larmes et j'ai craqué, bordel de merde ! Je l'ai approchée, je l'ai touchée, et j'avais envie de plus. J'avais envie de l'embrasser, encore et encore, de découvrir sa peau, ses courbes, de m'enfoncer en elle jusqu'à la garde et qu'elle crie mon nom.

Bordel…

Je retourne dans la cuisine, ouvre le bar, m'empare de la bouteille de whisky, dévisse le bouchon et bois une gorgée à même le goulot.

L'alcool me brûle le gosier, se répand dans mon estomac.

Je pourrais m'arrêter là, mais j'ai besoin d'échapper à mes démons.

Je vais m'allonger sur mon siège devant la baie, celui que je prenais toujours.

La bouteille de sky sur ma cuisse, je tourne la tête à droite, soupire :

– Pourquoi t'es plus là, James ? Tu me manques, putain…

Je serre les mâchoires pour ne pas chialer.

Un homme, un vrai, ne chiale pas !

La voix de mon père résonne dans ma tête. Sans doute pensait-il que les mots entreraient mieux à coups de taloches dans la face ! En tout cas, il ne s'en privait pas. C'était pour mon bien, il disait !

Connard !

Néanmoins, il a façonné mon identité et je me suis toujours bagarré avec mes émotions, les faisant taire à coups de crises de nerfs. J'ai passé mon adolescence à être en colère, à avoir la rage au ventre, à m'en prendre à des mecs qui ne m'avaient rien fait ! Et un jour, je devais avoir 15 ans, j'ai retenu la main de mon père et lui ai dit que s'il osait encore me frapper ou frapper ma mère, je le tuerais.

Il n'a plus jamais recommencé !

Pourtant, je me serais fait un plaisir de lui péter les dents une à une et de le faire souffrir autant qu'il nous a fait souffrir, ma mère et moi !

Puis je me suis barré, James est entré dans ma vie et il en a fait quelque chose de beau. Pour la première fois de mon existence, j'avais le sentiment d'être reconnu à ma juste valeur. J'ai installé ma mère dans une petite maison et j'ai dû faire mes preuves, mais quand James a compris que j'en voulais et qu'il pouvait me faire confiance, il a misé sur moi.

Ma mère est morte, par ma faute, et même si James m'a seriné que je n'y étais pour rien, qu'elle avait pris elle-même sa décision, en son âme et conscience, de quitter mon père, je ne peux m'empêcher de me sentir coupable. Malgré tout ce que ce salopard lui a fait subir, elle l'aimait ! Je comprends… Les meufs craquent aussi pour moi ! Et nombreuses sont celles qui rêvent de m'attacher, Marleyne la première !

Bref… c'est grâce à James que j'en suis là aujourd'hui.

Et putain, tout allait bien, nous étions heureux !

Mes yeux s'emplissent de larmes et je passe mes doigts sous mes paupières pour qu'elles se barrent. Je sais ce dont j'ai besoin ! De qui… J'arrête pas de penser à *elle* ! Eh ouais, c'est la merde ! Parce qu'elle est marquée « interdit », et parce que je lui ferais forcément du mal. Je suis incapable de bien me comporter avec une femme ! Marleyne en a encore fait les frais pas plus tard que tout à l'heure ! Je l'ai baisée dans sa bagnole et je me suis barré. Un vrai connard ! Mais bon… on se refait pas !

T'es pas obligé… me souffle une petite voix.

Peut-être, mais je ne sais pas faire autrement, je suis construit comme ça !

Je bois une autre gorgée, ferme les yeux.

Mon estomac se rebelle, j'ai rien bouffé !

Après avoir tiré mon coup – pensant que ça ferait redescendre la pression et virerait ma trop jolie boss de ma tête, mais ça n'a fait qu'exacerber mon désir pour elle, au contraire –, j'ai roulé. Sans but ! Puis, je me suis rendu au bureau dans l'idée de faire deux, trois paperasses. Là encore, peine perdue ! Alors, j'ai appelé Liam parce que, bordel, je n'arrêtais pas de les imaginer, Chloé et lui. Ils avaient l'air si proches que j'étais persuadé que Liam réussirait à conclure et à se l'emballer. Contrairement à moi, il n'aurait aucun scrupule à se la faire. Il n'était pas lié à James comme je l'étais, ni attaché à cette terre et à ce pays comme je le suis. Il pourrait partir sans le moindre regret si les choses venaient à mal tourner entre eux ; il n'a rien à perdre, contrairement à moi qui serais incapable de vivre ailleurs. Je pense même qu'il pourrait tomber amoureux, et peut-être seraient-ils heureux. Après tout, des boss qui couchent avec leurs employés et finissent par vivre avec, ça existe aussi !

L'idée me rendait malade !

Ce qui est paradoxal et complètement débile et incompréhensible ! Je ne m'autoriserais pas à toucher Chloé, pour tout un tas de raisons, mais je ne supporterais pas de la voir embrasser un autre mec !

Ouais, Jack, va te faire soigner !

Je laisse échapper un petit rire, bois une autre gorgée, repense à ma discussion avec Liam. Il m'a demandé pourquoi j'étais parti, m'a confirmé que Chloé en avait été chagrinée et qu'il lui avait parlé de moi…

Comme je l'avais pressenti, il n'est pas dupe ; il a compris que notre boss m'intéresse. Physiquement ! Que je la désire et que je rêve, depuis que j'ai posé les yeux sur elle, de l'embrasser et de la baiser. Son corps appelle le mien, je n'y peux rien, c'est comme ça !

Mais ça se fera pas !

J'ai bien trop à perdre pour jouer mon avenir sur une histoire de cul !

OK, je pourrais bosser dans un autre élevage. Avec les diplômes et l'expérience que je possède aujourd'hui, j'aurais la possibilité de décrocher un job à responsabilités sympa, mais ce ne serait pas pareil. Ici, je fais ce que je veux, je prends mes propres décisions, je considère cette exploitation comme la mienne. J'avais même prévu d'investir et de m'associer avec James à plus ou moins long terme, mais il est mort avant de me permettre de concrétiser le projet. Je pensais avoir le temps ! Je pensais avoir le temps de restaurer ma baraque, puis d'emprunter à nouveau pour lui acheter des parts. Mon argent aurait servi à agrandir, racheter des bêtes et à changer le vieux pick-up.

Au lieu de ça, il a fallu payer la succession ! Limiter les dégâts, rassurer les clients. Quelques-uns, ceux de la première heure, se sont barrés et sont allés négocier de meilleurs tarifs ailleurs.

Grand bien leur fasse !

Ils reviendront la queue basse ; notre viande est la meilleure du marché ! Ils voudront négocier, mais je les enverrai se faire foutre !

Comme bien souvent lorsque je réfléchis à des perspectives d'évolution, mon esprit s'emballe : il faudrait agrandir, évidemment, mais aussi diversifier. Trouver d'autres débouchés ! Et garder l'esprit clair ! Et clairvoyant !

Je pose la bouteille au sol, me lève et gagne l'étage d'un pas pesant. Je ralentis en passant devant la porte de la chambre de Chloé. J'aimerais pousser cette porte et aller la retrouver dans son lit. J'aimerais succomber au désir qu'elle m'inspire pour qu'enfin elle sorte de ma tête et arrête de m'obséder.

Mais je n'en ai pas le droit.

Je rebrousse chemin, entre dans la salle de bains.

Une douche froide sera la bienvenue !

Je me désape, me fous sous les jets. Les mains sur la faïence, la tête pendante entre les bras, les yeux fermés, je laisse l'eau fraîche couler sur mon cou, mes épaules, le long de mon dos. Les brumes d'alcool se dissipent, mon cerveau en surchauffe se calme. Ainsi que, petit à petit, les battements de mon cœur. Mais après quelques secondes, ma patronne refait irruption dans ma tête.

Qu'elle dorme à quelques mètres n'arrange pas les choses, loin de là !

Je l'imagine endormie, sur le ventre, nue dans les draps froissés, celui du dessus couvrant à peine ses fesses. Une légère sueur perle sur sa peau. Elle est alanguie, magnifique, tentante comme un fruit défendu. D'autant plus tentant qu'il est défendu. Et je ne rêve que d'une chose, me mettre nu également et la rejoindre. Me coller contre son corps que je découvrirais chaud et doux, embrasser la peau tendre de sa nuque jusqu'à ce qu'elle se réveille. Quelques gémissements lui échapperaient. Elle tournerait la tête pour me donner ses lèvres, et alors, c'est vers ses seins, puis son bouton sensible entre ses jambes que mes mains s'aventureraient.

L'image est tellement implicite que ma queue se tend de désir.

Je l'empoigne et me branle pour, après seulement quelques secondes, atteindre la jouissance et la libération tant attendue.

Bordel, je suis grave !

Penser à ma boss a suffi à me faire décoller. Même coucher avec Marleyne ne m'a pas autant satisfait et, à dire vrai, je pensais encore à ma patronne en la baisant.

Pathétique !

Peut-être, mais maintenant, je vais enfin pouvoir dormir ou je n'aurai pas d'autre solution que de me bourrer la gueule pour ne plus penser…

Ce qui ne m'est pas arrivé depuis le soir où j'ai appris la mort de James et, putain, je ne veux plus jamais revivre ça ! L'alcool n'arrange rien, bien au contraire. Passé l'oubli brumeux, demeure le chagrin et c'est encore pire, encore plus insoutenable.

Alors, je vais me tenir à carreau et gérer la situation.

12

Chloé

Je grogne tandis que des mains me secouent.

Qui que vous soyez, allez-vous-en ! Laissez-moi dormir !

– Debout ! Il est six heures passées !

Quoi ?

Je papillonne des paupières, perdue.

Où suis-je ? Qui me parle ?

– Vous êtes en retard, duchesse ! Si je peux me permettre, ce n'est pas de cette façon qu'on dirige une entreprise, me dit-on à l'oreille.

Jack !

J'ouvre les yeux, le surprends en train de mater mon ventre découvert.

– Ça va, ne vous gênez surtout pas pour moi ! grondé-je en ramenant le drap sur mon corps. Qu'est-ce que vous faites dans ma chambre, d'abord ?

– J'ai attendu en bas, mais ne vous voyant pas débarquer, j'en ai conclu que vous aviez une panne d'oreiller. Alors, je suis venu vous réveiller !

– Vous auriez pu frapper !

– Je l'ai fait, mais vous n'avez rien entendu !

– Vous auriez dû frapper plus fort !

– Et louper le spectacle de vous découvrir à moitié nue entre vos draps froissés ? Jamais ! J'adore votre tee-shirt, au fait !

Mouais… Tout distendu, plus gris que blanc, et ma licorne totalement décolorée ! En même temps, il date et j'aurais dû le jeter depuis longtemps, mais je l'aime, c'est comme ça ! Et d'abord, rien à foutre si lui n'aime pas et se moque, il n'a qu'à pas regarder, d'abord !

– Et surtout votre culotte !

Grrr… C'est ma culotte de wéwettes[1] ! Il n'était pas censé la voir, bordel de merdouille !

Je gronde à nouveau, me saisis de mon oreiller et lui balance dessus.

– Sortez de cette chambre !

Il lève les mains en éclatant de rire et recule d'un pas.

– Nan, vraiment… merci… J'aime commencer la journée de cette manière ! Si j'avais su, je serais venu vous réveiller plus tôt, j'aurais peut-être eu la chance de vous entendre ronfler !

Je repousse les draps, saute du lit et me rue sur lui avec l'idée de le prendre aux épaules, le faire pivoter et le pousser vers la sortie. Au lieu de ça, je me retrouve les poignets immobilisés, ma poitrine contre son torse. Mon souffle se bloque dans ma trachée. Les effluves indubitablement masculins de son gel douche ainsi que son parfum aux fragrances mâles attisent mes sens. Mes tétons se dressent. Nos iris se dévorent. Me retrouver à moitié nue contre lui augmente la tension dans mon bas-ventre. Le désir me submerge. Jamais je n'ai autant désiré un homme. De toute ma vie !

J'entrouvre les lèvres.

Embrasse-moi…

Je donnerais tout ce que je possède, à cet instant, pour qu'il presse ses lèvres sur les miennes, son corps contre

---

1. Mot personnel de l'auteure pour désigner les règles :)

le mien, qu'il me prenne dans ses bras et m'emporte sur le lit. Et qu'il me baise ! Sauvagement. Brutalement. Qu'il apaise mes tensions et vire de moi cette douleur qui m'étouffe. Qu'il me fasse renaître à la vie ! Et peut-être qu'enfin, enfin, je lâcherai prise et atteindrai l'orgasme.

Mais au lieu de m'embrasser, Jack se penche, me souffle à l'oreille :

– Je vous attends en bas…

Tout mon corps frémit lorsque son haleine mentholée frôle mon épiderme.

Il se détache de moi, balaie ma silhouette d'un regard incendiaire et se barre.

Je gronde pour moi seule, vais m'asseoir sur le lit avant que mes jambes, tremblotantes, me lâchent.

Bon sang…

Je me suis encore fait avoir sur toute la ligne ! Malgré mes bonnes résolutions de ne pas succomber à son charme dévastateur, je n'ai rien trouvé de mieux que de lui dévoiler mon désir. Tout juste si je n'ai pas gémi ! Et il était moins une que je le supplie de me faire l'amour.

Je me laisse tomber sur le dos, replie mes jambes.

Tant pis, je m'en fous s'il est encore tout proche, m'entend ou me surprend, j'en ai trop besoin… Et s'il rapplique, eh bien… advienne que pourra… J'ai mes règles, mais il y a des mecs que cela ne rebute pas ! Et puis, c'est la fin ! Ce serait une première en tout cas, et peut-être que, dans ces moments-là, je suis plus sensible, je l'ignore. Peut-être que ça m'aiderait à jouir du sexe d'un homme, qui sait ? Mais j'abandonne l'idée de me masturber en pensant à Jack, je n'en ai plus envie, et je file me laver.

Tout juste douchée, légèrement maquillée, les cheveux humides ramenés en chignon sur le haut de la tête et oui… habillée aussi… d'un jean et d'un tee-shirt noir, et après avoir repositionné certains de mes produits qui avaient étonnamment changé de place, je descends rejoindre Jack, que je découvre sur la terrasse, debout face au lac.

– Salut, marmonné-je, en prenant place à ses côtés.

– Salut ! Café ?

– Avec plaisir !

Il s'empare de la tasse posée sur la rambarde, me la tend.

– Il doit encore être chaud. Si ce n'est pas le cas, dites-le-moi, j'irai vous en faire couler un autre.

Il sait être adorable, parfois !

J'ignore à quoi est dû ce revirement d'humeur, mais j'apprécie.

– Merci, c'est gentil !

À nouveau frissonnante, je m'en empare, pose ma paume contre la porcelaine. Frissonnante et gênée : je voulais me donner du plaisir en pensant à lui ! Quelle fille sensée fait ce genre de chose, alors que, clairement, il s'amuse avec moi. Il m'aguiche, puis se barre ! Et moi, je succombe comme une jouvencelle. Bon, tant que cela se passe dans ma tête, c'est un moindre mal, mais si le fait se reproduit, je risque d'y laisser des plumes.

– Bien dormi ?

– Pas assez ! Et vous ?

– Pareil ! Bon, on a du boulot !

– Hé…

Je me recule avant qu'il me pique ma tasse, ronchonne :

– On a bien cinq minutes, non ?

Il me sourit et ce sourire fait remonter ma température corporelle.

Bon sang, tout en lui est hot !

– Cinq minutes, duchesse, pas une de plus ! me rabroue-t-il.

Je soupire :

– Ne vous sentez pas obligé de m'appeler comme ça, Jack !

– Oh, mais je ne m'oblige à rien. J'aime vous titiller, c'est tout…

Moi, j'aimerais que ce soit autre chose qu'il me titille !

– Oh, alors nous avons atteint le cap de la franche camaraderie, c'est cool ! ironisé-je.

Il se tourne face à moi, s'accoude.

– J'aime me bagarrer avec vous ! Je me rends compte à quel point je me sentais seul avant que vous débarquiez dans ma vie.

Oh…

Mon connard de cœur s'emballe.

– Qu'est-ce qui vous arrive ? Vous avez mangé une licorne au petit déjeuner ?

Merde… J'aurais mieux fait de me taire.

Il va fatalement penser à mon vieux tee-shirt de nuit… mais là encore, s'il avait décidé de me le retirer et de me dévorer, je n'aurais pas dit non !

– Vous avez décidé d'enterrer la hache de guerre ? ajouté-je.

– Pourquoi ? Pas vous ?

– Je vais avoir besoin de preuves, Jack, sur ces accusations.

Il comprend à quoi je fais référence, hausse un sourcil.

– Ma parole ne vous suffit pas ?

J'esquisse une moue dubitative.

– J'ai bien peur que non ! Cela voudrait dire que ma mère m'a caché la vérité, et cela pendant des années.

J'ai beaucoup de mal à le croire et encore moins à l'accepter. Vous savez s'il envoyait des chèques ou du liquide ?

– Des chèques !

– D'accord… Je vais demander à ma banquière si elle peut encore accéder aux écritures bancaires de ma mère, mais si ce n'est pas le cas, vous pourriez voir ce qu'il est possible de faire de votre côté ?

– Le compte de James est également clôturé, alors je doute de pouvoir accéder à quoi que ce soit. Vous devriez demander à la personne qui vous a contactée pour la succession.

– OK, et peut-être qu'en fouillant dans ses affaires, je trouverai ces fameuses preuves.

– Je vous aiderai si vous voulez.

– Vous feriez ça ?

– Oui, pourquoi pas ?

– Pour rien !

Son sourire en coin fait vaciller mon souffle, mais plutôt que me répondre, il tend la main, demande :

– Vous avez fini ?

Punaise, il est difficile à cerner, quand même !

Il souffle le froid, puis le chaud, et à nouveau le froid, et encore le chaud. Je ne sais jamais sur quel pied danser avec lui. On ne peut même pas parler du jeu du chat et de la souris, car j'ignore si je lui plais ou s'il a décidé de m'emmerder pour que je me barre.

– Presque !

Je termine mon café, lui donne la tasse dont il s'empare.

– En route, duchesse !

Je lève les yeux au ciel.

– Je peux au moins aller me laver les dents ? J'aime pas trop l'haleine de café de bon matin.

Il sort une boîte de chewing-gums de sa poche.

– Comme vous voulez, sinon, j'ai ça !

Il en met un dans sa bouche, mastique.

– Pourquoi pas, réponds-je à mon tour.

Je tends la main, et il fait tomber un petit carré vert dans ma paume.

– Merci !

– Je vous en prie !

Nous voici comme deux débiles à mastiquer nos trucs comme si notre vie en dépendait, mais peut-être que cela nous aidera à ne pas nous agacer.

Je saisis mon sac, ma veste, délaisse mes escarpins toujours au sol – j'ai mis mes baskets cette fois– et, cinq secondes plus tard, nous voici installés dans le pick-up.

– Où allons-nous ? demandé-je, alors qu'il démarre sur les chapeaux de roues.

Punaise, il est déjà branché sur cent mille volts !

Et de bon matin.

Il me fatigue !

– À l'exploitation ! répond-il, sa conduite sportive sur le chemin caillouteux me faisant tressauter sur mon siège. Nous allons inspecter le troupeau et nous en profiterons pour remplir les auges.

– Oh, parfait ! Et ensuite ?

– On pourrait faire un tour.

– Ils n'ont pas besoin de nous, à l'exploitation ?

– Comment ça ?

– Ben… il n'y a pas de tâches pour nous ?

– Nous faisons partie de la direction, duchesse ! Nous ne sommes pas censés mettre la main à la pâte. Il y a les gars et les woofers pour ça.

C'est un fait ! J'ai un peu de mal avec ça ; jamais personne n'a bossé pour moi !

– Et en vérité, il n'y a pas tant de boulot que ça à la bergerie !

– En parlant de ça, hier, j'ai donné le biberon aux agneaux ! Et j'ai aussi fait la connaissance de Jumpy et Fluffy ! Ils sont trop chou.

Il me jette un coup d'œil, avant de bifurquer sur la droite pour emprunter le chemin menant à l'élevage.

– Ça vous a plu, on dirait ?

– Oui, et j'en suis la première étonnée ! Franchement, je n'aime pas les odeurs fortes, ni les bestioles, mais là, je me suis éclatée. Ça ne sentait même pas mauvais !

– Nous faisons attention à ce que la bergerie soit toujours propre. Ça évite les maladies.

– Vous avez perdu des nouveau-nés cette année ?

– Seulement un ! Tous les autres sont en excellente santé.

– C'est super ! Du coup, il ne reste plus que les mâles dans les pâturages ?

– Oui, environ trois mille !

– Qu'est-ce qu'ils deviennent ensuite ?

– Tout dépend leur utilité. Certains sont élevés pour leur laine, d'autres pour leur viande, les adultes comme les agneaux.

Oh non…

– Oh, vous vendez les agneaux pour la viande ? demandé-je, prête à pleurer.

– *Nous* vendons les agneaux, boss ! se moque Jack. Je vous rappelle que la boîte vous appartient !

– C'est vrai !

J'ai un peu tendance à l'oublier, avec le sentiment d'être dans un rêve éveillé depuis mon arrivée et d'avoir vécu des millions de trucs ! L'effet est étrange, à cause du dépaysement et de la nouveauté sans doute. Me plonger dans l'existence de mon père, faire connaissance avec les gens qui l'ont côtoyé, m'intéresser au business des moutons tout en restant en retrait, comme avec les gens, puisque je repartirai bientôt, tout cela est très perturbant pour moi.

– Mais je ne veux pas qu'on vende Jumpy et Fluffy, ajouté-je, la voix légèrement brisée. Je veux les garder.

Jack stoppe le pick-up devant l'un des appentis, puis le moteur.

Il se tourne vers moi.

– Qu'est-ce qu'on en ferait ? Ce ne sont pas des animaux domestiques, ils ne vont pas se coucher sur le tapis du salon !

– Je sais bien, mais on pourrait tout de même les garder ! affirmé-je encore, pleine d'espoir. Pourquoi les baptiser, alors, si c'est pour qu'ils suivent le même chemin que les autres ?

– J'en sais rien ! C'est comme ça. Certains agneaux sont attachants.

Ces deux-là le sont, en tout cas.

J'avance ma lèvre inférieure, papillonne des cils, lui fais ma tête de « Chat Potté ».

– S'il vous plaît, Jack… ne vous en débarrassez pas ! S'il vous plaît…

Je déteste l'idée qu'ils soient tués. Je ne pensais pas m'être attachée à eux, mais c'est le cas.

– On peut faire une exception, non ? ajouté-je, jouant de séduction.

Jack me contemple, semblant étonné.

– S'il vous plaîîîît, insisté-je.

– Vous me donnez quoi en échange ?

– Pardon ?

– Qu'est-ce que vous me donnez en échange de la

promesse d'épargner vos petits protégés ? insiste-t-il à son tour.

– Je ne sais pas, qu'est-ce que vous voulez ?

Il me sourit.

D'un sourire suave assorti de quelques coups de dent.

– Il faut que je réfléchisse à la question !

Mon ventre se serre.

Qu'est-ce qui me prend de poser ce genre de question, je suis folle ou quoi ? Comme si je n'étais pas déjà à fond sur lui !

– D'accord, alors, ça veut dire que c'est oui ? Vous allez les épargner ?

Il me dévisage avec gravité.

– Quoi ?

– C'est si important pour vous ?

– Je crois que oui… Ça vous étonne ?

– Oui !

– Pourquoi ? Parce que vous me pensez vénale ? Et incapable de m'attacher à des animaux ? Je pensais vous avoir convaincu pour mon père !

– Je vous crois, mais il y a votre style de fringues, votre mode de vie et vous m'avez dit ne rien connaître aux animaux !

– Certes, je n'y connais rien, parce que, en vraie Parisienne, je n'en ai jamais approché, mais cela ne veut pas dire que je suis incapable de les aimer. Et je vous le répète, j'en suis la première surprise.

– Vous n'avez jamais eu d'animaux à vous ?

– Non ! Ni chat, ni chien, ni… rien !

– Même pas un poisson rouge ?

– Non, rien ! Nous n'en avions pas les moyens ! avoué-je, gênée. Faut de l'argent pour entretenir des animaux, même un aquarium et des poissons ! Et vous, vous avez eu des animaux domestiques ?

– Quand j'étais petit. Plein.

J'imagine aussitôt un Jack enfant… et je craque.

Mais comme à son habitude, son visage se ferme à l'évocation de son passé et il ouvre la portière pour ensuite sauter du pick-up, mettant fin à notre conversation.

OK… Il n'est pas croyable quand même !

Peut-être un jour me confiera-t-il son histoire, surtout si je me livre à lui et lui parle à cœur ouvert. Faudrait surtout que je lui dévoile mes intentions de vendre avant que ça me revienne en pleine face !

Je fourre mon portable dans mon sac à main, pousse celui-ci du pied et saute à mon tour du pick-up, emportant ma veste avec moi.

Je rejoins Jack.

– J'ai laissé mon sac à main et mon téléphone dans la voiture, ça ne risque rien ?

– Rien du tout, soyez tranquille ! Et j'ai mon portable, si ça peut vous rassurer ! Je fais en sorte d'être toujours joignable. D'ailleurs, il faudra que je vous donne mon numéro…

Encore ce petit sourire en coin qui me fait craquer et ce qui me fait craquer davantage, c'est le savoir de plus en plus abordable.

– Ça marche ! réponds-je, lui emboîtant le pas. Sinon, vous ne m'avez pas répondu pour les petits, vous allez les épargner ?

Il s'arrête, me regarde intensément.

Je danse d'un pied sur l'autre, attendant sa réponse.

– Allez… Ne me faites pas languir ! lâché-je, crevant d'impatience. C'est oui ou c'est non ?

– Vous ignorez ce que je vais exiger de vous en compensation !

Ses iris brûlent les miens.

– Quoi que ce soit, je suis d'accord, soufflé-je, totalement subjuguée par la chaleur de ses prunelles.

– Ne vous inquiétez ! Ce ne sera pas d'abuser de votre corps !

– Ah, non ? Mince !

Il ouvre la bouche de surprise.

– Vous êtes sérieuse ? Vous auriez accepté ?

J'éclate de rire.

– Mais non, voyons, jamais de la vie ! Je suis votre boss, je vous rappelle !

– Dommage, parce que c'est ce que je voulais. Votre corps ! Pour une nuit !

Là, c'est moi qui reste bouche bée, tandis que ma respiration devient ardue.

– Vous plaisantez ?

– Non, je suis très sérieux au contraire !

– Eh bien… je ne sais pas quoi dire ! Je pensais que… que je n'étais pas à votre goût.

– C'est le cas ! Mais une baise ne se refuse pas !

Et paf !

Cette fois-ci, ce sont mes yeux qui s'écarquillent.

Quel petit con !

Je ravale ma fierté.

J'ai joué, j'ai perdu, c'est la vie !

Et maintenant, au moins, c'est acté, je ne lui plais pas ! Il faut que j'arrête de me faire des films et de penser qu'il me drague. Parfois, il lui arrive d'être gentil et serviable, c'est tout ! En mec civilisé ! Je vire les images classées X de mon cerveau, images nous impliquant, lui et moi, nus dans un lit, à baiser comme des bêtes et, reprenant ma marche tout en me forçant à demeurer impassible alors que mon cœur joue encore les yo-yo, j'ajoute :

– Puisque c'est réglé et qu'il n'y aura pas de nuit de baise torride, même si c'est pour la bonne cause, qu'est-ce que vous réclamerez, alors ?

Il rit, me retient par le poignet et me dévisage de nouveau intensément.

– Ça mérite encore négociations, non ?

Je lui fais mon regard de tueuse.

– Je ne crois pas, non !

Il m'a quand même dit que je ne lui plaisais pas !

– Si je vous dis que vous me plaisez, finalement ?

– Trop tard, c'est non !

– De toute façon, vous ne vouliez pas !

– J'aurais pu revenir sur ma décision !

– Très bien ! assène-t-il, avant de se diriger à grands pas vers une espèce de camion plateau bleu décoloré, avec une cabine rétro tout en arrondi, transportant une citerne en plastique pleine d'eau. Il m'ouvre la portière passager et, comme il aime le faire, m'invite à prendre place d'un mouvement de la main.

– Le carrosse de Madame est avancé !

Je lui tire la langue, prends place sur le vieux siège en Skaï noir tout pété. Je cherche la ceinture, mais, ben… il n'y en a pas ! Jack n'ayant toujours pas bougé, je lève la tête vers lui.

– Oui, mon brave ?

Il tend la main, replace une mèche de mes cheveux derrière mon oreille.

– J'ai menti. Vous me plaisez, Chloé…

Punaise… Il me les fera toutes !

– N'essayez pas de vous racheter, ça ne marchera pas ! asséné-je, mon cœur battant à nouveau la chamade. Et ce ne serait pas raisonnable, Jack, ajouté-je, plus doucement.

Ses iris continuent de me dévorer, me dévoilant jusqu'à son âme.

– Je sais, mais je voulais que vous le sachiez.

Je le contemple. Qu'est-ce qu'il est beau ! Ses yeux, d'un vert indéfinissable, intense, pailleté d'or, sont remarquables ; je n'en ai jamais vu d'aussi magnifiques. Ses lèvres bien dessinées, pleines, sont des appels aux baisers ; sa peau hâlée, rehaussée par le tee-shirt blanc, est elle aussi un appel aux baisers, ainsi qu'aux caresses. Et que dire de son corps ? Parfait ! Positivement parfait !

Je cligne plusieurs fois des paupières, comme aveuglée par tant de perfection.

– Pour que je change d'opinion à votre sujet, réponds-je, la gorge serrée, reprenant mes propres mots.

– Peut-être…

Sur ces dernières paroles et un dernier regard, énigmatique, il claque la portière.

Bon sang, comment veut-il que je reprenne une vie normale après m'avoir lâché une pareille bombe ?! Mon cerveau est en ébullition, mon corps fourmille de partout et j'ai atrocement chaud. Je lui plais ! Vraiment ! À moins que ce soit une ruse pour me mettre dans son lit, comment savoir ? Quand bien même, je m'en moque ! Et je ne serais pas contre une nuit dans ses bras, contrairement à mes dires, mais encore une fois, ce ne serait pas raisonnable ! Et quel revirement ! Je n'en reviens pas.

Je le mate tandis qu'il prend place au volant et démarre.

Je me gave de chacun de ses gestes. Il tourne la tête, regarde alentour avant d'avancer au pas. Partout, sauf vers moi. Et je donnerais cher pour savoir ce qu'il pense, là, tout de suite. Est-il aussi perturbé que moi ? J'ai le sentiment que oui ; ses sourcils sont froncés, ses iris, un peu flous. Il ne sera jamais à moi, mais je peux continuer à le désirer et à fantasmer, non ? Rien ne m'en empêche. Ce qui se passe dans mon cerveau reste dans mon cerveau. Pour autant, j'ai beaucoup de mal à me reconnecter.

Mais il le faut bien !

Je contemple la cour, déserte.

La chaleur, entrant par les vitres ouvertes, est déjà certaine. Et une bonne odeur d'herbe humide ainsi qu'une autre, plus diffuse et légèrement musquée, emplissent l'habitacle.

– Parlez-moi de nos filières, Jack. Ils deviennent quoi, nos moutons ? crié-je, le bruit de l'engin m'obligeant à hausser le ton.

Jack tourne la tête vers moi, tout en faisant rouler le petit camion sur le chemin caillouteux qui là aussi nous bringuebale. Je ne comprends pas pourquoi les accès à la maison du lac et à l'élevage ne sont pas goudronnés pour plus de confort, mais il est vrai qu'ainsi, le paysage semble plus authentique.

Plus sain, aussi, certainement.

– Notre production part essentiellement en Angleterre, en Australie et sur les marchés européens, me répond-il, après quelques secondes de silence. Nous avons pas mal de mérinos, pour la laine, une des meilleures du monde, ainsi que des romney et des corriedale, pour la viande.

Il me détaille les spécificités des différentes races de moutons, mais en vérité, je m'en moque. Il pourrait me parler chinois que je ne verrais pas la différence. Ce que je veux, c'est l'écouter. J'adore la passion qui brille dans ses yeux quand il évoque les rouages de son métier.

– Je vous les montrerai, termine-t-il.

Euh… j'ai rien écouté !

– OK ! acquiescé-je pourtant, avant de me perdre dans la contemplation du paysage, là encore fascinant.

C'est beau, il n'y a pas d'autres mots.

Immense et beau…

Le chemin cahotant nous conduit à travers les prairies verdoyantes. Il doit quand même pleuvoir souvent pour qu'elles restent si vertes. L'herbe semble grasse… En tout cas, elle est touffue. Je n'y connais rien, mais si les éleveurs se sont implantés dans cette région, ce n'est certainement pas par hasard, l'herbe doit être parfaite et propice à une bonne alimentation.

Après un petit quart d'heure, nous arrivons en vue du troupeau.

– Il n'y a pas de barrières ? Ils ne se sauvent pas ? demandé-je, intriguée.

– Ils ont des gardiens ! Regardez, s'écrie-t-il, alors que trois boules de poils noir et blanc courent comme des dératées dans notre direction.

Arrivées vers nous, elles sautent comme si elles voulaient grimper dans le camion et si près que j'ai soudain peur qu'elles passent sous les roues. Mais non ! Elles nous font la fête.

Jack contourne le troupeau jusqu'à une auge et s'arrête.

Il descend.

Je l'imite et le rejoins, accueillie par les jappements et les sauts de cabri des trois chiens.

Je prends sur moi et les caresse, tandis qu'ils me sautent dessus.

– Je vous présente Moon, Shine et Tui, du nom d'un oiseau du pays. Ce sont des borders collies, la meilleure race de gardiens de troupeau. Suffit ! Au pied !

Les chiens obéissent et je relâche la pression.

– Ils ne sont pas méchants, juste un peu envahissants. Et je crois que vous leur plaisez !

Je ris.

– Je crois, effectivement !

Il me fait une moue désolée, mais ses yeux pétillent de malice.

– Désolé, je n'aurais pas dû les laisser vous sauter dessus.

– Il n'y a pas de mal, j'ai survécu, et franchement, ils sont sympas !

Il me désigne une tache marron couchée dans l'herbe un peu plus loin.

– Et lui, là-bas, c'est notre corniaud, Boots ! Sa fonction est d'aboyer pour faire avancer le troupeau.

– Il n'a pas l'air très motivé !

– Il commence à se faire vieux, mais ça va, il fait le taf !

Je me rapproche de lui et des chiens, gratte la tête de l'un d'eux.

– Ils sont de quelle race, déjà ?

Il s'accroupit, et ils accourent vers lui pour lui lécher le visage.

Beurkkkk !

Mais je ne peux m'empêcher de sourire devant le tableau qu'il forme avec les chiens. Il se relève en continuant de leur caresser le cou, un par un, et c'est marrant, mais j'ai l'impression qu'ils attendent leur tour, cette fois-ci dans le silence.

Ça fait du bien, mes oreilles peuvent se reposer !

– Ce sont des borders collies. Une race écossaise née dans les Scottish Borders, à la frontière entre l'Écosse et l'Angleterre, réputée pour son intelligence et son obéissance. Ils sont également agiles, énergiques et athlétiques.

– Je vois ça !

Il se penche pour encore les gratouiller sous le cou.

– Ce sont de bons chiens, hein, mes loulous ?

Et voilà qu'ils s'excitent de nouveau et se remettent à japper. Mais le spectacle de Jack avec ses chiens vaut le détour et m'attendrit. Ils ont l'air si heureux de se retrouver.

– Ils vous aiment, ne puis-je m'empêcher de constater.

– Oui, et je les aime également. Ils aimaient votre père, aussi, c'est lui qui les a élevés, ajoute-t-il, et mon cœur se serre à l'évocation de mon père. Ils ont senti qu'il nous avait quittés, et Moon, sa préférée, qui est là (il attire la chienne à lui, lui caresse l'encolure, se récoltant une léchouille au passage), ne s'est plus alimentée pendant des jours. Il a fallu que je la prenne avec moi pour qu'elle retrouve le goût de vivre, sinon, je crois qu'elle se serait laissée mourir.

Oh, la pauvre…

J'en ai les larmes aux yeux.

– Elle va mieux, maintenant ?

– Elle a moins d'allant, mais je crois que ça va… Hein, ma belle, ça va ? Je te présente Chloé, la fille de James !

En entendant le prénom de mon père, la chienne bouge les oreilles et remue la queue.

– On dirait qu'elle a compris qu'on parlait de lui !

– Bien sûr ! Je vous l'ai dit, ils sont très intelligents.

Il claque des doigts et tend le bras en direction des moutons qui paissent tranquillement sur la lande, s'écrie :

– Allez, assez fainéanté, au boulot ! Le troupeau ne va pas se garder tout seul !

Aussitôt, les chiens détalent.

Jack vient se placer à mes côtés et nous contemplons, ensemble, les bêtes, moutons et chiens.

Mon cœur enfle d'une sensation inédite, que je refuse d'analyser pour l'instant, mais qui me réchauffe de l'intérieur.

– Ils n'ont pas l'air d'avoir envie de se barrer ! remarqué-je.

– Oh, il faut se méfier ! Il y a des jeunes parmi eux qui se feraient bien la malle ! Et c'est là qu'interviennent les borders. Pour les remettre dans le droit chemin. Quand vous les verrez travailler, vous trouverez ça incroyable. Ben tiens, justement…

Je vois, au loin, l'un des moutons, noirâtre et d'un gabarit certain, se détacher du groupe et détaler. Aussitôt, comme un seul homme, deux des borders se mettent à japper et à courir ventre à terre à ses trousses.

– Un mâle mérinos, me dit Jack. Ils ne sont pas commodes.

Les chiens ont vite fait de rattraper le fuyard. Ils le devancent, se postent devant lui, les pattes bien plantées en avant, comme prêts à lui sauter dessus, et se remettent à japper, le forçant à reculer. Ce qu'il finit par faire. Puis, vaincu, il fait demi-tour et rejoint le reste du troupeau, poussé aux fesses par son escorte.

– Bravo, bien joué ! m'extasié-je, en frappant dans mes mains. Ils sont bons !

Je tourne la tête vers Jack, capte son regard sur moi, qui m'ébranle tant il est intense. J'espère qu'il ne doute pas de ma sincérité, parce qu'elle est réelle. Plus les minutes passent, plus je découvre Jack et cet endroit, et plus je les apprécie. En plus d'apprécier les animaux ! Je ne pensais pas prendre autant de plaisir, mais j'avoue que je passe vraiment du bon temps. Je ne crois pas m'être jamais sentie aussi vivante… Le grand air, sans doute… et cette immensité qui nous fait nous sentir tout petits.

Une immensité qui se reflète dans les iris de Jack.

Je me dérobe, les joues soudain échauffées, et je

l'entends se racler la gorge.

– Je vous l'ai dit, ils sont efficaces.

– Et là, il y a trois mille moutons ? demandé-je, étonnée, m'efforçant à demeurer concentrée sur le troupeau.

Si je ne cesse pas de regarder Jack, je vais finir par lui sauter dessus !

– Trois mille vingt, pour être précis. On poursuit ?

– Bien sûr !

Il se dirige vers la citerne d'eau, sort le tuyau et le positionne au-dessus de l'auge.

– C'est vous qui l'avez remplie ? demandé-je, alors que l'eau s'échappe dans un glouglou attractif.

– Non, Doug ! C'est son boulot ! répond Jack, alors que, soudain, je rêve de plonger dans le lac pour me rafraîchir. Il remplit la citerne chaque matin à son réveil, avant d'aller s'occuper des agneaux. Vous avez chaud ?

– Qu'est-ce qui vous fait penser ça ?

– Vous avez les joues toutes roses !

– Ben, oui… Il fait déjà bon…

Je ne vais certainement pas lui avouer que c'est sa compagnie qui me donne chaud !

Soudain, il met son doigt sur le jet, le lève dans ma direction et une pluie douce s'abat sur moi. Je recule en poussant un cri, mais trop tard, je suis mouillée.

– Mais euh…

– Vous en voulez encore ?

– Ouiiii…

Me prêtant au jeu, j'écarte les bras, tourne sur moi-même avec le sentiment de me trouver sous une pluie tropicale. C'est trop bon ! Mais il n'y a pas de raison que je sois la seule à être trempée. J'affronte le jet, me baisse et, prenant l'eau de l'auge en coupe, je la balance sur Jack. J'éclate de rire lorsque la flotte atteint son visage et son tee-shirt qui, trempé, me dévoile son anatomie alléchante.

Il grogne, avant de fermer le jet, de le lâcher et de sauter par-dessus le contenant métallique.

Je couine et m'enfuis, mais avec ses longues jambes, il a vite fait de me rattraper, et avant d'avoir compris ce qui m'arrive, je me retrouve sur le ventre, la tête dans l'herbe, et Jack assis sur mon popotin.

– Vous faites moins la maline, hein ? susurre-t-il, près de mon oreille, se couchant sur moi.

– Vous êtes lourd, Jack, crié-je, moitié riante, moitié furax. Vous m'empêchez de respirer !

Il se remet debout et me tend la main. Je m'en empare, saute sur mes pieds en même temps qu'il m'attire à lui, un peu trop vivement, et je me retrouve projetée contre son corps.

– Wouop…

Il s'esclaffe, passe son bras dans mon dos, m'empêchant de tomber à la renverse.

– Heureusement que je suis encore là pour sauver vos petites fesses ou vous vous seriez retrouvée par terre !

– Comme hier, à l'aéroport ! À croire que vous aimez me tenir dans vos bras, le provoqué-je.

– Je crois que oui…

– Vous croyez ?

– Non, j'en suis sûr !

Nous nous observons. Son regard se modifie. Il va m'embrasser. Je le vois dans ses iris à la lumière intense. Mon cœur manque un battement tant j'ai envie qu'il le fasse. Je me liquéfie, mes tétons s'érigent, mon sexe pulse d'une terrible envie de lui. Il observe mes lèvres, que j'entrouvre, grisée par l'attente de sentir les siennes que j'imagine douces comme le paradis.

Ses iris prennent une belle teinte plus foncée, plus profonde.

Mais alors que je pensais qu'il allait succomber à l'appel de mes lèvres, il se recule subitement, me laissant à nouveau pantelante.

– On continue !

Et il me tourne le dos.

OK…

Il a raison, nous devons résister à l'appel de la chair, car si nous nous embrassons, je suis persuadée que nous n'arriverons plus à nous arrêter et finirons par rouler par terre, enchevêtrés, mais ma fierté et mes résolutions en prennent encore un coup ! Cependant, mon ego est tout de même flatté.

Je le suis, remonte dans le camion et, alors que je m'assieds sur la banquette à ses côtés, il mate mes seins rendus apparents par le tee-shirt mouillé.

Mince, il va remarquer que je ne porte pas de soutien-gorge, vu que j'ai décidé, comme nombre de femmes aujourd'hui, de me libérer de ce carcan et de m'en passer en dehors du boulot… Et quelle impression de liberté, bon sang, un vrai bonheur. Sauf que présentement, mes tétons pointent et, cela aussi, il doit le voir ! Mais ce n'est pas ma faute, je suis excitée ! Excitée par sa présence, par ce qu'il m'inspire, ainsi que par le frottement du tissu mouillé sur mes pointes érigées devenues hypersensibles.

Ignorant son regard ardent, je lève les bras, rajuste ma queue de cheval, faisant davantage pointer mes seins. Je le sens se raidir et reprends ma position initiale, le regard tourné vers l'extérieur. Je le provoque. Encore. Je ne devrais pas, je joue un jeu dangereux. Je risque de me brûler les ailes et de le regretter, me torturant autant que je le torture, mais c'est trop bon. Trop jouissif ! Et je dois admettre que j'aime ce jeu de séduction qui s'est instauré entre nous ; je préfère ça à son animosité, sa suspicion et ses sorties assassines. Son revirement a été rapide, mais je ne vais pas m'en plaindre ! Il me fait confiance.

Jusqu'à ce que tu la pulvérises en lui avouant tes objectifs !

Oui, mais bon, ai-je le choix ?

Et Jack est un homme bien, il comprendra mes motivations !

– Ça vous dirait un tour en bateau, ensuite ?

Je tourne la tête, le contemple, tout sourire.

– Oh, oui, ce serait génial ! Avec le bateau amarré au ponton, vers la maison ?

– Oui ! Il appartenait à votre père, donc aujourd'hui, il est à vous. Vous pourriez passer le permis bateau, si vous en avez envie…

Rhooo, avion, bateau… J'aimerais trop… je crois !

– Et j'ai une 125 à l'exploitation, je vous la passerai si vous voulez !

– Je n'ai pas besoin d'un permis pour conduire ce genre d'engin ?

– Si, mais on ne voit pas souvent les flics par ici, et s'ils débarquent, ne vous inquiétez, je les connais tous.

– OK, eh bien, vous pourriez commencer par m'emmener faire un tour parce que… je n'ai jamais piloté une moto de ma vie ! avoué-je.

– Sérieux ?

– Oui, sérieux ! Je vous ai déjà dit que nous n'avions pas beaucoup de moyens, ma mère et moi, je suis heureuse d'avoir pu faire des études. Grâce à une bourse, cela va sans dire ! Et grâce aussi, peut-être, à l'argent de mon père, je l'ignore. En tout cas, je n'ai pas eu une vie de duchesse, contrairement à ce que vous imaginez ! Je crois que l'argent de mon père a aidé ma mère à m'offrir une vie décente. Il ne vous a jamais parlé d'elle ?

Nos iris se croisent.

Brièvement.

– Si, mais sans me donner de détails. Il parlait surtout de vous. Je crois qu'il culpabilisait, pour vous deux.

– Comment il m'a trouvée ?

– Il avait le nom de votre mère. Et il a fait appel à un détective privé. Ensuite, lorsqu'il a eu les renseignements demandés, il l'a contactée, mais je crois qu'elle l'a envoyé se faire voir !

– Tout ma mère ! Elle était sympa, mais fallait pas trop la chercher !

– Je sais de qui vous tenez !

– Ben, j'aurais du mal à vous dire quelle part de moi me vient de mon père, vu que je ne l'ai pas connu !

– Vous le regrettez ?

Je me noie une fois de plus dans ses iris, devenus graves.

– Oui, Jack, je le regrette. Bien sûr.

Dis-lui ! Dis-lui maintenant !

Ma jambe tressaute, avec nervosité.

Allez, bon sang ! Qu'est-ce qui te retient ?

Rassemblant mon courage, j'ouvre la bouche, la referme lorsqu'il arrête à nouveau le camion au niveau d'une autre auge. Il saute de l'engin et j'en fais de même.

– Vous pouvez rester à l'intérieur, si vous voulez ! sort-il, le regard toujours fixé sur mes tétons.

Et me priver du spectacle de ton tee-shirt plaqué sur tes pectoraux ? Certainement pas !

– Vous n'avez pas froid ? s'enquiert-il encore.

– Non, je suis bien ! Cette petite douche improvisée était la bienvenue !

– Je trouve aussi !

Nous nous observons intensément. Le désir refait surface. Je détourne le regard et observe le troupeau avant de me ruer sur lui et revendiquer ses lèvres. En vérité, j'aimerais qu'il en prenne l'initiative, car avec sa réaction de tout à l'heure, j'ai peur de me prendre une veste. Ou un râteau. En tout cas, qu'il m'éconduise. Je sais que c'est mieux pour nous deux, mais ma fierté en prend un coup à chaque fois !

– Ils sont toujours comme ça, aussi agglutinés les uns aux autres ?

– Toujours, c'est dans leurs gènes. Ici, ils n'ont pas de prédateurs, mais ce n'est pas le cas dans tous les pays ! Allez, plus que deux auges et je vous emmène prendre un petit déj chez Brody !

– Chez Brody, c'est l'endroit où nous étions hier ?

– Ouaip ! C'est un ami ! Je lui rends visite quasiment tous les matins.

– Votre vie est plutôt cool, je trouve ! Pas franchement d'horaires, personne sur le dos qui vous dit quoi faire, ou comment !

– Vous pourriez !

– Comment ça ?

– Vous êtes ma boss, vous pourriez me donner des ordres !

– Méfiez-vous ! Vous ignorez dans quoi vous vous engagez ! Mais OK, je saurai m'en souvenir ! éludé-je.

Quelques coups de dent et un sourire carnassier m'atteignent et me perforent la poitrine.

Nous reprenons notre tour, remplissons les deux auges restantes, de différentes dimensions, et je lui tiens compagnie. Nous discutons de l'élevage. Je lui pose des questions sur ses études, lui sur les miennes. Je vois que mes réponses l'intéressent. Il ne me questionne pas pour faire comme moi, mais s'intéresse réellement à moi. Nous nous confions peu à peu, nous apprivoisons, nous livrons l'un à l'autre sans pour autant entrer dans notre intimité, et je constate que Jack est un être bien plus profond que je ne le pensais de prime abord. Profond, et très intéressant ! Je pourrais l'écouter pendant des heures.

– Parlez-moi de vos parents, demandé-je, alors que nous sommes attablés chez Brody, devant un petit déjeuner typique, constitué, d'après les informations livrées par Jack, de Weet-Bix, des toasts de blé complet, très riches en fibres, mais secs comme un coup de trique !

On pourrait assommer son voisin avec ! Jack les émiette dans du lait pour constituer un genre de porridge. Il a voulu me faire goûter, mais j'ai refusé, je déteste tout ce qui est bouillie, ou de consistance sirupeuse, ou molle, comme les champignons, les escargots…

Nous avons également droit à des boissons chaudes, café pour Jack et thé pour moi, à volonté, tout comme les kiwis et les pancakes ! Avec diverses confitures, et là, c'est le pied !

Je me régale !

– C'est cool d'être ami avec le patron, on a droit à un traitement de faveur ! remarqué-je, n'obtenant pas de réponse, tout en resserrant ma veste autour de mon buste.

Inutile que les personnes présentes reluquent mes seins.

Les yeux de Jack suffisent amplement à me donner chaud et je n'en veux pas d'autres.

– Ça vous plaît ? C'est bon ? susurre-t-il, la voix rauque.

Se rend-il compte de ce qu'il déclenche dans mon corps ?

Je crois que oui… Il ne peut pas ne pas voir qu'il me fait de l'effet.

– Oui, Jack, c'est bon. Un délice.

Je le provoque, sciemment, en mettant mon index dans ma bouche pour lécher la petite pointe de confiture qui y a élu domicile et, captant ses yeux écarquillés sur mes lèvres, je gémis et ferme les miens.

– Trop bon, réitéré-je.

Je rouvre les paupières, me prends ses iris incendiaires en pleine face.

– Je… je vais voir Brody !

Il s'esquive. Me fuit. Et une fois de plus, il a éludé le sujet de ses parents.

Je le suis du regard alors qu'il traverse le bar-restaurant où quelques convives, tout comme nous, sont venus prendre leur premier repas de la journée. L'ambiance est cool, détendue, rien à voir avec l'effervescence d'hier soir. En même temps, il n'est pas encore huit heures.

Je me ressers en thé, observe Jack, perché sur un tabouret.

Brody capte mon regard, me sourit.

J'aime bien ce type, il est accueillant. Jovial. Toujours souriant. Il n'y a finalement que Jack qui, la plupart du temps, est mal embouché. Sauf à de rares moments.

Sans doute a-t-il de bonnes raisons…

Je finis mon thé alors qu'il revient dans ma direction.

– Vous avez fini ? demande-t-il avec froideur.

Punaise, ça y est, Monsieur Bougon est de retour !

– Euh… oui !

Je me lève, le suis à l'extérieur, après avoir fait un petit signe de la main à Brody en guise d'au revoir. Auquel il répond. Assorti d'une grimace.

On est bien d'accord… Jack a des sautes d'humeur !

J'ignore si j'en suis la cause, mais son comportement change lorsque je le questionne sur son passé ; là, il se ferme comme une palourde !

Je prends place dans le vieux truc, en silence, et à peine ai-je refermé la porte qu'il le démarre, comme à son habitude, sur les chapeaux de roues.

Après de longues minutes, je craque :

– Je peux savoir ce qui vous arrive, Jack ? Vous êtes de compagnie agréable et, la seconde d'après, vous redevenez un ours ! Si vous avez encore des griefs contre moi, dites-les-moi, car on va passer du temps ensemble aujourd'hui ! Et je vous rappelle au cas où vous l'auriez oublié que c'est *vous* qui m'avez proposé de faire un tour en bateau, donc si c'est pour me tirer la gueule, autant me laisser seule chez mon père, ou à l'exploitation. Au moins, je pourrai discuter avec Liam qui, lui, est de meilleure composition et ne fait pas la tronche à tout bout de champ !

Je termine là mon monologue, légèrement essoufflée.

– D'accord ! répond-il, laconique, sans même un regard.

– « D'accord » quoi ?

– D'accord, je vous dépose à l'exploit' !

Mon cœur se serre.

– Ce n'est pas ce que je veux, Jack, j'aime passer du temps avec vous, j'aime discuter avec vous, vous rendez les choses plus… intenses et j'aime votre compagnie, livré-je, mettant de côté toute fierté (si je dissimule mes ressentis, comment avancer ?). Je *veux* passer du temps avec vous, je voudrais juste que, vous aussi, vous vous livriez un peu, ça vous ferait certainement du bien. Je ne vous jugerai pas ! Vous avez tué quelqu'un ?

– Pas véritablement ! lâche-t-il.

– Comment ça ?

Il soupire (visiblement, je l'emmerde avec mes questions, mais cette fois-ci, je suis déterminée à tenir bon, il faut crever l'abcès !). Et quand il emprunte le chemin menant à l'exploitation, je profite de son mutisme pour enfoncer le clou :

– Confiez-vous à moi, Jack… Vous savez, mettre des mots sur des maux fait du bien… On se sent plus léger ensuite…

– Putain, qu'est-ce qu'il fout là ?

Je regarde devant moi.

– Qui ça ?

Il ne répond pas, accélère comme un dingue, stoppe l'engin dans un nuage de poussière devant une sorte de tank noir aux vitres teintées et saute du nôtre.

Je le suis, le cœur étreint d'une sombre angoisse devant sa fureur, avec la sensation qu'énervé comme il l'est, il pourrait tuer quelqu'un à mains nues. Il se rue vers le rassemblement à quelques mètres de là, puis sur un homme vêtu à la manière d'un cow-boy, qu'il repousse sans ménagement en le frappant aux épaules.

– Tu n'as rien à faire ici ! Dégage !

– Jack… Moi aussi, je suis heureux de te voir, dit l'homme d'une voix sirupeuse.

Liam retient Jack qui allait encore lui sauter dessus.

– Qu'est-ce qui se passe, ici ? interviens-je. Jack, vous m'expliquez ?

Avant que Jack réponde à ma question, l'homme extirpe une carte de visite de la poche poitrine de sa chemise à carreaux, s'avance vers moi et me la tend. J'entends Jack gronder. Jack, que Liam empêche toujours de sauter sur le paletot de l'intrus. Je me demande ce que lui a fait cet homme pour que le beau brun se mette dans des états pareils.

– J'aimerais vous faire une offre pour l'élevage et la maison ! Contactez-moi !

– Chloé, gronde Jack en se libérant de Liam d'un coup d'épaule. N'écoutez pas cet homme ! Quant à toi, ajoute-t-il en se rapprochant, les poings serrés. Tire-toi d'ici, ou je te règle ton compte et, cette fois-ci, je te jure que tu ne te relèveras pas !

– Décidément, tu n'as pas changé ! T'es toujours aussi… immature !

– Va te faire foutre ! gronde Jack, prêt à lui sauter à la gorge.

Je pose ma main sur sa poitrine.

– Doucement, Jack… Merci, monsieur, je vous contacterai…

L'homme incline la tête, adresse à Jack un sourire plein d'ironie et de sarcasme augmentant son état de fureur et regagne son tank dans lequel il grimpe avant de démarrer et se barrer, lui aussi dans un nuage de poussière, qui nous atteint et me fait tousser.

Jack se tourne vers moi.

– Je peux savoir pourquoi vous lui avez dit ça ? gronde-t-il, le regard assassin.

– Je n'ai pas besoin que vous vous bagarriez pour moi, Jack, je suis tout à fait capable de me défendre et de prendre des décisions, je suis une grande fille !

– Pourquoi ? réitère-t-il.

– Parce que je…

Je le prends par le bras, l'attire à l'écart afin que notre conversation reste entre lui et moi. Je regarde par-dessus son épaule et, voyant les autres retourner à leurs occupations, je continue :

– Je suis venue dans le but de faire connaissance avec le fantôme de mon père, mais aussi pour vendre l'élevage,

Jack. J'ai des projets professionnels.

Le regard qu'il me porte se fait encore plus noir.

– Vous aviez pris cette décision avant de venir ?

– Oui, je… je suis désolée, Jack, je…

Il avance, menaçant, m'interrompant :

– Vous vous êtes bien foutue de ma gueule avec vos attitudes intéressées, et vos… vos grands yeux bleus émerveillés ! Vous aussi, allez vous faire foutre ! crache-t-il, avant de faire volte-face, de se diriger à grandes enjambées vers son pick-up et de se barrer à son tour tandis que je reste immobile, incapable du moindre geste, alors que j'aimerais le retenir, lui expliquer pourquoi je veux vendre.

Et non, je ne me suis pas foutue de lui, bon sang, je comptais lui en parler, et j'étais sincère !

Et c'est maintenant qu'il s'en va que je comprends à quel point, en quelques heures, il a bouleversé ma vie. Pas seulement parce qu'il est beau et extrêmement attirant, mais aussi parce que… parce que j'ai le sentiment d'être liée à lui d'une manière que je ne comprends pas véritablement, mais qui est réelle. Et très forte. Peut-être parce que, à travers lui, j'ai l'impression de communiquer avec mon père. Peut-être parce qu'il fait le lien entre nous deux et que dans ses veines coule un peu de la passion de mon père pour cette terre et pour ses animaux. Une passion que je ressens au plus profond de moi, que je comprends et qui me touche.

Néanmoins, je ne changerai pas mes objectifs !

Je ne suis pas faite pour cette vie !

Ce pays n'est pas *mon* pays, même si je le trouve magnifique, avec des paysages à couper le souffle, et encore, je n'ai rien vu ! Je comptais sur Jack pour me faire découvrir davantage de choses.

13

Chloé

Furieuse, moi aussi, je cours jusqu'au camion bleu, grimpe côté conducteur et le démarre. Le moteur crachote, je manque caler, mais j'arrive à faire face. Punaise, ce volant à droite, c'est quelque chose ! Je perds mes repères. Incapable de me stabiliser sur le côté gauche, priant pour ne croiser aucune voiture, je roule au milieu du chemin, mais il est dégagé. Prenant confiance, j'accélère. J'aperçois le pick-up de Jack, au loin, sur le chemin menant à la maison du lac, un nuage de poussière derrière lui, et soupire. J'espérais qu'il se rendrait chez mon père ! Non seulement parce que j'ai laissé mes affaires dans la voiture et que je dois les récupérer, mais également parce que notre discussion n'est pas terminée.

Cependant, lorsque j'arrive en vue de la maison, c'est pour le voir remonter dans son engin et se barrer à toute vitesse. Je klaxonne comme une dingue pour qu'il s'arrête, mais nous nous croisons sans même qu'il m'adresse un regard.

Bon sang, pourquoi il s'enfuit comme ça ?

OK, il est en colère, ce que je conçois, mais ce n'est pas une raison pour refuser le dialogue. À moins qu'il soit allé péter la gueule à ce mec ! Il ne peut pas m'en vouloir, je ne lui ai pas menti ni ne l'ai manipulé, j'attendais le moment propice pour lui confier mes desseins !

Je me gare en bas de l'escalier, saute du camion et cours vers la maison. J'entre, pénètre dans le séjour et, soulagée, découvre mon sac sur le canapé.

Ouf…

Je fouille à l'intérieur, saisis mon portable et me laisse tomber sur l'assise. Après avoir soufflé un bon coup afin de faire redescendre la pression, je le déverrouille, cherche Liam dans la liste de mes contacts et appuie sur l'icône « appel ».

La voix de Liam résonne dans l'appareil après deux sonneries.

– Allô ?

– Salut, Liam, c'est Chloé. Tu pourrais me communiquer le numéro de portable de Jack, s'il te plaît ? C'est important…

Un silence me répond.

– Liam ?

– Je suis là… Écoute, je préfère lui demander s'il est d'accord, je ne voudrais pas qu'après, ça me retombe dessus !

– OK, je… je comprends. Mais dis-moi, qui était cet homme ?

– Son père ! entends-je, après quelques secondes de silence.

Son père ? Punaise…

– Je suppose que tu ne veux pas me dire ce qu'il y a entre eux ?

– Tu supposes bien !

– OK, merci quand même. Salut !

Eh merde !

Je jette mon portable sur l'assise après avoir coupé la communication, pose ma tête sur le dossier, ferme les yeux. Au bout de quelques secondes, je les rouvre, m'empare de la carte de visite du père de Jack que j'avais glissée dans la poche arrière de mon jean, lis :

Conrad's Breeding

suivi d'une adresse à Tūrangi et de numéros de téléphone, fixe et portable.

Je tourne la carte entre mes doigts, pensive. Manifestement, Jack n'est pas en très bons termes avec son père. Ses griefs doivent être importants pour qu'il soit dans un tel état de colère.

Que faire ?

Ignorer cet homme ? Le contacter pour discuter avec lui d'une vente éventuelle ? Lui demander combien il est prêt à lâcher ? Je n'ai aucune idée de la valeur de mon exploitation et, après tout, un premier contact ne m'engage en rien. J'aurais voulu en parler avec Jack et lui demander conseil, mais c'est peine perdue. Je ne crois pas qu'il me pardonnera de lui avoir caché mes projets.

Je récupère mon téléphone, vais sur mes mails pour écrire à Me Dufour. Il est actuellement quasiment vingt-deux heures à Paris, il aura mon message demain, à moins qu'il soit en train de bosser. Je l'informe de mon arrivée – j'aurais déjà dû le faire hier, mais j'ai zappé ! – et lui demande s'il peut me faire une estimation de l'élevage ainsi que de la maison. En vérité, je n'ai pas envie de vendre l'ensemble, je préférerais que la maison demeure à part, afin d'en tirer un meilleur prix. Mais pour cela, je devrai effectuer quelques travaux de rénovation ! Je vais m'y mettre, j'adore ça, bien plus que diriger l'élevage auquel je n'entends rien, et ça m'occupera en attendant que Jack refasse son apparition !

Il va bien revenir, puisqu'il loge ici !

Je n'ai plus qu'à attendre que *Môsieur* daigne repointer le bout de son nez !

Mais pour le moment, pourquoi ne pas commencer par ôter les affaires de mon père de sa chambre ? Ensuite, quand j'en aurai assez, j'irai à l'exploitation m'occuper des agneaux avec Liam et les autres. Je lui demanderai de m'indiquer une entreprise qui pourrait me changer les balustrades de la terrasse et donner un coup de lasure sur la façade. Je le ferais bien, mais il me faudrait un échafaudage et… c'est risqué ! Je n'ai pas envie de me rompre le cou.

Allez, au boulot !

Je frappe sur mes cuisses, glisse mon portable dans la poche arrière de mon jean, après avoir vérifié mes mails (aucune réponse du notaire, mais le contraire m'aurait surprise), et ouvre la porte à côté des toilettes.

Bingo !

J'emprunte l'escalier menant vers le bas, atteins le sous-sol, actionne l'interrupteur.

Waouh…

Mes yeux se posent sur deux motos, rutilantes : des Harley ! Elles sont magnifiques. L'une rouge, l'autre noire. Assez rétro. Dépouillées. Je n'y connais rien, j'ignore de quel modèle il s'agit, mais elles sont vraiment très belles. Et une fois de plus, mon cœur se serre d'envie lorsque j'imagine mon père et Jack barouder sur les routes du coin. Complices. Comme un père avec son fils. Ou deux meilleurs amis…

Je soupire.

Ils ont été heureux ensemble, et c'est tout ce qui compte. Je ne peux pas leur en vouloir, ils ne sont pas responsables de la situation, pas plus que moi !

J'observe alentour à la recherche de cartons.

Tout est parfaitement ordonné ici aussi. Contre l'un des murs se trouvent un établi, avec au-dessus des dizaines d'outils pendus à des crochets, ainsi que des caisses en plastique devant contenir des objets divers et variés pour de parfaits bricoleurs. Il y a même des bouteilles de soudure, je crois, ainsi qu'un groupe électrogène, des échelles, des poubelles, des cottes de travail, des bottes, des habits de pluie, des rames…

J'ouvre les portes à ma droite, actionne l'interrupteur, découvre un cellier, empli de casiers de victuailles. De quoi soutenir un siège durant plusieurs jours ! Puis, une autre pièce renfermant là encore des étagères, remplies de cartons. Je m'en approche, regarde les annotations : compta… compta… compta… achats… motos… maison… sur plusieurs années. Mes mains tremblent et mon cœur réagit lorsque mes yeux se posent sur un prénom. Mon prénom ! Fébrile, je m'empare du carton, le pose au sol, m'assieds en tailleur et l'ouvre.

Mon cœur tressaute dans ma cage thoracique, mes yeux s'emplissent de larmes lorsqu'ils se posent sur un dossier où il est encore marqué « Chloé ». Je l'ouvre. Un en-tête me saute au visage :

Arthur Collins, détective privé.

Je suis mitigée. Je comprends son désir de nous retrouver, mais en même temps, j'en sais rien… je crois que ça m'effraie. Je déteste l'idée que quelqu'un nous ait photographiées à notre insu, car après la page de garde sur laquelle est notée notre adresse, figurent des clichés de ma mère, de moi, de nous deux ensemble. De mon école… de notre appartement… Ma mère discutant avec une voisine sur le pas de la porte, ma mère sortant de son lycée, son cartable à la main... avec dix ans de moins, minimum. Elle est jolie. Grande, mince, élégante... Je l'ai toujours trouvée très classe ; je lui disais souvent qu'elle était la plus jolie des mamans... Sur ces photos, elle a l'air... triste ! Ce dont je ne m'étais jamais rendu compte. Jouait-elle un rôle lorsque nous étions ensemble ? Peut-être... là encore pour me protéger...

Je referme le dossier, le pose à côté du carton.

Subitement, des scrupules me taraudent : ai-je le droit d'entrer dans l'intimité de mes parents ? En ai-je envie, là, maintenant, tout de suite ? Ai-je envie d'apprendre leur histoire ? La mienne ? Je me suis forgé ma propre histoire, je me suis construite avec, ces révélations me font peur. Je ne crois pas être prête, je suis trop bouleversée par les récents évènements avec Jack.

Je remets le dossier dans le carton, le referme et me lève avant de m'en emparer, d'éteindre la lumière et de sortir de la pièce. Je remonte l'escalier lentement, le carton dans les bras, le corps lourd, le cœur douloureux, et vais poser ma trouvaille sur le bar séparant le coin cuisine de la pièce à vivre.

Et maintenant...

J'ouvre le réfrigérateur, où quelques boîtes en plastique – certainement les plats préparés par Belinda – côtoient des crudités ainsi que plusieurs packs de yaourts aux fruits. Tous de la même marque ; de là à imaginer que ce sont les préférés de Jack, il n'y a qu'un pas... Dans la porte, des bières, des condiments, des œufs...

Je m'empare de la première boîte, l'ouvre. Une bonne odeur de nourriture emplit la pièce, mélange de légumes et de morceaux de viande. Je place le contenant au micro-ondes, l'actionne. Je le regarde tourner, me perds dans mes pensées, focalisées quelques secondes sur ma trouvaille, pour ensuite dériver sur Jack.

Il me manque.

J'aimerais qu'il soit à mes côtés pour me soutenir.

Mais je suis une grande fille, je vais devoir affronter seule la vérité.

Je m'installe au bar, munie de mon repas ainsi que d'une fourchette, rouvre le carton, en sors le dossier du détective, puis me saisis de la première feuille, une photocopie d'une lettre adressée à ma mère. Je la pose, face contre le plateau, en prends une autre. Il a tout gardé, aussi bien celles qu'il a envoyées que les réponses de ma mère. Je ne veux pas lire… Je ne m'en donne pas le droit. À quoi bon… Ils sont décédés tous les deux et je suppose qu'ils se disputaient, et que ma mère l'envoyait se faire voir. Je ne vois pas comment il pourrait en être autrement, puisque mon père n'est pas réapparu dans nos vies !

L'angoisse me tord le bide à tel point qu'après avoir piqué un morceau de viande et quelques légumes, pourtant délicieux, mon appétit est coupé, mais la curiosité est la plus forte et je me saisis de la feuille suivante, encore une photocopie qui… m'est adressée.

Mes mains tremblent lorsque je lis les premiers mots.

Ma très chère fille,

Je doute qu'un jour tu lises cette lettre, puisque je suppose que ta maman ne te la donnera jamais, mais si un jour, par le plus grand des hasards, elle (ainsi que les nombreuses autres que je t'ai écrites) tombe entre tes mains, sache que…

Mes yeux, une fois de plus, s'emplissent de larmes. Je respire plusieurs fois, à fond, afin de faire refluer le chagrin et de trouver le courage de continuer.

… sache que je t'aime. Si tu lis ces mots, tu dois m'en vouloir et c'est bien normal. Mais j'espère qu'après les avoir lus, tu ne me verras plus comme un monstre. Je ne me chercherai pas des circonstances atténuantes, j'ai tous les torts. J'aurais dû faire partie de ta vie depuis le début, même à distance. Je n'aurais pas dû fuir mes responsabilités, mais j'étais jeune, ambitieux et pauvre ! Je n'avais pas un sou en poche lorsque j'ai rencontré ta mère. J'enchaînais les petits boulots, je traînais dans les bars, tout en rêvant d'une autre vie. J'avais des rêves. Des rêves que je voulais réaliser. Je voulais voyager, quitter l'Angleterre où je me sentais prisonnier ; mes parents, ma famille, la société m'étouffaient. J'avais des envies d'ailleurs et, encore une fois, pas les moyens de faire vivre une famille…

Je quitte la feuille du regard, ce dernier se perd dans l'immensité du ciel, bleu intense, avec des longs nuages blancs. Les mots de mon père résonnent dans mon esprit. Je les comprends. Ô combien ! Étant moi-même une grande rêveuse. Une rêveuse qui n'accepterait pas que son rêve s'envole ou lui échappe. Une rêveuse déterminée à aller jusqu'au bout, même si pour cela je dois faire des sacrifices et souffrir.

Je continue ma lecture :

Aussi, quand ta mère m'a annoncé qu'elle était enceinte de moi, j'ai paniqué. Je l'avoue, j'ai paniqué ! Je me suis senti pris au piège. Je n'ai pas pu le supporter. J'ai fui ! Et je suis parti pour la Nouvelle-Zélande ! Pourquoi ce pays, je l'ignore, mais à aucun moment, ensuite, je ne l'ai regretté. J'avais le sentiment d'être chez moi... J'avais... comme un sentiment de déjà-vu. Là encore, j'ai enchaîné les petits boulots, du sud au nord, et quand je suis arrivé ici, au bord du lac Taupo, j'ai su que c'était dans cet endroit que je voulais poser mes bagages. J'ai répondu à une annonce, et j'ai commencé à bosser à Wallaroo. Puis je n'en suis jamais reparti. J'ai racheté l'élevage, bossé comme un damné, construit ma maison et enfin, enfin... j'ai pu regarder l'avenir. Et cet avenir vous incluait, ta maman et toi... ta maman que je n'ai jamais pu oublier.

Bon sang, voulait-il renouer avec elle ? Après tant d'années ? Et si oui, quelle a été la réponse de ma mère ? Je poursuis, prise aux tripes :

J'ai engagé un détective privé pour la retrouver et je lui ai écrit. Je n'ai pas eu de réponse à cette première lettre, alors j'en ai écrit d'autres. Je savais maintenant qu'elle avait mené sa grossesse à terme et que j'avais une fille. J'ai vu les photos, et j'ai compris que je t'aimais ! Que je t'avais toujours aimée, sans même te connaître. Tu faisais partie de moi et je voulais faire ta connaissance. Ta mère a refusé toutes mes propositions. Elle refusait un rapprochement, alors que j'aurais tellement voulu la revoir, lui expliquer, la reconquérir... J'ai souffert, bon Dieu, comme j'ai souffert. Même si je comprenais ses griefs à mon encontre. Puis j'en ai pris mon parti, mais l'idée de te voir, toi, ne me quittait pas... J'en perdais le sommeil. Je voulais te rencontrer, te parler, t'accueillir chez moi maintenant que je m'en sentais digne. J'ai envoyé de l'argent à ta maman, des chèques, qui me sont toujours revenus. Un jour peut-être, un jour, ce nouveau rêve de te rencontrer deviendra réalité...

J'essuie mes joues trempées de larmes. J'ai les réponses à mes questions et je souffre. Oui, je souffre. Et oui, je suis en colère ! Je souffre des dissimulations de ma mère, elle aurait dû m'en parler, me laisser le choix de connaître mon père ou non ! Et je suis en colère ! Pour les mêmes raisons. Elle n'avait pas le droit de décider pour moi ! Là où je trouve qu'elle a bien agi, c'est en refusant son argent ; elle lui a renvoyé ses chèques. Elle ne voulait rien lui devoir, et c'était tout à son honneur.

Elle était têtue...

J'ignore ce que j'aurais fait à sa place, je ne peux pas juger, et je m'en garderai bien. Sans doute n'était-elle pas réellement amoureuse de lui, enfin, pas suffisamment ; c'était un amour de vacances, ils se connaissaient peu. Elle avait sans doute du mal à croire en sa sincérité, il l'avait déçue une fois, il pourrait recommencer. Et par-dessus tout, elle se protégeait, pour ne pas souffrir de nouveau à cause de cet homme, tout en me protégeant de lui. Pour m'éviter des désillusions, ainsi que des déceptions. Elle devait le juger indigne de confiance, même s'il faisait son mea-culpa.

J'ignore si je suis dans le vrai, mais je ne dois pas être très loin de la vérité.

En tout cas, je vais devoir m'en contenter.

Je repositionne tous les papiers dans le carton, le referme, l'encercle avec mes bras. Comme pour communier avec mon père. La peine m'étouffe. Ils ont tellement souffert, l'un et l'autre. Et moi avec eux. Pas petite, je ne pouvais pas souffrir du manque de quelqu'un, ou de quelque chose que je n'avais pas connu, mais aujourd'hui. Maintenant. Aujourd'hui, j'ai mal au cœur, et j'ai mal à l'âme. Je me demande ce que serait ma vie si j'avais connu mon père… Est-ce que mes a priori et mes réticences sur les hommes et les histoires d'amour seraient aussi forts ?

Ça non plus, je ne le saurai jamais.

Ce que je sais, c'est que je ne peux pas vivre avec des regrets ou des questionnements existentiels, ma vie est ce qu'elle est et je vais devoir, comme tout le monde, faire avec et m'en contenter.

Je me fais couler un café, vais m'allonger sur l'un des transats en rotin, ma tasse en main, me recouvre du plaid de l'autre. La température ambiante est agréable, mais je suis frigorifiée. J'ai toujours le sentiment qu'un froid interne me ronge les os. Les émotions, sans doute… Ces saletés d'émotions qui me torturent sans relâche. Je pensais que c'était le manque de mon père, il faut croire que non, ou alors, j'imagine qu'il me faut du temps.

Je contemple le lac. Si beau. Si calme. Si serein.

Je finis mon café, pose la tasse au sol et me lève pour ouvrir la baie. Puis je reprends ma place, me recouvre du plaid. La douce odeur d'eucalyptus arrive jusqu'à moi et, après quelques minutes pendant lesquelles je me perds une fois de plus dans l'immensité bleue, aussi bleue que le ciel, j'ai le sentiment d'être plus sereine. Plus détendue. L'effet de ce paysage magnifique, très certainement, allié à l'agréable senteur.

Je ferme les paupières, remonte le plaid sur mes épaules.

Les pensées se dispersent, se délitent, et un sourire, lentement, étire mes lèvres.

Merci, papa…

Il m'aimait… Ils m'aimaient tous les deux et je suis une enfant de l'amour…

14

Jack

Je quitte mon écran d'ordinateur des yeux, regarde au loin, encore une fois incapable de me concentrer.

Je n'arrête pas de penser à Chloé !

Bordel, elle me fait quoi, cette fille, pour s'immiscer constamment dans mes pensées ? Je me remémore nos moments de ce matin, mêlant séduction et provocation, son tee-shirt mouillé plaqué sur ses seins magistraux que je n'arrivais plus à lâcher du regard, découvrant en même temps qu'elle ne portait pas de soutien-gorge – ce qui m'a instantanément fait bander ; puis notre petit déj, chez Brody, son index dans sa bouche, ses iris mordants, enfiévrés.

Elle me cherche, et j'adore ça !

Mais en attendant, je me suis fait avoir comme un bleu et j'ai du mal à l'encaisser !

Ouais, je me suis fait avoir par ses grands yeux candides, par sa fraîcheur, sa vulnérabilité, sa douceur, son émerveillement manifeste, son jeu de séduction pas toujours très subtil, je dois le dire, mais qui me met pourtant la tête à l'envers. Je n'ai jamais autant bandé pour une nana ! En général, lorsque je désire une fille, je me la fais, et basta ! Pour la cent-millième fois, je me demande si je ne devrais pas baiser avec elle une bonne fois pour toutes afin de virer cette obsession de ma tête et passer à autre chose.

Ainsi, ma vie reprendrait son cours. Et même si elle m'a mené en bateau !

Elle ne m'a pas menti, certes, mais elle m'a caché ses intentions de vendre et j'avoue que j'en ai été désarçonné parce que… je sais pas… je lui faisais confiance, j'avais baissé ma garde, pour la première fois de mon existence ! Elle a su me toucher, comme aucune autre avant elle, elle a su effriter ma carapace et je m'en veux de l'avoir laissée faire, presque autant que je lui en veux. Oui, j'ai baissé ma garde, j'ai décidé de lui faire confiance et je me suis fait niquer, il n'y a pas d'autre mot !

Elle aurait dû me dire qu'elle souhaitait vendre !

Je ne serais pas passé pour un con à mes propres yeux ; je n'aurais pas le sentiment de m'être fait berner sur toute la ligne. Le pire, c'est que je continue à la désirer, malgré tout. C'est pour cette raison que je devrais la baiser, pour enfin la virer de ma tête. Me servir du sexe, comme je l'ai toujours fait, pour apaiser mon âme torturée.

Je tourne mon fauteuil en direction de la porte en entendant frapper, gueule un « Entrez ! », contrarié que l'on vienne m'emmerder en pleine introspection.

– Je peux te déranger deux minutes ?

Comment refuser l'entrée de mon antre à mon meilleur ami ? Et peut-être que discuter avec lui fera sortir la rage de mon cerveau.

Je désigne à Liam le siège me faisant face, de l'autre côté du bureau.

– Je t'en prie !

Il prend place.

– Chloé m'a demandé ton numéro de téléphone. Elle voulait te parler, et ça avait l'air important. Il se passe quoi entre vous deux ?

Je fais tourner mon assise, l'observe.

– Elle t'intéresse ?

– Oui, mais elle m'a fait comprendre que ce n'était pas réciproque. Et honnêtement, je crois que c'est *toi* qui l'intéresses !

Je soupire.

– Elle m'a mené en bateau !

Il hausse un sourcil, dubitatif.

– Comment ça ? Elle m'a fait comprendre que tu étais en colère contre elle à son arrivée. Pourquoi ? Si ce n'est pas indiscret ?

– Je n'ai rien à cacher !

Me voyant m'arrêter là, il poursuit :

– Elle est super, cette fille. D'où te vient cette colère ? Tu la connaissais avant son arrivée ?

Je n'ai pas envie de débattre du sujet avec lui, c'est entre Chloé et moi, ou plus exactement entre James, Chloé et moi.

– Tu savais qu'elle voulait vendre ? éludé-je.

– Pardon ?

Il semble si surpris que je ne peux mettre en doute sa sincérité.

Contrairement à celle de ma patronne !

– Elle ne t'en a pas parlé ?

– Non ! Sinon, je t'en aurais fait part ! Je n'aurais jamais gardé une telle information pour moi ! Tu me crois, au moins ?

– Je te crois, Liam ! Comme tu as pu le voir, mon père n'a pas mis longtemps à rappliquer, et il lui a donné sa carte.

– Elle ne le contactera peut-être pas…

– Il sait être persuasif et aligner les billets quand il le faut ! Putain, je ne veux pas qu'il rachète les terres de James, j'en serais malade.

– Tu le lui as dit ?

– Non, mais je vais le faire !

J'aurais dû avoir une discussion avec elle, évidemment, mais je me suis barré !

J'étais trop en colère pour parler sereinement. La présence de mon père, que je n'avais pas revu depuis des mois, m'a mis en rogne. Je savais pourquoi il était là, ce qu'il cherchait, tel un oiseau de mauvais augure, un vautour, un rapace. Je sais à quel point il peut être manipulateur, comment il arrive à trouver les failles chez les gens et à les utiliser contre eux. Je savais qu'il venait faire une proposition de rachat, depuis le temps qu'il convoite les terres de James. Surtout qu'il y avait un contentieux entre eux ; il croyait que ma mère couchait avec mon employeur, alors que non ! Il n'y avait rien entre eux. James l'avait aidée et soutenue lorsqu'elle avait quitté le domicile conjugal, ils étaient seulement amis. *Je* l'ai poussée à le quitter, moi et moi seul. Et elle ne s'en est jamais remise, même si elle était consciente que c'était dans son intérêt et, qu'à la longue, mon père l'aurait détruite. Elle l'aimait, elle n'a jamais cessé de l'aimer, malgré le mal qu'il a pu lui faire !

Je serre les poings : je suis comme lui !

Exactement comme lui !

Les chiens ne font pas des chats...

Je possède cette rage en moi, surtout lorsque mes sentiments sont en cause. C'est pour cette raison que je refuse de m'attacher à une femme, et parce que je ne veux pas souffrir. Aimer rend faible. J'aimais ma mère de tout mon cœur et j'ai énormément souffert lorsqu'elle est morte. Je ne veux plus jamais aimer pour ne plus avoir à ressentir cette perte incommensurable. James aussi me manque, à chaque seconde, et, lui aussi, je l'aimais ; je l'aimais comme un père, mais également comme un ami. Je pourrais dire qu'une amitié +++ s'était nouée entre nous, basée sur le respect, la confiance… Longtemps, j'ai rêvé que mon père se rende compte de ce qu'il avait loupé en me traitant comme un moins que rien, en me rabaissant sans cesse. Je ne comprenais pas pourquoi il était le seul à passer à côté de la personne que j'étais, pourquoi il ne me considérait pas à ma juste valeur, pourquoi il ne me regardait pas vraiment, pourquoi il ne s'intéressait pas à moi… J'ai compris, au fil des années, qu'il était incapable d'aimer quelqu'un d'autre que lui-même. Et qu'il n'aurait jamais dû se marier ni avoir d'enfant.

– Jack ?

Je reviens au présent.

– Mmm ?

– Quand vas-tu discuter avec Chloé ?

– J'en sais rien…

– Tu dors à la maison du lac, cette nuit ?

– Bien sûr, où veux-tu que je dorme ?

– Tu n'as pas passé la nuit dernière chez Marleyne ? demande-t-il avec étonnement.

Il est vrai qu'il m'arrive de dormir chez mes conquêtes du moment, mais c'est rare ! En ce qui concerne hier soir, je n'avais aucune envie de rester avec Marleyne.

– Non ! On a tiré un coup et je suis rentré chez moi !

Chez moi… Chez James, plutôt !

– Eh bien… vous allez pouvoir discuter, puisque la voilà !

Je me tourne pour regarder par la fenêtre.

Effectivement !

Chloé vient de garer le vieux tacot dans la remise. Je devrais lui parler, mais pas tant que la colère ne m'aura pas quitté ! Je l'observe passer devant la fenêtre du bureau, droite, fière, hautaine, sans même un regard, alors qu'elle doit avoir conscience que je suis là (elle a forcément vu mon pick-up !), et… un sentiment étrange me traverse la poitrine.

Bordel, baise-la, qu'on n'en parle plus !

Faudrait déjà que je puisse l'approcher ! Qu'elle *accepte* que je l'approche, parce que je lui ai quand même dit d'aller se faire foutre !

– Il faut que je trouve le moyen de conserver Wallaroo ! lancé-je subitement.

– Comment ?

Je réfléchis, enchaîne :

– Je pars dès demain pour l'Australie et je m'arrangerai pour que Chloé accepte de patienter jusqu'à ce que je trouve des investisseurs. Mais pour ça, il faut qu'elle me pardonne.

– Comment comptes-tu t'y prendre ?

Je soupire :

– Je vais faire amende honorable. Il est hors de question que Wallaroo revienne à mon connard de père ! Et que tout ce en quoi nous croyons soit réduit à néant. Sans parler de la maltraitance animale… Je ferai tout, tu entends, tout, pour que mon père ne mette jamais la main sur ces terres. Des terres qu'il convoite depuis des années… Je me suis trop investi pour que mon travail parte à la poubelle. Et toi aussi !

Liam me dévisage, certainement surpris par ma diatribe, moi si peu prolixe habituellement.

– Je lui ai dit qu'elle avait eu affaire à ton père ! ajoute-t-il après quelques secondes de silence.

– Ah ? OK… Merci de m'avoir prévenu !

– Je t'en prie.

Il se lève.

– Bon, je vais faire le tour des pâturages et voir s'il manque de l'eau. Tu viens au barbecue, ce soir ? demande-t-il avant d'ouvrir la porte.

– Je ne sais pas. Peut-être…

– OK, eh bien, peut-être à ce soir…

J'acquiesce d'un hochement de tête et le regarde quitter la pièce.

J'empoigne aussitôt mon téléphone pour appeler Ben Wilson, l'un de nos plus gros clients grossistes australiens, devenu au fil des ans un ami. S'il existe une personne au monde qui peut m'aider à trouver des investisseurs, voire investir lui-même dans l'exploitation, c'est lui ; il est conscient de notre qualité – c'est d'ailleurs pour cette raison qu'il nous a contactés, parce que nous sommes les meilleurs du secteur – et il est blindé de tunes. Même un dimanche, il répondra, j'en suis sûr, j'ai toujours pu compter sur lui.

Lorsqu'il décroche, je me rencogne dans mon fauteuil et lui explique le topo. Sans surprise, il est d'accord pour me rencontrer dès le lendemain et est également OK pour prospecter de son côté et passer quelques coups de fil, à charge pour moi d'apporter ensuite toutes les pièces attestant de la bonne santé financière de l'entreprise.

Le sourire me revient.

Dès que j'aurai trouvé ces fameux investisseurs, je convaincrai Chloé de leur vendre l'exploitation, et je m'arrangerai pour rester à la tête de la boutique.

15

Chloé

Bien que le notaire m'ait assurée de la bonne santé financière de l'exploitation, je décide de jeter un coup d'œil à la comptabilité ainsi qu'aux bilans, mais après avoir aperçu le pick-up de Jack devant le bureau, je change mes plans et me rends à la bergerie. Je câline Jumpy et Fluffy venus m'accueillir comme des petits chiots – ils sont marrants ! – et me dirige vers le fond, là où se trouvent les « pouponnières », accompagnée des deux agneaux survoltés. Comme la veille, je constate la propreté du sol, ainsi que des enclos. Le foin souillé a été remplacé, et le béton lavé à grandes eaux. Une odeur de détergent flotte dans l'air, mais plus j'avance, plus celle si particulière des agneaux se fait prégnante.

Doug, l'un des employés, m'apercevant, me fait un signe de la main.

– Salut, tout le monde ! Besoin d'aide ?

– Toujours, patronne ! répond son collègue.

– Danny, c'est ça ?

– C'est ça ! Et lui, c'est Bruce ! répond-il à son tour, montrant du pouce son voisin.

– Et vous, Mary et Peter, nos woofers anglais ! ajouté-je, désignant les concernés.

– Parfaitement, madame ! dit l'Anglais.

– Je suppose que Jack ou Liam vous ont déjà posé la

question, mais avez-vous tout ce qu'il vous faut ? Si vous avez le moindre souci, je suis là…

– Vous êtes très aimable, madame. Pour le moment, tout va bien ! Nous sommes très heureux d'être là !

Ils paraissent si jeunes… La vingtaine, guère davantage.

Je trouve qu'il faut beaucoup de courage pour quitter son pays et tenter l'aventure en terre étrangère. Je ne crois pas que je l'aurais eu ! En tout cas, pas seule. C'est pourtant ce qu'a fait mon père. Et ça n'a pas dû être facile tous les jours ! Encore que… je l'ignore… Il était peut-être fataliste et si déterminé à se créer un avenir et une place au soleil qu'il n'a reculé devant rien. Il a tenté sa chance, s'en est donné les moyens et a réussi. Je suis fière de son parcours, lui qui a tout laissé derrière lui et est parti de rien pour finir par devenir propriétaire de cette terre magnifique ainsi que d'un élevage.

Je retire ma veste, la pose sur la barrière délimitant l'un des espaces nurserie et me dirige vers celui des agneaux devant être nourris au biberon.

– Vous voulez que je vous aide, madame ? se propose Doug.

– Non, merci, restez à ce que vous faites, je devrais m'en sortir.

J'ai vu comment opérait Liam, hier, ça n'avait pas l'air compliqué.

Faut juste éviter que les agneaux s'échappent…

J'actionne le portillon, bloque l'ouverture avec ma jambe, pénètre dans l'enclos et referme derrière moi pour ensuite jeter mon dévolu sur le petit le plus proche. Je le chope sous le ventre, le fais basculer sur mon épaule et, tout en le gratouillant derrière les oreilles, je m'empare d'un biberon dans le lactarium et ressort.

Parfait ! Une vraie fermière !

Je m'installe sur le banc à côté de Mary, qui me sourit avec gentillesse, place l'agneau entre mes jambes, récupère mon portable dans la poche arrière de mon jean et le tends à Doug, assis en face de moi.

– Vous pourriez prendre une photo, s'il vous plaît ? C'est pour mes amis français ! Ça va les amuser !

– Je vais le faire !

Je sursaute, tourne la tête en direction de la voix.

Jack…

Je lui adresse un regard noir.

Il m'a quand même dit d'aller me faire foutre !

Je ne suis pas prête à passer l'éponge.

Mais ne voulant pas faire d'esclandre devant les employés, je lui tends l'appareil avec un sourire forcé.

– Et puisque vous êtes là, monsieur O'Brien, vous pourriez peut-être nous aider à nourrir tout ce petit monde !

Il me dédie son fameux sourire en coin.

– Mais… pas de problème, patronne ! Ensuite, j'aimerais m'entretenir avec vous, si vous avez un moment…

Pour une fois, il semble vouloir mettre les formes.

Étrange…

– D'accord ! acquiescé-je.

Il se recule et je prends la pose, lui adressant un sourire éclatant après avoir enfourné le biberon dans la petite bouche de l'agneau qui commençait à s'impatienter entre mes jambes.

Il me sourit en retour.

D'un sourire indéfinissable, assez semblable à ceux dont il me gratifiait, à l'aéroport, avant d'apprendre qui il avait en face de lui.

Un sourire qui ne me dit rien qui vaille !

– Vous êtes parfaite !

C'est ça, ouais…

– Merci, réponds-je pourtant, étonnée par son comportement, en récupérant mon téléphone.

Je le regarde ensuite, sidérée, passer par-dessus la barrière, aller récupérer un biberon, se saisir d'un agneau au vol, le caler contre sa hanche et revenir vers moi de la même façon, tout cela avec des coups de dent provocants.

Je n'arrive pas à détourner mon attention de ses belles dents blanches !

Va te faire soigner, Chloé ! Ce mec t'envoie balader et, toi, tu te pâmes encore comme une midinette !

Il s'installe en face de moi, le traître, couche l'agneau sur ses genoux, le maintient d'un bras contre lui et lui enfourne le biberon dans la bouche, comme s'il avait fait ça toute sa vie ! Tout en me fixant et en gratouillant le cou du petit qui se met à téter goulûment.

– Rhoo, vous êtes trop mimi, tous les deux ! m'écrié-je. Ne bougez pas, monsieur O'Brien, il faut vraiment que j'immortalise l'instant.

Mon agneau ayant terminé son repas, je le monte sur mes genoux, le coince comme le fait Jack et, faisant fi de son regard incendiaire, je sors mon téléphone et le prends en photo.

– Un sourire, monsieur O'Brien, s'il vous plaît, je vous sens un peu tendu !

Il a plutôt envie de m'arracher les yeux.

– Allez… Promis, je ne la montrerai à personne !

Il fronce les sourcils et, me dévisageant avec intensité, finit par me faire un sourire irrésistible, qui fait encore accélérer mes battements cardiaques.

Irrésistible, mais un poil menaçant…

Je me racle la gorge, remballe mon téléphone et vais reposer le petit derrière la barrière, côté foin, vers lequel il titube avant de s'allonger, repu.

Parfait, plus que deux à nourrir, ils termineront sans moi.

Je récupère ma veste, me tourne vers mes employés.

– Je vous souhaite à tous une bonne fin de journée ! À demain !

– On fait un barbecue, ce soir, madame, me lance Doug. Vous êtes la bienvenue ! Il y aura de la bière, de la bonne viande, du maïs… Ce serait sympa de vous avoir avec nous…

Mon regard croise brièvement celui de Jack, qui m'observait, une expression inquiète sur le visage.

C'est vrai… Notre discussion…

– Euh… oui, pourquoi pas ? À ce soir, alors… Monsieur O'Brien, vous vouliez me parler ?

Il confie l'agneau à Doug avant de se lever et de me rejoindre.

Nous restons silencieux jusqu'à ce qu'il m'ouvre la portière passager du pick-up.

– Sérieux ? Vous pensez vraiment que je vais monter là-dedans avec vous et vous suivre je ne sais où, alors que vous ne vous êtes même pas excusé pour votre comportement de ce matin ?

– Je vous expliquerai tout, mais pas ici !

– Où, alors ? Où est-ce que vous m'emmenez ?

– Dans un endroit que j'aime beaucoup. Ce n'est pas très loin… s'il vous plaît…

Il prend un air de chien battu, la tête sur le côté.

Nan… je ne pensais pas une seule seconde qu'il serait capable de me faire ce coup-là ! Il semble vraiment décidé à mettre le paquet pour se faire pardonner, je m'attends même à ce qu'il papillonne des cils. Cils sublimes, soit dit en passant, très bruns, longs, fournis, je suis jalouse !

– S'il vous plaît… insiste-t-il, reprenant mes mots et mon attitude de ce matin lorsque je lui demandais d'épargner Jumpy et Fluffy qui, après avoir caracolé près de nous, sont partis rejoindre leurs mères.

– D'accord ! Mais ne vous attendez pas à ce que je vous fasse la conversation, je suis très en colère contre vous !

Il éclate de rire.

– Vous, ne pas parler ? Je demande à voir !

– Dites que je vous saoule !

– Je n'ai pas dit ça ! Je dis juste que vous êtes incapable de tenir votre langue plus de cinq minutes, et encore !

– Alors là, c'est du grand n'importe quoi, je sais quand me taire ! Je n'en ai pas envie souvent, c'est tout, mais vous n'aurez pas un mot de tout le trajet, monsieur O'Brien, comptez là-dessus !

– Oh… votre douce voix va me manquer, boss, gémit-il faussement.

C'est ça, fiche-toi de moi !

Je grimpe sur le siège du pick-up, sans lui accorder un regard, mais en passant près de lui, je ne peux m'empêcher d'être captivée par son sourire ultrablanc, ses coups de dent carnassiers et surtout par son odeur, virile au possible. Ainsi que celle, mentholée, de son souffle, si proche de ma peau que j'en frémis.

Il ferme la portière et je tourne la tête pour ne pas le dévorer du regard pendant qu'il s'installe au volant. Je ne veux pas voir sa silhouette élancée, ses avant-bras hâlés révélés par ses manches de chemise remontées jusqu'aux coudes (chemise qu'il a passée à la place de son tee-shirt ; il doit avoir des fringues de rechange au bureau), sur lesquels serpentent ses veines, ses belles mains autour du volant, son profil digne d'une sculpture antique, pur comme du marbre, l'arête de son nez, l'arcade de son sourcil… l'arc de ses lèvres charnues. Je l'ai tellement contemplé que je pourrais le dessiner, les yeux fermés.

Je pose l'arrière de mon crâne contre l'appuie-tête, laisse l'air provenant des vitres ouvertes me fouetter le visage et me concentre sur l'extérieur tandis que nous sortons de la propriété. Je dois retrouver mon calme, mis à mal par la présence de Jack, que je n'imaginais pas revoir de sitôt, et par le sentiment de colère à son encontre qui ne m'a pas quittée. Je pensais qu'il allait me fuir quelques jours afin de ne pas avoir à m'expliquer son attitude, ni à parler de la suite. Je suis donc surprise. Et surprise dans le bon sens. Et soulagée ! Cette discussion à venir apaisera les tensions entre nous, bien que, étonnamment, il semble, lui, ne plus m'en vouloir et m'avoir déjà pardonnée.

Bah… je verrai bien où cette discussion nous mènera, mais j'avoue que j'apprécierais un climat plus apaisé. J'aimerais aussi lui parler de mes trouvailles chez mon père et lui dire qu'il avait raison : mon père envoyait bien de l'argent à ma mère pour que je vienne le voir, mais ma mère le lui restituait !

Mon souffle se bloque dans ma trachée alors que Jack engage le pick-up dans une allée boisée à la fraîcheur bienvenue et lorsque, tout au fond, apparaît le panorama le plus incroyable que j'aie vu de toute ma vie. Encore plus beau que celui depuis la maison de mon père, ou même de l'exploitation, elle aussi en surplomb et donnant sur le lac. Là, c'est comme un écrin de verdure ouvert sur l'infini. Une voie vers l'eau et le ciel, qui se rejoignent en une ligne rendue floue par la chaleur, avec des dégradés de bleus allant du bleu-vert, au bord, à des tons plus soutenus et intenses à l'arrière-plan : foncés pour l'eau, plus clairs pour le ciel et toujours, toujours plus haut encore, ce long nuage blanc s'étirant lui aussi à l'infini au-dessus des crêts. Et pour couronner le tout, comme un tremplin vers cet infini merveilleux appelant à la rêverie, un petit ponton en bois vieilli se découpe dans le bleu intense du lac.

– Oh… Jack…

Je me suis refusée à prononcer un seul mot depuis que nous avons quitté Wallaroo, mais là, mon émotion est trop grande tant ce paysage est d'une beauté à couper le souffle. S'il existe sur terre des coins de paradis, je pense que cet endroit en fait partie. Il me prend aux tripes, me remue, à tel point que j'en ai les larmes aux yeux.

Je croise brièvement le regard de Jack qui m'observe, attendant manifestement ma réaction, puisqu'une lueur traverse ses prunelles. Si fugace, que je crois l'avoir imaginée. Mais toute furtive qu'elle ait été, elle a fait une fois de plus chavirer mon cœur.

Nous débouchons sur une plage de sable fin, blanc, et je me croirais au bord de la mer, plutôt qu'au bord d'un lac. À notre gauche, un peu en retrait, se découpe une maison sur pilotis, adossée à la végétation, semblant mal en point extérieurement, mais avec un potentiel de fou ! Là encore, elle aurait besoin d'un bon coup de lasure, de nouvelles huisseries, mais de la terrasse, la vue doit être spectaculaire. L'habitation est assez semblable à celle de mon père, qui ne doit pas être très éloignée, du reste, mais le panorama sur le lac ainsi que la luminosité sont légèrement différents…

J'imite Jack, descends du pick-up après qu'il a stoppé

le moteur et le rejoins à l'avant du véhicule, face au lac. La fraîcheur de l'eau, que je perçois sur mes bras nus, nous environne, ainsi que cette odeur omniprésente d'eucalyptus, mais teintée cette fois-ci d'une autre senteur, que je n'arrive pas à définir.

Je me laisse emporter par la beauté du lieu, mais après quelques secondes de contemplation, je ne résiste pas à l'envie de me repaître d'une autre beauté, plus virile, et encore plus intense. Celle de l'homme à mes côtés dont je perçois également la présence, la chaleur, l'aura incroyable, au diapason de cette nature sauvage, mystérieuse et authentique. Jack a beau avoir un sale caractère, être asocial et enflammé, il n'en reste pas moins un homme sublime avec une belle âme, j'en suis persuadée.

– C'est magnifique, Jack…

Il baisse vers moi ses prunelles vertes dans lesquelles se reflète la lumière du lac, les rendant plus sublimes encore, m'observe avec une intensité et un sérieux qui me déroutent.

Il prend ma main et, après un « Venez ! » soufflé de sa belle voix rauque qui fait instantanément accélérer mon rythme cardiaque, je ne résiste pas lorsqu'il m'entraîne vers la maison. Là encore, je pourrais refuser et lui imposer avant toute autre chose des explications et des excuses, mais je n'en ai pas envie. Non, dans l'instant, j'ai envie de me laisser emporter dans ce rêve éveillé par cet homme énigmatique et secret qu'est Jack.

Parce que je veux découvrir qui il est vraiment et en apprendre davantage le concernant.

Et j'avoue que je suis agréablement surprise par son changement d'humeur. Surprise et curieuse. Je me demande ce que me réservent les heures à venir. Surtout s'il doit me contempler avec ce désir à peine voilé au fond de ses iris. J'imagine passer le reste de l'après-midi dans ses bras… J'imagine ses lèvres sur les miennes, ses mains sur ma peau…

Mon cœur bat la chamade à cette seule pensée lorsque nous atteignons la terrasse, effectivement assez semblable à celle de la maison de mon père avec son plancher et sa balustrade en bois gris. Il se dirige vers cette dernière, lâche ma main et s'accoude. Je pose les miennes sur le bord, m'approche, toujours captivée et émue par ce paysage incroyable. Essayant de me représenter, pour m'amuser, des scènes du *Seigneur des Anneaux*.

Le silence nous enveloppe.

– C'est votre maison ?

– Oui !

– Elle est magnifique.

– Je m'y sens bien !

Il se racle la gorge, enchaîne :

– Je vous dois des excuses, Chloé. Les mots ont dépassé ma pensée. Je n'aurais pas dû vous parler comme je l'ai fait, je le regrette.

Son accent de sincérité m'émeut.

Je me tourne face à lui, plonge dans son regard malgré tout aussi insondable qu'un puits sans fond.

– Pourquoi m'avoir amenée ici ?

– Parce que cet endroit m'apaise.

– Vous avez besoin d'apaisement ?

Ses iris ne quittent pas les miens.

Une onde de chaleur me traverse face à leur lueur intense.

– Oui, aussi… J'ai été un sale con, pardonnez-moi.

Je lis dans son regard émeraude qu'il est sincère, et ça me touche.

Je prends une profonde inspiration, m'apprêtant moi aussi à me livrer.

– Vous êtes pardonné… et je vous demande également de *me* pardonner. J'aurais dû vous confier mon désir de vendre dès mon arrivée et j'avais l'intention de le faire, je vous le jure, Jack. Je voulais vous en parler et vous demander conseil, je voulais que vous soyez partie prenante dans cette vente parce que je sais à quel point vous êtes investi dans l'élevage et à quel point vous tenez à cet endroit. Liam m'a parlé de vos études, du mal que vous vous êtes donné, avec le soutien de mon père, et je… j'attendais le moment propice, car je savais que vous seriez en colère. Vous souhaiteriez acheter ?

– Je ne peux pas, soupire-t-il, seul, c'est impossible, je n'en ai pas les moyens et ne les aurai jamais.

– Comment mon père a-t-il fait, alors ?

– C'était une autre époque, et l'ancien propriétaire lui a cédé pour presque rien. Il n'avait pas de famille, pas besoin de grand-chose, et il a demeuré avec James jusqu'à sa mort.

– Je comprends…

– Votre révélation m'a mis en rogne, c'est vrai, mais vous n'étiez pas ma seule source de colère ! Il y avait mon père !

– J'ai vu… et oui, Liam m'a dit que cet homme est votre père… Est-ce que… est-ce que vous voulez me parler de lui ? demandé-je, prenant des pincettes.

Ses iris sondent les miens.

– Vous pouvez vous confier à moi, Jack, je ne répéterai jamais rien. À personne ! En même temps, je ne connais personne dans ce pays ! ajouté-je, avec un sourire engageant. Sauf Liam, mais il est votre ami, non ?

– Oui, Liam est mon ami, il connaît mon histoire, comme

je connais la sienne ! Quelques bières délient les langues. Et le whisky encore plus.

– Je vois… Et vous buviez beaucoup ensemble ?

– Au début, lorsque nous étions plus jeunes. Aujourd'hui, beaucoup moins. Nous avons des responsabilités. Surtout depuis que James nous a quittés.

Malgré moi, mon cœur se serre.

Je n'ai pas connu mon père, mais à chaque fois que je pense à lui, il me manque. Et de plus en plus. J'ai le sentiment de ressentir sa présence, de voir son empreinte partout. Mais quoi de plus normal, puisque je vis chez lui, dans sa maison, et que je côtoie les gens avec lesquels il vivait. C'est pour ça que je suis venue : pour aller à sa rencontre.

Et pour vendre mon héritage.

– Merci de vous être occupé de tout, je vous en suis très reconnaissante. Je pense contacter votre père, s'il est le seul intéressé, je ne peux pas passer à côté de son offre.

Son regard se durcit.

– Ne faites pas ça !

– Pourquoi ?

– Parce que mon père est un charognard ! Il n'en a rien à foutre du bétail, lui, ce qu'il veut, c'est faire des profits et devenir le plus gros propriétaire terrien de la Nouvelle-Zélande. Ses animaux sont maltraités et, comme il n'a pas le temps de s'occuper de ses exploitations comme il le faudrait, il délègue à des gars sans expérience qu'il sous-paye et qui n'en ont rien à foutre non plus. Il va bousiller tout ce que nous avons construit, votre père et moi, tout ce en quoi nous croyons.

Cet homme pourrait sacrifier mes deux chéris…

Je ne tergiverse pas :

– D'accord… mais il faut que je trouve un acheteur, Jack. Je ne me souviens plus si je vous en ai fait part, mais je suis styliste modéliste et j'ai pour projet d'acheter un magasin de prêt-à-porter à Paris, tout en créant mes propres modèles. J'ai vraiment besoin de cet argent.

– Alors, vous allez repartir ?

– Bien sûr et le plus tôt sera le mieux. J'ai des projets professionnels, et ils comptent pour moi. Je n'ai jamais envisagé ne serait-ce qu'une seule seconde de diriger l'élevage et je suis désolée si je vous ai donné cette impression, mais vous avez dû vous rendre compte que les bestioles et moi, ça fait deux ! Bien que Jumpy et Fluffy soient irrésistibles, tout comme les chiens et que… donner le biberon aux agneaux ne m'ait pas dégoûtée autant que je l'imaginais, mais… voilà, ma vie est à Paris, et non ici ! Vous allez m'aider ?

Mes iris rencontrent les siens. Hypnotiques. Ravageurs. Je me laisse aspirer par leur profondeur, avec la sensation de me noyer. Mon cœur s'emballe. Mon être tout entier désire Jack, les lèvres de Jack, son souffle, ses mains, son corps. Je veux qu'il me touche, je veux sentir ses doigts sur ma peau, devenue brûlante.

Jamais je n'ai désiré un homme comme je le désire, lui, en cet instant.

Nos iris se dévorent.

Et soudain, il m'attire à lui d'une pression sur ma nuque et se rue sur mes lèvres, laissant échapper un gémissement rauque. J'entrouvre les miennes. Nos langues se rencontrent et entament une danse voluptueuse, m'entraînant dans un tourbillon de sensations. Il me presse contre lui, accentue ses baisers auxquels je réponds, fiévreuse, conquise, m'enflammant au fil des secondes. Je glisse mes doigts dans ses cheveux, les tire légèrement pour me coller davantage contre lui.

Je n'ai jamais ressenti ça !

J'ai envie, *besoin*, de me souder à lui et j'ondule contre son érection que je sens dure contre mon ventre et qui me donne atrocement envie de lui. Je gémis. Me fais plus exigeante encore. Je pourrais arracher mes vêtements ainsi que les siens pour qu'enfin nos corps se rejoignent et fusionnent. Je veux plus, je le veux, lui, je le désire depuis le tout début, depuis le premier instant, et j'espérais, secrètement, que nos lèvres se rejoignent enfin.

Ses gémissements rauques, diablement virils, son odeur musquée, attisent mes sens.

Mon souffle se raréfie lorsqu'il descend ses longues mains fines mais puissantes jusqu'à mes fesses pour me presser davantage contre lui et contre son membre que je perçois prendre de l'ampleur. Je me hausse sur la pointe des pieds, frotte mon entrejambe contre sa verge, succombant à ce désir animal qui me pousse vers lui et me pousse à revendiquer son corps. Le mien prend feu… et je m'apprête à le supplier de me faire l'amour, espérant secrètement qu'avec lui ce sera différent, lorsqu'il rompt notre baiser, s'écarte de moi et appuie son front sur le mien, semblant à bout de souffle.

– Pourquoi vous arrêtez-vous ? murmuré-je, perdue, agrippée à ses épaules, avec le sentiment d'avoir chuté d'un immeuble et de m'être éclatée au sol.

Il recule, prend de la distance.

Un courant glacial parcourt mon corps.

Avant même qu'il ouvre la bouche, je sais ce qu'il va dire.

– C'était une erreur…

Je papillonne des cils, comme sortant d'un mauvais rêve.

En temps normal, je me serais énervée, ou j'aurais trouvé une échappatoire dans l'ironie et l'autodérision, mais je suis tellement atterrée par cette situation surréaliste que j'ai du mal à rassembler mes pensées. Peut-être parce que j'ai aimé son baiser, et pas qu'un peu, et qu'il m'a fait perdre tout sens commun.

– Vous regrettez ? demandé-je finalement, tout en cherchant des réponses sur son visage.

Il caresse ma joue avec la pulpe de son pouce, me dévisage intensément avec, il me semble, de la peine au fond des yeux, ou des regrets.

– Je ne suis pas un homme pour vous, Chloé…

Je m'éloigne.

Une colère aussi soudaine que salutaire envahit mon cerveau.

– Ha ha, la bonne blague ! Vous prétendez savoir quel genre d'homme il me faut ? Vous n'avez pas à faire ça, Jack. Vous n'avez pas à me protéger.

Un voile trouble son regard.

– Je ne suis pas fait pour les relations durables.

– Ce n'est pas ce que je demande, ni ce que je souhaite. Je vais repartir, Jack. Moi non plus, je n'ai pas envie d'une relation sérieuse. Je veux juste…

Je me rapproche, me presse contre lui, noue mes doigts sur sa nuque.

– Je veux juste… que vous me fassiez l'amour.

Mon souffle se bloque lorsqu'un éclair de désir traverse ses magnifiques prunelles.

Oh, oui, tu me désires, Jack !

– Ce ne serait pas raisonnable et vous le savez.

– Mais pourquoi ?

– Parce que vous êtes la fille de James !

– Et alors ? Parce que je suis la fille de James, je n'ai

pas le droit d'avoir une sexualité ?

Ses commissures frémissent.

Malgré le sérieux du moment, je constate que l'ironie de la situation ne lui échappe pas.

Ses iris fouillent les miens.

– Je ne veux pas vous faire de mal…

Sa sincérité m'émeut.

– Vous ne me ferez aucun mal, Jack. Je suis une grande fille, je sais ce qui est bon pour moi, et vous n'avez pas à choisir à ma place. Si je ne vous plais pas, c'est une autre histoire, mais dans ce cas, n'inventez pas des raisons à la con !

Je sens son corps se raidir, puis il me repousse.

Une nouvelle fois, j'ai le sentiment qu'un trente-huit tonnes m'a percutée de plein fouet et, là encore, la déconvenue est terrible.

– J'énonce juste un fait, Chloé ! lâche-t-il sèchement. Je ne suis pas attirée par les petites amies, ça ne m'a jamais intéressé. Je baise, et je me casse. C'est ce que vous souhaitez ? Que je vous baise, que je vous utilise pour me vider les couilles pour ensuite faire comme si vous n'existiez pas ? Car c'est comme ça que je procède ! Je ne sais pas ce qu'est l'amour et, pour tout vous dire, je n'ai aucune envie de le savoir !

Et bim !

– Pour quelqu'un de peu prolixe, quand vous alignez plus de trois mots, c'est du grand art ! Et si ça me convenait ?

– Comment ça ?

– Si c'est juste du sexe que je veux avec vous !

Dois-je lui révéler à quel point il m'obsédait déjà avant mon arrivée ? À quel point j'ai fantasmé sur lui après que le notaire m'a montré ces fichues photos qui m'ont séduite à l'instant même où je les ai contemplées : la maison, l'exploitation, le troupeau de moutons, le ciel si bleu et lui… lui, Jack O'Brien, le type le plus sexy de la terre ! Il portait ses cheveux plus longs, un Stetson, et punaise, ses fesses moulées dans ce petit jean délavé m'ont attirée plus que de raison.

Et si je lui disais : tu me baises ou je contacte ton père ! Tentant… Mais non !

– Vous n'êtes pas sérieuse ! s'écrie-t-il. Pas après ce que je viens de vous dire !

– Pourquoi pas ? Si je suis consentante, où est le mal ?

Je ne me reconnais pas.

Auparavant, jamais je ne me serais jetée à la tête d'un mec de cette manière.

Il baise bien des tas de filles, alors pourquoi pas moi ? Si c'est mon choix !

– Je vous plais, je le sais, je le ressens… Vous me désirez, Jack.

Ses iris se troublent de nouveau.

– James ne me le pardonnerait pas…

– Laissez mon père où il est ! C'est entre vous et moi, Jack !

– Je ne peux pas, je suis désolé…

Bon… OK ! Je crois que je me suis suffisamment ridiculisée.

Je ravale ma déception.

Parfois, dans la vie, on n'obtient pas ce que l'on désire, c'est comme ça…

Je reprends mes distances, lui souris crânement, comme si de rien n'était. Comme si je ne venais pas de me prendre un mur en pleine face. Ça fait mal ! Il cherche à me protéger, je le sais, et je pensais comme lui, moi aussi. J'étais consciente qu'il ne devait rien se passer entre nous, mais ça, c'était avant ! Avant que je goûte à ses lèvres…

Bon, après tout, tant pis pour lui !

Je le laisse à ses meufs d'un soir ! Même si cette Marleyne, hier, semblait particulièrement intime avec lui.

– Bref ! Ça n'a pas d'importance, je m'en remettrai, asséné-je sèchement. J'aimerais rentrer.

Je lui tourne le dos.

Je n'ai pas fait un pas que je sens ses doigts autour de mon poignet.

Il me retient, tire sur mon bras afin que je me retrouve face à lui.

– Vous m'en voulez ?

– Nan, pensez donc ! lâché-je.

S'il me redit que c'est pour mon bien, je lui colle une beigne !

– Croyez-moi, c'est mieux ainsi… Je ne suis pas quelqu'un de bien, Chloé.

– Et si, moi, je pense le contraire ?

Je pose ma paume sur sa joue. J'ai besoin de le toucher. J'ai besoin de garder le contact, et s'il y a une petite chance pour qu'il change d'avis nous concernant, je compte bien la saisir.

– Si, moi, je pense que vous êtes quelqu'un de bien… Je ne connais pas votre histoire, Jack, mais quelle qu'elle soit, ne laissez pas le passé définir qui vous êtes, ni influencer votre présent. Vous méritez d'être heureux…

Un rictus déforme ses traits.

– Je ne pensais pas que les stylistes modélistes pouvaient être psychologues à leurs heures perdues.

Connard !

Là encore, je pourrais me mettre en colère, mais non !

Je préfère rire à ses dépens, c'est plus fun !

– Comme vous voyez ! Nous avons des cours de psycho dans notre cursus ! (C'est faux, mais il n'a évidemment aucun moyen de le savoir !) Bon, on y va !

Il relâche mon poignet. Comme à regret. Nous regagnons le pick-up et reprenons nos places dans le silence absolu.

Au bout de quelques minutes, pourtant, je me décide à engager la conversation. Là encore, je refuse de rompre le lien qui s'est tissé entre nous. Il m'a embrassée, je n'ai pas rêvé ! Il m'a embrassée et il m'a désirée ! Il ne peut pas ignorer ces réactions. Si je m'y prends bien, dans quelque temps, il me mangera dans la main… et c'est lui qui me suppliera de lui succomber !

Je l'observe : ses mains sont serrées autour du volant, ses mâchoires contractées. Tout son corps semble enfermé dans un carcan.

Oh, non, tu n'es pas insensible, Jack… et loin de là !

Je suis persuadée qu'il est tiraillé entre son désir pour moi, son instinct de protection et son envie de rester digne de la confiance de mon père pour ne pas le décevoir. Ce qu'il s'est certainement acharné à faire durant ces dix dernières années.

Et là encore, c'est tout à son honneur. Je ne peux pas lui en vouloir de chercher à me protéger, mais moi, ce n'est pas ce que je veux ! Et j'avoue que j'en ai marre de jouer au jeu du chat et de la souris. Après tout, ce n'est pas moi qui l'ai embrassé la première, c'est lui qui s'est jeté sur mes lèvres !

– Au fait, vous aviez raison…

– À quel propos ? articule-t-il, le regard fixé sur la route.

– J'ai découvert un carton de documents dans le garage

de mon père avec des photocopies des lettres qu'il a envoyées à ma mère (je pourrais lui avouer que, m'interdisant d'être intrusive, je ne les ai pas lues ; mais ça ne le concerne pas… C'est entre mes parents et moi !), ainsi que des chèques qu'il lui a faits, mais que, visiblement, ma mère lui a retournés. Elle refusait son argent ! Comme elle a refusé un rapprochement. Elle m'a caché la vérité, certes, mais elle n'a pas utilisé son argent. J'ai aussi découvert une lettre, qui m'était adressée. Et elle m'a beaucoup touchée. Mon père disait qu'il m'aimait et qu'il regrettait…

– Je suis content pour vous, ça fait du bien d'apprendre que les personnes qui nous ont donné la vie nous aiment. Ou nous aimaient…

Percevant comme une note de regret dans sa voix, je questionne :

– Vous n'avez plus qu'un parent, c'est ça ? Vous avez perdu votre maman ?

– Je n'ai pas très envie d'en parler !

– Le contraire m'aurait étonnée ! ironisé-je. Ce n'est pas grave… J'arriverai bien à connaître votre histoire, Jack O'Brien…

Cette fois-ci, il me jette un bref regard assassin.

– Je vous interdis de fouiller dans ma vie !

Nos iris se croisent et engagent un combat.

– Je ne plaisante pas, Chloé !

– Moi non plus, Jack, réponds-je de la même manière.

Il reporte son attention sur la route, soupire :

– Vous ne lâchez jamais rien, pas vrai ?

– Pas lorsque ça en vaut la peine ! *Vous* en valez la peine, Jack, insisté-je, le cœur serré.

J'ignore ce qu'il a vécu pour s'interdire d'être heureux. Tout le monde a droit au bonheur…

– Si vous le dites…

– Je le dis, Jack, et je le pense…

S'ensuit un long silence, troublé uniquement par le bruit du moteur du pick-up et des cailloux sous les roues. Ne voulant pas le braquer davantage, je renonce à le questionner et me focalise sur l'extérieur, mais Jack ne me connaît pas encore : je suis tenace !

16

Chloé

Je pense encore à ce baiser improbable et ce qui a suivi lorsque, bien des heures plus tard, un plaid sur les épaules, je me retrouve assise sur un banc autour d'un feu installé devant l'appentis de la cantine, entourée des autres membres du *clan* Wallaroo.

Mes yeux se perdent dans l'observation du barbecue que nous ne tarderons pas à déguster, Liam et Bruce se chargeant de retourner les épis de maïs ainsi que les morceaux de viande, dont les gouttes juteuses, s'échappant, rougeoient les braises et exhalent des senteurs alléchantes.

J'essaie de penser à autre chose, mais ce baiser revient sans cesse me hanter.

Jamais un homme ne m'a embrassée avec autant de passion, ni n'a aussi vite mis le feu à mon corps. J'aurais donné tout ce que j'avais pour m'abandonner dans ses bras, pour qu'il me possède et me fasse l'amour. J'étais prête à l'en supplier, à le supplier de m'arracher mes vêtements, mettant de côté mes principes, ma défiance des hommes, ainsi que ma fierté. Je ne suis pas une fille facile, je ne lâche pas prise, mais en cet instant, seuls ses mains sur moi, sa bouche, sa langue, son corps contre le mien existaient. Le monde aurait pu s'effondrer autour de moi, je ne me serais rendu compte de rien.

C'était incroyable.

Incroyable de sensations et j'avais le sentiment que tout ce que j'avais vécu avant dans les bras d'un homme n'était rien en comparaison. C'était tellement intense que j'ai perdu les pédales.

Je voulais plus.

Mille fois plus.

Mais il ne veut pas de moi...

Je lève mon regard vers Jack, assis en face de moi.

Il demeure prévenant, gentil, courtois, mais il met de la distance entre nous et ça me fait mal. Pourtant, dès que nos regards se croisent, il me dévore des yeux. Et lorsqu'il me dévisage pendant de longues secondes avec cet air indéfinissable qui le caractérise, comme maintenant, je fonds. Je fonds, telle une guimauve, alors qu'il ne faudrait pas ! Non, je ne devrais pas, mais c'est plus fort que moi : Jack me plaît et je le veux ! Je le désire comme jamais je n'ai désiré un homme, et ne pas vivre quelque chose avec lui me laisserait un goût amer.

Liam se rassied à mes côtés après avoir retourné quelques morceaux de viande, se penche, récupère une bière dans le pack à ses pieds et me la tend.

– Tiens, j'ai l'impression que tu en as besoin !

– Qu'est-ce qui te fait croire ça ?

– Je te trouve un peu tendue...

Sentant un regard insistant sur moi, je me saisis de la bouteille de bière et reporte mon attention sur Jack qui, tout en discutant avec Doug cette fois-ci, nous épie. La faible luminosité des ampoules de couleur, attachées tout autour de l'appentis, ainsi que les braises rougeoyantes se reflètent dans ses iris, le rendant encore plus ténébreux, encore plus énigmatique et mystérieux.

Il contracte les mâchoires et j'ai l'intime conviction qu'il déteste me voir si proche de Liam.

Je pourrais jouer cette carte, je pourrais tenter de le rendre jaloux en me rapprochant de son meilleur ami, mais je m'y refuse. Je n'aime pas ce procédé qui pourrait tout aussi bien se retourner contre moi, provoquer la colère de Jack et foutre le bordel entre eux.

Toutefois, je compte bien trouver une solution pour le faire tomber dans mes filets.

Mais pour le moment, c'est mal barré ! Non seulement il m'a abandonnée dès notre arrivée pour se rendre dans son bureau et revenir une bonne demi-heure plus tard, mais il m'ignore !

Je bois une gorgée de bière.

Je ne compte pas terminer la bouteille, mais si quelques gouttes d'alcool peuvent effectivement me détendre, pourquoi pas…

– Tu as faim ? demande encore Liam.

Oui, mais pas de nourriture !

J'ai envie d'autres mets. Là, tout de suite, j'ai besoin des bras de Jack, de ses lèvres et de son corps, pas de ce qui est en train de cuire sur la grille !

– Un peu, avoué-je pourtant.

– Ce sera bientôt prêt !

Je secoue la tête en signe de compréhension.

Je n'ai pas envie de faire la conversation.

Le cœur lourd, je bois une autre gorgée, essayant d'oublier le vil tentateur me faisant face qui maintenant, totalement accaparé par son voisin, semble avoir bel et bien oublié jusqu'à mon existence. J'observe les autres : Mary et Peter discutent à voix basse, collés l'un à l'autre, tout comme Danny et Bruce. Je me demande ce qu'ils deviendront lorsque j'aurai vendu.

Je les connais peu, mais l'idée de bouleverser leurs vies me chagrine ; j'aimerais que le nouveau propriétaire les garde… Je peux certainement exiger que ceux qui souhaitent rester en aient la possibilité, en faire une clause suspensive…

Une assiette apparaît comme par enchantement devant mes yeux, me sort de cette sorte de transe teintée de mélancolie dans laquelle je m'étais perdue. Je lève la tête, remercie Liam et le regarde reprendre place.

– On mange avec les doigts ?

– Parfaitement, m'dame !

Il m'adresse un sourire engageant, avant de saisir sa grillade et de croquer dedans à pleines dents.

Je vois… Il ne craint pas la chaleur, ce qui n'est pas mon cas.

Je souffle sur la viande, l'approche au bord de l'assiette et détache un morceau avec les dents en prenant garde de ne pas me brûler les lèvres.

À la guerre comme à la guerre !

C'est succulent, fondant à souhait, et j'en oublie ma peine, découvrant que j'étais finalement morte de faim.

Les émotions creusent, c'est bien connu !

Le maïs est également très bon.

Je mastique.

Les pensées me rattrapent.

Fichu cerveau…

Les sensations s'émoussent, tout comme les discussions autour de moi. Je suis loin, très loin, ailleurs, dans un ailleurs où je ne me sentirais pas si seule, si… désemparée. Je devrais rentrer chez moi. Ici, ce n'est pas chez moi ! Je devrais appeler le père de Jack – puisqu'il semble intéressé et sans doute sera-t-il le seul, vu la localisation, je ne vais pas me voiler la face –, me débarrasser de cet héritage et me barrer plutôt que de soupirer après un mec inaccessible.

J'observe l'homme en question, toujours en grande discussion avec Doug. Penché en avant, les coudes sur les genoux, sa bière entre les mains, il a le visage légèrement tourné vers son voisin. Tout en grignotant du bout des doigts, je me gave de chacun de ses gestes, de chacune de ses expressions… Il se passe la main dans les cheveux, se redresse, boit une gorgée de bière. Je fantasme sur sa pomme d'Adam, sur ses avant-bras noueux, sa peau hâlée. Alors que je suis transie, malgré le feu et le plaid sur mes épaules auquel je m'accroche comme à une bouée de sauvetage, il porte sa chemise noire qui met en valeur sa silhouette irréprochable largement ouverte sur son torse et les manches retournées.

Je sursaute lorsque Liam se penche vers moi et me souffle à l'oreille :

– Tu apprécies ?

J'avale ma bouchée, manque de m'étouffer.

– Pardon ?

– C'est bon ?

– Ah, la viande… Oui, succulent !

Il se met à rire.

– Je peux savoir pourquoi tu ricanes ? m'enquiers-je, un brin blessée dans mon orgueil.

– Vous me faites rire, c'est tout ! ajoute-t-il.

– Qui ça ?

– Ben… toi et Jack ! C'est drôle de vous voir vous tourner autour et ça m'étonne de Jack. Habituellement, il va droit au but ! Quand une fille lui plaît, il la baise, point barre.

Mais euhhh…

Ma gorge se serre.

– Merci… C'est exactement ce que j'avais besoin d'entendre !

– Pourquoi ?

– Pour rien ! Laisse tomber !

Inutile de me rappeler que je suis peut-être la seule nana avec laquelle Jack refuse de coucher.

Ça ne flatte pas mon ego, cette affaire !

Il pose son assiette au sol, frappe sur ses cuisses.

– Bon, les mecs ! Qui dit barbecue, dit haka ! Jack ?

Le concerné me lance un bref regard.

– Ouais, pourquoi pas ?

Mon cœur s'affole et mon dos se couvre de frissons lorsque je le vois croquer de nouveau dans son morceau de viande, sauter de son banc avec la souplesse d'un chat, comme s'apprêtant à livrer un combat.

Le silence se fait total quand il se met en position, les jambes écartées, légèrement pliées, et remonte d'un coup sec ses bras de chemise. Il attend que Liam, Doug, Bruce et Danny se regroupent derrière lui, et soudain, il se redresse, secoue les mains, et sa voix transperce le silence de la nuit.

Sa voix, que dis-je, son beuglement de guerrier !

Mes frissons s'intensifient et se propagent dans tout mon corps lorsqu'il tire la langue en intensifiant ses cris de sauvage. Il inspire fort, plie les jambes, avance et se frappe la poitrine en gueulant comme un malade, ses cris repris par les autres derrière lui. Il avance, recule, frappe des pieds au sol tout en martelant son torse et ses bras en rythme, comme s'il voulait bouffer le monde entier.

J'hallucine !

Sa danse, incroyablement érotique et d'une virilité brute et intense, me prend aux tripes et m'émeut. Je n'ai jamais rien vu de tel, ni jamais rien ressenti de comparable. J'ai le sentiment qu'il ne « danse » que pour moi, et moi, je ne vois que lui, reconnaissant à peine sa voix de stentor.

Après m'avoir intensément dévisagée, il se tourne face à Liam et poursuit sa danse en se frappant la poitrine, puis les bras, tout en continuant de tirer la langue de façon provocante et de rouler des yeux.

Un combat de voix et de gestes s'engage entre les deux hommes.

Quand l'un avance, l'autre recule, puis ils se repositionnent face à moi et reprennent leur chorégraphie. Je me tortille sur mon banc, mal à l'aise, avec le sentiment d'être l'enjeu du duel entre les deux hommes. Ils semblent complètement en transe, s'échauffent, les gestes se font de plus en plus rapides, les poings se lèvent vers le ciel.

Jack avance vers moi et me fait son numéro, rien que pour moi.

Il sautille, se récupère avec souplesse, se frappe la poitrine, les bras, les jambes en cadence, en hurlant des mots dont j'ignore le sens. Le bruit des frappes, repris par les autres, se répercute dans la nuit.

Jack est incroyable, il a tout d'un dieu païen qui démontre sa toute-puissance.

Son énergie vitale se répercute dans chacun de mes os, dans chacune de mes cellules, éveille mon désir. Un désir brut, lui aussi, animal, viscéral. Je ne peux détacher mon regard de son visage, de ses iris brûlants, de son corps parfait. Il démontre sa virilité, comme s'il me revendiquait et ne voulait que moi.

Peut-être que je me trompe complètement, mais c'est ce que je ressens, ce que son corps me crie, et aussi soudainement qu'il a commencé, il s'arrête.

Le silence s'abat de nouveau sur nous.

Passée une seconde de totale surprise, je retrouve la maîtrise de mon propre corps et, même s'il est en train de se foutre encore de ma gueule, ce que je ne saurais exclure, je saute sur mes pieds pour applaudir à tout va, aussitôt suivie par le couple de woofers qui semblent, si j'en crois leurs visages, tout comme moi, subjugués par la prestation.

J'accueille Jack d'un sourire lorsqu'il avance vers moi, sans cesser une seule seconde de me dévisager intensément.

Il se fout vraiment de moi !

Il veut me rendre folle, je ne vois pas d'autre explication ! Il refuse qu'il se passe quelque chose entre nous, mais il me fait son numéro de joli cœur !

– Waouh ! C'était phénoménal ! J'ai adoré. Bravo ! m'exclamé-je, m'efforçant de paraître naturelle et oubliant mes déboires qui ont tous pour nom celui de cet homme incroyable debout devant moi : Jack O'Brien !

– Je suis content que ça vous ait plu…

Sa voix, rauque, me donne encore atrocement envie de lui.

Je dois être nympho, je ne vois que ça !

Bon sang, pourquoi il n'arrête pas de me regarder de cette manière, aussi, comme s'il allait me dévorer ? Pourquoi il est si beau, si envoûtant ? Et pourquoi je craque autant pour lui, à tel point que les autres hommes me paraissent tous insignifiants ?

– Ce haka a une signification particulière ? J'ai eu l'impression que…

– C'est une parade nuptiale ! m'interrompt Liam. Un *wedding haka*, si tu préfères, la danse que fait…

– Ta gueule, Liam, l'interrompt Jack à son tour, légèrement menaçant.

Liam l'ignore et reporte son regard sur moi.

– … la danse que fait un homme lorsqu'une femme lui plaît ! Lorsqu'il la revendique comme sienne face aux autres hommes, leur démontrant qu'il se battrait pour elle, enchaîne Liam, avant d'éclater de rire face à l'expression de fureur de son meilleur ami. OK, je me barre, salut !

– On rentre à la maison ? grogne encore Jack.

– Euh… oui, réponds-je, déboussolée par l'attitude de Jack et remontée contre ce dernier.

La colère pointe le bout de son nez.

Là, nous sommes passés à un autre *level*, et quel est le but de cette mascarade, je l'ignore. Toutefois, je ne peux nier que sa démonstration m'a émue et m'a plu, ce qui ne fait qu'aggraver son cas, ainsi que ma colère.

Me refusant, une fois de plus, à faire un scandale, j'imite Jack, souhaite la bonne nuit à tous, récupère mon assiette en carton, la laisse tomber dans le sac-poubelle près du feu, puis je le suis jusqu'au pick-up. Comme à son habitude, il m'ouvre la portière passager, attend que je m'installe et prend place au volant.

Il démarre, fait avancer lentement le pick-up sur le chemin.

Comme si de rien n'était, bon sang !

Comme s'il ne m'avait pas joué une sérénade surréaliste il y a quelques secondes à peine, pour… j'en sais rien… se faire mousser, montrer qu'il est le plus fort… interdire à Liam de m'approcher ?

J'ignore ce qu'il cherche et son attitude me déstabilise.

Le silence nous environne.

Un silence lourd de tension jusqu'à ce que sa voix résonne dans l'habitacle :

– Vous êtes fatiguée ?

Je soupire.

Je pourrais lui faire la gueule, me fâcher et le questionner sur ses motivations, et ce n'est pas dit qu'avant la fin de la soirée je ne le fasse pas, mais là, tout de suite, je suis tellement épuisée par tout ce qui ne cesse de tourner encore et encore dans ma tête que je n'en ai pas le courage. Et je crois que j'ai un peu peur de ses réponses, alors, dans l'immédiat, je vais m'abstenir, c'est plus sage !

– Un peu…

Néanmoins, je craque :

– Et vous ? Votre performance de tout à l'heure a dû vous épuiser !

– Ça va, j'ai l'habitude !

Bien sûr… Prends ça dans les dents, Chloé, si toutefois tu avais des doutes !

Je n'en ai aucun !

J'ai pleinement conscience de quel genre d'homme est Jack, mais une fois de plus, je m'en moque ! Je veux juste coucher avec lui, pas le demander en mariage !

– L'habitude de revendiquer des filles de cette manière, vous voulez dire !

– Yep ! Je pratique le haka depuis que je suis tout petit.

Sa voix rauque me fait frémir, la partie sauvage et obscure de sa personnalité et de ses origines m'attire plus que de raison. En plus du reste ! J'aime cette facette indomptable de lui, ce côté brut et animal…

Je tourne la tête vers lui, contemple son profil.

– Il n'y a rien entre Liam et moi, si toutefois vous vous posez la question.

– Je sais !

– Comment ça, vous savez ?

Je revois les yeux de tueur de Jack, Liam reculer durant

la danse, comme s'il lui devait soumission et que Jack était une sorte d'alpha.

Punaise, où suis-je tombée ? Je ne suis pas un trophée !

La moutarde me monte au nez.

– Vous voulez dire qu'il vous suffit de danser pour faire comprendre aux autres que je suis chasse gardée, ou intouchable, ou je ne sais quoi d'autre de débile ? Alors que vous refusez qu'il se passe quelque chose entre nous ? ne puis-je m'empêcher d'ajouter, la voix sèche bien que légèrement éraillée. Vous ne voulez pas me toucher, mais empêchez les autres de le faire ?

Ce comportement d'homme des cavernes commence sérieusement à me hérisser le poil !

– Ce n'est pas que je ne veux pas, Chloé, mais je ne peux pas ! Je vous ferais du mal, et je m'y refuse !

– Et si je m'en moque ? Si moi, je vous veux, quel qu'en soit le prix ?

– Ne dites pas n'importe quoi ! Vous savez comment je me comporte avec les femmes !

– Peut-être qu'avec moi, ce serait différent ! Je ne vous demande rien de plus que du sexe, Jack ! J'ai besoin de vérifier un truc !

Il coupe le moteur, et je regarde autour de nous.

Ah, oui… nous sommes arrivés chez mon père ! Punaise, j'ai complètement perdu la notion du temps et de l'espace !

Je reporte mon attention sur Jack lorsque je perçois une caresse sur ma joue. Je croise ses iris ardents qui me plongent dans l'expectative la plus totale.

Il repousse l'une de mes mèches qui s'est échappée de ma queue de cheval derrière mon oreille.

Mon cœur s'affole et j'ai soudain du mal à respirer.

Nous nous observons intensément.

Plus intensément que jamais.

– Pourquoi m'avoir embrassée, alors ? questionné-je d'une voix hachée, avec la sensation de me trouver à bout de souffle.

– Parce que vous m'obsédez et que… je n'ai pas pu résister !

– Je vous obsède, mais vous refusez de me toucher…

– C'est mieux ainsi, Chloé, croyez-moi…

Je le dévisage attentivement.

– OK, comme vous voulez…

– Ne le prenez pas comme ça, implore-t-il, cherchant à me retenir lorsque j'ouvre la portière.

J'échappe à sa main, saute du pick-up, gagne la maison, puis directement l'étage, pressée de retrouver le calme de ma chambre, de remettre de l'ordre dans mes pensées et de faire redescendre la pression, parce que, bon sang, je n'ai jamais été autant en colère. Ni aussi frustrée.

Mais bon, ça passera !

Il suffit que je l'ignore, que je garde mes distances et tout rentrera dans l'ordre.

Je claque la porte de ma chambre derrière moi.

Ce qui, j'en conviens, ne sert à rien, mais ça soulage.

Tout en bougonnant sur ma bêtise de m'être jetée à la tête de ce mec, j'allume la petite lampe de chevet, retire ma veste, la balance sur le bureau et vais m'asseoir sur le lit pour ôter le reste. Je commence à enfiler mon tee-shirt de nuit lorsque je suspends mon geste en entendant frapper à la porte.

– Chloé !

– Allez-vous-en ! Je ne veux plus vous parler !

J'enfile mon tee-shirt à toute vitesse, comme s'il pouvait me voir.

– Juste pour vous dire que je serai absent toute la semaine. Je pars pour l'Australie demain matin. Tôt.

– OK, bon vent !

– Chloé…

Sa voix peinée me ferait presque regretter mon accès de colère. Je dis bien « presque », parce que la fureur teintée de désillusion que je ressens m'aidera à tourner la page et à l'oublier.

Enfin… j'espère…

Mais là, tout de suite, il faut qu'il se tire de devant ma porte. Je suis incapable de le voir, de lui parler plus que nécessaire. Incapable de plonger au fond de ses prunelles qui m'obsèdent tant, incapable de contempler les traits de son visage, ses lèvres, que je meurs d'encore sentir sur les miennes, tout comme leur velouté incomparable, leur passion, leur exigence… Je me suis ridiculisée en lui dévoilant mon intérêt et je me sens… mortifiée. J'ai honte, je n'aurais pas dû : Jack ne sera jamais à moi !

– Chloé, parlez-moi… Je ne peux pas partir en vous laissant comme ça.

« Comme ça » comment ?

Transie de désir, frustrée comme je ne l'ai jamais été de toute ma vie, furieuse contre lui mais surtout contre moi ? Je ne veux pas de sa pitié, bon sang !

– Allez-vous-en ! réitéré-je, les larmes aux yeux.

Parlementer ne ferait que raviver ma douleur et mon ressentiment, car je ne crois pas qu'il veuille coucher avec moi par pitié !

– Très bien, comme vous voulez… Bonne semaine…

Ouais, c'est ça, barre-toi, arrête de me torturer !

J'entends, après quelques secondes, ses pas s'éloigner.

Je me laisse tomber sur mon lit, les bras en croix, le

cerveau malmené. Les yeux fixés au plafond, je m'efforce de réguler ma respiration et de faire refluer cette sensation amère qui, elle aussi, me malmène. Faut que j'arrête de penser à lui ! Que j'arrête d'imaginer qu'il puisse un jour se passer quelque chose entre nous. Tout ça parce que je suis la fille de mon père ! Quelle gageure ! Un père que je ne connais même pas ! Un père dont le souvenir hante l'homme que je désire de toute mon âme. Plus que tout au monde. Je ne suis pas loin de penser – et je m'en veux également pour ça – qu'il ne cesse de bousiller mon existence !

J'inspire. Expire. Lentement. Profondément. Plusieurs fois. Mes tensions s'apaisent.

Un peu…

Il me faudra du temps pour évacuer mon ressentiment, mais l'absence de Jack m'y aidera.

Et quand il reviendra, je l'aurai totalement oublié.

Je me redresse et, plutôt que de filer sous la douche comme je l'avais prévu (j'ai la flemme et je ne veux pas croiser Jack !), je récupère mon téléphone portable, que j'avais sorti de la poche arrière de mon jean et posé sur le lit, et me glisse sous la couette. Pelotonnée sur le côté, je souffle encore un bon coup et lance une recherche Internet.

J'ai suffisamment perdu de temps.

Faut que j'avance dans mon projet de vente, tout en prenant contact avec une entreprise de récupération pour les affaires de mon père qui pourraient, j'imagine, intéresser une association pour les plus nécessiteux…

Après de longues minutes de prospection, je déniche enfin une entreprise de déménagement-récupération en tout genre, ainsi qu'une agence immobilière.

Le tout sur Tūrangi.

Je demanderai à Liam si je peux lui emprunter son vieux pick-up.

Forte de ces bonnes résolutions, j'effectue des captures d'écran des deux établissements, glisse mon téléphone sous le second oreiller et éteins la lumière.

Je soupire.

Et lorsque Jack vient effleurer ma conscience, je le vire. Je dois me concentrer sur l'opération « vente de Wallaroo », je suis sûre que ça m'aidera et m'apportera du réconfort. Je croise les doigts pour obtenir rapidement des visites, des promesses d'achat, et ainsi pouvoir enfin rentrer chez moi. D'ici quelques semaines, toute cette histoire avec Jack ne sera plus qu'un souvenir. Un souvenir teinté de nostalgie et de regret qui me hantera quelque temps, mais qui finira par s'estomper. Il en va ainsi de la vie : « Tout passe, tout casse, tout lasse… » Je ne sais plus où j'ai lu cette citation, mais je suis assez d'accord. Je ne pourrais pas dire que le souvenir de ma mère s'est estompé, mais cette douleur sourde dans la poitrine lorsque je pense à elle a diminué. Certainement parce que mon esprit est accaparé par Jack, la découverte de ce père inconnu, l'élevage et la Nouvelle-Zélande. Qu'en sera-t-il lorsque j'aurai retrouvé ma vie parisienne et mon quotidien ? Je l'ignore, mais au fond de moi, je suis persuadée qu'une partie de mon cœur demeurera ici, à Wallaroo, avec Jack.

Je refoule mes larmes, exhale un profond soupir.

Je refuse de pleurer. J'ai tenu jusque-là, je ne vais pas m'effondrer maintenant ! Je suis forte, téméraire, j'ai des projets plein la tête. Je vais rentrer chez moi, commencer ma nouvelle vie, et tout va très bien se passer !

Je ferme les yeux, fais le vide.

Jack s'immisce dans mes pensées et, cette fois-ci, je

ne résiste pas. À quoi bon… Je pense même que lutter contre cette obsession ne fera que la renforcer. Je me prends à fantasmer. J'imagine que le beau brun me rejoint dans mon lit au cœur de la nuit. J'imagine son grand corps contre le mien, ses douces lèvres dans mon cou, ses mains sur ma peau. J'imagine qu'il me fait l'amour passionnément. Ardemment. Et qu'enfin… enfin… il me fait ressentir ce qu'est le plaisir physique entre les bras d'un homme.

Je me positionne sur le dos, glisse mes doigts le long de ma fente encore trempée de désir pour Jack, et ce n'est qu'après un orgasme solitaire que je finis par être happée par le sommeil, le corps enfin apaisé.

17

Chloé

Cinq jours que Jack est parti !

Malgré mes plans, je suis revenue sur ma décision de contacter l'agence de déménagement, préférant vider la maison entièrement sitôt la signature de la vente. Par contre, j'ai rencontré l'agent immobilier qui, par chance, avait eu un désistement en début de semaine et était disponible. Il m'a promis de se mettre de suite sur le projet, même s'il me manquait les derniers bilans comptables (je vais devoir demander à Jack le code d'accès au logiciel informatique dès son retour), ceux en ma possession semblant lui suffire. Pour ne pas penser à Jack, je me suis occupée. J'ai fait le ménage, rangé la maison, aidé Belinda à la confection des repas ainsi qu'à l'entretien des locaux, donné des biberons aux agneaux, accompagné Liam à ses entraînements pour les jeux écossais (qui ont lieu demain !). J'ai évité de rester seule le plus possible, ne regagnant la maison du lac que tard dans la soirée, je n'ai pas eu une minute à moi. Néanmoins, plus je m'évertuais à le virer de mon cerveau, plus il revenait en force.

Un véritable casse-tête !

Je me maudis lorsque, pendant que je lave les vitres des baies de la cuisine, où je passe la majeure partie de mon temps en compagnie de Belinda, il envahit à nouveau mes pensées. Un soupir m'échappe. J'accélère mes mouvements, sursaute en sentant une main se poser sur la mienne.

– Donne, tu vas finir par l'user ! décrète Belinda en cherchant à me chaparder mon chiffon.

Je l'éloigne avec un petit rire.

Belinda et moi nous sommes beaucoup rapprochées ces derniers jours. Assez pour nous tutoyer et devenir de véritables amies. Néanmoins, si nous avons parlé de mon père, je ne lui ai rien dit de mon intérêt pour Jack ni de mes désillusions. Je pensais vouloir en apprendre davantage sur lui, ce n'est plus le cas.

Je veux l'oublier !

Hélas, jusqu'ici, j'échoue lamentablement.

– Tu n'es pas obligée de faire ça, insiste-t-elle.

– J'aime bien les tâches ménagères, elles me vident la tête.

Enfin… en général ! En tout cas, c'est ce que cela me faisait à Paris.

– Prépare plutôt les cafés, les voilà ! ajoute-t-elle en me désignant du menton le petit groupe sortant de la bergerie qui, comme chaque après-midi autour de dix-sept heures, s'apprête à prendre sa pause avant de retourner nourrir les petits.

– D'ac !

Je range chiffon et produit sous l'évier et me rends à la machine à café afin de leur préparer leurs boissons, tandis que Belinda s'empare du gâteau au yaourt et aux pommes que j'ai préparé en début d'après-midi ; il me rappelle mon enfance. Cuisiner m'apaise également et, depuis que ma mère est morte, je m'évertue à reproduire ses recettes. Une façon pour moi de rester proche d'elle et de faire perdurer son enseignement. Hier soir, je leur ai concocté un chili con carne ; ils se sont régalés. Les garçons se sont même resservis plusieurs fois et Bruce m'a félicitée sur mes talents culinaires.

Je crois que je me suis fait une petite place parmi eux, qu'ils ne me considèrent pas comme leur patronne, mais plutôt comme l'une des leurs. Comme je leur ai assuré que je ne changerai rien à leur quotidien, ils me font confiance et ne posent pas de questions ; seuls Jack et Liam sont au courant de mon désir de vendre l'élevage. Encore une fois, je m'assurerai que le nouveau propriétaire garde ceux qui souhaitent demeurer à l'élevage et je leur en parlerai le moment venu. Il n'est pas nécessaire de les inquiéter avant l'heure.

Je pose les tasses sur un plateau, les rejoins et prends place à côté de Liam après avoir donné à chacun son café. Je souris en écoutant mon voisin décrire les jeux auxquels il participe demain. Nous l'accompagnerons et le soutiendrons. Il concourt contre des cadors et, manifestement, comme chaque année, il manque de confiance en lui. Je veux bien le croire, les types que j'ai vus s'entraîner lorsque je l'ai accompagné sont de véritables armoires à glace, mais Liam ne démérite pas, il a sa place parmi eux.

– Tu t'es entraîné dur, ça va le faire ! décrète Bruce.

– J'en sais rien ! se lamente Liam. Y a un petit nouveau, on le dirait gonflé à l'hélium, il a des bras aussi gros que mes cuisses !

– Il perdra en rapidité, j'en suis sûr ! ajoute Doug.

Chacun y va de son encouragement.

Je ne dis rien, j'écoute, le sourire aux lèvres, le regard perdu dans mon café que je sirote par petites gorgées.

– Tu as des nouvelles de Jack ? s'enquiert Bruce.

Mon cœur fait un bond en entendant son prénom.

– Il va bien !

– Il rentre quand ?

– Je l'ignore ! avoue Liam, avant de terminer son morceau de gâteau et son café. Allez, les amis, on y retourne ! À tout à l'heure, mesdames, merci pour la collation.

Il tourne la tête vers moi, me sourit.

Je meurs d'envie de le questionner sur Jack, de lui demander les raisons de son absence et si elle a un rapport avec la vente de l'élevage. Mais je n'en fais rien. Si Jack avait voulu me tenir au courant, il m'en aurait fait part lui-même et je refuse qu'il apprenne que je m'inquiète de lui. Ou que je m'inquiète pour lui. Et qu'il me manque.

Bon sang, comme il me manque…

Surtout le soir, lorsque je me retrouve seule à la maison du lac. Là, je donnerais tout ce que je possède pour qu'il soit près de moi, quand bien même sa présence me rappellerait sans cesse qu'il ne sera jamais à moi.

– Ça va, Chloé ? me demande subitement Liam.

Je cesse de torturer mon morceau de gâteau, lève les yeux, constatant qu'il ne reste que Liam, Belinda et moi autour de la table.

– Oui… Bien sûr, tout va bien, pourquoi ?

– Je te trouve triste en ce moment.

– Et tu ne manges quasiment rien ! renchérit Belinda.

– Oh, euh… je n'ai pas grand appétit, mais rassurez-vous, je vais bien ! affirmé-je avec un sourire que j'espère confiant.

– Attention ! ironise Liam. Belinda déteste ceux qui boudent ses bons petits plats !

– Liam ! s'offusque cette dernière. Arrête, tu vas lui faire peur !

Je vais pour lui répondre qu'il n'en est rien lorsque Liam me devance :

– Quoi ? C'est vrai !

– Puisque c'est ça, je vais te préparer une grosse tourte, rien que pour toi ! Et tu auras intérêt à la terminer, ou ça va barder !

Ils se chamaillent. Ils sont marrants. On dirait une mère et son fils. Je les écoute sans rien dire et souris en voyant Liam se lever, déposer un baiser sur la joue de Belinda avant de s'éloigner.

– Ce garçon est fou !

– Vous êtes drôles tous les deux. Vous vous entendez tous bien, c'est rare, non, une si bonne ambiance ?

Elle soupire.

– Il en a toujours été ainsi entre nous. J'ignore à quoi cela tient… au caractère de ton père, sans doute. Il faisait toujours son possible pour que tout aille bien et que nous soyons heureux.

Je tripote ma tasse et me lance :

– Il ne s'est jamais marié ?

– Non, pas que je sache !

– Et… tu lui as connu des aventures ?

– Il y a eu quelques femmes, mais aucune n'est restée.

Le boulot d'éleveur, sans doute… Pas d'horaires, faut être sur la brèche H24 en période d'agnelage, ou de tonte, j'imagine que trouver une compagne est ardu, sauf si elle est née dans le milieu.

– Et toi ? osé-je demander.

– Mon mari est mort il y a dix ans. C'était une crème, il est irremplaçable.

Ses yeux s'emplissent de larmes.

– Oh, Belinda, pardon, je l'ignorais, prononcé-je, contrite, en saisissant sa main.

– Tu es pardonnée… Et toi ? Il y a quelqu'un qui t'attend, en France ?

– Non, personne !

– Bien !

– Pourquoi « bien » ?

– Comme ça, pour rien, assène-t-elle, avant de se lever et d'entreprendre de débarrasser.

Je me saisis des tasses à ma portée, les dispose sur le plateau, m'empare du tout et la suis à l'intérieur, jusqu'à l'évier.

– Tu en as trop dit ou pas assez, Belinda, explique-toi ! la prié-je gentiment, en déposant les tasses dans la cuve. Ça a un rapport avec Jack ?

Un sourire lui échappe.

– J'ai l'impression qu'il se passe un truc entre vous, je me trompe ?

Je sens mes joues s'enflammer, malgré moi.

Merde… Que va-t-elle penser ?

– Si c'est le cas, j'en suis ravie… pour vous deux ! Jack est quelqu'un de bien !

– J'en suis persuadée, Belinda ! confirmé-je, avant de m'emparer d'un torchon, puis d'une tasse et de l'essuyer. Tu sais où il s'est rendu ?

– Non, il ne m'a rien dit ! Et je ne lui pose jamais de question.

Bien sûr…

J'acquiesce en silence.

– Il ne devrait pas tarder à rentrer, il ne s'éloigne jamais très longtemps de Wallaroo. Il est très attaché à cet endroit.

– Je sais…

Et ça me fait mal au bide de mettre son avenir en péril. Peut-être est-il parti chercher des fonds pour racheter l'exploitation. Il m'a dit qu'il n'en avait pas les moyens, mais peut-être connaît-il quelqu'un qui peut l'aider, avec qui il partagerait la direction. S'il l'envisage, il m'en parlera certainement.

J'ai vraiment hâte qu'il rentre afin de discuter à nouveau de nos projets d'avenir. Nous devons trouver une solution, ensemble, pour le bien de tous.

18

Jack

Je gare le pick-up sur le terrain vague bordant l'aire des jeux néo-zélandais de Tūrangi, calqués sur le modèle écossais où, comme convenu avec lui, je dois retrouver Liam, ainsi que Chloé et les autres employés de l'élevage venus encourager notre ami. C'est la troisième année que Liam concourt et je dois reconnaître qu'en général, il se débrouille plutôt bien, réussissant à chaque fois l'exploit de se placer dans les trois premiers. Il faut dire que, écossais de naissance, en plus d'être taillé comme un guerrier highlander, il a ça dans le sang ! Fort, résistant, teigneux… Il ne laisse rien passer et se défend comme un diable. Pour quoi ? Je l'ignore. Je ne sais pas ce qui fait marcher ce type. Il paraît toujours calme et totalement maître de lui-même, mais sous son apparente sérénité couve un feu latent. Un feu auquel je n'aimerais pas me frotter et, par chance, jusque-là, je n'en ai pas eu l'occasion : notre amitié a été tout de suite une évidence.

Comme avec James.

Je paie mon droit d'entrée et, tout en salivant sous l'effet de la bonne odeur de barbecue – n'ayant rien avalé depuis le petit déjeuner, j'ai la dalle ! –, je cherche Chloé dans la foule amassée autour des banderoles. Six jours que je ne l'ai pas vue – j'avais prévu de rentrer hier soir, mais une entrevue avec un ami de Ben, un grossiste, s'est greffée au dernier moment, m'obligeant à différer mon départ –, et la séparation m'a semblé durer une éternité. Saloperie de cerveau ! Je n'ai pas cessé de penser à elle. Pas une seule seconde. Je n'aurais jamais dû goûter à ses lèvres.

J'ai joué avec le feu et je me suis brûlé !

Quel con !

Je pensais que prendre des distances me guérirait de mon obsession pour elle, mais cela n'a pas été le cas. Bien au contraire, j'ai cru devenir fou et j'ai dû me battre avec moi-même pour ne pas sauter dans mon coucou et revenir en Nouvelle-Zélande. Mais là encore, je n'avais pas le choix, je devais continuer de prospecter pour dénicher des investisseurs.

Je soupire, repère enfin la femme qui a pris possession de mon cerveau, malgré moi, et malgré la distance que je nous impose. Je comprends, en la contemplant au centre d'un petit groupe un peu à l'écart du reste de la foule, accaparée par les jeux qui se déroulent par-delà les banderoles colorées, à quel point elle m'a manqué, à quel point elle illumine mon quotidien, à quel point j'aime sa présence. À quel point *j'ai besoin* de sa présence. C'est totalement fou ! Cette petite Française n'est entrée dans ma vie que depuis quelques jours, mais elle a déjà foutu un bordel monstre dans ma tête.

Combien de temps vais-je tenir avant d'aller frapper à la porte de sa chambre, ou avant de me ruer sur ses lèvres pour en retrouver le goût ?

J'en sais rien !

Ce que je sais, en revanche, c'est que lorsque je suis loin d'elle, elle me manque terriblement. Mais c'est n'importe quoi ! Je me suis juré de ne pas toucher à un seul cheveu de la fille de James, et je ne succomberai pas, mais bon Dieu, que c'est dur ! Je ne pensais pas que ce serait aussi dur ! J'ai constamment envie d'elle, envie d'être avec elle ; de la voir, de la sentir… et de l'embrasser, encore et encore.

Je suis raide dingue de cette femme !

J'en ai pris conscience cette semaine en étant loin d'elle et j'en crève, car nous deux, c'est impossible ! Je ne permettrais pas que ça arrive ! Mais quand je vois Liam la prendre par les épaules et la serrer contre lui, je ne suis pas loin de virer plus dingue que je ne le suis déjà.

Sont-ils devenus intimes en l'espace d'une semaine ?

J'ai appelé Liam tous les jours, m'en aurait-il parlé si quelque chose s'était noué entre Chloé et lui ? Là encore, je l'ignore. Je pense, honnête et droit comme il l'est, qu'il préférerait m'en aviser de vive voix. Liam est un mec bien et je n'ai aucun droit de l'empêcher d'être avec Chloé, mais les imaginer ensemble me rend fou.

J'ignore si je pourrai le supporter.

L'instinct animal de possession en moi gronde, me fait trembler, la tension s'empare de moi et m'embrase lorsque j'aperçois Chloé éclater de rire à une repartie de Liam, un rire frais et délicieux. Tout en elle l'est : ses lèvres, son cou, ses seins, dont le contact contre mon torse m'a rendu fou et accro en quelques secondes, ses mains lorsqu'elle les glisse sur ma peau. Alors que, moi, je la rends malheureuse. Le réaliser me déchire les entrailles : il faut vraiment que je me tienne loin d'elle ! Je ne voulais pas lui faire de mal et c'est pourtant ce que je fais ! La peine dans ses yeux la veille de mon départ lorsque je lui ai affirmé ne pas être un mec pour elle n'a cessé de me hanter. Je m'en veux !

J'aurais dû garder mes distances.

Je n'aurais jamais dû l'embrasser, c'était une erreur,

ni rentrer, mais j'ai besoin de *la* voir, c'est plus fort que moi. Même si Liam n'a cessé de me répéter qu'elle allait bien, je devais le constater par moi-même et me voilà, comme un con, à envier leur bonne entente et à crever de jalousie.

Oui, j'aurais dû rester en Australie !

Malgré mes efforts ainsi qu'une belle présentation de l'élevage et l'aide de Ben, je n'ai rien obtenu de la part des grossistes. Hormis la promesse de se pencher sur la question. Je comprends, l'investissement est énorme, ils ne peuvent pas prendre de décisions hâtives, mais j'aurais voulu davantage ; j'aurais voulu un véritable engagement. Alors oui, je devrais repartir plutôt que de rester là à fantasmer sur une femme qui ne sera jamais à moi.

Je m'apprête à prendre la tangente lorsque mon regard est attiré par deux gars et une femme fendant la foule : des flics ! Sans aucun doute ! Et pas n'importe quels flics vu la manière dont ils sont sapés – costume noir, chemise blanche – et se comportent avec autorité. Les conversations s'éteignent sur leur passage et, les voyant se diriger vers Liam, je suis pris d'un sombre pressentiment.

Bordel, y aurait-il un problème avec ses papiers ?

James avait-il tout fait dans les règles à l'époque de son embauche ? Aujourd'hui, Liam est résident néo-zélandais, mais il n'a pas demandé la naturalisation, est-il dans l'illégalité ? Et si c'est le cas, que risque l'élevage ?

Putain, va falloir que je m'en mêle, je ne peux pas laisser Liam se débrouiller seul avec les instances, quelles qu'elles soient !

Je m'apprête à rejoindre mon meilleur ami lorsqu'un regard pesant sur ma personne me fait tourner la tête. J'inspecte la foule. Ma nervosité augmente d'un cran en croisant les iris de mon père.

Manquait plus que lui !

Nous nous observons quelques secondes avant qu'il reporte son attention devant lui, un étrange sourire aux lèvres, et, suivant la direction de son regard, je comprends : ce n'est pas Liam qui est visé, mais Chloé qui, encerclée par les deux gars, contemple la plaque que la femme lui montre.

Putain, ça sent pas bon !

Liam cherche à s'interposer, mais il est aussitôt repoussé par l'un des *Men in Black*. Percevant l'expression d'effarement de Chloé, je m'élance, fends la foule qui me sépare d'elle de quelques « pardon, excusez-moi » polis, alors que j'ai envie de tous les pousser sans ménagement.

Je les intercepte au moment où la femme enserre le bras de ma boss pour l'emmener.

– Je suis un ami de Mme Fayard, je peux savoir ce qui se passe ?

La femme m'inspecte et me sort sa plaque.

– Agente Smith, de l'Immigration ! Votre amie est en situation de travail illégal, nous l'emmenons au poste de police !

– Pardon ?

– Je leur ai dit que j'étais la propriétaire de Wallaroo, mais ils ne veulent rien entendre, ils disent que c'est faux, intervient Chloé, la voix hachée par l'angoisse, des larmes plein les yeux.

Quoi ?

– Vous faites partie des employés de l'élevage ? demande la femme.

– Oui, je travaillais avec son père, l'ancien propriétaire. Il est décédé et Chloé est son héritière !

– Ce ne sont pas les éléments que nous avons en notre

possession ! Maintenant, poussez-vous !

– Mais…

– Monsieur, n'obligez pas mes gars à user de la force !

Ma colère gronde, mais je prends sur moi et me décale pour, les poings serrés, impuissant, regarder ces enfoirés embarquer Chloé.

Bon sang, j'ai le sentiment de vivre un cauchemar !

Elle se retourne, me supplie du bout des lèvres : « Faites quelque chose. »

– Gardez confiance ! crié-je. Je vais vous sortir de là !

Je cherche mon père dans la foule.

Faut que je tape sur quelqu'un !

Mais où que mes yeux se posent, je n'arrive pas à le repérer. Sans doute que, son but atteint, il s'est barré ! Parce que… je suis sûr que l'arrestation de Chloé a quelque chose à voir avec lui ! Il avait ce regard de sale con qui ne me trompe pas.

– C'est quoi, ce bordel ? clame Liam à mes côtés.

Je reporte mon attention sur lui ainsi que sur les autres employés de Wallaroo qui l'entourent, aussi effarés et bouleversés que nous. Je comprends, à leurs visages soucieux, qu'eux aussi se sont attachés à Chloé durant mon absence. Bizarrement, je me sens exclu de leur bulle, néanmoins, je comprends également qu'ils attendent de moi un miracle.

Je soupire :

– J'aimerais bien le savoir !

Je garde pour moi le rôle que mon père a sans doute joué dans cette affaire.

– Faut faire quelque chose pour elle ! lâche Bruce. Jack, t'as pas une idée ?

Mon cerveau carbure.

– Brody ! Il a un pote avocat !

– Je t'accompagne ! s'exclame aussitôt Liam.

– OK ! Les gars, on vous confie Wallaroo !

Ils acquiescent.

Je ne perds pas une seconde et cours en direction de la sortie, talonné par Liam.

Nous atteignons le champ servant de parking à l'instant même où une grosse berline noire s'éloigne. J'aperçois Chloé à l'arrière. Nos regards s'accrochent. Il y a tant d'angoisse dans le sien, tant d'inquiétude et d'incompréhension, que ma gorge se serre.

Je ne te laisserai pas tomber, boss…

J'accélère, atteins le pick-up et grimpe à l'intérieur, imité par Liam. Sitôt que nous sommes installés, je le démarre sur les chapeaux de roues (il n'y a personne !) et file le train à la berline.

Les salauds !

Je n'en reviens pas ! Ils se moquent que des centaines de curieux aient été témoins de l'arrestation de Chloé. Tūrangi est une petite ville, et comme dans toutes les petites villes, les mauvaises langues vont bon train. Je vois clair dans le jeu de mon père : même si Chloé arrive à convaincre l'Immigration qu'elle est bien l'actuelle propriétaire de l'élevage et de la maison de James, sa réputation sera entachée et les investisseurs se garderont bien de faire affaire avec elle. Mon père sera le seul sur les rangs et, de ce fait, il fera baisser le prix. Et si Chloé est pressée de vendre (ce que je crois), elle peut tomber dans le panneau.

Bordel, si mon paternel pense s'en tirer à si bon compte et arriver à ses fins, il se goure !

Il me trouvera toujours en travers de son chemin ! Hors de question que Wallaroo tombe entre ses sales pattes !

Néanmoins, je me questionne : si Chloé est bien la

propriétaire de l'élevage, il n'est pas question de travail illégal ! Il lui suffira de produire les documents attestant de la succession. Mais si tout est OK, pourquoi la conduire au poste ? Non, il doit y avoir un autre truc ! Mon père ne fait jamais rien au hasard et il a le bras long ! Il a dû faire jouer ses relations et je parierais sur un chantage : sa libération contre l'élevage ! Il en est tout à fait capable. Quand il veut un truc, rien ne l'arrête ! Et comme Chloé n'a certainement pas donné suite à sa proposition de rachat, il est monté au créneau !

Quel merdier !

– Tu penses que le pote de Brody réussira à faire quelque chose pour elle ? dit soudain Liam qui jusque-là semblait, tout comme moi, plongé dans ses pensées.

– Je l'espère ! Comment se fait-il que l'Immigration remette sa légitimité en tant que propriétaire de l'élevage en cause ? Ça m'échappe ! Elle n'a pas de documents à leur produire ?

– L'agente Smith lui a dit qu'ils n'ont aucune trace de la succession !

– Comment c'est possible ? Elle doit bien posséder des documents qui l'attestent, non ?

– Peut-être que la France n'a pas fait son boulot ! Ou alors, elle nous a menti…

Je réfléchis à la question : non, je ne pense pas Chloé capable d'une telle duplicité. Et dans quel but ? Être logée aux frais de la princesse pendant qu'elle part à la découverte de ce père qu'elle n'a pas connu ? Ça n'a aucun sens ! Elle n'a pas menti pour l'argent que James lui envoyait, elle l'ignorait. Contrairement à ce que je pensais de prime abord sans la connaître, Chloé n'est pas vénale. Mais elle a besoin d'argent pour concrétiser ses projets personnels, et ça, je peux le comprendre.

– Elle a vu un agent immobilier cette semaine, ajoute Liam. Si ça se trouve, elle lui a donné ses actes de propriété.

Ouais, peut-être…

– Tu l'as accompagnée ? demandé-je abruptement.

L'idée qu'ils aient passé toutes leurs journées ensemble, voire peut-être leurs nuits, me rend dingue. Mais alors, pourquoi aurait-elle réclamé mon aide ?

– Non, elle y est allée seule ! Avec le vieux pick-up !

OK… Ça veut dire qu'ils sont seulement amis, et non intimes.

Je respire tout de suite un peu mieux.

– Et toi ? Ça a donné quoi en Australie ?

Je soupire de lassitude.

– Rien de concret ! Ben est intéressé, mais il refuse d'investir seul. Quant aux autres grossistes que j'ai rencontrés, ils réfléchissent.

– Tu vas continuer de prospecter ?

– Oui ! J'avais prévu de retourner en Australie la semaine prochaine, mais je vais repousser. Je ne peux pas abandonner Chloé. Pas maintenant…

– Je suis d'accord ! Elle va avoir besoin de toi. Elle *a besoin* de toi, Jack !

Je lui jette un coup d'œil avant d'entrer dans le parking situé devant le bar de Brody.

Je me gare, coupe le moteur et je m'apprête à ouvrir la portière et à sauter du pick-up lorsque Liam me retient en enserrant mon avant-bras.

– Jack…

– Je sais ! Je ferai tout pour la sortir de là… mais ne me demande pas davantage !

– Elle est malheureuse, mec !

– Qu'est-ce que tu veux que j'y fasse ? Et je crois qu'elle

a d'autres problèmes que son intérêt pour moi, tu ne penses pas ?

Il lève les yeux au ciel, mais n'insiste pas.

Nous nous extirpons du pick-up, nous ruons chez Brody, pour le découvrir derrière le bar, comme à son habitude, environné de bonnes odeurs de cuisine.

– Salut, les gars, qu'est-ce que je vous sers ?

– T'as bien un pote avocat ? m'enquiers-je en prenant place sur l'un des tabourets.

– Un as des as, pourquoi ?

– Chloé vient d'être embarquée par l'Immigration pour travail illégal !

– Merde…

Il s'empare de son téléphone portable.

– Je l'appelle tout de suite !

Il déverrouille l'appareil, scrolle sa liste de contacts et appuie sur l'écran. Il nous fait signe que ça sonne, puis lève le pouce.

– Ouais, salut, Mike. Tu vas bien ? J'ai un service à te demander, enchaîne-t-il, après avoir écouté la réponse de son ami. Une connaissance de Jack, dont je t'ai déjà parlé, enfin, sa boss plus exactement, vient de se faire embarquer par l'Immigration, tu pourrais passer pour qu'il en discute avec toi, s'il te plaît ? Ce serait super… Cool, je te remercie, à tout de suite. Il arrive ! ajoute-t-il à notre attention.

– Génial, merci ! rétorqué-je, soulagé, après avoir échangé un regard avec Liam.

Brody place une bière pression devant chacun de nous.

– Tenez, un petit remontant !

J'acquiesce, bois une gorgée.

La fraîcheur bienvenue de la boisson me donne un coup de fouet. Bon sang, je ne réalise toujours pas ! Chloé embarquée par l'Immigration ! J'espère que le pote avocat de Brody acceptera de nous aider et qu'il réussira à la sortir rapidement de ce mauvais pas. Si ce n'est pas le cas, je n'ose l'imaginer expulsée du pays et foutue dans un avion, avec interdiction de remettre les pieds en Nouvelle-Zélande pendant un an, voire davantage.

Oui, l'Immigration va jusque-là !

Ils vont même jusqu'à partager l'information avec l'Australie… Je comprends, notre beau pays est attractif, et a contrario, certains patrons peu scrupuleux entubent de jeunes travailleurs étrangers en ne les payant pas, ou très peu. Nous avons besoin de lois, je n'ai rien à redire là-dessus, mais leur façon de procéder me hérisse le poil et j'ai mal pour Chloé quand je revois la scène : ils l'ont alpaguée comme une criminelle !

Les menottes en moins, heureusement !

Nous échangeons sur la situation, jusqu'à ce qu'enfin Brody s'exclame :

– Le voilà ! Je vais vous installer à une table, vous serez plus tranquilles pour discuter.

Nous le suivons et, après les présentations d'usage, nous nous installons sur les banquettes ; Liam et moi d'un côté, l'avocat de l'autre.

– Merci d'être venu si vite, maître Simmons.

– Je vous en prie, appelez-moi Mike. Les amis de mes amis sont mes amis.

Son sourire engageant me met aussitôt en confiance.

– Parlez-moi de votre amie, ajoute-t-il, après avoir sorti un calepin ainsi qu'un beau stylo de la poche poitrine de son veston.

Je regarde Liam, réclamant silencieusement son accord. Après tout, il a autant le droit que moi de vouloir la sauver, il est l'ami de Chloé, certainement plus que moi, d'ailleurs, compte tenu de mon absence et du fossé que j'ai maintenu entre nous.

Il tend la main vers moi.

– Je t'en prie. C'est à toi qu'elle a demandé de l'aide.

J'obtempère, enchaîne :

– Chloé Fayard est la fille de James Stevenson, peut-être le connaissiez-vous, qui est décédé il y a de cela six mois. Chloé est son héritière. Elle a débarqué vendredi dernier et il est vrai que je ne lui ai pas demandé si elle possédait des papiers officiels parce que, pour moi, cela coulait de source. D'autant plus que j'en ai été informé par notre notaire, Me Campbell, et son arrivée avait été prévue. Chloé est venue en Nouvelle-Zélande pour découvrir qui était son père, qu'elle n'a pas connu, et pour vendre l'élevage de mouton ainsi que la maison de James, au bord du lac. Je lui ai fait découvrir l'exploitation, elle a donné un coup de main à la bergerie, mais il n'est pas question de travail illégal, puisqu'elle est la propriétaire !

Mike note les informations, puis demande :

– Je vois… Autre chose ?

– Je n'ai aucune preuve, mais je pense que Chloé a été dénoncée, et je crois savoir par qui !

Mike hausse un sourcil, m'enjoignant à poursuivre.

– Mon père ! Conrad O'Brien ! Lui aussi, vous devez le connaître.

– Effectivement !

Mon cœur loupe un battement.

Mince… Je n'avais pas pensé à cette éventualité.

– Il fait partie de vos clients ? demandé-je, en priant pour que ce ne soit pas le cas.

Il grimace.

– Non !

– Vous pouvez tout me dire, Mike, je connais mon père mieux que personne et moins je le vois, mieux je me porte.

– Eh bien, pour faire court, j'ai toujours refusé de m'occuper de ses affaires…

OK, je n'en saurai pas plus, et là n'est pas le propos.

L'important, c'est qu'il n'ait pas d'accointance avec mon père !

– Vous pensez pouvoir défendre Chloé ?

– Où l'ont-ils conduite ?

– Au poste de police ! Ici, à Tūrangi.

– Ce sont des agents de Wellington ?

– Ça m'en a tout l'air ! Je ne les ai jamais vus dans les parages.

Mike remballe ses petites affaires.

– Je vais me rendre au poste de police et demander à voir Mme Fayard.

– Ça va être long ? demande Liam.

— Je ne le pense pas, j'ai mes entrées au poste. Vous pouvez m'attendre ici si vous le désirez.

Après m'avoir donné sa carte de visite et avoir rentré mon numéro de portable dans le sien, Mike prend congé.

J'observe Liam, qui trépigne d'impatience.

– Tu veux que je te ramène aux jeux ? Je sais combien ils sont importants pour toi et à quel point tu t'es entraîné dur.

– T'es sûr, ça ne te dérange pas ?

– Puisque je te le propose…

– OK, alors… merci !

J'envoie un texto à l'attention de Mike afin de lui signaler que je m'absente du bar une petite demi-heure, le temps de faire l'aller-retour, fais signe à Brody que je reviens et raccompagne Liam.

Je me gare sur le parking, laisse tourner le moteur, tends la main à mon ami.

– Bonne chance, mec ! Désolé de ne pas pouvoir rester.

Il s'empare de ma main, me broie les doigts, ce salaud, et la secoue avec vigueur.

– Chloé a besoin de toi, la laisse pas tomber.

Je grimace, lui échappe avant qu'il me pète un os.

– T'es pas obligé de me détruire la main ! Je n'en avais pas l'intention… Je te tiens au courant dès que j'ai du nouveau. Allez ! Tu vas tous les laminer !

– Je compte sur toi ! Fais ce qu'il faut…

– Oui, c'est bon ! soupiré-je. File !

Il ouvre la portière, met un pied en dehors du pick-up.

– Je sais ce que je vois, Jack. Tu tiens à elle…

Bon sang, il m'agace !

– T'as fini ?

– Non ! Si tu lui fais du mal, je te pète la gueule !

– Tu n'as qu'à la sauver toi-même !

– Ce n'est pas moi qui l'intéresse ! Elle tire une tête de cent pieds de long depuis ton départ et n'a quasiment rien mangé de toute la semaine.

Je lui ai effectivement trouvé le teint brouillé, mais elle venait de se faire appréhender par les agents.

– Je n'ai pas voulu ça, Liam, je te jure !

Il est important pour moi qu'il me croie.

– Que s'est-il passé entre vous avant ton départ ? Elle n'a rien voulu me dire.

Je soupire.

– J'ai mis les choses au point, c'est tout, elle désire quelque chose que je ne peux lui donner ! Bordel, Liam, tu me connais mieux que personne.

– Peut-être que tu te leurres en pensant que tu n'as

pas besoin de femme dans ta vie, ni d'amour… et peut-être que tu as changé.

– Non, je n'ai pas changé !

J'aime baiser et je suis incapable de me contenter d'une seule femme, alors à quoi bon faire entrer Chloé dans ma vie ? Les meufs sont toujours partantes pour le sexe, elles aiment nous laisser croire qu'elles ne demandent que ça, mais combien sont réellement sincères ? La plupart d'entre elles réclament davantage au bout d'un moment. Je le sais, je suis passé par là je ne sais combien de fois. Aussi, pour éviter qu'elles ne tombent amoureuses, je me suis décidé à ne baiser qu'une seule fois la même nana ! Marleyne était l'exception l'autre soir. Parce que oui, je l'avoue, le désir que je ressentais pour ma boss à ce moment-là m'a fait perdre les pédales et il fallait que je vire ce trop-plein de testostérone avant de devenir dingue.

– Ça ne me regarde pas, désolé, s'excuse soudain Liam, mais je suis son ami. Et le tien !

– Tu n'as pas à t'excuser, je comprends. Fais-moi confiance, je ne souhaite que son bonheur.

Et c'est pour cette raison que je ne la toucherai pas !

– Bon, cette fois-ci, j'y vais ! clame-t-il, désignant avec son pouce les jeux derrière lui.

J'opine du menton et réitère :

– Bonne chance ! Et c'est à mon tour d'être désolé de ne pas être là pour te soutenir.

Il grimace :

– Tu as de bonnes raisons et j'aurais voulu que tu sois là, cela aurait voulu dire que Chloé n'avait pas d'ennuis.

C'est alors que je comprends :

– Tu l'aimes ?

– Au début, elle m'intéressait, je l'avoue, lâche-t-il, après quelques secondes de réflexion. Mais quand j'ai su que ce n'était pas réciproque et qu'elle n'avait d'yeux que pour mon meilleur ami, je me suis fait une raison.

– Tu m'en veux ?

– Même pas ! Je ne peux pas t'en vouloir d'être… toi ! Juste… ne lui brise pas le cœur. La situation est suffisamment compliquée pour elle.

– Je sais… Ne t'inquiète pas, je la sors de ce mauvais pas et je m'éloigne.

Même si j'en crève.

– Tu vas faire quoi ?

– J'irai travailler avec Ben jusqu'à ce que Wallaroo soit vendu et que Chloé parte. Ensuite, je reviendrai.

– OK… Allez, j'y vais !

– Ouais, parce que, à ce train-là, les jeux vont être finis !

Il rit, claque sa portière et court, son kilt frappant ses jambes nues à chacun de ses pas, sa chemise blanche, largement ouverte sur son torse musclé et roulée sur ses avant-bras, volant au vent. Il a vraiment fière allure ! Et il se fait même acclamer et encourager par un groupe de femmes venues profiter du spectacle. J'avoue que, si j'étais une meuf, contempler ces beaux mâles faire la démonstration de leur force brute m'émoustillerait.

Je regarde ma montre.

Fait chier, j'ai traîné plus que prévu !

J'appuie sur le téléphone de voiture, sélectionne le numéro de Brody, recule et pars comme un dératé.

– Ouais, Brody, c'est moi. Mike est là ? demandé-je dès que sa voix résonne dans l'habitacle.

– Non, pas encore !

OK…

– Je pars des jeux. S'il arrive avant moi, dis-lui que je ne suis plus très loin, mais s'il n'a pas le temps de m'attendre, qu'il m'appelle.

– Compte sur moi, je le lui dirai. Ça va, toi ? Cette histoire avec Chloé t'a bouleversé, il y a quelque chose entre vous ?

Bon sang, il ne va pas s'y mettre, lui aussi.

– Non, c'est juste une amie.

– C'est aussi la fille de James !

– Ouais, justement ! Il n'aurait pas apprécié que je ne prenne pas soin de sa fille. Je lui dois bien ça !

– Si tu le dis !

– Je le dis ! À plus, Brody !

Je raccroche avec humeur.

Qu'est-ce qu'ils ont tous à vouloir me coller avec Chloé ?

La sonnerie du téléphone de voiture interrompt le cheminement de mes pensées ; « numéro inconnu » s'affiche sur l'écran ! Je presse le bouton de prise de communication :

– Jack O'Brien, j'écoute !

– Jack… C'est Chloé !

– Chloé ? Mais… comment avez-vous obtenu mon numéro ?

Je l'entends renifler.

– Je l'ai trouvé sur des documents. Je vous dérange ? Vous… Vous ne pouvez pas me parler ?

Aussitôt, je m'en veux.

– Si, si, bien sûr, excusez-moi, j'ai été surpris, c'est tout. Comment allez-vous ?

– J'ai connu mieux ! J'ai… j'ai droit à un appel, alors c'est… c'est vous que j'ai appelé.

– Vous avez bien fait ! Ne vous en faites pas, je vais vous sortir de là ! Je vous ai envoyé un avocat, Mike Simmons, vous l'avez vu ?

– Non, pas encore… Vous croyez que je pourrai bientôt sortir ? Je ne connais rien des lois néo-zélandaises, je risque quoi ?

Je ne veux pas l'inquiéter plus que nécessaire, botte en touche :

– Je l'ignore, Chloé, mais je suppose que Mike fera le nécessaire pour vous obtenir gain de cause. Gardez confiance. C'est la première fois que je le rencontre, mais c'est un ami de Brody, alors… et il m'a fait bonne impression. Vous n'avez pas été malmenée ?

– Non ! Ils m'ont fait entrer dans une sorte de salle de réunion et, depuis, j'attends.

Elle éclate en sanglots.

– J'ai peur, Jack ! Qu'est-ce que je vais devenir s'ils me mettent en prison ?

– Mais non, la rassuré-je. N'imaginez pas tout de suite le pire, je ne crois pas qu'ils procèdent ainsi. Dès que vous leur aurez apporté les preuves de ce que vous avancez, ils vous libéreront.

– Les preuves de ce que j'avance ? Vous non plus, vous ne me croyez pas ?

Bon sang… Quel con !

– Pardon, je me suis mal exprimé ! Les preuves que vous êtes bien propriétaire de Wallaroo ! Je suis de votre côté, Chloé, n'en doutez jamais, et je ferai tout ce qui est en mon pouvoir pour vous venir en aide.

Elle soupire.

– D'accord… parce que je suis la fille de mon père…

– Oui, Chloé, parce que vous êtes la fille de James.

– Et c'est tout ?

Que veut-elle que je lui réponde ? Que je tiens à elle ? Que je me suis mis en tête de la protéger ? Même, et surtout, de moi ? Que j'aimerais être près d'elle en ce moment même et la tenir dans mes bras pour la réconforter ?

Je souffre de ne pas être à ses côtés.

Pour la première fois de mon existence, je regrette d'être moi et d'être incapable de lui donner ce qu'elle mérite, car elle mérite mieux que moi !

– C'est déjà beaucoup, vous ne croyez pas ?

J'ai conscience de me comporter de nouveau comme le dernier des connards, mais là encore, c'est dans son intérêt.

– D'accord, ben… à bientôt, alors…

La déception et la tristesse de sa voix m'émeuvent.

Je prononce son prénom avant qu'elle raccroche :

– Chloé !

– Oui ?

– Je suis désolé…

– Je sais, vous l'avez déjà dit… Je le suis aussi, prononce-t-elle, la voix si douce que ma vue se brouille, avant de raccrocher.

Bon sang, qu'est-ce qui m'arrive ?

Je mets mon clignotant, tourne dans le parking devant le bar de Brody, me gare.

Je coupe le moteur et frappe du plat de la main contre le volant.

Merde, merde et merde !

Mon impuissance me met en rage. J'aimerais tellement faire davantage.

Je serre les poings, puis regarde ma montre.

J'ai du temps devant moi !

Je redémarre le pick-up, recule, sors du parking et

accélère comme un fou. Je doute qu'il accepte de me venir en aide, mais sait-on jamais… S'il a déclenché ce bordel, il peut très certainement y mettre un terme !

19

Jack

Une vingtaine de minutes plus tard, j'emprunte la route menant à la maison de mon père, un véritable ranch, avec allée de gravillons blancs, dépendances, écuries (il aime les chevaux, contrairement aux moutons qui ne sont qu'un moyen de se faire du fric !), magnifique piscine à l'arrière…

Je me gare à côté de son 4x4, un Hummer noir, aussi gros que son ego.

Je savais que je le trouverais chez lui, il ne met jamais les pieds sur ses exploitations et gère son empire depuis son bureau et cette maison, qui n'a plus rien de semblable avec celle de mon enfance. Irlandais, émigré, comme James, il a quitté son pays pour l'aventure et atterri au bord du lac Taupo. Il a investi dans une première exploitation, puis une deuxième, une troisième… puis dans l'immobilier… Lui, ce qu'il aime, c'est acheter, posséder, exploiter… Il n'en a rien à foutre de ses animaux et, s'ils sont maltraités ou mal nourris, il s'en tape ! Ça me révolte ! Ses exploitations subissent des contrôles sanitaires, mais il s'en sort toujours et n'a jamais le moindre problème ; il doit graisser la patte des bonnes personnes et être au courant, je ne vois que ça.

Je descends du pick-up, traverse la véranda et sonne à la porte. Attends. En tapant du pied sur le sol. Je sonne de nouveau, insiste et m'apprête à frapper contre le battant, perdant patience, lorsqu'il s'ouvre. Mon père apparaît dans l'embrasure, identique à lui-même, jean, santiags, chemise à carreaux, Stetson... Un frisson me parcourt en contemplant ses traits, comme d'habitude, tant j'ai le sentiment de me voir, *moi*, avec vingt ans de plus. Hormis mon teint mat ainsi que la couleur de mes yeux qui me viennent de ma mère, mon héritage paternel est flagrant.

– Bonjour, Jack...

Il ne semble pas surpris, sans doute s'attendait-il à ma visite.

– Tu n'étais pas obligé d'en venir à de telles extrémités, attaqué-je.

Il hausse un sourcil, se campe sur ses jambes écartées.

– Quoi donc ?

– Allons, ne fais pas l'innocent, Conrad ! C'est dégueulasse d'avoir fait embarquer la fille de James par l'Immigration ! Surtout sur de fausses accusations, car nous savons, l'un comme l'autre, que cette histoire de travail illégal est bidon ! Comment t'as fait ?

Un rictus lui échappe.

– Il m'a suffi de passer quelques coups de fil pour retarder l'enregistrement de sa succession dès que j'en ai eu vent ! Si elle avait accepté de me vendre Wallaroo, j'aurais débloqué l'affaire, mais comme elle a refusé, il a bien fallu que je trouve d'autres moyens de pression.

Elle a donc refusé...

Bien...

Ce qui l'a certainement foutu en rogne. J'aurais dû être plus rusé que lui et conseiller à Chloé de le faire patienter, voire de lui faire miroiter un accord, tout en cherchant d'autres investisseurs. J'ai merdé ! Mais j'étais loin de me douter qu'il s'en prendrait à elle personnellement.

– T'es qu'un salaud de charognard ! m'écrié-je, les poings serrés, prêt à lui foutre sur la gueule.

Il me dévisage, soupire :

– Tu ne t'es jamais dit que je faisais tout ça pour toi ?

Quoi ? Il se fout de moi ?

Je pointe vers lui un doigt menaçant.

– Ne te sers pas de moi comme prétexte ! Je ne te demande rien, je n'attends rien de toi et je ne veux rien avoir à faire avec toi !

Il me toise, ma colère ne semblant pas l'émouvoir.

– Je te propose un marché, Jack. Tu incites la fille de James à me vendre ses biens et je te donne Wallaroo ! C'est un bon deal, non ? Sachant le temps que tu as passé dans cette exploitation. Tu ne lui dois rien !

– À elle, peut-être pas, mais à James, oui !

– Réfléchis, fils ! Je doute que tu veuilles rester toute ta vie un larbin. Je ne t'ai pas élevé comme ça ! Les O'Brien sont nés pour dominer, pas pour être dominés.

Bon sang, je vais me le faire.

– Il n'y a pas de honte à exercer un travail honorable, riposté-je, me contenant à grand-peine. Je n'aurai jamais à rougir de mes actions, ni de ce que je suis.

– Penses-y !

Je vais pour lui dire qu'il peut aller se faire foutre avec sa proposition de merde lorsque mon portable vibre dans la poche arrière de mon jean, annonçant l'arrivée d'un texto. Ce n'est pas poli, mais je m'en tape ! Je ne lui dois rien, à cet enfoiré !

Je l'en extirpe, déverrouille, lis :

[J'ai pu faire sortir Mme Fayard.
RDV chez Brody !]

Je réponds que j'arrive et lâche :

– OK ! Fais enregistrer la succession, puisque, apparemment, tu connais les bonnes personnes. Je vais voir ce que je peux faire.

Il me pose une main sur l'épaule.

– Je savais que tu reviendrais à de meilleurs sentiments et que je pouvais compter sur toi. Mon sang coule dans tes veines, Jack, il est grand temps que tu t'en souviennes et que tu œuvres pour la famille.

J'échappe à son étreinte sans réagir ; ce genre de considération m'indiffère et notre famille n'existe plus depuis longtemps. Néanmoins, je lui souris. Pour l'amadouer.

– Dis-moi dès que c'est bon de ton côté, je me charge de Chloé.

Il obtempère.

Je lui adresse un signe de tête et m'apprête à m'éloigner lorsque sa voix me parvient :

– Jack ?

Je me retourne, hausse un sourcil.

– Tu fais le bon choix !

Je ne réponds rien, me contentant une fois de plus de hocher la tête.

Que dire ?

Pourquoi ne suis-je pas surpris ? Il ne connaît que le chantage, la pression, les coups bas. Les gens comme lui ne changent jamais. Je croyais quoi ? Qu'il s'excuserait d'avoir été un mauvais père et d'avoir fait des erreurs, de m'avoir tapé dessus pour m'endurcir, parce que les O'Brien sont destinés à dominer le monde ? D'avoir bousillé ma mère en la maltraitant, elle aussi, alors qu'elle l'aimait de toute son âme ? J'ai vu les dégâts que peut causer l'amour, je n'en veux pas dans ma vie. Jamais ! S'il s'était excusé, justement, lui aurais-je pardonné ?

Bon sang, j'en sais rien… Notre passif est trop lourd. Je ne crois pas que je lui pardonnerai un jour, mais peut-être que mon cœur s'en trouverait allégé, ainsi que mon âme, parce que oui, il m'a fait mal à l'âme. Un père est censé protéger son enfant, bordel, et pas le terrifier ! Non, je crois qu'il est trop tard pour que je lui pardonne. D'autant que j'ai rencontré un homme incroyable en la personne de James, un homme juste et bon, un homme qui n'avait pas peur de donner sa confiance, de *me* donner sa confiance, un homme sans qui je ne serais pas celui que je suis aujourd'hui. Un homme qui a été bien plus qu'un père ; il a été mon mentor.

Et là, je dois m'occuper de sa fille !

J'espère qu'elle va bien et qu'elle n'a pas été trop secouée.

Je rumine tout le long du trajet jusqu'au parking du bar de Brody, sur lequel je me gare. Tandis que je m'apprête à retrouver Chloé, l'offre de mon père ainsi que les implications sur mon futur s'invitent dans mon cerveau. Car tout connard qu'il soit, il me propose la liberté, une consécration et la réalisation de mon rêve le plus fou. Ce rêve que je caresse depuis des années sans en avoir les moyens. Lui, il me l'apporte sur un plateau.

Je saute du pick-up, traverse le parking et entre dans le bar. Je cherche aussitôt Chloé dans la masse de convives déjà attablés – certains dînent tôt en Nouvelle-Zélande, et dès dix-huit heures, des repas sont servis dans la plupart des restaurants. Occultant les bonnes odeurs de viandes grillées qui me font saliver, ainsi que mon estomac vide qui crie famine sous l'effet de ces délicats fumets, l'ayant enfin repérée, assise face à Mike avec lequel elle discute, je me dirige vers elle, sans plus la quitter des yeux. Comme ressentant ma présence – à moins qu'elle n'attende ma venue –, elle tourne la tête dans ma direction et nos iris s'alpaguent, pour ne plus vouloir se lâcher. Il se passe un truc bizarre dans mon corps. Une chaleur naît dans mon ventre pour ensuite se lover dans ma poitrine et englober mon cœur, qui frappe un peu plus fort. Du soulagement, sans doute.

Oui, c'est ça, du soulagement.

Quoi d'autre ?

Je prends place à côté d'elle.

Son regard se mouille de larmes, et mon ressentiment à l'égard de mon père augmente. C'est lui, le fautif ! Mon père et ses dents longues ! Mon père et ses fichus plans machiavéliques pour arriver à ses fins et posséder toujours plus, peu importe les dommages collatéraux.

– Ça va ?

Je serre sa main, la gorge serrée devant sa souffrance que seules ses prunelles brillantes trahissent.

Elle soupire.

– J'ai connu mieux, mais ça va… maintenant que… maintenant que je suis là. Merci de m'avoir envoyé Mike.

Elle reporte sur lui son sourire lumineux bien qu'empli de tristesse, et mes entrailles se nouent.

OK… Merci, Mike !

En même temps, pourquoi ne lui serait-elle pas reconnaissante, puisqu'il a fait tout le boulot ? Je ne vais pas être jaloux de ce mec ?! D'autant plus que, si j'en crois l'alliance qu'il porte à l'annulaire gauche, il est marié ! Eh, bon sang, faut que j'arrête de considérer chacun des hommes qu'elle rencontre comme des rivaux ! C'est foutrement contre-productif, puisque je ne souhaite rien nouer avec elle. N'empêche, je me suis mis en tête de la protéger ! Donc, je la protège. Des prédateurs.

Des hommes de mon espèce !

Mais oui, je l'avoue, l'imaginer avec un autre homme me fait me ronger les sangs !

Je ne comprends pas moi-même !

Néanmoins, j'ai quand même l'impression que ce n'étaient pas exactement les mots qu'elle voulait prononcer, mais plutôt « maintenant que tu es là » ou « maintenant que je te vois »…

Bref, il faut peut-être que je réagisse avant que l'avocat me prenne pour un débile à la mater sans interruption, me gavant de sa présence, soulagé.

Elle va bien… Elle est forte !

Et effectivement, elle m'en apporte encore la preuve, bien loin de la petite Parisienne précieuse et détestable que je m'étais imaginée.

– Merci, Mike. Vous me ferez parvenir vos honoraires.

– Tout est OK, Mme Fayard s'en est chargée !

– D'accord ! Et donc, vous avez pu prouver que Chloé est bien la propriétaire de l'élevage et qu'il n'est absolument pas question de travail illégal ?

– C'est un peu plus compliqué que ça, monsieur O'Brien !

Merde…

– OK ! Eh bien, expliquez-moi, je vous écoute !

Mike m'adresse un rictus compatissant et enchaîne :

– Une bière, peut-être ?

Bordel, ce qu'il va m'annoncer est si grave que ça ?!

– Plutôt un whisky ! Et vous ?

– Une autre bière, s'il vous plaît.

– Et vous, Chloé ? demandé-je, me tournant vers elle, toujours silencieuse à mes côtés.

– Rien, merci…

Elle semble perdue, mais on le serait à moins. Elle

vient tout de même de passer plusieurs heures au poste de police, il y a de quoi !

J'acquiesce, hèle l'une des serveuses qui rapplique aussitôt.

– Oui, Jack ?

– Une bière et un whisky. Sans glace. S'il te plaît, Ariana. Merci !

– Je t'en prie, Jack, avec plaisir…

Sur un dernier sourire, Ariana s'en retourne préparer nos commandes.

Mike attend qu'elle nous apporte nos boissons et reparte pour ensuite prendre une gorgée de bière et se décider à éclairer ma lanterne.

– Mme Fayard ne possède plus les documents remis par son notaire français attestant que l'élevage lui appartient. Elle les a confiés à un agent immobilier et, malheureusement, ce dernier est injoignable, précise-t-il. Elle sera donc expulsée du pays. Lundi. J'ai réussi à lui obtenir quarante-huit heures pour rassembler ses affaires et préparer son départ.

Quoi ?

– J'ai également évité, faute de preuves tangibles, que l'élevage écope d'une amende !

Un silence pesant s'abat sur nous.

J'observe aussitôt Chloé. Elle détourne le regard, j'ai cependant eu le temps d'apercevoir ses larmes. Elle essuie sa joue, mais ne dit mot. Si elle a eu le temps de se faire à l'idée, pas moi !

Bordel, non ! On doit pouvoir déposer un recours !

– Votre notaire ne vous a pas fait parvenir des documents numériques ? demandé-je à Chloé.

Elle reporte sur moi ses beaux yeux emplis de détresse. Une détresse qui me broie les entrailles.

– Si ! Mike s'est connecté à ma messagerie pour les récupérer, mais l'agente Smith n'a rien voulu savoir, puisque la succession n'a pas été enregistrée par la Haute Cour. Selon elle, c'est comme si elle n'existait pas !

Elle enchaîne, d'un ton las :

– Mais comme il n'est pas prouvé non plus que j'aie touché de l'argent de Wallaroo, et bien que dans le cas du travail illégal les paiements se fassent en cash, elle a accepté, sur l'injonction de Mike, de me laisser sortir. Ils viendront me chercher chez mon père lundi à quatorze heures.

Elle reporte son attention sur Mike, ajoute :

– J'aurais pu être expulsée aujourd'hui, alors je vous le redis bien sincèrement, merci, Mike, du fond du cœur. Et merci à vous, Jack. Sans votre intervention, je n'aurais pas pu faire mes adieux à… à vous tous… à… à Jumpy et Fluffy… au domaine, à mon père…

Ses iris, submergés de larmes, dévorent les miens.

Arrête, putain…

Je refuse de m'appesantir là, tout de suite, sur ce que son départ imminent déclenche en moi.

– On ne peut vraiment rien faire ? demandé-je à Mike en me retournant vers lui.

Il nous observe tour à tour.

– Il y aurait bien une solution…

Chloé se tend, et moi, l'impatience qu'il nous exprime le fond de sa pensée me tiraille aussitôt. Je ne comprends d'ailleurs pas pourquoi il n'a pas commencé par cette note d'espoir, plutôt que de nous laisser croire que tout était fichu et que Chloé n'avait plus que quelques heures à passer sur le sol néo-zélandais.

À moins que… À moins que le procédé soit illégal lui aussi.

L'envie d'appeler mon père me titille : je suis sûr qu'avec ses appuis, il pourrait débloquer la situation pour lundi ! Wallaroo me tend les bras. Il me suffit de passer ce coup de fil…

– Laquelle ? demande Chloé alors que je réfléchis encore à mon avenir.

– Un mariage blanc ! lâche Mike. Je connais quelqu'un qui pourrait s'arranger avec le délai légal prénuptial de trois jours et vous marier dès demain. De ce fait, vous obtiendriez la nationalité néo-zélandaise, elle est immédiate, vous auriez votre document de mariage lundi midi au plus tard, et il ne serait plus question d'expulsion.

– Combien cela me coûterait ?

– Rien ! Je vous l'ai dit, les amis de mes amis sont mes amis. Je vous le ferais gracieusement.

– Oh, merci, c'est très aimable à vous, mais quand vous évoquez un mariage blanc, vous pensez à Jack et moi ? enchaîne Chloé alors que je reste pétrifié, incapable de trouver un sens à ce sketch.

– Oui, ou un autre homme, pourvu qu'il soit néo-zélandais ! Mais je pense que Jack est effectivement le plus à même de vous venir en aide. J'ai cru comprendre que vous aviez passé beaucoup de temps ensemble…

Mon regard fait des allers-retours entre Mike et Chloé.

Chloé, qui ne peut s'empêcher d'espérer, je le vois dans ses iris.

Putain de bordel de merde…

– Je ne peux pas, désolé, le mariage n'est pas pour moi ! ajouté-je en baissant d'un ton, afin d'adoucir la déception de Chloé à mes paroles. Je ne suis pas fait pour ça. Ça ne m'intéresse pas.

– Je vous rappelle qu'il s'agirait d'un mariage blanc, Jack, vous n'avez pas besoin de tenir l'un à l'autre et encore moins de vous aimer. C'est juste une formalité.

– Pas pour moi, je regrette ! Le mariage, même si je n'y crois pas, revêt quelque chose de sacré !

– Ce n'est pas grave, Mike, je… je m'arrangerai autrement… Je mettrai peut-être des années à vendre, mais je réussirai. Je savais que ce ne serait pas facile, mon notaire m'avait prévenue que les ventes d'ovins étaient en chute libre.

– Mais vous avez des projets professionnels, insiste Mike. Vous avez besoin de cet argent…

– Mes projets devront attendre. Je chercherai un autre job, ce n'est pas la fin du monde, ajoute-t-elle, avec un sourire triste.

Je regarde, impuissant, ses yeux s'emplir de nouveau de larmes.

Elle m'a parlé de ses projets d'ouvrir une boutique dans Paris, de créer ses propres modèles. Je sais qu'ils lui tiennent à cœur et renoncer à son rêve n'est pas chose aisée. Je devrais me servir de son désarroi et lui parler de mon paternel qui lui propose un enregistrement accéléré de sa succession contre un rachat tout aussi accéléré, mais quelque chose m'en empêche. Je ne fais pas confiance à mon père ! Après avoir acquis Wallaroo, me le céderait-il véritablement ? Ou est-ce encore un plan machiavélique pour arriver à ses fins ? Le connaissant comme je le connais, il n'aurait aucun scrupule à me manipuler, à me promettre l'élevage pour ensuite se rétracter. J'aurais besoin de garanties, qu'il mette sa proposition par écrit.

Bordel, j'aurais dû y penser parce que là, à mon sens, c'est cuit !

Même en faisant intervenir les bonnes personnes, je doute que la succession puisse être enregistrée avant lundi, quatorze heures !

Donc… je suis le seul susceptible de lui éviter l'expulsion…

– Bon, eh bien, je n'ai plus rien à ajouter. Je suis vraiment navré de n'avoir pu vous aider davantage.

– Vous avez déjà fait beaucoup, Mike, je vous assure.

Mike se lève.

Il tend la main à Chloé. Elle s'en empare et il passe encore quelques secondes à lui témoigner ses regrets. Je les observe, avec le sentiment d'être hors de mon corps, comme si la scène se déroulait dans une autre dimension. Tout me paraît flou, désincarné. Je suis là, mais en même temps pas tout à fait, et une pensée, soudain, émerge et emplit mon cerveau. C'est comme un boomerang en pleine face : lundi, Chloé est expulsée !

Elle sera expulsée comme une criminelle, alors qu'elle est innocente !

Elle sera expulsée et je ne la reverrai plus jamais !

Elle va sortir de ma vie…

Oh, et puis, merde !

Je regarde la main tendue de Mike, remonte vers son visage et lâche brusquement :

– Je vais le faire !

– Pardon ? demande-t-il avec étonnement.

– Rasseyez-vous !

Il s'exécute.

J'évite les iris dévorants de Chloé et enchaîne :

– Vous pourriez vraiment nous marier demain ?

– Je n'ai qu'une parole, Jack. Vous pouvez me faire confiance.

J'acquiesce silencieusement, puis reprends :

– Chloé ne sera pas expulsée, vous êtes sûr ?

– Certain ! atteste Mike.

Je tourne mon visage en direction de ma voisine qui,

les mains jointes, semble prier que les choses, grâce à moi, finissent par s'arranger. Ses joues ont retrouvé leur belle teinte rosée. Elle flippe, mais en même temps, elle a retrouvé l'espoir et, moi, j'ai gagné du temps, en plus de lui éviter une humiliation. Il sera bien temps, après, de lui mettre le deal entre les mains. J'ai paré au plus pressé, ensuite, je verrai quelle décision prendre.

– Et... qu'est-ce qu'on risque si la supercherie est découverte ?

– Une amende de cent mille dollars, ainsi qu'une peine d'emprisonnement. La Nouvelle-Zélande est intransigeante à ce sujet, justement pour éviter les abus. Attendez-vous à des contrôles dans les semaines à venir. Vous devrez vous comporter comme un vrai couple et prouver aux officiers d'état civil que votre amour est sincère. Je ne peux que vous conseiller de vous mettre d'accord sur la version de votre rencontre.

Je regarde Chloé.

– Je pourrais prétendre un voyage à Paris, l'année passée. Sur la demande de votre père qui voulait que je vous rende visite, nous aurions très bien pu nous rencontrer et tomber amoureux.

Le rose sur les joues de Chloé vire au rouge.

– Oui et nous aurions tenu notre amour secret jusqu'à ce que nous soyons sûrs de nous. L'intervention des agents de l'Immigration aurait juste accéléré notre décision de nous marier.

Mariage, amoureux, amour, sentiments, couple...

Des notions qui m'étaient totalement étrangères se frayent un chemin dans mon esprit et je ne peux nier que cela me fait bizarre. Mais bon, c'est pour la bonne cause, la mienne ainsi que celle de Chloé, et ce n'est que temporaire.

Une idée persiste.

Je l'ai protégée !

Je l'ai sauvée de la méchante agente Smith qui voulait la virer de notre si beau pays comme une malpropre, et… je me sens ému.

– Combien de temps ? questionné-je encore.

– Un an !

Bordel… Dans quoi je mets les pieds ?

Je doute de pouvoir me contenter d'une seule femme aussi longtemps, mais bon, qui me le demande ? Personne ! Je pourrai aller voir ailleurs, avec discrétion, bien entendu, tout en honorant ma petite femme ! Ce n'est pas parce que c'est un mariage blanc qu'il ne peut pas être consommé ! Ce sera la cerise sur le gâteau. Je revois en pensée Chloé abandonnée dans mes bras, je ressens la passion de nos baisers, son corps pressé contre le mien, et l'idée de l'épouser ne me semble plus aussi dramatique. Et ce n'est que pour un an, ensuite, je recouvrerai ma liberté !

Je vais enfin pouvoir succomber à l'attirance que Chloé exerce sur moi, je vais enfin pouvoir la baiser pour la virer de ma tête, une fois, deux fois, trois… Plein, jusqu'à ce que je m'en dégoûte ou qu'elle ne me suffise plus !

Dans mon emballement psychologique, je me vois propriétaire de Wallaroo.

Le rêve total !

Ce fameux rêve que je caresse du bout des doigts depuis des années, depuis que j'ai commencé mes études d'ingénierie en production animale, poussé par James, va se concrétiser et j'ai du mal à y croire.

– C'est bon, on lance la procédure !

J'ai agi contre mes principes, j'ai accepté d'épouser Chloé… que dis-je… accepté de pactiser avec elle pour une fausse union, un *fake wedding*. Nous risquons d'avoir de gros ennuis, *je* risque d'avoir de gros ennuis lorsque mon père l'apprendra. Il pourrait nous dénoncer (je ferais mieux de l'en aviser et de lui promettre que notre deal tient toujours, bien que je n'aie pris aucune décision à ce sujet) et on pourrait ne pas se supporter. Ça va être épique, périlleux, un poil subversif, mais bon sang, je crois que la situation me plaît.

De manière totalement inattendue !

Mais quand je croise de nouveau le regard de Chloé, soudain, je doute, à la lueur déterminée traversant son regard, qu'elle soit de bonne composition, et je me demande pour quelles putains de raisons, alors que j'ai œuvré pour elle.

Enfin… en partie, mais elle l'ignore.

20

Chloé

Je tourne la tasse contenant une tisane pêche, abricot, goyave entre mes doigts, le regard perdu dans le liquide brun foncé.

Qu'est-ce qui m'a pris d'accepter ce mariage blanc ?

Je suis folle, je ne vois pas d'autre mot !

Si nous sommes dénoncés, ce sera l'expulsion, sans plus aucun recours. Toutefois, je ne suis pas mécontente d'y avoir échappé, j'ai ainsi du temps devant moi pour vendre, dès que la succession sera entérinée ; Mike m'a promis de se renseigner et de faire accélérer les choses.

J'aurais également besoin d'en parler avec Tristan et les filles, mais il est trop tard, *ou trop tôt*, pour les appeler et… je ne sais pas si j'ai envie de me confier : trop long, trop compliqué, trop… inattendu et surréaliste ! Tristan et Ambre me diraient de foncer, surtout qu'ils savent que Jack me plaît, et Maéva me conseillerait de faire attention. Comme à mon habitude, mes décisions, ou en tout cas mon comportement, seront un mélange des deux : je vais épouser Jack parce que… parce que je ne peux pas faire autrement, et je vais tout faire pour me protéger et ne pas y laisser des plumes.

– Vous voulez manger quelque chose ?

Je lève les yeux sur l'homme qui n'a cessé de torturer mes pensées depuis mon arrivée dans ce pays et a préféré prendre place face à moi, plutôt qu'à côté, après être allé aux toilettes et avoir passé commande – café pour lui, tisane pour moi. Ce qui me convient parfaitement, sa proximité ne m'aidant pas à garder mon calme, tant physiquement que psychologiquement.

– Non, merci, je n'ai pas faim !

– Vous aurez besoin de forces !

– Pour vous supporter, ça, c'est sûr !

Il m'adresse un sourire malicieux.

– Je ne pensais pas à ça !

Je me renfonce dans la banquette, le toise.

– Ah bon, et à quoi vous pensiez ?

Il me dévisage.

– Tu vas devenir ma femme, Chloé ! Tu sais pertinemment ce que cela implique !

Je pose mes coudes sur la table, me penche et gronde à voix basse afin d'être entendue de lui seul et de ne pas offusquer les convives proches.

– Alors, si *tu* penses me baiser, je te le dis tout de suite, c'est niet ! rétorqué-je, usant également du tutoiement. Ce mariage est un mariage blanc et il le restera ! Je ne coucherai pas avec *toi*, Jack, même si nous sommes mari et femme ! Et même si tu devais être le dernier homme vivant sur cette terre !

J'ai la satisfaction de le voir se renfrogner.

– Qu'est-ce que tu crois ? Que parce que tu te décides à jouer les preux chevaliers, je vais oublier que tu m'as repoussée, arguant que tu n'étais pas un homme pour moi ? Alors que... je ne voulais que du sexe entre nous, Jack, rien d'autre ! Je ne te demandais pas de m'épouser, justement ! ajouté-je, me penchant davantage.

Nous devrions laver notre linge sale autre part, mais nous sommes ici, maintenant, alors ici ou ailleurs, il faut que les choses soient dites.

– Tu sais très bien pourquoi je l'ai fait !

– Peut-être, mais tu m'as blessée ! J'étais furieuse parce que tu as l'air de sauter tout ce qui bouge, alors pourquoi pas moi ? Je me suis sentie pitoyable ! Mais j'imagine que tu ignores ce qu'est un râteau, tu n'as pas dû en prendre souvent !

– Ce dernier point, je ne vais pas le nier, je suis toujours arrivé à mes fins, mais en ce qui nous concerne, tu te goures ! C'est justement parce que je te respecte que j'ai refusé de te baiser…

– Eh bien, maintenant, c'est moi qui refuse ! Non, mais ce serait quand même trop facile, non ?

– Tu ne résisteras pas longtemps ! Je serai tellement adorable que tu craqueras ! rétorque-t-il, avec un sourire séducteur.

– C'est ce qu'on verra !

– C'est tout vu !

Il croise les bras sur son torse.

J'ignore la peau hâlée de ses avant-bras dénudés par les manches de chemise qu'il porte retournées, comme souvent, ses pectoraux à la forme parfaite révélés par le tissu tendu. Ses lèvres, ses yeux, son visage… Cette expression de pure gourmandise habitant ses traits virils. Mon cœur accélère : c'est moi qu'il regarde avec envie ! Il assume enfin son désir pour moi, mais je ne veux plus ! Ça va, quoi ! Il a suffisamment rabâché que, nous deux, ce serait une erreur ! Et rien n'a changé, puisque ce mariage est un *fake* ! Donc, même si j'en crève toujours d'envie, il ne se passera rien entre Jack et moi, c'est trop tard !

Moi, rancunière ?

Non, pensez donc… Juste un tout petit peu !

Et ma revanche sera juste… délicieuse.

– Chloé ?

Je sors d'un rêve où je le voyais ramper à mes pieds, me suppliant de lui accorder un baiser.

– Mmm ?

– Nous reviendrons sur ce sujet, en privé, mais laisse-moi te dire que je n'en ai pas fini avec toi !

– Mais je l'espère bien, tu vas être obligé de me supporter un an !

Il se penche à son tour.

– Je veux parler de nos nuits, duchesse, de toi, nue, dans mon lit, de la façon dont je…

Je pose deux doigts sur ses lèvres, l'interrompant.

– Je ne veux rien savoir !

– Chobtiens touchours che que che veux !

Je retire mes doigts.

– La femme que tu convoites, tu veux dire ?

– Parfaitement ! Et jusqu'à preuve du contraire, tu es une femme !

– Tout à fait, mais tu m'as convaincue. Je n'ai plus envie de toi !

– Moi qui croyais qu'on allait enfin pouvoir s'éclater au pieu !

Et finir le cœur en charpie parce que, après un an à partager son lit, il me virera sans regret. Si même il patiente jusque-là.

– Pourquoi t'as accepté ce mariage ? demandé-je abruptement.

Le sourire déserte son visage, laissant place à une expression grave.

– Parce que te voir expulsée m'est intolérable. Je me suis juré de te protéger et de prendre soin de toi, tu te souviens.

– Oui, en mémoire de mon père, bougonné-je. Mais qu'est-ce que tu y gagnes, toi ?

– Du temps !

– Du temps pour quoi, exactement ?

– Pour me retourner…

OK, ça me va.

Néanmoins, il est piégé avec moi ! Il s'est senti *obligé* d'accepter ce mariage, ce n'est pas comme s'il m'avait choisie et, ça aussi, ça me fait mal ! Je n'imaginais pas me marier dans ces conditions, je n'imaginais pas être *obligée* d'épouser un homme pour gagner la liberté, ni de *forcer* un homme à m'épouser, même si je n'y suis pour rien, si ce n'est pas moi qui l'ai poussé à accepter et ne suis pas l'instigatrice de cette demande. Mais j'ai des sentiments pour lui et il me plaît ! Oui, j'ai des sentiments, je ne vais pas me leurrer. Oh, pas de l'amour, non, mais un mélange d'intérêt et de fascination. Je doute qu'il en soit de même pour lui, un jour. Alors, à quoi bon nous rapprocher ? Je ne pourrai qu'en pâtir et finir malheureuse avec le cœur en mille morceaux, puisque, comme il l'a si bien dit, les sentiments ne l'intéressent pas. De mon côté, si j'étais attirée par du sexe avec lui, la donne a changé ! Je voulais une nuit, pas toutes ses nuits ! Ce ne serait pas raisonnable !

La raison, toujours la raison…

Je ne veux pas souffrir ! Je suis fragile, déjà un peu perturbée en temps normal. Je viens de perdre mes parents, même si l'un des deux m'était inconnu, je me retrouve seule au monde donc… je dois prendre soin de moi moi-même et protéger mon petit cœur malmené.

Bref, je voulais du sexe, ce n'est plus le cas. Maintenant que plus rien ne nous empêche de coucher ensemble, puisque nous serons mari et femme (si tout se passe bien !), je n'y tiens plus !

La vie est parfois d'un compliqué !

Ou bien nous nous la compliquons, mais le résultat est le même !

Ce qui veut dire, présentement, cesser de discuter de notre intimité et revenir à nos obligations.

– Changeons de sujet ! Pour demain, comment comptes-tu procéder ?

– Comme tu veux !

– Ce n'est pas ce que je te demande, Jack, je veux savoir ce que tu comptes faire !

– Comment ça ?

– Je te laisse décider pour nous deux ! Tout organiser, si tu préfères !

– J'ai accepté de t'épouser pour t'éviter l'expulsion, je pense avoir fait ma part, non ? C'est à la femme de préparer un mariage !

Ce qu'il peut m'agacer !

– Tu as fait ta part, comme tu dis, mais je ne t'avais rien demandé, je m'étais même faite à l'idée de rentrer en France plus tôt que prévu. *Tu* as accepté de m'épouser, Jack, tu me veux, donc c'est toi qui organises notre mariage, point ! D'autant plus que je ne connais personne, ni aucune de vos coutumes.

Il lève le bras.

– Brody ?!

Nan... Il ne va pas oser ?

– Est-ce que nous pouvons nous marier ici, demain, à midi ? demande-t-il à son ami dès que ce dernier atteint notre table.

Eh ben, si !

Brody éclate de rire et lui frappe l'épaule du plat de la main, lui tirant une grimace.

– Tu t'es enfin décidé à déclarer ta flamme !

Il me fait un clin d'œil avant d'ajouter :

– Tu aurais pu plus mal tomber !

Je rougis, mal à l'aise.

Brody ignore que Jack a accepté de me prendre comme épouse pour m'éviter d'être expulsée, on est loin du roman à l'eau de rose ! Alors, Jack a beau avoir montré bonne figure jusque-là et s'être comporté en chevalier sauveur de jeune femme en détresse, je crois que la situation le dépasse et qu'il ne va pas tarder à exploser.

– Si t'as fini, tu pourrais peut-être répondre à ma question ! gronde Jack.

Qu'est-ce que je disais… De la fumée commence à lui sortir du nez !

Brody s'esclaffe, nullement impressionné par la mauvaise humeur de son ami. Je ne devrais pas l'être, moi non plus, mais, complètement larguée par la situation, je ne peux m'empêcher de me sentir vulnérable et de me torturer les méninges.

– Bien sûr, mec, vous pouvez vous marier ici !

– Tu pourrais également te charger du repas ?

– Avec plaisir ! Combien de personnes ?

– Les six employés de Wallaroo, toi, Mike, l'officiant… Quelqu'un d'autre, Chloé ?

Sachant qu'il est un peu tard pour faire venir mes amis, la bouche soudain sèche à la pensée de ne pouvoir partager ce moment avec mes proches, je réponds :

– Non, personne !

Un jour, je ferai un beau mariage, et il sera réel, celui-là !

– Tu te charges d'en aviser Mike, chérie, s'il te plaît ? ajoute Jack.

Chérie…

Ma gorge se serre.

Ce n'est qu'une farce, un simulacre, mais il a raison, nous allons devoir jouer la comédie, et ça commence maintenant !

Je lui adresse un sourire que j'espère aussi séducteur que le sien, rétorque :

– Bien sûr, mon amour, il suffit de demander !

Sous son œil égrillard et manifestement satisfait par notre petit jeu de dupes, je saisis mon portable posé sur la table à ma droite et envoie un texto à mon avocat pour lui spécifier notre lieu de célébration, qu'il doit porter sur notre demande, pour ensuite l'envoyer au ministère des Affaires intérieures où il a un contact, avant la fin de journée.

Tout en tapant mon message, une pensée parasite mon esprit : je vais me marier dans un bar !

J'ai eu la surprise d'apprendre, de la bouche de Mike, que les cérémonies de mariage peuvent se dérouler n'importe où, sur simple demande.

Alors, voilà, la cérémonie aura lieu ici !

Il y a pire et je ne vais pas faire ma difficile. Le bar est sympa, Brody également, et je n'oublie pas que, grâce à lui, Mike s'est occupé de mon cas et a plaidé ma cause auprès des autorités. C'est grâce à lui que je suis ici, ce soir, et que j'ai une solution pour m'en sortir.

Il s'est démené pour moi et je lui en serai éternellement reconnaissante.

Il paraît que je suis un cas de force majeure ! Mais je crois surtout que mon histoire l'a ému. En tout cas, il va faire son maximum pour entériner mon union avec Jack, ainsi que ma naturalisation, et je prie pour que l'attestation arrive sur ma boîte mail avant d'être obligée de quitter le territoire néo-zélandais.

J'espère que je n'aurai pas de mauvaises surprises, que Mike ne se trompe pas et que tout sera en règle et à la convenance des autorités, parce qu'en ce qui concerne les papiers, j'avoue que maintenant je me méfie, surtout que j'ai dû produire des pièces justificatives de mon identité, ainsi que Jack, et qu'heureusement, cette fois-ci, je les possédais en numérique (ayant fait des dossiers pour mes successions chez les notaires !). Mais, bon sang, ça me stresse ! Du côté de Wallaroo, tout a été verrouillé : Mike se charge de nous établir un contrat de mariage que nous signerons demain avant la cérémonie. Wallaroo et la maison du lac m'appartiennent en propre, puisque j'en suis propriétaire avant union ! Enfin, quand la Haute Cour aura fait son boulot ! Donc, normalement, si tout va bien là encore, l'argent de la vente me reviendra en totalité.

Et qui dit argent, dit avenir !

J'ai hâte ! Bon sang, que j'ai hâte !

Un an, ce sera vite passé !

Et je ne serai sans doute pas obligée de rester tout ce temps dans ce pays, je pourrai retourner en France…

Je repose mon portable, souris à mon futur et bois une gorgée de tisane tout en me concentrant sur la conversation des garçons qui porte sur le menu : entrées froides en buffet, barbecue et légumes grillés, et cheese-cake à plusieurs étages en dessert.

– Je demanderai à mon pâtissier qu'il ajoute une figurine, tout en haut. Et je privatiserai la salle du fond.

– Parfait ! Ça te convient, chérie ?

Faut qu'il arrête avec les « chérie » !

Je risque de m'y habituer.

– Oui, ce sera très bien, merci, Brody. Et maintenant ? demandé-je, après qu'il s'est éloigné.

– Je prends Liam comme témoin !

– D'accord, alors moi, Belinda ! D'ailleurs, tu ne crois pas qu'on devrait leur annoncer la nouvelle ?

– Elle est chez sa fille, je vais t'y conduire. Tu verras, elle est aussi gentille et sympathique que Belinda. Et son mari aussi ! termine-t-il, avec un clin d'œil.

– Pourquoi tu me dis ça ?

– Juste au cas où tu serais jalouse.

– Je ne suis pas…

– Juste un peu ! m'interrompt-il.

Je m'approche, grogne :

– Je l'avoue, si tu l'avoues ! Ose dire que tu n'es pas contrarié lorsque je discute avec Liam.

– OK, balle au centre ! D'ailleurs, à ce propos, es-tu exclusive dans tes relations, ou pas ?

Je le regarde intensément.

– Est-ce une façon déguisée de me demander la permission d'aller voir ailleurs, Jack ?

– Je me renseigne, c'est tout !

Je me recule au fond de la banquette.

Je n'ai plus du tout envie de plaisanter.

– Ce serait malvenu de ma part de t'empêcher d'avoir des relations extraconjugales, soupiré-je. Ce n'est pas comme si nous nous aimions ! D'autant plus que nous ne coucherons pas ensemble. Mais si c'est le cas, sois discret ! Nous risquons gros.

– Je le serai, je te le promets. Mais pour le moment, une seule femme m'intéresse, et cette femme, c'est toi !

Mon cœur sursaute.

Néanmoins, je suis décidée à me protéger de cet homme.

– Pourquoi j'ai beaucoup de mal à te croire ?

– C'est pourtant la vérité !

– Parce que je ne fais pas encore partie de ton tableau de chasse et le don Juan en toi ne supporte pas cette idée. Bref, tu penses que Belinda accepterait de m'aider à trouver une robe ?

– Pourquoi changes-tu de sujet ?

– Parce que je refuse de coucher avec toi, Jack, donc à quoi bon épiloguer ? Je voulais juste que tu me promettes d'être prudent dans tes fréquentations.

– À vrai dire, je sors peu donc… je rencontre peu de femmes ! Un samedi par mois, parfois moins.

– Tu plaisantes ?

– Non ! Liam pourra te le confirmer, je ne pense qu'au boulot !

– OK, alors tu vivras d'autant mieux l'abstinence que je t'impose. Tu m'en vois soulagée.

– Sauf que j'aurai une femme sous mon toit, à disposition… Tu n'imagines même pas combien je vais souffrir.

Je me penche de nouveau, passe la langue sur mes lèvres.

– Oh, si, j'imagine très bien. Ce sera douloureux, tu auras mal, mais je m'en fiche !

Ses yeux s'écarquillent tandis qu'il fixe mes lèvres.

Je mordille celle du bas, susurre :

– Tellement douloureux… Pauvre bichon…

– Dis-moi que tu auras pitié !

– Même pas en rêve !

Il rit.

Malgré mes résolutions, ce petit son rauque me fait frémir et, si j'en crois son expression satisfaite, ma réaction ne passe pas inaperçue.

On prend les mêmes et on recommence !

– Même si je viens gratter à ta porte toutes les nuits ?

– Oui, Jack, même si tu viens gratter à ma porte toutes les nuits.

Je regarde ma montre.

Dix-sept heures !

– Tu peux contacter Belinda, s'il te plaît, et lui demander si elle est disponible ? J'aimerais avoir le temps de faire les boutiques.

– Tout ce que tu veux, duchesse…

Il s'empare de son téléphone, appuie sur une touche, discute en maori avec Belinda quelques minutes avant de raccrocher.

– Elle est OK, elle t'attend !

– Que lui as-tu dit ? C'était long !

– Je lui ai raconté tes mésaventures, puisque tous les employés de l'exploitation en ont été témoins, sans donner de détails ni parler de ton expulsion. Je lui ai juste fait part de notre intention d'officialiser notre amour ! achève-t-il avec un clin d'œil.

– Tu as bien fait de lui cacher la vérité, moins il y aura de personnes au courant, mieux ce sera.

– Je le pense aussi !

– Elle était surprise ?

– Surtout triste pour toi, pour ce que tu as vécu, mais heureuse pour nous. Elle m'a dit qu'elle se doutait qu'il se passait un truc entre nous et que nous avions flashé l'un sur l'autre.

Je me renfrogne : j'ai flashé, ce qui n'est pas le cas de Jack !

– Et si jamais quelqu'un fait le lien entre notre mariage et ma menace d'expulsion ? demandé-je encore, inquiète. D'autant que nous ne respectons pas les délais, visiblement.

Je n'ai pas pensé aux conséquences tant j'étais heureuse d'éviter l'expulsion. Mais maintenant, elles m'explosent à la face.

– Personne ne sait pour ton expulsion, sauf Mike, toi, moi et les services de l'Immigration. Si quelqu'un nous pose des questions, nous dirons que nous avions prévu de nous marier, mais avions gardé le secret.

– C'est un peu tiré par les cheveux, non ?

– Peut-être, mais avons-nous le choix ? L'important est que tu sois tirée d'affaire. Ensuite, nous ferons face, ensemble, quoi qu'il se passe. Comme un vrai couple…

Ses mots me rassurent.

Oui, comme un vrai couple… et oui, Jack sera là pour moi, il m'en donne la preuve.

Néanmoins, j'ai eu le temps de gamberger et de me demander à qui profite le crime.

Je me lève.

Jack m'imite, fait signe à Brody de noter nos consommations, et nous gagnons la sortie.

Une fois que nous sommes installés dans le pick-up, je demande :

– Tu crois que c'est ton père qui m'a dénoncée ?

Je le vois sourciller avant de faire démarrer l'engin.

Après quelques secondes de silence, durant lesquelles il nous fait quitter le parking pour nous insérer dans la circulation, sa voix s'élève dans l'habitacle :

– Je l'ai aperçu juste avant que tu te fasses arrêter. Il avait les yeux fixés sur toi et j'ai compris qu'il était responsable de la situation. Je me suis rendu chez lui pour lui demander des comptes et, effectivement, il m'a avoué ne pas avoir accepté ton refus de lui vendre Wallaroo. Je suis désolé !

Je croise son regard navré.

– Tu n'as pas à l'être. Tu n'es pas responsable des actes de ton père. Comment a-t-il fait ?

Jack soupire une nouvelle fois.

– Il avait prévu le truc depuis le début !

– Tu pourrais développer ?

– Il connaît quelqu'un à la Haute Cour. Il a fait mettre ton dossier de succession en stand-by, et si tu acceptais sa proposition d'achat, il le faisait débloquer aussitôt ! Comme cela n'a pas été le cas, il a cherché d'autres solutions.

Si Conrad O'Brien m'a fait enfermer, c'est qu'il a une idée derrière la tête ; il ne va certainement pas s'arrêter là. Il ignore que j'ai été libérée, ce qui joue en ma faveur et me laisse du temps pour agir. En tout cas, pour me préparer à d'autres coups bas.

C'est à mon tour de soupirer.

– Que prévoit-il ensuite ?

– Il avait dans l'idée de te proposer un deal juste avant ton expulsion, ta liberté contre Wallaroo.

Quel fumier !

– Il a vraiment le bras long ! fulminé-je. Il risque de ne pas apprécier la tournure des évènements.

Le rire de Jack s'égrène.

– C'est un fait !

– Invite-le au mariage !

– T'es sérieuse ?

– Oui, il est ton père, Jack. Et peut-être que ça le calmera.

– J'en doute, mais j'avais prévu de le lui dire avant qu'il l'apprenne par quelqu'un d'autre. Mais pas avant que Mike ait le temps de débloquer ton dossier. Bordel, j'ai l'impression de jouer contre la montre !

Je pose ma main sur la sienne.

– Moi aussi, j'ai peur…

Il s'empare de mes doigts, les porte à sa bouche pour les embrasser et pour, ensuite, me couler un regard brillant.

– Tout va bien se passer, je te le promets.

Ma gorge se serre alors que je retire ma main en douceur. D'une, parce que son geste m'a émue, de deux, parce que j'ai envie de le croire.

Oui, à partir de maintenant, tout va bien se passer.

Jack est à mes côtés et j'en suis tellement heureuse, là, dans l'instant, que des larmes troublent ma vue.

Je porte mon regard sur l'extérieur, cachant mon émoi.

Même si ça foire, eh bien, j'aurai eu un répit, j'aurai pu profiter de ces heures avec lui, et ça, ça n'a pas de prix.

Nous gardons le silence jusqu'à ce que Jack se gare devant une jolie maison blanche au toit gris, aux volets rouges et à la pelouse verdoyante.

Il coupe le moteur.

Je me tourne vers lui.

– Merci ! Tu peux rentrer à la maison.

La maison…

La maison que nous partagerons en tant que mari et femme.

Bon sang, que ça va être difficile de lui résister…

Surtout s'il me regarde de cette manière, avec de nouveau ce feu dans ses iris. Ce feu qui me consume de l'intérieur depuis que j'ai fait sa connaissance. Je devrais lui en vouloir pour ce qu'il m'a imposé durant tout ce temps, son jeu de séduction, cette lutte avec lui-même, ses baisers, ce fichu devoir de me protéger qu'il s'est mis en tête, son refus de coucher avec moi, et enfin… ça, cette mascarade que nous allons jouer, cette ultime preuve de loyauté envers mon père… Ce père qui finalement ne cesse de se dresser entre nous.

Il ne m'épouse pas parce qu'il m'aime, il m'épouse pour rester fidèle à son mentor !

Et je crois que cela, plus que toute autre chose, me reste en travers de la gorge.

Peu importe, je vais devenir la femme de Jack, bon sang…

Je le fixe, parcourue de pensées contradictoires où se mêlent regret et espoir ; regret de l'avoir obligé à sacrifier sa liberté, espoir qu'un jour, il tienne réellement à moi.

Espoir illusoire… Il n'est pas fait pour l'amour…

Nous sommes loin des romances à l'eau de rose avec une happy end, car la mienne rimera dans un an avec la fin d'un mariage blanc, moment où nous recouvrerons notre liberté et partirons chacun de notre côté.

Salut, c'était bien (ou pas !), et bonne chance pour la suite…

Alors que, ivre de ces pensées brouillonnes qui tournoient dans mon esprit déjà malmené, je pose la main sur la poignée avec la ferme intention de me tirer de cette caisse afin de fuir Jack et sa présence déstabilisante qui me pose bien trop de problèmes et de questionnements, il me retient par le bras.

– Tu ne veux pas que je t'accompagne ?

Il semble désemparé, en même temps que déçu.

– Je serai avec Belinda, je ne risque rien et tu ne dois pas voir ma robe avant le moment fatidique, ça porte malheur !

En vérité, on s'en fout, ce n'est pas un vrai mariage, seulement un mensonge, mais quand je réfléchis (un peu trop, il est vrai, ça devient une obsession) à ce que je m'apprête à vivre, j'ai envie d'en profiter et de faire comme si cette mascarade était bel et bien réelle.

Après tout, qui m'en empêche si ça me fait du bien ?

Personne !

Jack fouille mes iris, cherchant des réponses que je suis bien en peine de lui apporter, ne sachant pas ce qu'il pense, ni quelles sont les coutumes matrimoniales dans cette partie du monde.

– Appelle-moi dès que tu as terminé, je viendrai te chercher !

– Je comptais demander à la fille de Belinda si elle pouvait m'héberger cette nuit.

– Mais… pourquoi ? Tu ne pourras pas me fuir éternellement, Chloé !

Sa tessiture, douce et chargée de surprise au début de sa phrase, est devenue plus impérieuse, et je comprends qu'il a beau vouloir s'armer de patience, sa nature reprend le dessus. Une nature indomptable et sauvage qui fait de lui ce qu'il est : un mâle alpha dans toute sa splendeur et sa complexité. Un mâle qui parle un peu trop à ma nature féminine qui, elle, se liquéfie d'un regard. Un regard chargé de désir inassouvi.

Comme maintenant…

Mon cœur frappe plus fort contre mes côtes lorsque, les iris dévorants, il glisse ses doigts sur ma nuque et approche ses lèvres des miennes.

Son souffle balaie ma peau :

– Je ne t'autoriserai pas à me fuir. Pas maintenant que tu es à moi…

Je pose la pulpe de mon index en travers de sa bouche.

– Je ne suis pas encore à toi, Jack. Alors, laisse-moi profiter de quelques heures de répit.

Perdue dans ses iris émeraude, je cède à mon envie, parcours les quelques centimètres qui nous séparent et dépose un doux baiser sur ses lèvres. Parce que oui, j'en ai envie, parce qu'il m'attire toujours autant, sinon plus, malgré mes résolutions, et parce que… parce que j'ai envie également de jouer avec ses nerfs et de le tenter sans rien lui accorder. Mais, idiote que je suis, j'ai oublié qu'il a toujours sa main dans le creux de ma nuque. Il accentue la pression de son baiser. Sa langue vient forcer contre mes lèvres, cherchant à se frayer un passage, ses doigts se crispent sur ma peau. Un intense frisson me parcourt. Un frisson de volupté à le sentir si empressé, si désireux d'envahir ma bouche. Un gémissement lui échappe lorsque je l'entrouvre. Un peu. Un tout petit peu. Son souffle accélère, tout comme le mien. Il se tend, me presse contre lui. Mon cœur bat fort, très fort, je me liquéfie. Lutte. Résiste. Pour finalement succomber à cette passion qu'il fait naître dans tout mon être. J'oublie en un instant mes griefs, mon ressentiment, j'oublie qu'il m'a un jour repoussée pour mon bien, j'oublie même cette parodie de mariage que nous allons bientôt jouer. J'oublie tout ce qui n'est pas lui, moi, dans cette voiture. J'oublie tout, sauf la violente attirance que j'ai pour lui, qui ne demande qu'à exploser.

Il prend possession de ma bouche, sa langue s'enroule autour de la mienne en un baiser passionné. Nos salives se mêlent, nous nous dévorons, perdant toute retenue. Je ne résiste pas davantage lorsqu'il m'attire à lui et, d'une main sur ma cuisse, m'incite à le chevaucher. Il glisse sa main dans le creux de mes reins, me presse contre son érection que je perçois entre nous, râle de désir, mais aussi, je le comprends, de frustration.

Notre baiser dure, et dure encore, exigeant, passionné, presque douloureux et désespéré. Je ressens, dans toutes les fibres de mon être, à quel point Jack m'a désirée et me désire encore. À quel point il a dû se faire violence afin de juguler l'attirance qu'il a pour moi, ce que je pardonne en un battement de cils. Parce que cet homme impétueux et unique autant que protecteur fait battre mon cœur, tout simplement.

Un baiser pour faire chavirer ma détermination, faible femme que je suis…

Je n'ai aucune honte.

Je le veux !

Je l'ai toujours voulu… Je vais juste le laisser mariner encore un petit peu… Juste par fierté personnelle…

Je me fais violence pour rompre là notre rapprochement et détache mes lèvres des siennes tout en posant mes paumes sur son torse, où je perçois son cœur battre aussi fort que le mien. Il dénoue ses doigts, me laisse prendre un peu de distance et pose son front contre le mien.

– J'aimerais vraiment passer ma dernière soirée de célibataire avec toi…

Je recule, surprise.

– Ah bon, pourquoi ? Tu ne veux pas en profiter pour faire la fête avec tes copains ?

Il grimace :

– Je n'ai pas d'amis, sauf Liam !

Pas d'amis ?

A-t-il réellement passé sa vie d'adulte à bosser avec mon père, sans jamais s'autoriser de pause, sauf un samedi par mois, parfois moins, selon ses propres dires ? Je l'ignore, mais son air malheureux et triste en cet instant m'émeut.

Mauvaise idée ! Si tu passes la soirée avec lui, tu sais comment ça va se terminer, Chloé, surtout s'il t'embrasse de cette manière…

– Eh bien, va faire la fête avec lui ! insisté-je.

Il soupire.

– Il doit être en train d'arroser sa victoire avec ses congénères écossais…

– Tu ne veux pas te joindre à eux ?

– Non, merci, ils chantent, braillent, boivent comme

des trous, c'est pas mon truc !

Je m'esclaffe.

– Tu serais pas un peu bonnet de nuit ?

Il hausse un sourcil.

– Qu'est-ce que ça veut dire ?

– Ça veut dire que tu ne sais pas t'amuser !

Il a une petite grimace, comme pour s'excuser.

– Sans doute un peu, alors, je l'avoue. Mais quand tu dois te lever aux aurores pour t'occuper d'animaux, c'est compliqué ! Je n'ai plus 20 ans !

Il se penche pour s'emparer de mes lèvres, souhaitant manifestement reprendre là où nous nous étions arrêtés, mais, les mains sur ses épaules, je le repousse avec fermeté et secoue la tête.

– Pourquoi non ?

– Parce que ça suffit !

– Dis plutôt qu'à force de goûter à mes baisers, tu ne pourras plus t'en passer…

Joignant le geste à la parole, il dépose ses lèvres sur la peau de mon cou, ronronne :

– Qu'est-ce que ce sera lorsque tu auras goûté à ma queue…

Bon sang, sa voix, vibrante de tension, incendie mon entrecuisse. Plus il m'embrasse, plus il me touche, plus il presse son érection contre mon sexe demandeur et en manque de plaisir, plus je m'enflamme et plus j'ai le sentiment que peut-être… avec lui…

La tête renversée, je le laisse butiner ma peau, mon cou, le petit creux au-dessus de ma clavicule que je découvre hypersensible, tout comme l'arrière de mon oreille. Il empaume l'un de mes seins et je me cambre. Halète. Frémis.

– Reste avec moi ce soir. S'il te plaît, je n'ai pas envie d'être seul…

Ses accents rauques m'émeuvent.

Je pourrais refuser, mais si je veux être honnête avec moi-même, j'ai envie de passer du temps avec lui. Tout mon temps…

Je me redresse, plonge tête la première dans ses iris braqués sur moi.

Il caresse ma joue avec son pouce.

– Nous pourrions en profiter pour faire plus ample connaissance… en cas de contrôle inopiné, ajoute-t-il avec un sourire en coin.

– D'accord, soufflé-je, perturbée plus que je ne saurais le dire par la tendresse de son geste.

Je désigne la maison de la fille de Belinda.

– Je t'autorise à m'accompagner et à me présenter à… Comment s'appelle la fille de Belinda ?

– Anita ! Et son mari, Oro.

– Oro ? C'est d'origine maorie ?

– Oui, il s'agit du nom d'un dieu polynésien. Et avant que tu poses la question qui te brûle les lèvres, j'ai moi aussi un prénom polynésien, Māui. En deuxième prénom.

– Et c'est un dieu ? demandé-je innocemment, consciente après coup de ma bourde.

Ses iris étincellent.

– Un dieu du sexe, oui !

– Sérieux ?

Il rit de plus belle.

– Non, duchesse, désolé de te décevoir ou de tuer dans l'œuf tes espoirs les plus fous, Māui n'est qu'un demi-dieu ! Et l'un des grands héros de la tradition orale polynésienne. De nombreux poèmes vantent ses exploits.

– Il te va bien, ne puis-je m'empêcher d'ajouter. Mais il n'aide pas à dégonfler ton ego !

– Dis plutôt qu'il accentue mon charme et qu'il te fait craquer !

– C'est vrai, tu me fais craquer !

Ses prunelles brillent de contentement.

– Vrai ?

– Dans tes rêves, O'Brien ! m'esclaffé-je, avant d'ouvrir la portière et de descendre de ses genoux.

Je saute sur le bitume, fais quelques pas et pousse un petit cri lorsqu'il se colle à moi, m'enlace et pose de nouveau ses lèvres dans mon cou. J'oublie tout. Encore ! Son corps pressé contre le mien, je me sens pousser des ailes et je souris, le laissant se repaître tout à loisir de ma peau comme je me repais de sa chaleur et de son odeur qui me rendent folle.

Et bon sang, pour la première fois de ma vie, j'ai envie de croire que le bonheur me tend les bras. Je sais que je me leurre, j'ai conscience que Jack joue un rôle (parfaitement, d'ailleurs, et j'ignore pourquoi il se prête à cette mascarade avec autant de plaisir ; juste parce qu'il me veut dans son lit ?), mais quelque chose me pousse à profiter pleinement de ces instants de joie.

Même (et surtout) s'ils doivent être éphémères.

Tout en m'embrassant, il me pousse jusqu'au perron et sonne à la porte.

Je me tortille sous le feu des baisers de mon futur époux en ricanant comme une débile et sursaute, me redresse et cherche à lui échapper lorsque Belinda et sa fille, qui lui ressemble comme deux gouttes d'eau, s'encastrent dans l'embrasure.

– Vous en avez mis du temps ! clame Belinda, du sourire dans la voix.

Je rougis jusqu'aux oreilles à la pensée qu'elle puisse nous avoir vus nous embrasser dans la voiture. De l'extérieur, nous devions même donner l'impression de nous envoyer en l'air.

– Anita, Bel, je vous la confie. Prenez soin d'elle, répond Jack, avant de m'embrasser sur la tempe et de s'éloigner.

Après quelques mètres, il se retourne.

– Tu m'envoies un texto quand tu as fini, je viendrai te chercher.

Son sourire, lumineux, fait accélérer mon cœur.

– Eh ben… Je ne crois pas l'avoir jamais vu aussi heureux !

Je réponds à son petit salut avant qu'il pénètre dans le pick-up et le suis des yeux jusqu'à ce qu'il disparaisse.

Belinda saisit ma main.

– Toi aussi, tu as l'air heureuse.

Je reporte mon attention sur elle.

– Je le suis, Belinda. Je crois n'avoir jamais été aussi heureuse, malgré les circonstances.

Elle m'enlace, se méprenant sur le sens de mes paroles.

– Ma pauvre, comme tu as dû avoir peur !

Je soupire.

– C'est oublié ! Demain, je me marie ! m'extasié-je, jouant la comédie pour rester dans mon rôle et ne pas éveiller les soupçons.

Nous risquons gros !

Je ne réalise pas.

Jack m'a heurtée dans mon amour-propre et je pensais ne jamais pouvoir le lui pardonner, mais il m'a sauvée.

Et maintenant, il compte me séduire, pauvre de moi…

Comment lui résister s'il me sort le grand jeu et si nous devons revivre des moments comme celui de tout à l'heure ?

Je l'ignore.

Je pense que ma détermination va fondre comme neige au soleil face à la sienne.

Bon sang, je n'en sortirai donc jamais, mais pour être honnête, je n'échangerais ma place pour rien au monde, même si je m'apprête à sacrifier ma liberté au nom de mes ambitions, ainsi qu'à vivre dans l'illégalité. À la pensée de devenir Mme Jack O'Brien, je ne peux empêcher mon cœur de battre un peu plus vite.

Si quelqu'un m'avait sorti un truc pareil il y a une semaine, je lui aurais dit d'aller se faire interner.

Jamais de la vie !

Il est tellement… agaçant ! Et dangereux ! Et… insupportable quand il s'y met ! Mais voilà, il possède également ce petit truc en plus qui me fait fondre.

– Bon, on va la chercher cette robe ? s'exclame Belinda alors que je ne cesse de torturer mon cerveau avec Jack, Jack, et encore Jack…

Ce qu'il pense, ce qu'il fait, pourquoi il le fait… J'aimerais lire dans son cœur, mais hélas, c'est impossible, et je vais devoir faire avec ! Ou plutôt *sans*, et penser à moi !

Je me secoue.

Effectivement, j'ai une robe à acheter, moi ! Je veux être époustouflante, la plus belle mariée que Jack ait jamais vue et nous verrons bien lequel séduira l'autre…

21

Jack

Je me gare sur le parking des jeux écossais, éteins le moteur, me saisis de mon portable et appuie sur le contact de mon père.

– Jack ?

– Salut, papa ! Je voulais te dire… avant que tu l'apprennes par quelqu'un d'autre, Chloé et moi, nous allons nous marier ! Demain !

Il éclate de rire.

– Bien joué, fils ! Tu l'as bien ferrée, la p'tite, félicitations. Je ne pensais pas que tu arriverais aussi vite à tes fins. Parfait ! Ce n'est plus qu'une question de semaines et Wallaroo sera à moi !

Il exulte.

Quant à moi, je doute soudain de son intelligence. Manifestement, son ambition l'aveugle. Il ne fait pas la relation entre la menace d'expulsion de Chloé et notre mariage précipité, et je dois dire que cela m'arrange. Ou alors, il me fait une confiance aveugle, et cela m'arrange également.

– À moi, tu veux dire ! renchéris-je.

– Oui, à toi ! C'est pareil !

– Pas tout à fait, non ! J'aimerais que tu accélères la procédure de la succession. Dès lundi !

– Pas de problème ! Ce sera fait ! Et ensuite ?

– Je te tiens au courant !

– Comment comptes-tu t'y prendre ?

– J'en fais mon affaire… Je ne te demande qu'une chose, ne t'en mêle pas !

– Combien de temps ?

– Je l'ignore, je prendrai le temps qu'il faut. Tu dois me faire confiance… et surtout, demain, ne viens pas.

– Je n'en avais pas l'intention !

– OK, à plus tard !

– À plus tard, fils… Jack ? entends-je, juste avant de raccrocher.

– Ouais ?

– Tous mes vœux de bonheur !

Il se marre et c'est lui qui coupe.

Connard…

Il me donne envie de gerber !

J'ouvre ma portière avec humeur, pars à la recherche de Liam, que je découvre au bar, entouré de ses potes d'un jour. Concurrents sur le terrain, amis de beuverie. Liam boit peu, mais avec ces types, chaque année, il n'a plus de limites. À croire qu'une fois l'an, ses démons le rattrapent. Je n'ai aucun souci avec ça, je comprends, les miens ont aussi tendance à me torturer à certaines périodes de l'année.

– Oh, Jack, mon ami ! braille-t-il dès qu'il m'aperçoit.

– Jack, viens boire un coup avec nous ! hurlent ses comparses.

Des Écossais comme lui : kilts, grandes chaussettes dévoilant leurs genoux (paraît que ça rend dingues les meufs !), chemises ouvertes sur leurs torses massifs, roux pour la plupart.

De vrais Vikings !

Et des gars sympas !

J'approche, refuse d'un signe de tête la bière que me tend Liam (prise parmi la vingtaine posée sur le bar, si ce n'est plus !) et salue les gars, que je connais pour la plupart.

– Ce sera pour une autre fois, mais merci quand même. Liam, je peux te parler ?

Il acquiesce et me suit à l'écart.

– Qu'est-ce qui se passe ? Il y a un problème avec Wallaroo ?

– Non, de ce côté, tout va bien !

– Ben, t'en fais une tête…

Je me passe une main dans les cheveux. J'ignore comment il va prendre l'annonce de mon imminent mariage avec Chloé, il tient à elle…

– Je vais épouser Chloé, demain ! balancé-je.

Je lève la main, m'assurant que personne n'entende notre conversation.

– Avant que tu cries au sacrilège et que tu me traites de tous les noms, sache que je n'ai pas eu le choix ! ajouté-je à voix basse, sans donner de détails.

Il boit une gorgée de bière tout en sondant mon âme, puis lâche :

– Je n'allais pas te traiter de tous les noms, Jack. Je suppose que si tu as pris cette décision, c'est que tu avais une bonne raison ! Et… je suis content pour toi. Pour vous !

– Ce n'est que pour un an !

Il boit une autre gorgée, gronde :

– Si tu lui fais du mal, je te bute !

– Je n'en ai pas l'intention, Liam, rétorqué-je, rassuré qu'il ne me questionne pas davantage, mais riant un peu jaune à l'idée de tâter de ses poings au moindre manquement.

Bordel, quelle merde !

– Alors, comporte-toi correctement et tout se passera bien !

– Je vais essayer !

Il s'approche, me toise, les sourcils froncés.

– Tu vas faire plus qu'essayer, mec ! Chloé mérite d'être heureuse, c'est une chic fille.

– Je sais…

Je vais faire mon possible, mais ne peux augurer de l'avenir, ce que je me garde bien de confesser.

– Tu veux bien être mon témoin ?

– Rien ne pourrait me faire plus plaisir ! Bien sûr que j'accepte.

Je le laisse m'enlacer d'un bras autour de mes épaules, se tourner vers ses potes et brailler :

– Les mecs, Jack se marie demain ! Une bière, mon ami, pour fêter ça ! ajoute-t-il, m'entraînant vers le bar.

Je souris malgré moi comme un débile sous les acclamations et les tapes dans le dos qui manquent me décrocher les poumons, et autres vœux de bonheur.

– Une seule, alors ! J'ai de la route !

Cette fois-ci, je m'empare de la bière tendue par mon meilleur pote, qu'il frappe ensuite avec la sienne, faisant gicler la mousse.

– Si on m'avait dit…

Et moi donc !

– À toi, Jack, et à ta future femme ! braille-t-il encore, avant de vider sa bière d'un trait et d'en reprendre une autre alors que je me contente d'une gorgée.

– J'ai des achats à faire, je passe te chercher quand j'ai fini ?

– Nan… je vais me débrouiller pour rentrer !

Il approche son visage du mien.

– Il y a deux, trois nanas qui me font de l'œil depuis tout à l'heure. Je vais trouver quelqu'un pour me ramener, t'inquiète.

– Au fait, t'as fini combien ?

– Deuxième au lancer de tronc !

– Super !

Il fronce les sourcils, lance, comme si la lumière, soudain, se faisait dans son esprit (ce qui est sans doute le cas) :

– Tu l'épouses pour lui éviter l'expulsion ?!

Putain, le con !

Je lui fais les gros yeux, me rapproche et, profitant que ses potes discutent entre eux et nous ignorent, lui confie à voix basse :

– C'est ça ou, lundi, l'agente Smith la remettait dans un avion en partance pour Paris.

J'ai confiance en Liam, il ne nous trahira jamais.

– Ah… ben… c'est très louable de ta part, sort-il, de la même façon. Je suppose que la future mariée a apprécié le geste.

– Elle est aussi déboussolée que moi !

Je garde sous silence que, contre toute attente, la situation me plaît et que je ne pense plus qu'à une chose : la mettre dans mon lit.

Oh, oui, la belle ne va pas me faciliter la tâche et je crois que… oui… je crois que j'aime ça !

Chloé est unique : la première femme que je respecte, la première à faire bouillir mon sang de cette manière et la première avec laquelle je vais devoir me battre pour obtenir davantage que des baisers.

Baisers dont elle ne semble pas vouloir me priver dans le but de me torturer, je suppose.

Et ça marche !

En plus de me rendre dingue ! Et fébrile, et… encore plus impatient que je ne le suis déjà ! Mais je vais devoir me calmer si je veux arriver à mes fins.

Une tape dans le dos me ramène au présent.

– Cesse de penser à ta nuit de noces ! braille Liam.

Pas faux !

Les autres s'esclaffent, mais sont tellement avinés que je doute qu'ils captent l'enjeu. Quand bien même, que pourraient-ils faire ? Si tout se passe comme prévu, le service de l'Immigration n'aura plus rien contre Chloé et celui des mariages blancs nous auditionnera de toute façon, dénonciation ou pas. À nous de nous préparer à leur interrogatoire afin de ne pas avoir d'ennuis.

– Je peux compter sur toi demain matin ? Frais, si possible !

– Pas de problème, mec ! Quelle heure ?

– Onze heures ? Tu passes me chercher à la maison du lac et nous irons ensemble chez Brody.

– Nan… Le mariage se fait dans son bar ? demande-t-il avec étonnement.

– J'ai paré au plus pressé !

Les potes de Liam s'esclaffent de nouveau, pensant certainement que seule l'urgence de me marier avec la femme que j'aime a guidé mes actes.

– Ça me va ! rétorque mon meilleur ami.

Et s'il dit que ça va, c'est que ça va !

Il sera présent ; il n'a qu'une parole.

– À demain, alors ! Bonne fin de soirée !

– Toi aussi ! Profite bien de ta dernière nuit de célibataire ! clame encore Liam en levant sa bière dans ma direction.

Je prends congé avant de faire les frais de leurs conversations salaces.

J'ai du pain sur la planche si je veux que tout soit prêt avant le retour de Chloé !

22

Chloé

Robe : check !

Chaussures : check !

Accessoires pour cheveux : check !

Nuisette : check !

Sous la pression de Belinda et sa fille !

J'ai même pris le temps d'appeler la France pour donner de mes nouvelles, gardant sous silence mon mariage. J'aurais chialé et je n'avais pas l'énergie pour tout leur expliquer !

Bon sang, qu'ils me manquent… J'aurais tellement voulu partager ces moments avec eux, même si c'est pour de faux !

Un faux mariage n'empêche pas de vrais instants de bonheur ! Surtout que tu vas épouser une bombe, susurre une voix dans ma tête.

Voix que je laisse me rassurer, même si elle a fort à faire.

Mais voilà, Tristan et les filles ne seront pas là pour me soutenir ; la vie en a décidé ainsi.

– Jack t'a répondu ? demande Belinda, interrompant le fil de mes pensées.

Elle s'est proposée pour me raccompagner chez mon père et j'ai accepté ; Jack évitera ainsi un déplacement. Elle ira ensuite passer la nuit à Wallaroo, où elle possède sa chambre privative et viendra me rejoindre vers onze heures trente demain pour me coiffer et m'accompagner chez Brody.

– Oui, il m'attend !

Je me demande encore si c'est une bonne idée de passer la soirée avec lui, mais il est trop tard pour reculer.

Je reste silencieuse, tout comme Belinda, jusqu'à ce qu'elle coupe le moteur de son Mini Countryman.

– Ça va aller ? Je te sens triste, d'un coup !

Je soupire. La situation m'attriste, jouer la comédie m'attriste, qu'un homme soit obligé de m'épouser également, ainsi que de devoir dissimuler la vérité à tout le monde, surtout à Belinda, que j'apprécie énormément. Mais bon, là encore, je n'ai pas le choix, je dois nous protéger, Jack et moi, et faire attention à ce que je dis.

Bon sang, quel bordel !

– Ça va passer. Ma mère me manque, c'est tout, avoué-je, ce qui est vrai.

Elle me manque toujours énormément.

– Oh, ma puce… viens là !

Elle tend les bras et je me blottis contre elle quelques instants avant de reprendre de la distance.

– Merci, Belinda… pour tout !

– Je t'en prie… Avec plaisir. Et merci à toi de m'avoir choisie comme témoin.

Nous nous observons, aussi émues l'une que l'autre.

– Je ne pouvais pas trouver plus belle personne pour m'accompagner devant l'officiant. Merci d'avoir accepté !

– Pas de quoi ! Allez, va, *il* t'attend…

Il…

Jack…

J'essuie la larme qui s'est mise à rouler sur ma joue face à la dangerosité de notre situation qui m'apparaît dans ce qu'elle a de plus cru et, après une dernière embrassade, je sors de la voiture, récupère mes emplettes et me dirige vers l'escalier menant à l'habitation. Je jette un dernier regard à Belinda, la regarde faire marche arrière, réponds à son « coucou » et commence à gravir les marches, chaque pas me rapprochant de *lui*.

Mon cœur bat la chamade, mon souffle se fait plus tendu, plus ardu, mon pas, plus lourd.

Dans quoi nous engageons-nous, bon sang ?

Nous allons faire un faux mariage, nous risquons des problèmes, la prison, une lourde amende, que sais-je… Ce n'est pas raisonnable et, encore une fois, je regrette d'avoir entraîné Jack là-dedans. Pour autant, je ne l'ai pas forcé et je lui suis reconnaissante. Grâce à lui, je peux rester et faire aboutir mes objectifs de vente.

Je respire à fond, ouvre la porte d'entrée.

– C'est moi ! m'écrié-je, la voix éraillée par l'angoisse et l'appréhension.

Si Jack avait réfléchi de son côté et changé d'avis…

– Dans la cuisine !

J'entre dans la pièce principale, avance et le découvre derrière le bar.

Les bras m'en tombent !

Il me désigne le tabouret.

– Je t'en prie, prends place !

J'observe la nappe, les bougies, le seau à champagne, la belle vaisselle, les jolis verres… En plus, l'air embaume.

Waouh, a-t-il sorti le grand jeu dans le but de me séduire ?

– Tu t'es surpassé, dis-moi ! J'ignorais que tu savais cuisiner !

Il rit.

– Ah, ah, je suis plein de surprises, mon cœur.

Mon cœur…

Qu'est-ce qu'il me fait ?

S'il joue la comédie, il est bon pour le prix du meilleur acteur. Néanmoins, je me laisse charmer. Jamais personne ne m'a appelée ainsi et le mien n'est pas loin de fondre au son de sa voix emplie de promesses.

Je lui désigne mes sacs.

– Je… je vais poser ça, prendre une douche et j'arrive.

– Parfait ! Champagne ?

– Oui, avec plaisir !

Il me répond d'un sourire et je file.

Une bonne vingtaine de minutes plus tard (je ne pouvais pas faire moins !), je pénètre de nouveau dans la grande pièce, maintenant éclairée de mille feux. La belle lumière des lampes d'appoint se reflète à l'infini sur les meubles en bois clair ; la baie, ouverte sur la douceur extérieure, laisse entrer les effluves d'eucalyptus que j'ai tant appris à aimer. C'est féerique ! Romantique.

Parfait !

Je fais fi de mes remords d'entraîner Jack dans cette situation périlleuse, avance en direction du bar, sous son regard brûlant. Ses traits se tendent, ses iris, de plus en plus noirs, balaient mes courbes, s'attardent sur mes hanches, mon ventre, mes seins. La fièvre me monte au visage, mes joues s'échauffent sous son regard de braise. Je me félicite d'avoir passé cette petite robe noire ajustée.

C'était un très bon choix, car elle semble lui plaire.

Je me hisse sur le tabouret lui faisant face, le regarde remplir nos flûtes de champagne. J'aime l'expression de son visage. J'aime ce que je lis dans son regard lorsqu'il le reporte sur moi.

– Qu'est-ce qu'on fête ? demandé-je, la gorge serrée.

– Notre deal !

Je me raidis.

– Tu t'es vite fait une raison !

– J'ai accepté de t'épouser, Chloé. Tu ne vas pas me le reprocher, tout de même !

– Non, mais… ça me gêne de t'entraîner dans cette histoire, tu risques gros.

– Nous ne risquons rien si nous jouons le jeu ! Ce qui n'a rien de compliqué ! On va juste faire semblant, OK, et tout va très bien se passer.

Il me tend mon verre dont je me saisis, s'empare du sien, le lève ensuite dans ma direction.

– À nous, et à notre faux mariage !

Il prononce ces mots avec une telle sincérité que je ne peux m'empêcher de sourire et de me prendre au jeu, moi aussi. Je n'imaginais pas que ce serait si facile, ni que Jack se prêterait si aisément à cette mascarade, mais après tout, qu'est-ce qui m'empêche de profiter du moment ?

– À notre faux mariage ! réponds-je, noyée dans ses prunelles où danse une flamme ardente.

Je siffle la moitié de mon verre afin de faire taire ma nervosité, le repose. Si j'en crois le sourire qui se dessine sur les lèvres de mon futur époux, mes émotions ne passent pas inaperçues.

– Tu ne m'en veux pas d'être obligé de m'épouser, alors ?

Un sourire énigmatique me répond.

– Je ne t'en ai jamais voulu… J'ai été déstabilisé, c'est vrai, mais j'ai tout de suite vu le bon côté des choses !

– Qui est ?

– Tu verras… Je ne t'en dis pas plus, ce ne serait pas drôle.

– Tu as raison, garde ta part de mystère ! Mais faut

que tu saches que je n'aime pas particulièrement les surprises !

Il boit une gorgée de champagne, tout en me contemplant avec gravité.

– Tu as été servie !

– C'est vrai ! J'en ai eu mon lot ces derniers mois !

– Tu vas aimer les miennes, j'en suis persuadé. Et pour commencer, petits amuse-bouche. J'ai regardé ce que vous aimiez, vous, les Français, ajoute-t-il, en se dirigeant vers le réfrigérateur.

Il en sort une assiette, la pose entre nos verres, me ressert en champagne, puis s'assied.

J'observe l'assiette : bâtonnets de carotte et de concombre, petite coupelle de mayonnaise (du moins, si j'en crois la couleur), radis, Apéricube, fines tranches de saucisson sec.

– Mmm... Très bon choix, monsieur O'Brien ! m'exclamé-je en saisissant une rondelle de saucisson. Comment t'as su ?

– Que tu aimais le saucisson ? Tous les Français aiment ça, non ? Le pain, le vin, le saucisson !

– C'est caricatural, mais je suppose que oui ! En tout cas, moi, j'adore ! Et celui-ci est excellent ! N'oublie pas que nous sommes les maîtres de la gastronomie !

– Tu cuisines ? demande-t-il, avant de s'emparer d'un Apéricube et de le dépiauter.

Avec quelques difficultés, en s'en mettant plein les doigts.

Je me marre, lui en ouvre un second et l'approche de ses lèvres.

– Demande-moi si c'est trop compliqué pour toi...

– OK... Tu ne sais pas dans quoi tu t'engages !

Il saisit mon poignet, approche sa bouche du carré de

fromage, le gobe, puis, sans me quitter des yeux, il glisse ses lèvres sur mes doigts et les suce.

Bon sang, il est si sexy… si hot !

Je me prête au jeu.

D'abord, parce que ses doigts autour de mon poignet m'empêchent de lui échapper et parce que ça me plaît. Le désir rampe sous ma peau. Je me mords la lèvre en observant les siennes englober mes doigts et ma petite culotte s'humidifie lorsqu'il les caresse avec sa langue. Que j'imagine aussitôt sur une autre partie de mon anatomie. Je frissonne, le bouffe des yeux, le souffle un peu court, ne reprenant mes esprits que lorsqu'il me libère.

Il fait claquer sa langue, affiche une expression de contentement, teintée d'une pointe de lubricité.

Et bon sang, ça aussi, j'adore !

– J'ai hâte de goûter chaque infime parcelle de ton corps, mon cœur.

Ma salive se bloque dans ma bouche qui devient aussi sèche que le désert de Gobi tant chaque infime parcelle de *son* corps exsude le sexe.

Il se tend dans ma direction.

– Tu sais de quoi j'ai envie, là, tout de suite ?

– Non… coassé-je.

Il plante ses yeux dans les miens.

– De te poser les fesses sur ce bar, de mettre ma tête entre tes cuisses et de te déguster jusqu'à te faire jouir.

J'écarquille les yeux et m'esclaffe.

– Tu n'as pas le droit de dire des trucs comme ça ! Pas pendant un apéro ! L'apéro, pour les Français, c'est sacré !

– Le sexe aussi, c'est sacré ! rétorque-t-il avec un froncement de sourcil, manifestement déconfit par mon manque de réaction à son évocation érotique.

Ce qui n'est pas le cas : mon sexe pulse de tensions internes, mais je continue de jouer les insensibles pour le rendre dingue, assoiffé et transi de désir.

– Je ne dis pas le contraire, mais il y a un temps pour tout ! Surtout que…

Je prends un bâtonnet de carotte, le trempe dans la sauce et le porte à ma bouche.

– … j'ai faim !

Je croque dans le légume, m'obligeant à l'indifférence.

Il se renfrogne.

– T'es dure !

– Tu n'imagines pas à quel point ! rétorqué-je, découvrant mes dents pour le narguer.

Dents que j'espère vierges de toute trace de sauce, ou je repasserai pour le glamour !

Rhooo, la honte !

Mais si j'en crois son regard affamé sur mes lèvres, puis sur ma langue, lorsque je les lèche tout en le fixant sans sourciller avec convoitise, je crois que je suis sur la bonne voie !

Il me regarde intensément.

– Le sexe te dégoûte ?

Je hoquette de surprise tout en tentant d'éviter que mes joues prennent feu.

En vain.

Bon sang, je devrais peut-être lui dire que j'ai un problème avec les hommes et le plaisir avant qu'il me passe la bague au doigt !

Je prends une grande inspiration.

– Je ne dirais pas ça, mais…

Ses iris fouillent les miens, attendant la suite.

– Mais ? m'encourage-t-il.

– Tous les hommes avec lesquels j'ai couché, sans

exception, ont échoué à me faire jouir ! avoué-je, une note de défi dans la voix.

Défi de se moquer de moi, autant que de réussir là où les autres se sont cassé les dents.

– Ça veut dire que tu envisages de coucher avec moi ?! Tu m'en vois ravi !

– C'était le cas ! Avant… Maintenant, je ne sais plus !

– Mais si, tu sais ! susurre-t-il de sa belle voix grave. Tu sais que tu seras incapable de me résister, parce que je suis irrésistible.

– Tu es surtout très arrogant !

Il me fait un clin d'œil.

– Ça fait partie de mon charme…

– Si tu le dis ! Voilà, je voulais que tu le saches, pour démarrer notre union sous les meilleurs auspices. Même si elle est bidon !

Je m'interromps quelques secondes afin de lui laisser le temps de me contredire, mais ne voyant rien venir, j'ajoute :

– Et si toi, de ton côté, tu as des squelettes dans le placard, c'est le moment de m'en parler !

Ses iris virent au noir.

– Non, pas de squelettes, mais un passé compliqué !

– Raconte-moi…

Il me désigne l'assiette, esquive :

– Tu as fini ?

Mince… Il n'a pas perdu cette habitude de se refermer comme une huître !

– Oui, merci ! Nous pourrions nous poser des questions, enchaîné-je, alors qu'il se lève pour verser le reste de l'apéro dans une boîte et la ranger dans le réfrigérateur. Ça nous permettrait de nous préparer à l'interrogatoire des services de l'état civil et de faire plus ample connaissance. C'est bien ce que tu voulais, non ?

– Pas de cette manière, mais soit ! Va pour tes questions !

Tandis qu'il me tourne le dos pour remplir nos assiettes avec la suite du menu, je m'empare de mon téléphone abandonné au bout du bar, le déverrouille et lance une recherche Google.

– On continue au champagne, ou tu veux que j'ouvre une bouteille de vin ?

Je lève les yeux, l'observe avec attention.

La flamme des chandelles moire ses cheveux bruns, ourlant ses mèches de reflets dorés, ainsi que ses prunelles lorsqu'il les reporte sur moi en déposant mon assiette. Sa beauté me prend aux tripes et mon cœur fait le yo-yo quand il me décrit ce qui s'y trouve. Je n'ai rien compris et, à la vérité, je m'en tape, je ne vois que lui, je n'entends que lui.

Je m'éclaircis la gorge, le remercie et réponds à la question posée.

– Champagne, ce sera parfait ! Je ne bois pas de vin, ou très peu, et très rarement. Et toi ?

– J'apprécie les bonnes choses et le vin en fait partie, mais comme toi, aujourd'hui, je bois peu.

Il nous ressert, puis s'empare de ses couverts et attaque sa viande.

Je pose mon téléphone, l'imite. Comme lors du barbecue, la cuisson est parfaite et la viande juteuse et succulente. Nous mangeons en silence, nous dévorant des yeux. J'ignore à quoi il pense en cet instant, mais moi, je trouve que ce moment est juste… parfait ! Je m'astreins pourtant à l'indifférence, demande :

– Tu es prêt pour le questionnaire ?

– Vas-y !

– Je te conseille de prendre des notes !

Je pique un légume grillé, le fourre dans ma bouche.

– Mmm, excellent ! Tu es vraiment doué en cuisine ! déclaré-je, après avoir avalé ma bouchée.

– Et pas qu'en cuisine, chérie !

– Je m'y attendais à celle-là !

– Tu m'as tendu la perche !

– Tout à fait, Thierry !

Il hausse un sourcil encoléré.

– Thierry ? C'est qui, ce gars ? Ton ex ?

Je ne peux m'empêcher d'éclater de rire à ma connerie.

– C'est un truc de Français, t'inquiète ! le rassuré-je. Je sais encore comment tu t'appelles !

– J'espère bien ! Que tu ne te trompes pas de prénom quand je te ferai jouir !

Je souris, me moque gentiment :

– Et c'est reparti ! Tu ne penses donc qu'à ça ?

– Pourquoi, pas toi ?

– Euh, là, tout de suite, non !

– Menteuse !

– Si tu veux, éludé-je.

Je lève le doigt pour capter son attention :

– Première question, ton heure de naissance ! Dis-moi plutôt ta date de naissance ! L'heure, on s'en fout un peu…

– 12 mai 1994, et toi ?

– 14 juin 1997 !

Il me fait un clin d'œil.

– Je le note !

– Ta ville de naissance, enchaîné-je.

– Taupo !

– Paris ! L'âge auquel tu as quitté le cocon familial ?

– 18 ans ! Et je ne peux pas à proprement parler d'un cocon ! grimace-t-il. Et toi ?

– Il y a huit mois !

– Sérieux ?

– Oui ! J'ai vécu avec ma mère jusqu'à son décès. Pourquoi t'es parti ?

Il plonge ses iris dans les miens, comme s'il sondait mon âme, prend une profonde inspiration. Mon souffle accélère à la pensée qu'il va enfin se confier.

– Mon père, comme tu as pu le constater, est quelqu'un de difficile à vivre, et c'est un euphémisme. Il est égoïste, exigeant, intransigeant. Et il lui arrivait d'être violent. Surtout envers moi. Pour m'endurcir, selon lui… C'était pour mon bien s'il me frappait, et évidemment c'était ma faute. Parce que je le méritais. Un jour, j'en ai eu marre, je me suis barré et je suis venu trouver James que je connaissais de réputation et que mon père critiquait. Il ne pouvait pas le blairer ! Mon père déteste les gens qui lui paraissent supérieurs et James l'était, à bien des égards. Ma mère avait déjà tendance à noyer ses désillusions dans l'alcool, son addiction s'est aggravée après mon départ. Dès que j'ai perçu mes premiers salaires, je l'ai encouragée à quitter mon connard de père et je l'ai installée dans une petite location, en ville. Quant à moi, je suis resté chez ton père, où je logeais déjà. Je crois qu'il avait autant besoin de ma compagnie que moi de la sienne. L'addiction de ma mère s'est envenimée avec la solitude, même si je lui rendais visite tous les week-ends. J'ai essayé de la faire soigner, mais… elle s'est ouvert les veines… dans son bain… et c'est moi qui l'ai trouvée…

Je pose ma main sur la sienne, assommée par ses révélations qui me font mal.

– Oh… Jack… Comme tu as dû souffrir…

– Je me suis senti responsable, ajoute-t-il, les yeux brillants.

– Ce n'était pas ta faute. Tu as fait tout ce que tu as pu pour la protéger de ton père et pour l'aider à se sortir d'un mariage qui la détruisait, très certainement.

Il se racle la gorge, détourne le regard, souffle :

– Je n'arrête pas de me dire que si je n'étais pas intervenu, elle serait peut-être encore en vie.

Il paraît si seul en cet instant, si démuni et si vulnérable, que mon cœur se serre.

Je comprends qu'il ne laisse pas facilement les gens l'approcher. Certainement parce qu'il n'a pu compter que sur lui-même lorsqu'il était enfant, entre une mère malade et un père violent. Lorsque l'on a tant souffert, on ne donne pas sa confiance facilement, c'est une question de survie.

– Tu l'ignores. Tu ne pouvais pas la protéger d'elle-même.

Il reporte ses prunelles sur les miennes, me dévisage comme il sait si bien le faire, ardemment.

– Tu es unique, tu sais ça ?

Je sens mes joues rosir.

– Euh… je ne crois pas, mais c'est gentil de me le dire !

– Je le pense, Chloé. Sincèrement…

– En tout cas, merci…

– Pour ?

– Pour t'être confié. Ça compte pour moi, et… ça m'aide à mieux te connaître et te cerner.

– Pour moi aussi, ça compte…

Je lui souris avec tendresse et mon cœur s'affole lorsqu'il en fait de même.

J'étais loin d'imaginer qu'il se laisserait aller à des confidences si intimes, même pour que l'on se connaisse davantage, et oui, ça me touche. Il n'y était pas obligé, mais il l'a fait. Parce que, malgré tout, il me fait confiance et accepte de se livrer. Enfin… c'est ce que je crois.

– Continue ! ordonne-t-il, son moment de faiblesse visiblement passé.

– OK…

Je reporte mon attention sur mon portable, lis :

– Marque de ta première voiture ?

– Un vieux Range !

– Nan ! Le vieux tacot orange tout rouillé ?

– Lui-même ! Et toi ?

– Je n'en ai jamais eu !

– Jamais ? insiste-t-il, étonné.

– Jamais ! Je te l'ai dit, nous n'avions pas beaucoup de moyens, ma mère et moi. Question suivante, enchaîné-je, l'âge de ton premier rapport sexuel.

Merde…

J'aurais pu la lire avant, celle-ci !

– Tu n'es pas obligé de répondre, ajouté-je rapidement. Je doute qu'un agent du gouvernement nous pose la question !

– Ça ne me gêne pas, et toi ?

– Moi non plus ! J'avais 16 ans. Avec le frère de ma meilleure amie, plus âgé que moi de deux ans. C'était nul ! Je pensais que c'était normal, une première fois l'est toujours certainement un peu. Je n'étais pas amoureuse, mais il me plaisait. Il a joui. Pas moi ! Puis il m'a ignorée. J'ai compris ensuite que c'était moi qui avais un problème !

– T'es tombée sur des nases !

– Je l'ignore… Je pense surtout que je n'arrive pas à lâcher prise. Et que je ne fais pas confiance aux hommes, en raison de mon père, je suppose.

Peut-être qu'avoir fait la paix avec lui et lui avoir pardonné m'aidera également à me laisser aller, ça aussi, je l'ignore.

– Ou alors, comme tu l'as dit toi-même, tu n'étais pas amoureuse. Pas suffisamment, du moins.

– Ouais, j'en sais rien, éludé-je, ne voulant pas m'attarder davantage sur le sujet. Et toi, alors ?

– 15 ans ! Avec une fille de ma classe. C'était pas mal, achève-t-il, le regard rêveur, le sourire aux lèvres. Elle était la plus belle fille du lycée, tous les garçons lui tournaient autour et…

Je lève la main.

– OK, ça va, épargne-moi les détails ! grogné-je, dépitée (c'est vraiment pas une bonne idée, ces questions !). Hum… question suivante : ton film culte ?

Son sourire s'élargit.

Il joue avec mes nerfs, le salaud !

– *Le Seigneur des anneaux* !

– Bon sang, moi aussi ! m'exclamé-je pourtant, ravie de ce point commun. Et pareil pour le livre, je l'ai lu au moins trois fois.

Il avoue que lui aussi et nous discutons pendant deux heures de ce chef-d'œuvre littéraire, en plus de répondre à d'autres questions en prenant des notes. Mais sans cesse, Jack tente de remettre sur le tapis mon problème d'orgasme, ou plutôt de non-orgasme. Le sujet le perturbe. Je crois qu'il flippe ! Nous découvrons que nous n'avons pas, ni l'un ni l'autre, le sens de l'humour. Certainement parce que nous avons souffert et que le passé nous fait encore souffrir.

Nous débarrassons et, après un dernier café, nous montons rejoindre nos chambres.

J'ouvre la porte de la mienne, lui fais face.

– Merci pour cette excellente soirée, j'ai vraiment passé un bon moment.

Il appuie son avant-bras sur le chambranle, soude ses

iris aux miens. Et sans le moindre mot, il s'empare de ma nuque et m'attire à lui jusqu'à ce que nos visages soient si proches l'un de l'autre que nos souffles se mélangent. Mon ventre s'enflamme, l'attente de son baiser me dévore, le désir fait flamber toutes mes terminaisons nerveuses en même temps, à tel point que mon corps crépite de toute part. Et quand enfin, après d'interminables secondes durant lesquelles il sonde une nouvelle fois mon âme, il pose ses lèvres sur les miennes, j'en retrouve avec extase le velouté, la douceur, mais aussi l'exigence.

Je gémis et m'agrippe à son poignet lorsqu'il rompt notre baiser et prend de la distance.

Non… encore…

Je veux que ce baiser dure et dure encore.

Je ne veux pas qu'il me quitte, je veux passer la nuit dans ses bras et discuter jusqu'aux aurores.

Il redescend son bras.

Nos doigts glissent les uns sur les autres. Il s'empare de ma main, en embrasse la paume tout en continuant de me dévisager et, *bon sang*, le contact de ses lèvres sur ma peau résonne jusque dans mon entrejambe.

– Merci à toi. Bonne nuit… chérie !

Je le retiens par la main, cédant à mon attirance.

– Et si je te demandais de rester avec moi cette nuit ?

Un sourire malicieux étire ses lèvres.

– Je te répondrais : « Pas avant le mariage, enfin, jeune fille ! » Ce ne serait pas convenable !

– Ha ha, telle est prise qui croyait prendre ? Tu joues avec mes nerfs, Jack !

Il avance, me fait un baiser au coin des lèvres.

– Exactement comme toi ! Fais de beaux rêves, ma douce…

– Toi aussi, réponds-je, avant de me reculer à l'intérieur de ma chambre et d'en refermer la porte, en souriant comme une idiote.

Nous jouons le même jeu pervers de celui qui fera succomber l'autre, et je ne peux nier que ça me plaît. Mais bon sang, j'étais à deux doigts d'encore le supplier de me baiser !

23

Jack

– Qu'est-ce qu'elle fout, bordel ?

– T'énerve pas, elle va arriver !

Depuis un bon quart d'heure, Liam tente de calmer mon humeur de bouledogue, sans succès, je tourne en rond comme un lion en cage. Je déteste attendre, ça me fout en rogne ! Et je hais les gens en retard, les estimant dénués du plus élémentaire respect de l'autre… Je pensais Chloé différente des autres meufs… à moins que…

Mes entrailles se serrent.

Notre union a beau s'avérer un mariage blanc, je crois que je serais blessé dans mon orgueil et sacrément déçu qu'elle refuse mon offre de porter mon nom ! Pas plus aujourd'hui qu'hier je ne tolérerais de la voir expulsée ; j'aurais le sentiment que James, par-delà la mort, me maudirait.

– Arrête ! Tu vas finir par creuser une tranchée dans le sol ! grogne encore mon meilleur ami.

Je m'oblige à stopper ma déambulation impatiente, me campe devant l'autel improvisé et noue mes doigts pour les empêcher de trembler.

L'énervement, sans doute…

Quoi d'autre…

Afin de tromper ma nervosité, j'observe l'officiant du mariage – la cinquantaine, cheveux grisonnants, costard cravate – qui, de l'autre côté de la table, range ses papiers. Pour la millième fois ! Il reprend sa position initiale, me fait face :

– Ne vous inquiétez pas, elles viennent toujours !

Qu'est-ce qu'il en sait, lui ?

Chloé n'est pas une femme comme les autres !

Pourquoi je me suis mis en tête de la protéger, bordel de merde ?! Contre mon père, mon pays… Je vais me retrouver dans la merde et je l'aurai bien cherché ! En outre, ce petit problème qu'elle m'a dit avoir avec les hommes ne cesse de tourner dans ma tête ! Je veux savoir pourquoi, comment… Ouais, bon OK, je veux surtout savoir si je suis meilleur que tous ses autres mecs et si je vais, moi, réussir à la faire jouir !

J'oublie mes idées classées X sur la façon dont je vais pouvoir la faire décoller et grimper aux rideaux pour me concentrer sur la déco de la seconde pièce du restaurant de Brody, qu'il utilise rarement – la principale suffit – et qu'il a privatisée pour l'occasion.

Il a fait les choses bien !

Aidé par ses serveuses, je suppose !

Une table ronde joliment décorée et dressée pour huit personnes trône au centre et des ballons blancs ont été collés aux murs. Les grandes baies laissent entrer la lumière de ce milieu de journée très ensoleillé.

Mon ventre grogne lorsque des effluves alléchants me proviennent de la cuisine attenante.

En plus, j'ai la dalle !

Et je suis cramé, n'ayant réussi à dormir que quelques heures.

– Tout va bien se passer, Jack, elle va arriver ! Les femmes se font désirer, c'est dans leurs gènes !

Je grommelle.

C'est ça, ouais ! J't'en foutrais !

Elle va m'entendre.

Jamais une femme ne m'a autant torturé, elle me rend dingue ! Et ça, depuis qu'elle est entrée dans ma vie ! Depuis ce putain d'aéroport ! Je n'arrive plus à rien, il n'y a qu'elle, elle, et encore elle ! À croire qu'elle m'a jeté un sort ! Je n'y comprends rien, j'ignore pourquoi elle m'obsède à ce point. Qu'a-t-elle de plus que les autres ? Je me pose souvent la question, sans découvrir la moindre once de début de réponse. Parce qu'elle est la fille de James ? Je reporte sur elle l'attachement et l'affection que j'éprouvais pour lui ?

Putain, j'en sais rien… Elle est entrée dans ma vie depuis peu et, pourtant, j'ai le sentiment de la connaître depuis toujours ! Ce qui, finalement, est la réalité, puisque James me parlait souvent d'elle, mais là, je suis largué ! Et inquiet ! Elle me fait du rentre-dedans pour que je la saute, je refuse, et quand je lui fais entendre que bientôt, elle sera à moi, elle se défile. Bien qu'hier soir, si j'avais un peu insisté, je croie que nous aurions fini dans le même lit, histoire de consommer ce mariage avant même qu'il soit célébré.

Mais je me suis retenu !

C'est con, mais je ne me sentais toujours pas légitime. J'aurais eu l'impression de trahir James en couchant avec elle avant d'officialiser notre union ! Bizarre pour un type qui ne s'encombre pas de ce genre de scrupules habituellement, j'en conviens. Cette reconnaissance à l'égard de mon mentor continue de me coller comme une seconde peau et surtout, mais surtout, il n'y a qu'une seule Chloé !

Aussi, je la baiserai si, et seulement si, elle devient ma femme !

Et si elle le désire !

Je regarde ma montre : vingt minutes de retard !

Putain, elle va m'entendre !

Je suis prêt à dégainer mon téléphone pour lui foutre une sonnée lorsque, soudain, les premières notes d'une musique s'élèvent. Une musique que je reconnais, une chanson d'amour traditionnelle : « Pokarekare Ana ».

Je me tourne en direction de l'entrée, le bide en vrac, ému comme jamais pour, les yeux écarquillés, découvrir ma future femme sur le seuil de la pièce. Sublime. Irréelle. Belle à se damner. La robe ivoire chatoyante sans manches, au col en V et à la petite traîne, sublime sa silhouette de sirène et elle doit sûrement porter des hauts talons, car elle est presque aussi grande que moi. Un voile transparent couvre l'échancrure entre ses seins, mais même d'ici, j'en perçois le galbe et peine à m'en détacher. Une dentelle ajourée souligne la finesse de sa taille et une partie de ses longs cheveux blonds est rassemblée vers l'arrière tandis que le reste tombe libre sur ses épaules.

Je n'ai jamais vu une mariée aussi belle, et ma gorge se serre à la pensée que cette femme sera bientôt mienne. Même si c'est pour de faux…

Tandis que je reste comme un con transformé en statue, Mike s'empresse d'aller l'accueillir. Elle lui adresse un sourire lumineux bien qu'un peu crispé lorsqu'il s'incline vers elle en lui tendant la main. Main qu'elle accepte avant de me faire face. Nos iris se soudent pour ne plus se lâcher alors qu'elle se dirige vers moi sous les voix de ténor de la chanson :

« Ka mate ahau i te aroha e […]
Ko taku aroha, mau tonu ana e
E hine e, hoki mai ra
Ka mate ahau i te ahora e »

(« Je meurs d'amour
Mon amour pour toujours
Fille, reviens
Je meurs d'amour »)

Je ne peux empêcher l'émotion de me vriller les entrailles sur ces dernières paroles, reprises en chœur par Liam, Brody et les gars de Wallaroo.

Quand ils arrivent devant moi, Mike me tend la main de Chloé et, putain, dans ma tête et dans mon bide, c'est le bordel, je suis mort de trouille.

Je remercie pourtant l'avocat d'un signe de tête, m'empare de la main de Chloé et dépose un baiser sur le bout de ses doigts, décidé à jouer mon rôle à la perfection afin que personne ne se doute de la supercherie. Sinon, nous sommes morts ! Chloé frémit au contact de mes lèvres, sa main tremble légèrement et elle paraît aussi paumée que moi, et aussi soucieuse. Toute colère envolée, je lui souris et, ensemble, nous nous tournons vers l'officiant.

– Nous sommes réunis en ce jour pour unir cette femme, Chloé Fayard, à cet homme, Jack O'Brien.

J'ai soudain envie de prendre mes jambes à mon cou. *Ne suis-je pas sur le point de commettre la plus belle erreur de toute ma vie ? Je risque une grosse amende, la prison, mon père pourrait nous dénoncer… Bordel de merde…*

Je glisse un regard vers Chloé qui, j'ignore pourquoi, en cet instant, tourne son beau visage dans ma direction et plutôt que de fuir la situation, de *la* fuir, je reste prisonnier de ses magnifiques prunelles océan. Elle semble avoir retrouvé une certaine sérénité. Elle a raison : nous avons enclenché le processus pour de bonnes raisons – en ayant chacun les nôtres –, alors nous allons nous y tenir. Jusqu'à la fin ! En nous efforçant d'être convaincants.

Je saisis sa main, entrelace nos doigts en la contemplant ardemment et récupère le fil de la cérémonie.

Après les formalités d'usage, l'officiant nous invite à nous faire face.

Mon appendice cardiaque frappe davantage contre mes côtes lorsque je contemple la femme qui va devenir la mienne pour un an.

Une éternité, selon moi.

Bah… je verrai bien !

Faut juste que j'oublie la corde au cou, les obligations, les devoirs, mais en plongeant dans les sublimes prunelles de ma promise, je comprends, en un battement de cœur, que je suis prêt à tout, définitivement, pour cette femme, y compris me mettre en danger et l'épouser pour de faux.

Je lance un regard entendu à Liam, qui s'approche, les mains dans les poches.

– Mademoiselle Fayard, consentez-vous à prendre pour époux M. Jack O'Brien ici présent ?

La voix de Chloé s'élève, claire mais légèrement chevrotante :

– Oui, je le veux !

Elle s'empare de l'anneau que lui tend mon meilleur ami et, les joues rosies par l'émotion, le glisse à mon annulaire gauche.

L'officiant se tourne alors vers moi, tandis que mon cœur se met à battre comme un taré.

Encore une fois, j'ai envie de me barrer, mais je résiste.

– Monsieur Jack O'Brien, consentez-vous à prendre pour épouse Mlle Chloé Fayard ici présente ?

Les mots se meurent dans ma trachée.

– Monsieur O'Brien ?

J'écarquille les paupières, inspecte l'officiant comme si je le découvrais.

– Vos vœux, monsieur ! ajoute-t-il alors que des raclements de gorge se font entendre.

Je reporte mon attention sur Chloé.

Je pourrais presque entendre les battements effrénés de son palpitant, en accord avec le mien. Ses traits sont d'une gravité insoutenable, teintée de peur, ses yeux s'humidifient et, soudain, je me souviens pourquoi je suis là, et pourquoi je le fais.

Ma voix s'élève à son tour, légèrement éraillée :

– Oui, je le veux !

Je prends l'anneau de la main de Liam, le glisse à l'annulaire gauche de Chloé (j'ai emprunté l'une de ses bagues qu'elle avait laissée traîner dans la salle de bains pour modèle et suis tombé pile-poil).

Putain, c'est fait !

– Par les pouvoirs qui me sont conférés, continue l'officiant, je vous déclare mari et femme ! Vous pouvez vous embrasser !

Chloé fait un pas, le visage levé vers moi. La lueur dans ses iris, que je ne comprends pas, me réchauffe pourtant. Je mets mes mains en coupe autour de son visage, approche mes lèvres des siennes. À l'instant même où elles se soudent en un tendre baiser, des applaudissements et des cris emplissent la pièce.

Je romps notre baiser, contemple Chloé.

J'ignore ce qu'elle ressent, mais pour ma part, je dois reconnaître qu'étonnamment, un sentiment assez proche de la félicité me submerge. Je passe mon bras autour de ses épaules, la presse contre mon corps et embrasse le haut de sa tête.

Je crois même que je souris comme un gros benêt.

Mes doigts soudés ensuite à ceux de ma femme, je me prête au jeu des embrassades et des félicitations d'usage et me surprends également à aimer ça. Comme j'aime sentir Chloé à mes côtés. Chloé qui ne cesse de me contempler comme si, tout comme moi, elle s'étonnait de la situation. Et s'étonnait, si j'en crois son sourire radieux, d'y prendre du plaisir.

L'officiant est le dernier à venir nous serrer la main et nous féliciter.

Il me tend une pochette noire :

– Tenez, les papiers officiels de votre mariage.

Mike s'en empare avant même que je lève la main.

Il nous fait signer les registres d'état civil, l'acte proprement dit et, sur un regard entendu, quitte la pièce pour, comme convenu, se mettre sans attendre en relation avec son contact de l'Immigration ou je ne sais qui pouvant intercéder en notre faveur. Je prie intérieurement pour que notre plan fonctionne.

Brody nous invite ensuite à nous mettre à table en nous la désignant du bras.

J'entraîne Chloé vers sa chaise, la recule pour qu'elle s'installe.

Elle lève de nouveau les yeux vers moi.

– Merci…

Je ne réponds rien, ému, et prends place à ses côtés.

Elle pose la main sur ma cuisse, se penche vers moi, me sourit et murmure :

– Je savais bien que derrière ce masque de mec mal embouché se cachait un romantique !

Je pose mon bras sur le dossier de sa chaise et me penche à mon tour.

– Dans tes rêves, chérie ! murmuré-je à son oreille.

Elle me sourit tandis qu'une flamme de défi danse

dans ses prunelles.

– Mes rêves sont nombreux, Jack, méfie-toi !

– Je suis prêt à relever le défi, mon cœur ! Ça me va ! affirmé-je en glissant mes doigts sur la peau de son épaule nue.

– Je crois que ça me va aussi, monsieur O'Brien !

Je saisis sa nuque entre mes doigts, attire son visage à moi et m'empare de ses lèvres. Goulûment. Ardemment. J'y mets de la passion. Je me prends au jeu et Chloé manifestement aussi, puisqu'elle passe son bras autour de mon cou et se hisse à moitié sur moi pour profiter pleinement de notre étreinte. Ma bite s'enflamme aussitôt et je regrette que nous soyons entourés d'amis. Si ça n'avait pas été le cas, j'aurais eu tôt fait de la basculer sur la table, de relever sa robe, d'arracher sa petite culotte et de m'enfoncer en elle jusqu'à la garde.

Bordel de merde…

Je retiens de justesse un gémissement, mais je crois que Chloé n'est pas dupe. Elle semble surtout dans le même état que moi si j'en crois la façon dont elle presse ses seins contre mon torse.

Faut qu'elle arrête ou je l'enlève pour aller la baiser dans ma bagnole !

Je finis par me détacher de ses lèvres avant de mettre en pratique mes pensées salaces et c'est à bout de souffle et un peu paumé que je reprends mes distances, tandis que des applaudissements et des plaisanteries de toutes sortes se font entendre.

Je croise le regard de Chloé, manifestement aussi déboussolée que moi, et le magnifique sourire qu'elle m'adresse achève de me faire défaillir. Mes reins se gorgent de désir, ma bite se tend davantage et je donnerais tout ce que je possède, même si c'est peu, pour qu'elle l'empoigne et me soulage de cette tension insupportable.

Je pense alors qu'il est grand temps que je baise ou je vais finir par imploser de frustration et, si j'ai le choix, je préférerais que ce soit dans le corps de ma belle épouse. J'ignore si Chloé partage mes inclinations, mais son sourire en coin et ses iris brillants emplis de promesses me mettent au supplice tandis qu'elle me donne un baiser et reprend une position décente.

Je me retiens de relever sa robe, de glisser les doigts sur sa peau nue pour atteindre le petit paradis qu'elle possède entre les cuisses, mais je suis dans un tel état d'excitation que ce n'est pas dit que je ne succombe pas à la tentation à un moment ou à un autre, surtout que, cachés par la nappe, mes doigts passeraient inaperçus.

L'envie ne me quitte pas tout le long du repas alors même que je fais mon maximum pour converser avec Liam, assis à côté de moi, ainsi qu'avec les autres convives, installés autour de la table. Mais quoi que je fasse, quelle que soit l'énergie que je déploie pour paraître détaché, la présence de Chloé à ma gauche me brûle. Elle brûle ma peau et, ma combustion bien avancée, il en faudrait peu pour que je m'enflamme tout à fait, la charge sur mon épaule et l'emmène à la maison de James pour la baiser. Encore et encore. Ce qui nous reste du jour, et toute la nuit ! Je veux me perdre en elle et oublier jusqu'à mon nom. Je veux surtout oublier que je me suis laissé prendre au piège, sciemment, et que sa présence me plaît un peu trop.

Je reviens à la réalité et chasse les envies de luxure qui ont un peu trop tendance à envahir mon cerveau depuis que Chloé est devenue ma femme lorsque Liam se dresse, après m'avoir frappé violemment l'épaule.

– Nan… pas encore ! grogné-je.
– C'est la tradition, mec, tu n'y échapperas pas !
– Encore un haka ? demande Chloé.
Je lui réponds d'un regard blasé mais, à la vérité, si je sonde mon cœur, je suis heureux de la revendiquer devant les autres hommes. Je veux montrer à tous qu'elle est à moi, et rien qu'à moi ! Encore une fois, je me surprends – et cela me surprend encore plus – à avoir envie de jouer le jeu et à vivre ce moment à fond.
– Lève-toi ! l'incité-je, la prenant par le coude tout en me mettant debout.
Les gars se rassemblent et nous font face, suivis des femmes, sur le côté, entraînées par Belinda – assistée des serveuses. Liam s'empare d'un bâton et avance d'un pas. Subitement, il réalise une fente avant en élevant son arme, pousse un beuglement de stentor, tire la langue et roule des yeux, le visage déformé par l'envie d'en découdre[1]. Le haka lui va décidément comme un gant à ce diable d'Écossais ! On dirait qu'il a fait ça toute sa vie. Après de nombreux cris et grimaces, il continue de brailler tandis que les autres se préparent à l'affrontement virtuel en secouant les mains et soufflant comme des bœufs. Ils sont impressionnants.
L'énergie se déverse dans mes veines ; le Maori, en moi, se réveille, mes ancêtres maternels grondent dans mes entrailles. Une envie viscérale prend possession de mon être ; je me dois de revendiquer ma femelle face à ces hommes qui la désirent et qui sont prêts à me la ravir. Je me le dois, et je le ferai ! Je n'imagine pas les choses autrement, surtout lorsqu'ils viennent grimacer et brailler sous mon nez comme des brutes en se frappant la poitrine, soutenus par les femmes qui, elles, me font les yeux doux.

1. Vous pouvez regarder un *wedding haka* sur YouTube, c'est impressionnant et très émouvant.

Ils ne sont pas nombreux, mais qu'est-ce qu'ils gueulent ! Leurs vociférations emplissent la pièce, font trembler les vitres. Je jette un coup d'œil à Chloé et m'émeus de la découvrir les yeux brillants. Quelque chose de doux s'enroule autour de mon cœur, quelque chose que je ne reconnais pas pour ne l'avoir jamais éprouvé pour une autre femme que ma mère. Quelque chose qui renforce ma détermination à me battre pour elle et à la gagner.

Elle me rend mon regard et je sais !

Je sais que, pour cette femme, je suis prêt à tout ! Je l'étais déjà, mais je n'en avais pas à ce point conscience ; l'évidence me percute à la manière d'un boomerang.

Je lui adresse un clin d'œil, fais tomber ma veste et roule mes manches de chemise tandis que les zozos que je m'apprête à affronter continuent leur petit numéro d'intimidation. Les femmes se taisent. Je vais entrer en scène. Mon cœur accélère. J'ai pratiqué mille fois le haka, au sport, à l'école, lors de fêtes entre potes lorsque j'étais plus jeune, mais celui-ci sera le premier vrai haka ! Mon *wedding haka* ! Tout un symbole, mais d'une importance capitale pour nous, les Maoris.

Mon ventre gronde, mes reins s'enflamment sous l'action de la testostérone qui se déverse à flots dans mes veines.

Je saute par-dessus la table – j'étais le meilleur en athlé ! – et me mets aussitôt en position de guerrier, les jambes écartées, les genoux pliés, les mains en avant. Comme les hommes quelques minutes plus tôt, je tire la langue, roule des yeux et les affronte alors qu'ils continuent de se frapper la poitrine et avancent, en vociférant les paroles traditionnelles.

Un violent « arghhhh », langue tirée, émerge du plus profond de mes tripes et sort de ma gorge. Mon cri de guerre résonne contre les murs, se répercute dans l'air. J'avance en me frappant la poitrine, mes *cris de guerre* repris en chœur par mes rivaux. C'est acharné, animal, mais, putain, ce que c'est beau ! Mon cœur pulse à mille à l'heure, l'émotion me submerge.

Les femmes s'en mêlent et, à ma grande surprise, Chloé les rejoint et, face à elles, les imite. Elle lève les bras en gueulant du yaourt, me revendique et, bordel, c'est couillu. Tellement couillu que mes entrailles répondent en frémissant de plus belle. Nos regards se croisent. Je gonfle les joues. Elle en fait de même et je manque éclater de rire tant je la trouve, en cet instant, irrésistible et craquante dans son envie de respecter mes traditions. C'est le plus merveilleux cadeau qu'elle pouvait me faire.

Je refais face aux hommes, continue mon intimidation, le cœur gonflé de fierté, lorsque soudain mes rivaux cessent leur provocation, me reconnaissant comme le grand vainqueur.

J'ai gagné ma femme !

J'ai gagné le droit d'être avec elle ! Et de la chérir.

Je suis incapable de décrire avec des mots ce que je ressens, c'est incommensurable, totalement inédit. Ce que je peux dire, en revanche, c'est que je me sens léger. J'ai le sentiment de flotter dans l'air, mais d'être ancré. De m'être trouvé. De m'être dépassé. J'en ai bavé dans la vie, mais je crois que j'accepterai mille fois pire pour revivre ce moment.

Une joie intense m'enveloppe lorsque je pose le front sur celui de Liam en le prenant aux épaules.

Mon ami, mon frère… merci…

Mes yeux s'emplissent de larmes. Je ne les laisserai pas couler, je ne pleure jamais, mon père a tué cette capacité à tout jamais.

J'en fais de même avec Brody, puis les autres : Doug, Bruce, les potes de Brody venus en renfort. Puis je tends la main vers ma mariée dans une invitation muette. Elle redresse le menton, plonge ses iris dans les miens et avance vers moi. Son magnifique sourire lorsqu'elle me rejoint et noue ses doigts aux miens est ma plus belle récompense. Je l'attire à moi, la reçois contre mon corps et l'enlace à l'étouffer.

– T'es à moi maintenant ! grondé-je avant de me jeter sur ses lèvres.

Elle répond à mon baiser enfiévré et je crois qu'à cet instant, je suis le plus heureux des hommes.

24

Chloé

Bon sang, qu'est-ce qui m'arrive ?

Blottie dans les bras de Jack, je réponds avec passion à ses baisers, encore et encore, le cœur étreint d'une émotion sans pareille. Son « Tu es à moi maintenant » murmuré de sa belle voix grave et rocailleuse m'a enflammée plus que de raison. Ce mariage m'a projetée dans une autre dimension ! Une dimension où l'homme que j'ai épousé m'a revendiquée devant ses pairs en grondant et feulant comme une bête, mais j'ai trouvé ça si sexy que mon ventre s'est animé d'un violent désir pour lui. Un désir qui ne veut pas s'éteindre. Jamais je n'ai désiré un homme avec une telle force. Jamais je n'ai désiré, avec une telle fièvre, qu'un homme me prenne et me fasse sienne. Me possède. Corps et âme.

Je le désire tellement que j'ai l'espoir de ressentir du plaisir entre ses bras.

Je rêve de lui depuis tellement longtemps, j'ai tellement envie de lui, qu'il ne peut en être autrement. Ou alors, c'est que je suis irrécupérable.

Jack se détache de moi et je souris comme une débile, le cœur débordant de quelque chose qui va bien au-delà de la reconnaissance. Quelque chose que je refoule tout au fond de moi alors même que, d'un bras dans mon dos, il me colle à lui, puis fait face aux autres en levant son bras libre.

– Que le champagne coule à flots !

Les serveuses apportent une fontaine à champagne et Brody fait péter les bouchons. Une fois les coupes remplies, il nous donne les nôtres. Jack s'approche de moi, brandit sa coupe dans ma direction.

Je hausse un sourcil.

– Une autre de nos traditions. Enroule ton bras autour du mien.

Je m'exécute. Et quand je le vois porter la coupe à ses lèvres, je l'imite, sous les acclamations. Les yeux dans les yeux, nous buvons, jusqu'à la dernière goutte. Mon verre terminé, je le balance derrière moi après m'être assurée de n'éborgner personne.

Jack s'esclaffe.

Je crois que mon côté un peu fofolle, qui me surprend moi-même, le ravit.

– Une tradition française ?

– Non, russe !

– T'es russe ?

– Non, pas du tout, mais il paraît que ça porte bonheur ! Et j'ai toujours rêvé de faire ça un jour !

– Moi aussi !

Il balance sa coupe, puis me prend à bras-le-corps pour m'embrasser goulûment.

– Tous mes vœux de bonheur, madame O'Brien !

Madame O'Brien, ça me fait bizarre !

Mais lorsque je me perds dans ses traits d'une beauté à tomber et dans ses iris émeraude, je me fais la réflexion, une fois de plus, que je ne donnerais ma place à personne d'autre.

– Tous mes vœux de bonheur également, monsieur O'Brien. Et merci de rendre ce moment magique.

– Tu es heureuse ?

– Pourquoi ? C'est important pour toi ?

Il me dévisage intensément.

– Oui, Chloé, c'est important pour moi.

– Alors, je te le dis, je suis heureuse... *Tu* me rends heureuse, même si c'est pour de faux et que je suis sûre que tu joues la comédie.

– Ton père, lui aussi, serait heureux, élude-t-il. Il espérait qu'une fois que tu aurais fait connaissance avec la Nouvelle-Zélande, tu en tomberais amoureuse et ne repartirais jamais.

Mon souffle s'altère légèrement.

C'est con, mais j'aimerais que ces paroles viennent de lui, et non de mon père. Mon père dont les mots d'amour trottent encore dans ma tête.

– J'aurais tellement voulu le connaître...

Jack glisse une main au creux de ma nuque, s'approche et dépose un tendre baiser sur mes lèvres.

– Je sais, murmure-t-il. Il est là, n'en doute pas. Son esprit demeure sur cette terre qu'il aimait tant.

Il est tellement gentil... À mille lieues du Jack arrogant et mal embouché de notre rencontre.

Nos iris se harponnent tandis que les miens s'emplissent d'eau.

– Merci...

– Il me parlait de toi si souvent, ajoute-t-il, me pressant davantage contre lui, que je... j'avais le sentiment de te connaître bien avant de faire ta connaissance.

Sa légère hésitation me laisse entendre qu'il voulait dire autre chose, mais quoi ?

Que pense-t-il réellement de la situation ? Et de moi ? Il joue parfaitement la comédie, et je ne peux m'empêcher de penser qu'il prend lui-même du plaisir dans cette mascarade. Toujours par loyauté et en souvenir de mon père… Ce père qui restera constamment entre nous, quoi qu'il se passe.

Je vais pour lui demander des précisions sur son état d'esprit lorsque Belinda s'interpose pour me présenter son gendre que je n'ai pas vu hier soir. Ne sachant pas ce que Jack avait prévu, j'ai invité la fille de Belinda et son mari à nous rejoindre pour le dessert.

Le couple nous serre la main et nous souhaite un mariage heureux.

Jack invite nos convives à se remettre à table. Des couverts ont été rajoutés et les serveuses découpent déjà de grosses parts de notre gâteau de mariage à trois étages, comme convenu, blanc et rose avec, sur le dessus, une figurine d'un petit couple enlacé.

C'est tout mignon et, franchement, Brody a fait les choses bien !

Le reste de l'après-midi passe comme dans un brouillard.

Je perds la notion du temps.

Je ne vois que Jack, Jack, et encore Jack…

Je mange, je bois – quelques gorgées de champagne –, je discute, je danse dans ses bras, je badine et le séduis tout en me prenant à rêver, une nouvelle fois, que Jack s'attache à moi, comme je me suis déjà attachée à lui.

25

Chloé

La nuit est tombée depuis plusieurs heures lorsque nous rejoignons la maison du lac. J'ai des étoiles plein les yeux, des images plein la tête, j'aurais voulu que la soirée dure encore, mais… toutes les bonnes choses ont une fin, et la plupart de nos invités bossent demain.

Nous montons l'escalier, sans un mot, et ma nervosité augmente. Au diapason de mon désir pour l'homme énigmatique à mes côtés, qui n'a cessé de souffler le chaud et le froid dans le but, certainement, de me rendre folle. S'il y est parvenu, je pense ne pas avoir été en reste à en croire les regards dévorants qu'il n'a cessé de me lancer. À la vérité, nous n'arrêtions pas de nous toucher et de nous dévorer du regard, exacerbant notre envie l'un de l'autre.

J'atteins la porte d'entrée et m'apprête à l'ouvrir lorsque Jack enroule ses doigts autour de mon poignet. Je me retourne, le dévisage, surprise.

– Tu n'entres pas ?

Mon cœur se serre à la pensée qu'il désire passer la nuit ailleurs maintenant qu'il a rempli son rôle de chevalier blanc.

– Si, mais je veux faire les choses bien !

– C'est-à-dire ?

Je m'attends au pire et pousse un petit cri lorsqu'il me

soulève dans les airs avant d'ouvrir lui-même la porte. Je ne peux m'empêcher de passer mes bras autour de son cou, en souriant comme une débile quand il referme le battant d'un coup de pied viril. Sourire qui se transforme en rires lorsque, ensuite, il peine à monter l'escalier.

– Pose-moi, Jack, tu vas te tuer le dos !

Il baisse les yeux vers moi, me retourne un sourire en coin.

– Je te pensais plus légère, mais ça va !

– Petit con ! grommelé-je. Tu n'es pas obligé…

– Personne ne m'obligera jamais à rien, je te l'ai déjà dit.

Je me tais jusqu'à ce qu'il me dépose devant ma porte de chambre. Délicatement. Lentement. En me gardant plus de temps qu'il n'en faut contre lui avant de me relâcher. Je crois halluciner lorsque, après un baiser sur le front, il s'écarte.

Un baiser sur le front ? Sérieux ! Il se moque de moi ? Je suis pas sa sœur !

C'est à mon tour de le retenir en saisissant sa main.

Mon cœur bat fort et ma gorge se noue tant j'ai peur qu'il me repousse encore, mais là, tout de suite, je suis décidée à me battre pour lui. Rien ni personne ne se mettra plus jamais en travers de mon désir pour lui. J'ai envie de lui. Envie de passer ma nuit de noces entre ses bras.

Je harponne ses iris, pose mes doigts sur ses épaules et me hisse jusqu'à ses lèvres, que je frôle des miennes. Je frémis de sentir son souffle sur ma peau. Je m'enflamme. Je voudrais le supplier de rester avec moi cette nuit, *notre nuit*, lui dire à quel point je le désire, mais j'en suis incapable. J'ai peur qu'il me repousse une nouvelle fois. Je ne peux que le contempler, ivre de lui. En attente de lui. De ses lèvres sur les miennes, de sa peau contre la mienne.

Je le dévisage, sondant son âme, lui livrant la mienne.

– Jack…

Ma voix, éraillée, n'est qu'un murmure.

– Tu es sûre ?

Le soulagement m'envahit.

Il a compris.

– Oui…

Ses iris deviennent ténébreux.

– Je ne fais pas l'amour, Chloé. Je baise. Fort.

Mon cœur accélère en réaction à sa tessiture où danse une autorité certaine et ce qu'elle renferme de promesses incendie instantanément ma petite culotte.

Tout ce qu'il voudra…

– Alors, peut-être que tu réussiras où tous les autres ont échoué.

Un grondement fauve lui échappe lorsque, après avoir laissé tomber sa veste au sol, il se jette sur mes lèvres. Il me veut, il me désire depuis le début, je le sais, je le ressens dans chacune de mes cellules et il n'attendait que ma permission pour laisser parler sa passion, cela aussi, je le comprends. Notre baiser a le goût de notre attente qui, pour ma part, a semblé une éternité, puis de ce désir flamboyant de nous donner l'un à l'autre. Il est acharné, puissant, transcendant, hautement érotique et sans commune mesure avec les précédents pourtant déjà intenses.

Je fonds sous ses lèvres impatientes, me presse contre lui, tout contre son imposante érection que je sens entre nous et qui me donne envie de lui au point de crier.

Je halète lorsqu'il quitte mes lèvres, me cambre de volupté quand il s'empare de mes seins à pleines mains.

Et gémis quand il déchire le voile de ma robe pour les sortir de leur écrin, en laissant exhaler un grondement sourd.

Il saisit l'encolure, fait tomber ma robe à mes pieds.

– Bordel… Enfin !

Un râle m'échappe face à son empressement et, lorsqu'il referme ses lèvres sur la pointe de l'un de mes seins tout en malmenant l'autre, presque brutalement, ma tête bascule en arrière contre le chambranle de la porte. Mes veines s'embrasent, mon bas-ventre se tord de désir, tout mon corps s'enflamme et le réclame.

Je glisse les doigts dans ses cheveux, l'attire plus près, plus fort. Ce ne sera jamais assez. J'en veux encore, plus, je veux tout de lui. Et j'exulte à la pensée que cet homme si hot et si beau soit enfin à moi. J'oublie ce simulacre de mariage, Jack est décidé à me donner ce que je désire depuis des jours et des jours et ce qui se passe en cet instant est bien réel !

Je baisse les yeux et l'observe alors qu'il descend plein sud, en glissant ses lèvres sur ma peau, l'enflammant davantage. Il lève les siens, me contemple ardemment avant de déchirer ma petite culotte en dentelle blanche qui va rejoindre ma robe à mes pieds et d'enfouir son visage entre mes cuisses.

Seigneur…

Ma jambe tremble lorsque, accentuant ses baisers, il l'écarte, la place sur son épaule tout en torturant mon clitoris avec le bout de sa langue. Qu'ensuite, il aspire.

Le plaisir enfle dans mon ventre.

Jamais un homme ne m'a autant exposée, autant « ouverte », autant soumise tout en me dévorant aussi intensément.

Ses iris s'emparent des miens.

Il entrouvre les lèvres, me regarde avec intensité tandis qu'il introduit son index et son majeur entre mes nymphes brûlantes.

Bon sang…

Mon souffle se bloque face à la beauté fauve de ses traits. Et des gémissements m'échappent quand il les fait aller et venir, doucement, lentement, puis de plus en plus vite.

Je me liquéfie. Mon sexe s'inonde. Tout mon corps vibre, enchaîné à ce que ses doigts me procurent, porté par une vague de volupté sans précédent. Il y va fort, ne me ménage pas. C'est rude, enflammé, merveilleux et bon. Très bon. Meilleur que ça ne l'a jamais été. Je me détends, le laisse me baiser avec ses doigts et pourtant, malgré moi, sans que je ne puisse intervenir d'une quelconque manière, mon mental, soudain, bloque, m'empêchant de me laisser aller totalement et de m'abandonner à lui. Sentant mon esprit s'évader, je me concentre sur les doigts de Jack qui me fouillent, sur ses grondements de contentement, sur son plaisir manifeste à me posséder de cette façon. Il attend que je perde la tête et plonge dans les remous du plaisir, mais rien n'y fait, je ne lâche pas prise. Mon corps hurle de frustration, il veut jouir, mais mon esprit résiste.

J'aimerais… j'aimerais tant… Je croyais qu'avec lui…

Ma gorge se serre douloureusement, mes yeux s'emplissent de larmes, je lutte pour obliger mon esprit à céder, pour que, enfin, le plaisir me submerge, mais au lieu de cela, il reflue et m'abandonne. Les doigts de Jack m'indisposent, me font mal.

Je les bloque avec ma main, murmure :

– Arrête…

– Ça ne va pas ?

Je secoue la tête, *non*... Je retiens le sanglot qui menace, lui, de me submerger lorsqu'il retire doucement ses doigts de mon corps.

– Je suis désolée...

Il se redresse, m'enlace et glisse la main sur ma nuque, me rapprochant de lui.

– Tu n'as pas à l'être...

Je pose mon front sur son épaule, frustrée au-delà des mots. Frustrée et en colère contre moi. Mais si c'était si simple de guérir après des années de difficultés, ça se saurait. Je voulais tellement que Jack me fasse jouir, je voulais tellement connaître enfin le plaisir entre les bras d'un homme, *avec un homme*, que ma déconvenue est immense. Je pensais qu'avec lui ce serait différent et que je parviendrais à m'abandonner tant il m'attire et me plaît, tant il me fait *jouir* psychologiquement.

Il me fait reculer, place ses mains autour de mon visage, m'observe de nouveau ardemment, susurre :

– Je n'ai pas dit mon dernier mot... Nous réussirons, je te le promets.

Sa douceur, l'empathie et la chaleur que je perçois dans ses prunelles me rassurent et mettent du baume sur mes blessures.

– Tu n'es pas fâché ?

– Pourquoi je le serais ? Ce n'est pas ta faute, tu n'y es pour rien si tu as un blocage. Il faut... il faut juste que j'accuse le coup ! ajoute-t-il avec un sourire entendu. Je ne suis pas aussi doué que je voulais le croire !

Je lui souris en retour, glisse ma paume sur sa joue.

– T'es mignon...

Il hausse un sourcil.

– « Mignon » ? Tu veux dire hot, irrésistible, sexy à mourir ?

– Non… ta réaction… C'est *mignon* de ne pas te mettre en colère ni te vexer. Les mecs me repoussent après une telle expérience. Ils se sentent atteints dans leur virilité, ce que je peux comprendre.

– Aucun n'a eu envie d'aller plus loin ?

– Non… Ils estiment certainement que je n'en vaux pas le coup.

Malgré moi et mon envie de rester forte, ainsi que de lui cacher ma souffrance, mes yeux s'emplissent de larmes.

Il prend ma main.

– Viens, on va se coucher.

J'acquiesce, enjambe ma robe et le laisse me conduire jusqu'à mon lit.

Là, il allume la lampe de chevet, puis ses doigts quittent les miens, effleurent le galbe de mon sein, mon ventre… Ses prunelles reprennent possession des miennes.

– Tu es une femme magnifique, n'en doute jamais.

Je secoue la tête, émue.

Une larme roule sur ma joue, que je ne cherche pas à lui dissimuler.

J'aimerais tellement ne pas avoir ce… ces rouages cassés.

– J'ignore si un jour je réussirai, Jack, je ne suis pas normale, murmuré-je, la gorge encore serrée.

– Tu es normale, j'en suis persuadé ! assène-t-il. Tu es sensible, tu réagis aux stimuli, tu mouilles, Chloé, tu avais envie de moi tout à l'heure, tu as peut-être juste besoin d'être en confiance. De te *sentir* en confiance. Tu pourrais me faire confiance, à moi.

– La confiance s'acquiert.

C'est étrange d'avoir cette conversation ainsi, moi,

nue, lui, toujours vêtu de son pantalon de costume de marié ultra-élégant et de sa chemise blanche.

– Je ne dis pas le contraire.

Une grimace lui échappe.

– Il est vrai que je ne t'ai pas donné une très bonne opinion de moi lorsque je t'ai abandonnée à l'aéroport, mais j'avais de bonnes raisons et, depuis, je me suis racheté, non ? Tu as eu besoin de moi et je suis là ! Alors, je te le redis, tu peux me faire confiance.

Je sonde ses iris.

– D'accord.

– Maintenant, au lit ! ordonne-t-il.

Il se penche, soulève la couette. Je me glisse dessous. Il la referme sur moi, mais avant qu'il s'éloigne, je referme mes doigts sur son poignet, le cœur au bord des lèvres, la gorge serrée, malheureuse.

– J'aimerais que tu restes avec moi…

– Tu es sûre ? réitère-t-il.

– Oui, je suis sûre, mais seulement si, toi, tu le désires.

Il retire son poignet de ma prise, se recule, porte les doigts aux boutons de sa chemise et, lentement, l'ouvre. Il retire ses boutons de manchettes, les glisse dans la poche de son pantalon et, sans me quitter des yeux, donne un coup d'épaule pour l'ôter.

Un sourire m'échappe et je me redresse contre la tête de lit pour mieux profiter du spectacle, emportant la couette avec moi.

Il est si sexy…

Je rectifie :

Mon mari est sexy !

Je le regarde se débarrasser de ses chaussures, ses chaussettes, son pantalon, son boxer. Ses gestes sont fluides, presque félins, et lorsqu'il se dresse devant moi dans sa magnifique nudité, j'avale ma salive avec quelques difficultés en le dévorant des yeux.

Bon sang, ce mec est à moi !

Mes iris s'attardent sur son sexe dressé contre ses abdos parfaitement dessinés, épais, charnu. Je salive avant de revenir prendre possession des siens.

Il sourit en coin, genre « Ce que tu vois te plaît, baby ? », avant de venir me rejoindre sous la couette. Je m'installe face à lui, de côté, repositionne l'oreiller sous ma tête.

Nous nous observons, sans un mot.

Pour autant, le silence n'est pas gênant. Bien au contraire. Je savais que sous des dehors de type implacable et caractériel se cachaient une belle âme et quelqu'un de vrai, honnête et droit. Il veut que je lui fasse confiance et, à son regard sur moi, un regard chaleureux et sincère, j'en ai envie. J'ai envie d'y croire. Même si j'ignore ce qu'il projette pour nous, s'il veut que notre faux mariage dure plus d'un an, ou pas, ou peut-être moins, si j'ai une date de péremption…

Et moi ? Qu'est-ce que je désire, moi ?

Je repousse ces idées dérangeantes. Je ne veux pas me prendre la tête maintenant, alors que Jack est dans mon lit, et oui, j'ai envie d'y croire… En tout cas, j'ai envie d'en profiter. De profiter de la situation et de profiter de lui, puisqu'il semble ne pas vouloir me fuir. Contrairement aux hommes qui ont jalonné ma vie.

J'allais lui demander ses intentions lorsqu'il élève la main, retire la fleur piquée dans mes cheveux, la balance derrière moi sur le chevet et glisse ses doigts sur mon cuir chevelu.

Je ferme les paupières, me détends sous ses caresses, qui se déplacent maintenant jusqu'à mon épaule, puis mon bras, déclenchant des milliers de petits frissons.

– Tu n'as jamais joui, alors ? demande-t-il soudain, la voix grave.

J'ouvre les yeux.

– Si, mais toute seule.

Il mordille sa lèvre inférieure, descend la couette tout en effleurant ma peau. Un éclair de désir illumine son regard lorsqu'il caresse mon sexe du bout des doigts, puis s'immisce entre mes lèvres intimes, longe ma fente qui aussitôt s'humidifie. Oui, j'ai envie de jouir, envie de faire l'amour, je mouille, mais jamais très longtemps, là est le problème.

– Montre-moi...

– Tu veux que je me caresse ? demandé-je, alarmée.

Je n'ai jamais fait ça !

– Oui, ma douce, pour moi... Je veux que tu me montres comment tu fais, que tu m'apprennes à te toucher comme tu le fais, toi.

– OK, mais je ne sais pas si j'y arriverai...

– Mais si...

Sa voix, rauque, vibrante de passion, allume de nouveau ce brasier entre mes cuisses.

D'autant plus douloureux que je le sais éphémère.

J'obtempère pourtant, me positionne sur le dos, le visage toujours tourné vers lui.

Je glisse mes doigts le long de ma fente, me caresse, me lubrifie de mes sucs, sentant l'intérieur de mon vagin se contracter de désir. De désir pour lui. Un désir qui s'exacerbe lorsqu'il saisit sa verge tendue. Sa main monte et descend, lui faisant prendre encore de l'ampleur. Je l'imagine en moi. J'en ai envie, bon sang, comme j'en ai envie, mais je sais que ça ne marchera pas. Il me manque quelque chose et, à mon grand désespoir, j'ignore quoi. Ce doit être un cercle vicieux : j'ai peur de ne pas réussir à jouir, alors je n'y arrive pas ! Quoi que je fasse.

Pourtant, mes doigts y parviennent sans difficulté… Je retrouve les sensations que je connais bien en insérant un doigt en moi, puis deux… Je halète, mon ventre se creuse tandis que je les fais aller et venir en moi, au diapason de *son* rythme, celui de ses doigts autour de son membre. Mes iris retrouvent les siens et je m'y perds.

Je veux encore essayer…

Je m'approche, l'embrasse et pose ma main sur la sienne alors que mes doigts continuent de me caresser de l'intérieur.

Je romps notre baiser, susurre contre ses lèvres :

– Laisse-moi faire…

– OK, si tu me laisses faire, toi aussi.

Je retire les doigts de mon antre, lui laissant le champ libre. Il me repousse avec douceur sur le dos, me caresse de longues secondes avant d'introduire deux doigts en moi.

Mon souffle s'altère.

Ça me plaît…

Je serre son membre davantage, tandis que des gémissements m'échappent quand il recourbe ses doigts, s'attarde sur des zones sensibles, m'étire, me remplit, me fouille. Le plaisir monte. Je m'active sur sa verge, le contemple en train de haleter, de se tendre lui aussi de plaisir. C'est fort, une expérience unique, et peut-être que c'est ce dont j'ai besoin : m'occuper de lui tandis qu'il s'occupe de moi. M'oublier. Me concentrer sur *son* plaisir, l'observer marbrer son visage. Observer ses iris devenir incandescents, son souffle, irrégulier et ardu.

Ses lèvres s'entrouvrent :

– Comme ça ?

– Ouiiii… c'est bon, Jack. Continue… T'arrête pas…

Mon corps se tend, j'y suis presque, je le sens.

Mes yeux s'écarquillent de surprise.

– Je ne vais plus pouvoir me retenir bien longtemps… Viens…

Il halète, manifestement à bout de résistance.

Je fronce les sourcils, force mon corps à jouir tandis que ses doigts vont et viennent à une vitesse infernale à l'intérieur de mon vagin.

– J'ai envie d'être en toi, j'en peux plus. Bordel ! gémit-il, avant d'éjaculer entre mes doigts et de prendre possession de mes lèvres tout en continuant à s'agiter entre mes cuisses.

J'immobilise sa main.

Il se détache de moi et retire ses doigts de mon vagin.

– Je suis désolé, je…

– Ce n'est pas grave.

Jack se positionne sur le dos, passe une main tremblante sur son visage.

– Bordel, c'est la première fois qu'une telle chose m'arrive. Jamais je n'ai joui avant ma partenaire…

Alors que je m'attends à ce qu'il m'en veuille, ou à des propos blessants, il tourne la tête vers moi et tend le bras, m'invitant à me coucher contre lui.

Je m'installe, me blottis contre son corps chaud.

– Je te promets de n'en parler à personne, ironisé-je, malgré le sérieux de la situation.

Mais en même temps, il n'y a pas mort d'homme ! Et autant dédramatiser.

Il embrasse le haut de mon crâne, me serre contre lui.

– En tout cas, merci, c'était très bon…

Je souris.

– J'ai vu ça !

– Je n'ai pas dit mon dernier mot, duchesse ! réitère-t-il, avant de bâiller à s'en décrocher la mâchoire.

Je relève la tête, observe ses yeux clos, le sourire sur ses lèvres.

Je m'étire et l'embrasse.

– J'espère bien, mon cher mari…

Son sourire s'agrandit, mais il ne dit rien, se contentant de me serrer davantage contre lui. Son souffle se modifie. Il s'est endormi. Je reste un long moment à le contempler, me demandant ce que nous réservent les jours à venir. Je l'ignore. Mais je veux les passer dans ses bras, car même s'il n'a pas réussi à me faire jouir, je sais qu'un jour, ce sera le cas. Le jour où il aura pleinement pris possession de mon cœur, de mon âme, et où j'aurai confiance en lui sans la moindre arrière-pensée ni le moindre doute.

Ce jour-là, j'aurai vaincu mes blessures.

26

Chloé

Des caresses sur ma peau m'extirpent d'un rêve merveilleux dans lequel Jack, un genou à terre, son magnifique visage levé vers moi, me demande de l'épouser.

– Debout, duchesse !

– Mmm, quelle heure est-il ?

– Onze heures !

Bon sang…

Je grogne, m'étire, ouvre les yeux et rencontre des iris émeraude.

Jack… Depuis combien de temps m'observe-t-il ?

Les souvenirs inondent mon esprit. Il n'est pas à genoux en train de me faire sa demande en mariage, il est là, dans mon lit, et il est déjà mon mari ! Et il a passé la nuit dans mon lit ! Il n'a pas fui et, si j'en crois ses prunelles lumineuses et son sourire en coin, il n'en a pas l'intention.

Du moins, pas dans l'immédiat.

Ses cheveux en bataille, comme s'il s'était battu toute la nuit contre un ennemi invisible, le rendent encore plus sexy, encore plus attirant. La lumière du jour crée des reflets dorés dans ses mèches, auréole son visage d'un halo qui le magnifie.

Il est à tomber.

Il se penche, dépose un doux baiser sur mes lèvres.

– Bonjour, madame O'Brien.

Je l'attire à moi, éblouie.

– Bonjour, monsieur O'Brien ! susurré-je, avant de l'embrasser comme j'en ai envie, c'est-à-dire goulûment. Tu as bien dormi ?

– Comme un bébé…

– Tu as des nouvelles de Mike ?

– Non, pas encore !

J'espère que l'acte de mariage nous parviendra avant que les agents fédéraux m'embarquent. Mon cœur se serre à la pensée de devoir quitter Jack si le temps joue contre nous et je prie intérieurement pour que Mike ait réussi son tour de passe-passe.

– J'ai peur, Jack…

Peur d'être obligée de te quitter, peur de perdre le seul moyen que j'ai de construire la vie que je désire plus que tout au monde à Paris.

Il caresse ma joue.

– Tout va bien se passer…

– Tu en es sûr ? Qu'est-ce qui te rend si optimiste ?

– Je ne suis pas optimiste, Chloé, mais fataliste. Les choses sont ce qu'elles doivent être, c'est écrit.

Je ne peux m'empêcher de glousser lorsqu'il se couche à moitié sur moi et m'embrasse dans le cou, juste derrière l'oreille.

– Et ce qui est écrit, là, maintenant, susurre-t-il dans le creux de mon oreille, c'est que je vais abuser de vous, madame O'Brien ! J'ai très envie de toi…

Je m'empare de son érection appuyée contre ma cuisse.

– Je vois ça, t'es en pleine forme !

– Surtout lorsque je me réveille avec une jolie femme dans mon lit !

– Ce qui doit t'arriver souvent, ronchonné-je. Ce n'est

pas une bonne idée de me parler de tes ex ! Et tu es dans *mon* lit, d'abord !

Il longe mon cou, descend jusqu'à mon sein, en lèche la pointe avant de souder ses pupilles aux miennes.

– Je ne parlais pas des autres femmes, mais de toi, ici, maintenant !

– J'ai vu comment les filles te regardent, Jack, t'es un aimant à gonzesses !

– Peut-être, mais je ne dors jamais avec elles, gronde-t-il, avant de refermer ses lèvres sur mon clitoris.

Je me cambre sous l'assaut.

Il embrasse mon sexe, de longues secondes, presque avec dévotion, le lèche, puis insère le bout de sa langue à l'intérieur de mon vagin. Il est doux, attentionné, et il semble vouloir prendre tout son temps pour m'amener au plaisir. J'ignore si c'est la solution, j'ignore ce qu'il doit faire, comment il doit me caresser, se comporter.

Si je le savais, je le lui dirais.

Me sentant lubrifiée, il remonte prendre possession de mes lèvres et m'embrasse comme si sa vie en dépendait. Ma poitrine s'enflamme. Mon pouls accélère. Je réponds à son baiser, l'accentue en nouant mes doigts sur sa nuque, le dévore.

– Je peux ?

Qu'il me demande la permission de me pénétrer me plaît.

Indéniablement…

Comment résister à ses iris eux aussi dévorants…

J'acquiesce d'un mouvement de menton.

Il enfile un préservatif, me caresse, m'embrasse et, me sentant prête à l'accueillir, il me pénètre, jusqu'à la garde, gronde, puis se met à bouger.

– Putain, t'es bonne !

Il y va fort, me baise avec fureur. Ses gémissements me plaisent. Le plaisir monte… J'observe son magnifique visage, la volupté envahit ses traits. Il prend son pied, il aime me baiser, et oui, il en faudrait peu pour me faire décoller cette fois-ci. Mes iris perdus dans les siens, je réponds à ses coups de bassin enfiévrés en gémissant de plaisir.

– J'en peux plus, Chloé, ça vient…

Sa tessiture a des accents de supplique, son visage se contracte. Il redouble d'ardeur, se déchaîne, son sexe frappe sans pitié le fond de mon ventre, je crie.

Oui, c'est bon, c'est bon…

Moi aussi, j'y suis presque…

Il se redresse, me soulève les hanches pour me pilonner encore plus profondément, encore plus ardemment, me redit que je suis bonne… J'ignore s'il le pense vraiment, ou s'il me joue la comédie. Comment savoir s'il me ment ?

Mon cerveau s'en mêle, mes pensées se font plus vives : *c'est un faux mariage, il t'abandonnera, il ne t'aimera jamais !*

Le plaisir me fuit, malgré mon acharnement, une larme roule sur ma joue.

– Ça va pas ? demande Jack, en plaçant ses mains autour de mon visage.

Je secoue la tête en signe de négation.

– Mais viens, toi… Ça ne me dérange pas, je suis habituée.

Je ne vais pas ajouter à mon humiliation en lui proposant de simuler. Il vaut mieux que ça.

– Non, reste, continue, l'incité-je d'une voix douce, le sentant sur le point de se retirer.

Il fait sortir son sexe du mien, en douceur, se laisse tomber sur le dos.

– Bordel de merde…

Mes larmes menacent de déborder. Cette fois-ci, j'ai cru que ça allait marcher. C'était bon, très bon même, puissant, Jack est un bon amant, j'ai pris du plaisir, un plaisir intense, jusqu'à ce que mon cerveau s'en mêle.

Je me hisse afin d'approcher mon visage du sien, pose ma paume sur sa joue et le fais pivoter dans ma direction pour l'embrasser. Ses lèvres sont si douces. Une merveille.

– Je suis désolée, réitéré-je, le cœur lourd.

Soudain, ses yeux brillent.

Des larmes ?

Avec un gémissement plaintif, il m'attire à lui d'une main sur la nuque, m'embrasse passionnément. Je réponds à son baiser une fois de plus, me presse contre lui, émue, au-delà des mots, par son comportement. Il pourrait me tenir rigueur de la situation, comme mes autres amants avant lui, mais ce n'est pas le cas. Jack est différent. Je le découvre sensible, attentif à mes états d'âme, et je crois… plus chagriné pour moi que je sois cassée que déçu de ne pas avoir joui. Alors qu'il aurait pu aller au bout de son plaisir sans tenir compte de moi, il ne l'a pas fait ; Jack n'est pas un égoïste, et cela aussi, je le découvre. Je pense même qu'il culpabilise, et ça me fait de la peine pour lui.

– Nous réussirons, j'en suis persuadé.

Sa voix, emplie de promesses, me fait tressaillir.

Oui, j'ai envie d'y croire, moi aussi. Peut-être, avec le temps…

Je l'embrasse, ôte le préservatif, empoigne son membre qui renaît aussitôt entre mes doigts, longe son corps en déposant des baisers çà et là, glisse ma langue sur ses abdos, tout en faisant coulisser son sexe de plus en plus vite. Comprenant mon intention, il me retient d'une main sur mon bras.

– Tu n'es pas obligée de faire ça.

– Je sais, mais j'en ai envie. Je veux te faire jouir, Jack, dans ma bouche…

Ses iris prennent une teinte charbonneuse, ses lèvres s'entrouvrent, laissant exhaler son souffle qui s'accélère à mesure que je me rapproche de sa queue maintenant tendue à souhait. Sans cesser une seule seconde de l'observer, mes prunelles attachées aux siennes, je fais glisser ma langue tout le long de son sexe, avant d'en embrasser l'extrémité. Il frémit, gémit, se cambre.

Je m'enhardis.

J'aime ce que je lis dans ses yeux.

J'aime ce plaisir évident que je lui procure.

Je le prends plus profondément, jusqu'au fond de ma gorge, le faisant se tendre davantage et gronder de contentement. Lorsqu'il glisse ses doigts dans mes cheveux pour les empoigner tout en soulevant son bassin, je comprends que j'ai gagné la partie et que je suis devenue maîtresse de son plaisir, qu'il me cède.

Alors, je le conduis vers le but ultime, exulte lorsqu'il se répand dans ma bouche en longs jets puissants. J'avale jusqu'à la dernière goutte, puis remonte prendre ses lèvres qu'il me cède également. Notre baiser est passionné. Jack n'arrive pas à me faire jouir, mais, pour autant, règnent entre nous une alchimie et une connexion évidentes.

– Mmm… merci, c'était divin, tu es merveilleuse, souffle-t-il. Et je te fais la promesse, qu'un jour, je te ferai jouir…

Une larme glisse sur ma joue, qu'il recueille avec la pulpe de son pouce et met dans sa bouche, comme s'il voulait prendre une partie de ma peine, la partager avec moi. Et ça aussi, ça me touche.

– Et moi, je te fais la promesse de tout faire pour que ce jour arrive.

Nos lèvres se trouvent et se soudent dans un long baiser qui fait accélérer mon rythme cardiaque. Qui accélère encore lorsque, après avoir détaché sa bouche de la mienne, il lève la main.

– Pari tenu !

– Pari tenu ! réponds-je, en frappant sa paume de la mienne.

L'espoir m'envahit tandis que je reprends ma place contre lui.

Oui, j'ai envie de croire que ce mariage, même factice, fonctionnera. J'ai envie de croire que Jack s'attachera à moi, comme je me suis déjà attachée à lui.

Mais après quelques minutes, je n'y tiens plus et me redresse pour récupérer mon téléphone portable sur le chevet. Je l'allume, vérifie mes mails.

Rien ! Bon sang…

– Tu as un message, toi ? demandé-je à Jack, manifestement sur le point de s'endormir.

Il se frotte le visage, s'empare de son portable.

– Non, rien ! lâche-t-il après quelques secondes de silence.

Il regarde sa montre.

– Les agents arrivent à quatorze heures, il nous reste deux heures. Ça va le faire !

– Ouais, ça va le faire, répété-je pour me motiver. Mais je vais quand même me préparer et boucler ma valise.

Je m'extirpe des draps, me rends à la salle de bains, actionne les jets de la douche pour aussitôt me mettre dessous. L'eau fraîche puis chaude me donne un coup de fouet et me fait du bien, mais pas suffisamment. Mes muscles se tendent. Je ferme les yeux, lève le visage en direction du pommeau, laisse le liquide bienfaisant ruisseler sur ma peau. Je frotte mes yeux du bout des doigts et gémis lorsqu'une intense douleur traverse ma poitrine. Au niveau du cœur. Mon ventre s'y met, des spasmes le tiraillent, comme des coups de poignard.

Mon Dieu…

Les larmes inondent mes yeux et s'écoulent. Je pose les mains sur la faïence, sanglote doucement. Sans bruit. Alors que j'aimerais hurler ma rage. Et mon désespoir.

Je sursaute en sentant des bras m'enlacer et un corps se coller contre moi.

Toute à ma douleur, je ne l'ai pas entendu ouvrir la porte de la cabine de douche.

– Hé, garde confiance. Tout va bien se passer !

Je voudrais bien l'y voir ; ce n'est pas lui qui va se faire expulser comme une criminelle !

Au lieu de lui jeter au visage des méchancetés juste pour passer mes nerfs (de toute manière, je ne les pense pas, Jack n'y est pour rien !), je me retourne et me jette à son cou, mes sanglots redoublant d'intensité. Il me serre contre lui, me berce, puis me caresse le dos. Après quelques minutes de ce doux traitement, je me décolle de lui et lui tends mes lèvres.

– Embrasse-moi ! Fort. Aussi fort que tu peux, supplié-je, la voix éraillée.

Alors, il m'embrasse.

Il pourrait me baiser, comme il dit, il en a envie si j'en crois son érection contre mon ventre, mais il n'en fait rien, il se contente de me donner des baisers et de me serrer contre lui et, bon sang, ça me fait du bien.

J'en avais besoin.

Quand nous reprenons nos distances, il repousse mes cheveux de mon visage, m'embrasse sur le bout du nez.

– Ça va aller…

J'acquiesce, sans un mot.

Non, si je dois le quitter, ça n'ira pas !

Mais je fais ma courageuse, respire un bon coup et cesse de chouiner. De toute façon, je ne peux rien changer, le sort en est jeté. Nous restons un temps infini sous l'eau, à nous câliner, puis nous nous lavons et je ne peux m'empêcher de sourire lorsque Jack m'asperge d'eau.

Quel gamin, parfois !

Au moins, j'oublie mon angoisse. Angoisse qui revient en force lorsque je prépare ma valise.

– Bordel, qu'est-ce qu'il fout ? gronde Jack, sur les dents autant que moi désormais, sinon davantage.

Sans doute restait-il positif pour ne pas ajouter à ma peine.

Il empoigne ma valise et nous gagnons le rez-de-chaussée.

– Café ?

– Oui, s'il te plaît.

Il concocte nos boissons, puis nous nous installons en face l'un de l'autre.

– Tu veux manger quelque chose ?

– Non, merci, je ne pourrais rien avaler.

Il pose la main sur la mienne, sans un mot.

Que dire, de toute façon…

Je sursaute lorsque la sonnette de la porte d'entrée retentit et je crois que toute couleur déserte mon visage.

Non, pas déjà…

Les larmes me montent aux yeux tandis que je suis Jack – qui s'est emparé de ma valise – jusqu'à la porte, devant laquelle il s'arrête. Il m'adresse un regard anxieux et interrogatif. Auquel je réponds d'un hochement de tête.

Que faire d'autre ?

Je ne vais pas m'enfuir ! Ce serait aggraver mon cas.

La scène se passe au ralenti : Jack ouvre le battant, l'agente Smith, entourée de ses deux cerbères, s'encastre dans l'embrasure. Elle salue Jack qui, aussitôt après avoir posé ma valise au sol, tape frénétiquement un texto (à Mike, j'imagine), puis se tourne vers moi :

– Madame Fayard, veuillez nous suivre, s'il vous plaît !

J'obtempère, emboîte le pas à l'agente, tandis que ses sbires m'encadrent au cas où je chercherais à m'échapper, je suppose.

Après quelques mètres, juste avant d'emprunter l'escalier extérieur, je me retourne.

– Jack ?

Je prie pour ne pas me donner en spectacle et ne pas craquer, mais la houle de tristesse qui s'est abattue sur moi depuis que les agents sont apparus à l'entrée de la maison, cette maison où j'ai été si heureuse ces dernières heures dans les bras de Jack, menace de me foudroyer de désespoir et de tout emporter sur son passage.

Jack relève la tête, la secoue de droite à gauche.

Toujours pas de nouvelles de Mike...

Et sans ce maudit papier officialisant notre mariage, mon sort est scellé.

– Madame ! me rappelle à l'ordre l'agente.

Je me retourne, hoche la tête, la gorge serrée, et descends l'escalier à sa suite, les autres agents dans mon dos. Marche après marche, mon corps devient de plus en plus lourd.

Je ne veux pas partir...

C'est maintenant que je dois quitter ce pays que je

comprends qu'il s'est lui aussi trouvé une place dans mon cœur, ainsi que l'exploitation, mes adorables agneaux, cette maison, les employés de Wallaroo, Liam, Belinda… tous, à la vérité, et Jack. Jack, que j'observe en tournant la tête.

Jack… Mon mari…

Même si c'était pour de faux, je me sens désormais liée à lui. Les heures passées dans ses bras sont les plus heureuses que je n'aie jamais vécues.

Nos regards se croisent.

Je l'interroge silencieusement. Je le vois consulter son téléphone, puis relever la tête vers moi. Ses iris, navrés, me renseignent.

Toujours rien ! C'est fichu !

Je parcours les derniers mètres me séparant de la voiture des agents dans un état second, avec le sentiment que mon cœur va cesser de battre d'un moment à l'autre tant il est serré et douloureux. Tout mon corps se fait pesant. Chaque pas me coûte, arrache des lambeaux de mon âme.

Pitié, ça ne peut pas se finir comme ça, pas de cette manière… Je ne le mérite pas. Je ne mérite pas d'être traitée comme une criminelle, je n'ai rien fait.

Je suis incapable de faire un pas de plus.

Je m'écroule dans les graviers, à deux mètres de la berline des agents, et éclate en sanglots, les mains sur le visage.

– C'est trop dur, je ne peux pas…

– Redressez-vous, madame Fayard ! me sermonne l'agente.

Je relève la tête, les larmes ruisselant sur mes joues.

– Je n'ai rien fait, agente Smith, je suis innocente des faits qui me sont reprochés. Cette maison est la mienne, elle m'a été léguée par mon père ! Je n'y suis pour rien si vos instances n'ont pas fait le nécessaire pour valider ma succession, ajouté-je, retrouvant un peu de courage en la voyant ciller face à ma détresse. S'il vous plaît, agente Smith… Vous ne pouvez pas me renvoyer…

– Je suis désolée, cette décision n'est pas de mon ressort. Relevez-la !

– Attendez ! crie soudain Jack

Il avance vers moi, lâche mon bagage.

Nos iris s'accrochent, se perdent dans ceux de l'autre, s'y noient.

– Je vais le faire ! ajoute-t-il. Ne la touchez pas !

Les agents s'écartent.

Il se baisse, me prend dans ses bras.

– Je suis là, je ne te quitte pas…

Il m'aide à me relever et je me jette à son cou.

– Je ne veux pas partir, Jack, c'est trop dur, garde-moi avec toi, supplié-je, en me pressant contre lui.

Le visage dans son tee-shirt, je hoquette de désespoir. Il ne dit rien, se contente de me caresser les cheveux.

– Madame ! insiste l'agente. Il est l'heure maintenant.

Je renifle, me détache de Jack.

J'ai envie de hurler. De hurler ma peine, ma tristesse, mon désarroi.

Pourquoi ? Pourquoi ça doit se finir comme ça ? J'ai rien fait de mal…

Mon ventre se tord de douleur face à l'injustice, face à cette perte incommensurable que je devine proche et qui détruira une partie de mon cœur et de mon âme.

Jack englobe mon visage, m'embrasse avec toute la tendresse du monde. Et lorsque ses lèvres se détachent des miennes, mon corps tout entier hurle de douleur.

Une douleur intenable. Insupportable. J'aimerais mourir, là, dans ses bras, plutôt qu'être privée de son souffle, de son sourire, de sa présence qui alimentent ma vie depuis des jours.

Il repousse mes cheveux, essuie mes joues.

– Tu es forte, Chloé. Tu reviendras…

– Oui, mais pas avant un an, m'a dit Mike, et tu ne seras peut-être plus là…

L'idée de ne pouvoir mener à bien mes projets professionnels ne me paraît plus aussi intolérable, c'est le quitter qui me ravage le cœur et les entrailles. Lui. Jack O'Brien. L'homme généreux qui m'a donné son nom pour me sauver. Ça n'a pas marché, il était trop tard, mais je demeure sa femme.

– Je serai là… Tu pourras toujours compter sur moi…

Je baisse la tête, meurtrie.

À quoi je m'attendais ?

J'aurais voulu entendre d'autres mots, j'aurais voulu qu'il me dise qu'il tient à moi, qu'il m'attendra le temps que je lui revienne, une éternité s'il le faut, et que je demeurerai toujours sa femme. Oui, il sera là, il sera toujours disponible, en mémoire de mon père, c'est ce que je comprends, parce qu'il a juré sur sa tombe de prendre soin de moi… mais on est bien loin de l'histoire d'amour que je rêve de vivre auprès de lui.

Histoire d'amour ? Sérieux ?! Il est un peu tard pour ça, non ? Et ça n'arrivera jamais, Chloé, me sermonné-je. *Jack n'est pas amoureux de toi… tandis que toi, pauvre demeurée, tu es tombée amoureuse de lui !*

Ça me frappe comme une évidence ; oui, je suis amoureuse de lui !

Mais il est trop tard… trop tard pour tout !

Des larmes inondent à nouveau mes joues.

Trop tard pour le bonheur ici et maintenant. Trop tard pour Jack et moi. Je ne peux pas lui demander de se sacrifier, de sacrifier sa vie en restant uni à une absente. Il peut, dans les mois à venir, rencontrer une femme, vouloir se remarier, fonder une famille, avoir des enfants. Mon cœur saigne. Je n'ai pas le droit de lui imposer de rester marié avec moi, je devrais lui proposer de recouvrer sa liberté, mais c'est dur. Un vrai déchirement.

Pourtant, je le dois…

– Jack, je… m'interromps-je en sentant la main de l'agente Smith se refermer sur mon bras.

– Nous devons partir, madame Fayard, ordonne-t-elle. Maintenant ! Ne m'obligez pas à utiliser la force contre vous !

Quoi ?

Elle me ferait saisir par ses sbires et jeter dans la voiture, peut-être même avec les menottes aux poignets.

Pitié, non…

– Encore quelques secondes, s'il vous plaît, supplié-je. Juste quelques secondes.

Elle hoche la tête. Et je me presse de nouveau contre Jack, qui referme les bras sur moi et appuie son visage contre mes cheveux.

– Tu vas me manquer, duchesse, murmure-t-il à mon oreille.

Je relève la tête, pleine d'espoir, oubliant toute retenue. Toute modération. Tout honneur. Toute dignité.

– Tu m'aimes un peu, alors ? demandé-je, la voix éraillée, lui ouvrant mon cœur.

Ses yeux s'écarquillent.

C'est trop pour lui, je le savais. Quelle conne ! Je

n'aurais jamais dû lui dire une chose pareille, qu'est-ce qui m'a pris ?!

Il ouvre la bouche, la referme.

Je lui clos les lèvres d'un baiser.

– Tu n'es pas obligé de répondre, je comprends. Adieu, Jack…

Je me détache de lui, fais volte-face, trouvant de la détermination au plus profond de mon âme. Cette âme qui sait rester forte malgré moi. Cette âme qui me permet de tenir debout. C'est ma destinée, c'est ainsi, je dois assumer et vivre ce que j'ai à vivre. Sans illusions. Et surtout sans regrets.

Mais bon sang, ce que c'est dur !

Je me redresse, franchis les derniers centimètres qui me séparent de la berline sans en avoir vraiment conscience, mais droite et digne cette fois. J'entre dans l'habitacle de la voiture, où l'on m'enferme. Les portières claquent. Résonnent dans mon esprit comme un glas. Le moteur démarre.

C'est fini !

La voiture s'ébranle, emprunte le chemin d'accès.

Le regard fixe, je ne regarde pas en arrière. Pour me protéger. Pour ne pas souffrir davantage que je ne souffre déjà. Je ne veux pas voir Jack, je ne peux pas, mon cœur n'y survivrait pas. Les secondes s'égrènent comme au ralenti, comme dans une autre dimension, puis les minutes les remplacent, aussi irréelles. Mon visage se couvre de larmes, mon cœur me fait de plus en plus mal à mesure que la berline s'éloigne de la maison. *Ma* maison.

Comment peuvent-ils me faire ça ? Je suis innocente des faits dont ils m'accusent, ça ne peut pas se terminer comme ça…

Ces mots ne cessent de tourner dans ma tête, éraillant mon âme.

Mike, bon sang !

Soudain, mon portable vibre dans ma poche. Je l'en extrais, fébrile, les mains tremblantes, ouvre les mails… C'est lui… C'est Mike ! J'ouvre le message…

Ouiiiiiii !

La pièce jointe…

– Arrêtez-vous ! hurlé-je.

L'agente Smith tourne la tête vers moi.

– Pardon ?

Je tends mon portable, écran face à elle, exulte :

– Je me suis mariée avec Jack, je suis néo-zélandaise, vous ne pouvez plus m'expulser !

Elle s'empare de l'appareil, lit, me le rend.

– Arrêtez-vous ! ordonne-t-elle au chauffeur, semblant contrariée, mais pas autant que je l'aurais pensé.

Peut-être, finalement, est-elle compatissante et soulagée de m'éviter l'humiliation suprême de me faire éjecter du pays.

Le mec au volant s'exécute. Les pneus crissent. Et bon sang, comme j'adore ce son ! J'essuie mes joues, regarde en arrière et, voyant Jack remonter le chemin en courant, je sors de la berline, le rejoins. Mon rythme cardiaque s'envole lorsqu'il m'ouvre les bras, le visage radieux. Je n'ai aucune hésitation et lui saute au cou en riant comme une malade. Encore une fois, peu m'importent ses motivations et ses sentiments à mon égard, il est là pour moi, il me soutient, il est heureux que je me sois tirée de ce mauvais pas et que je reste.

Rien d'autre n'a d'importance.

Il me libère lorsque des bruits de pas se font entendre derrière nous.

– J'ai contrôlé auprès du service, effectivement, votre mariage est enregistré. J'ignore comment vous vous y êtes prise, mais vous êtes désormais libre de vos mouvements, madame O'Brien.

J'acquiesce silencieusement lorsqu'elle nous annonce que nous devons nous attendre à une visite de contrôle des mariages tandis qu'un de ses agents dépose mon bagage près de nous.

– Qu'ils viennent, nous les attendons ! Au revoir, agente Smith ! lâche Jack, avant de prendre mon visage en coupe, de poser ses lèvres sur les miennes et de m'entraîner dans un baiser passionné auquel je réponds avec ferveur.

Avec même quelques gémissements pour faire plus vrai ! Mais sincères !

Nos lèvres se séparent et, sans nous concerter, mon bras dans le dos de Jack, le sien autour de mes épaules, nous pivotons pour regarder la berline s'éloigner.

Ce que je ressens en cet instant est indescriptible : j'ai chaud, froid, je tremble, j'ai les jambes en coton et, si Jack ne me tenait pas fermement contre lui, je pense que je m'effondrerais sur place.

– Rentrons à la maison, madame O'Brien ! me susurre Jack à l'oreille.

Son souffle chaud caresse ma peau, ses lèvres et son corps m'attirent irrésistiblement.

Mon cœur se gorge de bonheur.

Et tout ça, tout ce qui se trouve autour de nous, la maison, l'élevage, les terres… Tout cela est à moi ! Je ne suis pas vénale, je ne l'ai jamais été, je n'ai jamais souhaité être riche, pour moi, l'argent n'est qu'un moyen, non une finalité, je veux juste être heureuse. Et en cet ultime instant, avec le corps de Jack collé à moi, Jack devenu mon époux, je le suis profondément.

27

Jack
Quinze jours plus tard

Appuyé contre la balustrade de la terrasse, les yeux au loin, je sirote mon café à petites gorgées. Je devrais partir bosser, je suis à la bourre, mais je n'en ai nulle envie. Non, j'ai plutôt envie d'aller retrouver ma femme et de me perdre à nouveau en elle. Si je n'ai toujours pas réussi à la faire jouir, j'arrive, en mettant de côté ma frustration, à prendre du plaisir.

Un plaisir immense !

Mais avec sa permission, sinon, je me le serais interdit.

La première fois que je me suis déversé en elle, j'ai cru que mon cœur allait exploser tant c'était intense en émotion. Sur le coup, j'ai rien compris. Je sais maintenant, après quinze jours passés avec elle en tant que mari et femme, que je me suis attaché à elle. Bien plus que je ne le devrais.

Je devrais continuer à la baiser, comme je le fais tous les jours, même plusieurs fois par jour (elle ne me refuse jamais son corps, espérant sans doute réussir à atteindre le nirvana), ici ou au bureau, et, comme à mon habitude, me contenter de ça ! Du cul, du cul, rien que du cul ! Je vais bien finir par me lasser, non ? Sans doute, mais pour le moment, ce n'est pas le cas !

Je bois une autre gorgée de café, contemple le lac,

refoule au fin fond de mon esprit la sensation d'être un putain d'égoïste qui ne pense qu'à son plaisir. À ma décharge, j'essaie de la faire jouir, je m'acharne, je lui donne tout ce que j'ai, mais j'ai des limites et, au bout d'un certain temps, je n'en peux plus et ne peux plus rien retenir. Alors, je me laisse aller et prends mon pied, mais je culpabilise.

Ouais, je culpabilise, mais réussir à la faire décoller est devenu une obsession, un challenge et, comme je suis teigneux et ne lâche rien, je me suis promis de réussir.

Après… Eh bien, après, je pense que j'aurai fait le tour de la question.

Une vibration, dans la poche arrière de mon jean, m'annonce l'arrivée d'un message.

Je l'ignore.

Je sais parfaitement de qui il provient : de mon père ! Depuis qu'il a fait le nécessaire pour débloquer la situation et fait valider la succession de Chloé, il me contacte chaque jour pour que j'incite ma femme à lui vendre ses biens. Il veut tout ! Et me promet de me léguer Wallaroo en retour.

Et chaque jour, je lui demande d'être patient et de me faire confiance.

Pour le moment, il n'a rien tenté de son côté. Il m'écoute et ne cherche pas à prendre contact directement avec Chloé, mais jusqu'à quand va-t-il se tenir tranquille ? Je l'ignore ! Ce qui est sûr, c'est que le jour où il interviendra, c'en sera fini de Chloé et moi ! Il foutra en l'air tout ce à quoi j'ai œuvré. Elle me fait de plus en plus confiance, je le sens dans son comportement, dans les regards qu'elle pose sur moi, dans la façon dont elle répond à mes caresses.

Je demande juste encore un peu de temps !

Je soupire, empoigne mon portable, tape :

[Rien de nouveau !
Je te tiens au courant de l'avancement.
Je lui parle bientôt, promis !]

Je le rassure, mais je vais devoir activer le mouvement avant d'avoir des ennuis.

Le bruit d'un moteur de voiture, sur le chemin, me fait tourner la tête, et j'observe une voiture noire dévaler la pente.

Les services de l'état civil, sans aucun doute !

Je m'attendais à leur venue, je ne suis pas surpris, je pensais même qu'ils nous contrôleraient plus tôt.

Je reste à ma place, les regarde se garer au pied de l'escalier et plaque un sourire sur mes lèvres lorsque deux agents, un homme et une femme, costume noir, chemise blanche, cravate, s'extirpent de la caisse.

Ils lèvent le regard vers moi. Je leur adresse un signe de tête en guise de salutation et les rejoins en haut de l'escalier.

– Agent Carlsen, annonce l'homme en me montrant sa carte, à laquelle je jette un coup d'œil. Et voici l'agente Bridges, ajoute-t-il, se tournant vers sa collègue. Vous savez pourquoi nous sommes là, monsieur O'Brien ?

– Pour vérifier que mon mariage est bien ce qu'il est, un mariage d'amour. Comment voulez-vous procéder ?

– Nous aimerions voir votre femme. Elle est ici ?

– Bien sûr, elle dort encore !

La femme regarde sa montre.

Neuf heures ! Ça va ! Et d'abord, on fait ce qu'on veut, elle va pas nous faire chier, la fliquette !

– Nous sommes jeunes mariés, répliqué-je à son

intention avec un sourire entendu.

Sourire qui s'accentue en remarquant ses joues se colorer.

Pas insensible à mon charme, la minette, mais j'ignore si c'est une bonne ou une mauvaise chose.

– Si vous voulez bien me suivre…

Je les précède à l'intérieur, désigne la montée d'escalier.

– Je vais chercher Chloé !

– Si vous voulez bien, ma collègue va vous accompagner, me lance l'agent Carlsen.

Je le toise.

– Et si je ne veux pas ?

– Je crains que vous n'ayez pas le choix, monsieur O'Brien.

– C'est de la violation d'intimité ! lancé-je. Vous avez le droit de faire ça ?

– Nous avons tous les droits, monsieur, renchérit la femme. Et si vous n'avez rien à cacher, où est le problème ?

– Je n'ai rien à cacher, mais je n'aime pas franchement l'idée que vous découvriez ma femme dans le plus simple appareil !

– C'est justement ce que nous voulons savoir ! Si vous partagez le même lit !

Je pourrais argumenter que des couples unis font chambre à part, mais à quoi bon ; on ne discute pas avec des gens de l'État, cela ne ferait que les rendre suspicieux.

J'acquiesce donc, devance l'agente Bridges jusqu'à la chambre de Chloé, dont la porte est grande ouverte. Un premier bon point ! Je pénètre, me dirige vers le lit, en vrac (un autre bon point), témoignant de nos ébats nocturnes. Chloé est couchée sur le ventre, ses longs cheveux blonds épars sur le matelas, la couette lui couvrant tout juste les fesses. Nues !

Encore un bon point.

Je tourne la tête pour observer l'agente. Son visage ne dévoile rien, mais j'ai la satisfaction de la voir s'arrêter sur le pas de la porte. J'avance jusqu'au lit, m'assieds au bord, embrasse l'épaule dénudée de ma femme.

– Chloé… chérie, murmuré-je après l'avoir embrassée plusieurs fois afin qu'elle se réveille, les agents de contrôle des mariages sont là !

Elle geint, lève la tête.

– Quoi ?

J'embrasse ses lèvres, joue le naturel, mais ce n'est pas difficile, je le suis !

– Les agents de l'état civil, réitéré-je. Ils sont venus nous contrôler…

Elle tourne la tête lorsque je lui désigne du menton l'orée de la pièce.

– Oh… Je…

– Prenez votre temps, madame O'Brien, intervient l'agente. Je vais attendre dans le couloir que vous passiez un vêtement.

Ben, quand même !

– J'arrive ! me fait Chloé, confiante.

– Prends ton temps ! Ils n'auront qu'à patienter !

– D'accord ! Offre-leur un café ! Et sois sympa ! ajoute-t-elle avec un petit sourire, connaissant mon sale caractère et mon peu de patience.

Oui, mais là, nous jouons notre avenir !

Je peux me retrouver en taule avec ces conneries. Je suis d'ailleurs étonné que mon père ne menace pas de me dénoncer pour arriver plus rapidement à ses objectifs.

– T'inquiète pas, je gère.

Je l'embrasse, sors de la pièce.

– Je vous fais visiter, agente Bridges, le temps que ma femme s'habille et nous rejoigne ?

Elle secoue la tête et je la précède dans le couloir, jusqu'à ma chambre, celle que j'utilisais avant mon mariage et que j'ai quittée dès la première nuit passée avec Chloé.

J'ouvre la porte.

Je ne dis mot, mais laisse l'agente constater elle-même que la pièce est inoccupée. Mes vêtements sont rangés dans le dressing, rien ne traîne, alors que certains de mes habits sont posés sur un fauteuil dans la chambre de Chloé ; ce dont, avec ses petits yeux qui furètent partout, elle s'est très certainement rendu compte.

– La salle de bains, précisé-je, avant d'en pousser la porte.

Cette fois-ci, elle entre et observe, sans rien toucher, la promiscuité de nos affaires, à Chloé et à moi : nos parfums sur la tablette, nos brosses à dents et notre dentifrice dans le pot prévu à cet effet, nos serviettes bien pliées sur les barreaux d'une échelle près de la cabine de douche. Chloé a fait quelques aménagements de décoration afin de rendre la maison plus chaleureuse : quelques touches supplémentaires de bois, des plaids de couleur de-ci, de-là, du joli linge de maison, une descente de lit, de nouveaux rideaux… Elle possède un goût certain et fait des merveilles avec rien.

Pour le moment, je crois que nous avons tout bon !

Nous repassons devant la chambre de Chloé, dont elle a fermé la porte, gagnons le rez-de-chaussée. Je vais pour proposer aux agents de s'installer sur le canapé lorsque j'entends ses pas de mammouth dans l'escalier.

– La voilà ! proféré-je en lui tendant la main.

Son sourire lumineux me percute de plein fouet tandis qu'elle enlace ses doigts aux miens. Je me perds en un instant dans son regard océan. Regard qu'elle me rend. Et dont la chaleur et l'étincelle font vibrer quelque chose, à l'intérieur de ma poitrine.

– On vous offre un café ? demande-t-elle, en se serrant contre moi.

– Oui… un… un café ? bégayé-je, dérouté par cette sensation, aussi soudaine que malvenue.

Je me reprends, secoue la tête.

J'ignore les pensées qui inondent mon cerveau, suis Chloé derrière le bar après que les agents ont accepté notre offre.

– Qu'est-ce que tu as ? souffle-t-elle, manifestement tendue.

– Rien ! Tout va bien !

Je souris pour donner le change, mais je suis largué.

Ce que je m'efforce de cacher avec une attitude décontractée, alors que je ne le suis pas du tout.

Maîtrise-toi, mec ! me sermonné-je.

Ouais, je le devrais ! Je le dois… mais l'évidence me frappe. Je ne pensais pas que vivre avec Chloé serait si agréable. Je ne pensais pas prendre autant de plaisir à être son mari, et pourtant… Et je ne parle pas que de plaisir physique.

J'apprécie sa compagnie.

Elle est marrante, fraîche, facile à vivre, elle ne m'impose rien, ne m'oblige à rien, je suis libre, elle prend ce que je lui donne sans réclamer davantage et, cerise sur le gâteau, me laisse la baiser lorsque j'en ai envie. Parce que c'est aussi ce qu'elle veut ! Elle me désire. De plus en plus ! Elle est aussi insatiable que moi. Alors oui, je culpabilise de ne pas la faire jouir, mais elle m'assure qu'elle a du plaisir, même si elle n'atteint pas l'orgasme. Un plaisir cérébral ! Je la crois. Pourquoi ne la croirais-je pas ? Surtout lorsqu'elle me contemple avec ces yeux brûlants. Alors, je vais jouer ce rôle que je me suis promis, continuer de la protéger, oublier mes états d'âme, mes peurs, mes doutes, et faire bonne figure.

– Donne ! proposé-je, lui faisant un baiser sur la joue.

Je lui prends le plateau des mains.

– Merci, mon cœur, répond-elle, avec un grand sourire, faisant encore tressaillir mon organe vital.

Fait chier !

Je la suis au coin salon, dépose le plateau sur la table basse et m'installe dans l'un des fauteuils face aux agents. C'est une nouvelle acquisition de ma femme. Ils sont ultra-confortables, et je m'y installe de temps à autre pour lire des revues spécialisées internationales, cherchant constamment à approfondir mes connaissances afin d'améliorer mon rendement sans nuire aux conditions d'élevage.

Chloé, après avoir servi nos cafés, prend place à mes côtés.

– Selon nos sources, engage aussitôt l'agent Carlsen, vous vous êtes mariés lorsque Mme O'Brien, ici présente, a été menacée d'expulsion. Qu'avez-vous à dire à ce sujet, monsieur O'Brien ?

– Nous avions déjà décidé de nous marier ! rétorqué-je, acide. La menace d'expulsion n'a fait qu'accélérer les choses.

L'agente Bridges gribouille ma réponse sur son carnet.

– Madame O'Brien ? enchaîne son collègue.

– Nous voulions être sûrs de nous avant d'officialiser notre amour. Nous pensions avoir du temps, cependant, la vie en a décidé autrement. Mais pour notre plus grand bonheur.

– Comment vous êtes-vous rencontrés ? demande-t-il encore.

– À Paris ! Mon père a chargé Jack d'un message à mon attention. Ça a été le coup de foudre.

– Possédez-vous encore ce message, monsieur O'Brien ?

– C'était un message oral ! James souhaitait que Chloé lui rende visite, mais elle poursuivait ses études et n'était pas libre.

– Quand j'en ai eu enfin la possibilité, enchaîne ma femme, des larmes dans la voix, il était trop tard, mon père était mort.

Nous avons décidé de garder pour nous les lettres de James restées sans réponses, l'argent qu'il lui envoyait et que sa mère restituait, le rôle qu'a joué cette dernière.

L'agente Bridges tord la bouche.

C'est peut-être un bon point si elle est émue…

– Quels ont été vos moyens de communication ?

Je saisis la main de Chloé, la dévore du regard.

– Moi aussi, j'ai eu le coup de foudre pour Chloé. Jamais je n'avais ressenti une telle attirance pour une femme, et il était clair pour moi, dès le début, que je voulais faire ma vie avec elle, mais nous étions sur des continents différents, à des milliers de kilomètres l'un de l'autre. Nous avons correspondu, mais peu, finalement, compte tenu du décalage horaire, de nos occupations. C'était compliqué. Mais pas une seule seconde, je n'ai cessé de penser à elle.

Euh… ferme la bouche, chérie !

Je la dévisage, la mets en garde d'un regard appuyé.

Elle se reprend, se racle la gorge afin de cacher son trouble.

– Et vous, madame ? demande l'agent Carlsen.

– Pareil pour moi ! Jack est devenu, à partir de cet

instant, mon tout. Mon essentiel. Je suis tombée amoureuse de lui au premier regard et, si je l'avais pu, je serais repartie avec lui.

Je serre ses doigts entre les miens.

– J'ai hérité de mon père, ajoute-t-elle, les yeux humides, et nous nous sommes retrouvés, grâce à lui. La magie a de nouveau opéré et, voilà, nous sommes aujourd'hui mari et femme.

Ses iris, emplis de douceur, caressent les miens, son sourire me transporte. Une chaleur se répand dans mes entrailles, autour de mon cœur, et se propage dans mon être tout entier. Quelque chose se passe. Quelque chose que je refuse de nommer. Quelque chose qui me terrifie. Je ne veux plus jamais tenir à quelqu'un. Je préfère vivre sans attaches, rester maître de mon destin et n'avoir de comptes à rendre à personne, hormis à moi-même.

Ce mariage ne durera qu'un an !

Ensuite, nous repartirons chacun de notre côté, nous retournerons à nos vies, et ce sera très bien comme ça ! J'aurai passé un bon moment, contre toute attente, certes, je ne peux nier que j'apprécie avoir une femme dans mon lit, une femme qui me laisse profiter de son corps quand j'en ai envie même si… Je refoule le malaise qui m'envahit invariablement à la pensée que je reste incapable de la faire jouir. Pourtant, la lumière dans ses yeux lorsqu'elle me regarde me permet d'espérer qu'un jour peut-être, je réussirai.

Je m'en suis fait la promesse !

Je ne cesse de me demander également ce qui manque, ce qu'elle désire au fond d'elle sans le savoir, ce qu'elle attend, de quoi son corps a besoin pour atteindre l'orgasme. Je croyais que le blocage venait des hommes qu'elle avait rencontrés, qu'ils ne savaient pas faire et s'y étaient mal pris, j'ai compris qu'il n'en était rien. Le problème vient d'elle ! Je dois la sécuriser. Hélas, ce *fake wedding* avec une date de péremption ne joue pas en ma faveur !

– Monsieur O'Brien ?

Je reviens dans le réel, m'extirpe de mes pensées intimes.

– Pardon, vous disiez ?

– Nous allons vous auditionner individuellement et nous souhaitons commencer par madame.

Je me lève.

– Pas de problème ! Je serai sur la terrasse.

– Je viendrai vous chercher, me renseigne l'agent Carlsen. Merci.

Je leur adresse, à lui ainsi qu'à sa collègue, restée muette et manifestement cantonnée à la tâche de consigner par écrit nos réponses sans intervenir tout en me couvant d'un regard mêlant intérêt et suspicion, un bref signe de tête et sors.

Ils font leur boulot, mais quelle perte de temps !

D'autant que j'ai organisé une surprise pour Chloé ! Ce soir, c'est le réveillon de la Saint-Sylvestre et j'ai prévu de l'emmener dans un endroit spécial.

En refermant la baie, mon regard croise le sien. Je lui adresse un clin d'œil auquel elle répond d'un sourire enjôleur. Qui, encore une fois, allume une étincelle dans mon cœur meurtri, ainsi qu'une bouffée de désir dans mon caleçon.

Vivement que ces pingouins se tirent !

Je la baise, brutalement, puis nous mettons les voiles. J'espère que ma surprise lui plaira. J'imagine le plaisir dans ses yeux, l'éblouissement, son corps pressé contre le mien, ses bras autour de mon cou. J'ai le sentiment qu'elle me regarde, parfois, comme si j'étais le roi du monde, et j'avoue que ça m'émeut. Peut-être lâchera-t-elle enfin prise ! Peut-être me laissera-t-elle entrer dans sa tête, cette tête qui bloque son plaisir ; cette tête dont elle me bannit.

Alors que je contemple le lac, ses paroles de tout à l'heure affleurent mes pensées : « Je suis tombée amoureuse de Jack au premier regard. » Vérité ou *fake* ? À quel point joue-t-elle la comédie ?

Je fais le vide, imagine l'après, juste elle et moi. Une onde de culpabilité menace de me faire renoncer : pourquoi vouloir la faire craquer à tout prix et être celui qui réussira à la faire jouir si je n'envisage aucun avenir avec elle ? Je devrais garder mes distances et ne pas m'impliquer, la préserver de moi, ne pas la posséder jour après jour, nuit après nuit. Mais comment résister à l'attrait infernal qu'elle continue à exercer sur moi ? Lorsqu'elle est près de moi, je perds tous mes moyens et je n'ai plus qu'une idée fixe, la posséder, encore et encore. Jamais une femme ne m'a envoûté à ce point. Au départ, je pensais qu'elle m'intéressait parce que je m'étais interdit de la toucher, aujourd'hui, je sais qu'il y a plus. Je repense à ce que j'ai ressenti lorsque les services de l'Immigration l'ont emmenée, avant que Mike lui sauve les fesses. La voir s'éloigner, comprendre que je ne la reverrais pas de sitôt m'a écartelé et comprimé le cœur. J'ai eu mal ! Et quand je l'ai tenue dans mes bras, un immense sentiment de soulagement m'a terrassé, ainsi que la sensation d'un piège se refermant sur moi.

– Monsieur O'Brien ?

Je me retourne.

C'est mon tour. J'arrive, les mecs, on va faire fissa et y a pas intérêt à me faire chier !

J'entre dans le salon à la suite de l'agent, croise Chloé qui prend ma place sur la terrasse. Nos regards se happent, nos doigts se caressent. Un frisson remonte le long de mon bras. La sérénité m'envahit. Nous allons nous en sortir, rouler ces putains d'agents dans la farine, puis nous nous tirerons d'ici pour un repos bien mérité ; ces deux dernières semaines ont été intenses en émotion avec cette épée de Damoclès du contrôle au-dessus de nos têtes.

Maintenant que nous en serons débarrassés, ce ne sera que du bonheur !

Et je compte bien profiter du corps de ma femme pendant le temps qui m'est imparti.

28

Chloé

– Oui, oui, oui, vas-y ! Plus fort…

Jack gronde, capture mes iris des siens et fait aller et venir son sexe en moi, plus loin, plus vite, plus passionnément, presque avec désespoir. Il s'acharne, ne lâche rien ; nos corps-à-corps sont comme des combats dorénavant. Des combats dont nous voulons l'un et l'autre sortir vainqueurs, notre résistance poussée au paroxysme. Des gouttes de sueur inondent nos épidermes, qui s'échauffent.

J'y suis presque…

– Chloé…

C'est comme un cri du cœur, une supplique, une larme glisse le long de ma tempe. C'est beau, fort, intense, Jack me donne tout, tout ce qu'il a, mais ce n'est pas encore assez.

Je lui fais « non » de la tête.

Il ralentit la cadence, me scrute intensément. Une lueur traverse son regard rivé sur le mien. Une lueur que je serais bien en peine de comprendre.

J'aimerais tant le laisser m'atteindre et me faire jouir…

Plus tard, peut-être…

– Viens, supplié-je à mon tour.

Aussitôt, tout son corps se tend. Je pose ma paume sur sa joue, le dévisage. Je veux voir la jouissance envahir ses traits, le magnifier, j'aime qu'il tire du plaisir de mon corps, j'aime qu'il jouisse de moi. Nos regards se harponnent. Il cesse ses mouvements de bassin et, son sexe profondément plongé dans le mien, jouit en libérant un gémissement d'extase, proche du sanglot, puis il s'effondre sur moi.

Je le serre dans mes bras et nous laissons, enlacés, nos souffles revenir à la normale, puis Jack roule sur le côté, m'emportant avec lui. Il retire le préservatif, le laisse tomber au sol, m'embrasse le haut de la tête et repose la sienne sur l'oreiller avec un soupir, semblant à bout de forces.

– Bordel !

Je lève mon visage vers le sien.

– C'était bon ?

Ne pas accéder à l'orgasme me torture l'esprit, néanmoins, le plaisir manifeste de Jack à me faire l'amour, sa jouissance adoucissent ma peine.

– Très ! me rassure-t-il, en me regardant ardemment. Même si je culpabilise.

– Tu ne devrais pas, ce n'est pas ta faute.

– Je sais… Nous réussirons, ajoute-t-il, comme à chaque fois.

Et comme à chaque fois, je lui souris, me forçant à le croire et gardant espoir.

– Oui, nous réussirons…

Je veux m'en persuader. Je veux y parvenir. Avec lui. C'est mon vœu le plus cher !

Je me cale contre lui, soupire, profitant de ces moments doux, de ses bras autour de moi, de sa peau contre la mienne, de sa chaleur, jusqu'à ce qu'il gigote.

Il a tellement d'énergie, parfois, il me fatigue.

– Allez, on bouge !

Je lève la tête, surprise.

– Quoi ? On va bosser ? Tu m'as dit que nous prenions deux jours de congé !

– Et c'est le cas ! Je t'emmène quelque part !

– Où ?

Il m'embrasse.

– Tu verras, c'est une surprise !

– Je vais aimer ?

– Tu vas adorer !

– Alors, je viens !

Il rit et sort du lit.

– Je ne te laisse pas le choix, de toute façon !

J'aime sa fougue… J'aime tout chez lui… Jack touche mon cœur, jour après jour, je le sens. Je sens que je le laisse y entrer et que je n'ai aucune envie de l'en évincer tant il est devenu essentiel.

Il me tend la main.

– Viens, on va prendre une douche.

J'aime aussi qu'il prenne soin de moi de cette manière, qu'il soit attentif à moi. Sa douceur, sa tendresse, sa générosité me comblent et comblent mon âme blessée.

Et ça, ça vaut toutes les jouissances du monde.

***

Jack se place derrière moi à ma descente du pick-up, me prend dans ses bras.

– Ferme les yeux ! susurre-t-il à mon oreille.

Sa voix, à la tessiture rauque, déclenche des milliers de petits frissons sur ma peau. Mon cœur se met à battre la chamade.

– Où est-ce que tu m'emmènes ?

Le fourbe n'a rien voulu me dire et je n'ai rien vu de notre destination pour la simple et bonne raison que je me suis mise à ronfler après seulement quelques minutes de route. Le stress de la visite des contrôleurs de l'état civil, sans doute, puis nos ébats. Jack me baise toujours passionnément, mais là, je sais pas, il s'est passé un truc. Un truc que je n'ai pas voulu analyser dans l'instant. Un truc qui m'a mis le cœur à l'envers. Ce cœur qui n'en finissait pas de tambouriner contre mes côtes lorsqu'il a plongé ses iris dans les miens, comme s'il sondait mon âme et voulait en devenir le maître. J'ai presque réussi à baisser les armes, je le voulais tellement fort, mais mon cerveau a encore fait de la merde, et mon plaisir a reflué sans que je comprenne pourquoi ni comment. Jack a été adorable, comme à son habitude, il m'a assuré que nous réussirons. Je le crois, j'ai bon espoir. Je sais qu'il fait le maximum, et je suis désolée de le décevoir et de ne pas atteindre la jouissance.

Je me frustre, et je le frustre également, mais qu'y puis-je ?

Je ne suis pas responsable de mes manques, ni des choses qui débloquent en moi. J'ignore ce que je dois faire, sans doute qu'avec le temps… Chaque jour, j'espère, et Jack espère avec moi. Je le vois. Dans ses yeux, aucune pitié, juste de l'espoir, et ça me rassure.

– Si je te le dis, ce n'est plus une surprise ! ajoute-t-il, en exhibant un foulard devant mes yeux.

Quoi ?

Je le retiens avant qu'il le plaque sur mes orbites.

– C'est obligé ?

– Je ne veux pas que tu voies où je te conduis !

– Si je jure de fermer les yeux très fort ?

– Tu seras tentée de regarder, curieuse comme tu es, je te connais ! Promis, tu ne le regretteras pas !

Je libère ses mains, décide de m'en remettre à lui. Je

ne risque rien ! Je sais que Jack ne me fera jamais aucun mal ! Et que je peux lui faire confiance. Après ce premier acte manqué à l'aéroport de Wellington, il ne m'a jamais trahie, jamais dupée, il n'a cessé au contraire de prendre soin de moi, de veiller sur moi et de me protéger. Jusqu'à sacrifier sa liberté et ses résolutions pour m'épouser et m'éviter l'expulsion.

– T'es fou ! Tu sais ça !

Son rire s'égrène. C'est le son que je préfère au monde ; il me bouleverse.

Jack croise ses doigts avec les miens, puis me fait avancer.

– Ne t'inquiète pas, c'est tout droit ! Et je t'avertirai au moindre obstacle.

– Monsieur est trop bon…

Je grogne, mais à la vérité, j'adore. Ma vue occultée, je me concentre sur mes autres sens, les cailloux qui roulent sous mes pieds, le contact de la paume de Jack contre la mienne, sa chaleur, son parfum mâle qui m'enveloppe, me donnant atrocement envie de lui. Presque douloureusement. J'ai tout le temps envie de lui, je ne me lasse pas de le toucher, de le humer, de le faire jouir ; je fais passer son plaisir avant le mien, avec l'espoir, toujours, d'atteindre la félicité avec lui.

Je sais que ça viendra, là aussi, je suis confiante.

Notre relation ne se résume pas au sexe. Nous avons une connexion évidente, et plus les jours passent, plus je m'attache à lui, même si ce n'est pas raisonnable. Mais qu'est-ce que la raison lorsque le cœur est en cause ? Lui seul décide et la dépendance à l'autre peut être cérébrale autant que physique, sinon davantage. C'est le principe même de l'amour platonique.

Bref, tout ça pour dire que, même si Jack n'arrive pas

à me faire atteindre l'orgasme, j'aime qu'il me fasse l'amour et j'aime être dans ses bras.

Nous progressons sur le chemin, montons de petites côtes, descendons, et plus nous progressons, plus nous sommes environnés d'acclamations de surprise, ainsi que de cris émerveillés d'enfants.

Jack s'arrête et vient se positionner de nouveau dans mon dos.

– Tu es prête pour découvrir ta surprise ?

– Bien sûr !

– Tadam !

Il retire le foulard de devant mes yeux et je les écarquille de surprise.

Nonnnn, c'est pas vrai !

– Hobbitebourg ! m'écrié-je. Oh, Jack, merci, merci, merci…

Je lui saute au cou, lui donne un baiser passionné, puis me retourne pour admirer le village de Frodon Sacquet, Bilbon Sacquet, Sam Gamegie, Merry et Pippin, pour ne citer qu'eux.

J'ai l'impression que Gandalf va sortir d'un trou de hobbit pour venir à ma rencontre tellement le décor est réaliste et authentique, ou que les Nazgûl, les neuf spectres de l'anneau, noirs, terrifiants, aux ordres de Sauron, le méchant-méchant de l'histoire, vont se ruer à ma poursuite !

Rhooo, je m'y crois trop !

Je glisse mes doigts entre ceux de Jack, tire sur son bras.

– Viens, on va visiter !

Il éclate de rire face à mon engouement de gamine, mais ne résiste pas. Lorsque je tourne la tête vers lui, je remarque ses yeux pétillants. Il est heureux, lui aussi.

Heureux de me rendre heureuse.

Nous longeons la ferme ovine à la verdure vallonnée, traversons le pont de pierre menant au village. Tout y est, les trous de hobbits, la maison de Frodon et Bilbon, l'auberge du Dragon Vert, le moulin à eau…

Jack m'entraîne au Shire's Rest Cafe retrouver notre guide et, pendant deux bonnes heures, tout en partant à la découverte de la Comté, en Terre du Milieu, celui-ci nous raconte les secrets de tournage.

J'aimerais trop apercevoir Aragorn, fils d'Arathorn, mon personnage préféré, ou encore des elfes (Arwen, sa compagne, Legolas, Galadriel, Elrond…), Éowyn, Boromir, Faramir, Gimli le nain… Je crois que si c'était le cas, je ferais une syncope.

Et c'est des étoiles plein les yeux que je quitte l'endroit au bras de Jack, après nous être restaurés d'un petit en-cas à l'auberge du Dragon Vert.

***

– Où est-ce que nous allons, maintenant ? demandé-je, une fois réinstallée dans la voiture.

– Tu verras ! répond-il de nouveau, laconique.

Ce soir, c'est le réveillon de la Saint-Sylvestre, j'imagine qu'il m'emmène faire la fête quelque part !

Mon cœur éclate de joie à la pensée de commencer une nouvelle année avec lui, dans ses bras.

S'il me gâte autant, c'est qu'il tient un peu à moi, non ?

Je me penche, passe le bras autour de ses épaules et l'attire vers moi. D'une main sur sa joue, je tourne son visage dans ma direction, dépose un baiser sur ses lèvres.

– Merci…

Il me dévisage ardemment.

– Avec grand plaisir… J'aime te voir heureuse.

– Je le suis, Jack, n'en doute pas…

Il s'empare de ma main, embrasse mes doigts. Une lueur traverse son regard, si fugace que je crois l'avoir rêvée. J'ai le sentiment, soudain, qu'il va me livrer quelque chose d'important, mais il se ravise et s'écarte.

– On poursuit ?

– Bien sûr, rétorqué-je, la gorge serrée par l'émotion.

Qu'allait-il me confier ?

Bah, je suppose qu'il le fera lorsqu'il sera prêt. Je le connais suffisamment maintenant pour ne pas avoir envie de lui forcer la main. Cela ne servirait à rien, hormis à le contrarier, et il pourrait se refermer comme une huître, alors que nous passons de super moments.

Je ne veux pas tout gâcher avec des questions malvenues.

Je ne veux pas penser à *l'après*.

Je veux être heureuse, ici et maintenant.

29

Chloé

Béatitude : extase, ravissement, contentement intérieur, félicité parfaite ressentie au paradis…

C'est ce que j'éprouve, là, dans l'instant, assise entre les jambes de Jack. Je me love davantage contre lui et, aussitôt, il resserre ses bras autour de moi, pose son menton sur le haut de ma tête.

Je suis bien.

Je crois n'avoir jamais été aussi bien.

Cette journée a été une folie ! OK, au départ, c'était pas gagné. Il y a eu cette visite des agents de l'état civil, hyper-flippante (même si je crois, sincèrement, que nous avons fait un sans-faute !), mais alors après… une vraie dinguerie ! Jack m'a emmenée à Hobbiton, j'avais le sentiment de rêver ! J'étais comme une gosse dans un parc d'attractions, je n'ai cessé de m'émerveiller. Nous avons marché, marché et encore marché, main dans la main, comme un vrai couple, puis nous avons repris le pick-up et roulé jusqu'à sa maison au bord du lac, sans nous arrêter de parler du *Seigneur des Anneaux*, ainsi que de la nouvelle adaptation Netflix : *Les Anneaux de Pouvoir*. Une préquelle à la saga, tirée du *Silmarillion*, une autre œuvre de Tolkien éditée à titre posthume par son fils. Jack est aussi calé que moi sur cet univers, sinon plus, et pour nous amuser, nous avons répondu à plusieurs quiz de connaissances ; il en a gagné certains, moi, d'autres, et nous nous sommes amusés comme des petits fous.

Puis nous nous sommes installés sur la plage, afin de profiter des derniers rayons de soleil.

J'ignore ce que Jack a prévu pour le réveillon, si nous restons ici ou si nous allons faire la fête avec d'autres gens. Les Kiwis étant parmi les premiers à fêter la nouvelle année, traditionnellement, m'a confié Jack, lors du décompte, ils sortent dans les rues avec des casseroles qu'ils frappent les unes contre les autres ou se retrouvent sur le front de mer, où se côtoient musiciens, animations et *food trucks*.

Si j'ai le choix, je préfère mille fois passer la soirée et la nuit ici, avec lui, dans ses bras. Je n'ai besoin de rien d'autre. De personne d'autre. Jack est devenu, en quelques semaines, mon univers ! Alors, certes, tout est allé très vite, *trop vite*, nous n'avons pas tout maîtrisé, ni choisi, notre mariage, par exemple. Punaise, les évènements se sont enchaînés avec une telle rapidité que, parfois, j'en ai le tournis, mais je ne reviendrais pas en arrière. Ces jours et ces nuits passés avec Jack sont les plus heureux de toute mon existence. Et je ne veux plus que ça s'arrête. Je veux rester là, dans ses bras, pour l'éternité.

Je caresse ses bras, frotte ma tête contre son menton, recherchant sa chaleur.

– Tu es prête pour la suite ? susurre-t-il à mon oreille.

Sa voix, emplie de promesses, me fait instantanément fondre.

– Parce qu'il y a encore une suite ?

– Pas qu'une, duchesse !

Je serre ses bras davantage autour de moi.

– J'ai pas trop envie de bouger, là, bougonné-je. Je suis bien !

– Moi aussi, je suis bien, mais j'ai prévu d'autres petites réjouissances pour nous deux…

– Oh… Lesquelles ? demandé-je, alors que je sais pertinemment qu'il ne dévoilera rien.

Il aime me surprendre et, jusqu'à maintenant, même si je déteste les surprises, j'ai aimé les siennes.

– Je ne te dirai rien ! Même sous la torture ! assène-t-il avant de s'extirper de mes bras, de sauter sur ses pieds, de se positionner devant moi et de me tendre les mains. Viens ! Je te promets que tu ne le regretteras pas.

– OK…

Je glisse les mains dans les siennes et il me tire à lui d'un geste brusque, me propulsant contre son corps. Aussitôt, il referme ses bras sur moi, me presse contre lui, m'embrasse dans le cou, me faisant glousser de contentement. Mon cœur déborde de béatitude. Encore. Et ça, c'est l'effet Jack ! Je ne me lasserai jamais de ses bras, de ses lèvres, de son corps contre le mien. Je refoule de toutes mes forces l'appréhension qui ne me quitte jamais tout à fait. Encore une fois, je refuse de penser à *l'après*, à la fin de notre mariage. Je refuse de penser qu'un jour, Jack et moi, ce sera fini. Je me suis promis de profiter de ces moments avec lui, alors je vais profiter et être heureuse. Ça aussi, je me le suis promis… Le bonheur est tellement éphémère, tellement précaire, qu'il faut le saisir lorsqu'il est à notre portée.

Ici et maintenant !

Je suis ici et maintenant, nulle part ailleurs, et avec personne d'autre que Jack.

Il repousse mes cheveux de mon visage, m'embrasse tendrement. Ses yeux pétillent.

Est-il heureux, lui aussi ?

Je l'ignore, il ne dévoile rien (il est si secret), mais

parfois, lorsqu'il me regarde, comme à cet instant, avec cette lueur indéfinissable dans le regard, j'ai le sentiment qu'il l'est. Même si je ne peux m'empêcher de sentir qu'il y a autre chose : des interrogations, de la surprise… Je crois que Jack ressent réellement quelque chose pour moi, mais qu'il refuse de voir cette vérité en face. Il n'est pas prêt, et peut-être ne le sera-t-il jamais. Je m'y attends. Serait-il capable de se séparer de moi parce qu'il a peur de l'engagement ? L'engagement véritable ? Parce qu'aimer l'effraie ? Ça aussi, je l'ignore. Il ne parle jamais de ses espoirs personnels, de ses objectifs. Je sais qu'il prospecte pour moi et continue de chercher des investisseurs étrangers pour Wallaroo, mais j'ignore ce qu'il veut réellement, lui. Je me promets de lui poser la question. Cette nuit, pourquoi pas ? C'est la Saint-Sylvestre, demain commence une nouvelle année, c'est le moment idéal, non ?

– Prête ? demande-t-il, la voix étrangement rocailleuse.

Je me pends à son cou.

– Toujours ! J'aime tout ce que tu me fais, Jack…

– Tu es sûre ?

Encore le sexe, toujours le sexe… Il n'en parle pas, ne me fait aucun reproche, mais je sais qu'il souffre de la situation. Quel homme supporterait de ne pas pouvoir faire jouir sa femme ? Surtout un homme comme Jack ! Un homme avec un sex-appeal de malade, viril, beau comme un dieu grec. Son ego doit en prendre un coup et je refuse qu'il soit malheureux à cause de moi. Je lui ai déjà causé bien assez d'embêtements.

– Oui, Jack, je suis sûre.

Il caresse mon visage, repousse de nouveau mes cheveux, plonge ses iris troublés dans les miens.

– J'aimerais tellement faire davantage.

– Tu fais déjà beaucoup, je t'assure. Et tu as beaucoup fait.

– Mais ce n'est pas assez…

– Ce n'est pas grave…

Je t'aime…

J'ai envie de le lui crier, mais m'en abstiens. Il n'est pas prêt à l'entendre. Et j'avoue que je ne suis pas prête à me livrer, moi non plus. Mais peut-être le sait-il ? Souvent, les actes, les regards, parlent pour nous.

Parfois, j'ai le sentiment que lui aussi est tombé amoureux de moi…

Mais j'ai peur de me tromper également, j'attends qu'il me le dise.

Bon sang, comme les relations entre les hommes et les femmes sont compliquées !

Je crois, honnêtement, que tout est une question de chance : la chance de trouver la bonne personne, d'avoir envie des mêmes choses au même moment, de désirer se construire un avenir commun, fonder une famille, avancer ensemble, ne plus se quitter, se fermer aux autres relations… Continuer de s'aimer malgré les incertitudes, les aléas de la vie, les écueils, les drames parfois… J'ai envie d'un avenir avec Jack ! Et lui ?

– Tu me rends heureuse, c'est tout ce qui compte, Jack, ajouté-je, me voulant convaincante. Le manque de plaisir n'est qu'un détail. Et d'ailleurs, j'en ai !

Oui, j'en ai, beaucoup, même, jusqu'à ce que mon cerveau foute tout par terre !

Je pose ma main sur sa joue, demande :

– Ça te rend malheureux ?

Il presse mon bassin contre le sien, tout contre son érection.

– Affamé, plutôt ! gronde-t-il, avant de prendre d'assaut mon cou, qu'il embrasse fiévreusement. J'ai constamment faim de toi, duchesse !

– J'aime mieux ça ! roucoulé-je, la tête en arrière, le laissant lutiner ma peau.

Certes, Jack n'arrive pas à me faire basculer dans l'orgasme, mais bon sang, comme j'aime ses préliminaires. Il fait monter la tension dans nos deux corps, il échauffe mes sens comme personne, et ça, c'est juste trop bon !

Comme il aime à le faire, il englobe ma nuque, s'empare de mes lèvres et m'embrasse. Passionnément. Longuement. Je frissonne des pieds à la tête lorsqu'il déboutonne mon jean et glisse les doigts dans ma culotte.

C'est chaud, brut de brut, mais j'adore !

J'aime qu'il me malmène agréablement, qu'il ne me considère pas comme une petite chose fragile, qu'il oublie mes problèmes et me donne du plaisir, encore et encore, avec une patience d'ange.

Il caresse ma fente, gronde :

– Prête pour moi, comme toujours…

– J'aime ce que tu me fais, Jack, je te l'ai dit, ronronné-je, accrochée à ses épaules, avant de pousser un léger cri lorsque, perdant visiblement patience, il me fait basculer dans ses bras, court jusqu'à la maison, grimpe l'escalier en bois extérieur et ouvre la porte avec son coude.

– Bouge pas ! ordonne-t-il avant de me reposer les pieds au sol et de s'éloigner.

Je porte les mains à mon visage en découvrant sa surprise : le parquet est en partie recouvert de tapis épais avec, en leur centre, un immense matelas lui-même recouvert d'une très belle couette écrue ; des voilages de même couleur occultent le coin cuisine encore en travaux, des oreillers sont disséminés, ainsi que de grands poufs en rotin, et surtout, surtout, des tas de bougies, que Jack est en train d'allumer une à une.

C'est magique.

Féerique !

Et j'adore ! Je fonds… comme ces bougies, surtout lorsque, après les avoir toutes allumées, il revient vers moi de son pas de prédateur, ses iris ténébreux ancrés aux miens. Il claque la porte que, toute à ma surprise, je n'ai pas refermée, me prend par la main et me fait avancer vers le matelas. Là, sans un mot, il effleure mon corps du bout des doigts, me frôle, fait encore monter la tension avec des regards incendiaires avant de descendre lentement mon jean sur mes cuisses. Il me déshabille. Intégralement. La fraîcheur du soir fait s'ériger les pointes de mes seins, ma peau se couvre d'agréables petits frissons, mon sexe se trempe d'impatience. Puis, sans me quitter des yeux, il s'attaque à ses propres vêtements. La gorge sèche, le souffle erratique, je l'observe se mettre nu devant moi. Il se livre, sans aucune pudeur, me livre sa nudité, sa beauté irréelle qui me transperce le cœur et, si j'en crois la lueur incertaine qui danse dans son regard, sa fragilité.

Une fragilité qui m'émeut aux larmes.

Bon sang, comme je l'aime…

Mon souffle s'altère davantage lorsqu'il s'approche, me frôle encore, cette fois-ci avec son corps, se positionne dans mon dos. J'anticipe le moment où je vais le sentir tout contre moi, peau contre peau. Je frissonne. Chacune des fibres de mon corps appelle le sien, mon âme appelle la sienne, et je m'appuie contre lui, les yeux fermés, quand, enfin, il se colle à moi. Un gémissement m'échappe lorsqu'il englobe mes seins, les presse dans ses paumes, les malaxe, les soupèse, en étire les pointes durement.

– Tu me fais confiance ? demande-t-il tout contre mon oreille.

Mon cœur manque un battement à ses inflexions rauques, mon corps vibre. J'ai peur, pas qu'il me fasse du mal, Jack ne me ferait jamais de mal, mais de l'inconnu. En même temps, l'excitation me gagne. M'enveloppe. Mon cœur reprend sa course, plus vite. Oui, je suis excitée, par son comportement de mâle dominant, par sa prestance, sa présence, sa dangerosité en cet instant. Par son souffle sur ma peau, ses mains qui me caressent. Avec fièvre.

Je le sens se baisser, l'entends ouvrir l'un des poufs près du matelas.

– Ferme les yeux, ordonne-t-il.

Je me dispense de lui révéler qu'ils le sont déjà. Je n'ai aucune envie de parler, je veux juste ressentir, me perdre dans mes sensations, le laisser jouer avec mon corps si c'est ce qu'il souhaite, m'en remettre à lui, lui laisser les clés de mon plaisir s'il en découvre le chemin.

Je m'efforce au détachement, je sais que c'est justement *la* clé.

Je ne suis pas surprise lorsqu'il me bande les yeux, je m'y attendais. J'ignore pourquoi, mais je le savais… Peut-être parce que j'espérais qu'il le ferait ; qu'il me soumettrait à lui. Je ne lui demande pas s'il a déjà attaché une femme, s'il est un adepte du SM, et il n'a nul besoin de l'être pour me bander les yeux et m'attacher les poignets.

Ce qu'il fait également, pour ensuite tourner autour de moi.

– Tu as peur ?

Je frissonne, ma peau se hérisse, j'ai chaud, froid, la

fièvre m'envahit et… je crois que ça me plaît…

– Non, murmuré-je, la bouche sèche.

Il glisse de nouveau ses doigts sur ma peau et, soudain, une musique s'élève. Un rire étranglé m'échappe lorsque je reconnais les premières notes de « Crazy in Love ». Je frémis lorsque la voix rauque de Beyoncé envahit ma nuit, lorsque les mains de Jack se font plus entreprenantes, plus dures, lorsqu'elles se glissent entre mes cuisses, maltraitent mon clitoris. Mes yeux s'inondent de larmes tellement ses caresses, alliées à son souffle dans mon dos, son sexe contre mes fesses, bandé, dur, la musique, me transportent. Bouche ouverte, je me concentre sur ce qui se passe entre mes cuisses, sur *ses* doigts qui me torturent divinement.

– Laisse-toi aller…

Il me caresse de longues secondes, tout en parsemant ma nuque de petits baisers, me faisant frissonner et frémir de la tête aux pieds, quand, soudain, mon souffle se bloque sous l'intrusion de son majeur entre mes nymphes bouillonnantes. Je recule, mais, son corps plaqué au mien, il m'empêche de le fuir. Il ajoute un doigt, les plonge profondément en moi, gronde, feule, mord le lobe de mon oreille, me contraint divinement.

– Oui, c'est ça, abandonne-toi à moi, mon cœur…

Ses mots me bouleversent, sa voix, ses attentes, ses espoirs, mes chairs se crispent autour de ses doigts. Ils vont vite, ils se font impérieux, me remplissent, m'étirent. Je halète, me tends, frémis, des cris m'échappent. Des cris qui me surprennent. Cette voix, ce n'est pas ma voix. Des larmes coulent sur mes joues, mes lèvres tremblent, je veux… je veux… Je résiste à l'envie de le sommer d'arrêter. Je veux jouir, me laisser aller, lâcher prise, je peux tenir encore, encore, il le faut… De quoi j'ai peur au juste… C'est Jack, Jack ! Il ne me fera jamais de mal…

Alors que je me sens m'assécher, mon souffle se brise en un sanglot.

Jack retire doucement les doigts de mon sexe, avant de me retenir lorsque je m'effondre, en larmes.

– Pardon, pardon, je suis désolé, ne cesse-t-il de psalmodier en se dépêchant de retirer le bandeau, puis le foulard autour de mes poignets.

Il s'empresse, me conduit sur le matelas sur lequel il m'allonge avec douceur, me prend dans ses bras et me berce jusqu'à ce que mes sanglots cessent.

– Je te demande pardon, réitère-t-il, après avoir déposé un léger baiser sur ma tempe. Je n'aurais pas dû t'imposer ça, je pensais…

Il s'interrompt, la voix cassée.

Je m'en veux, je lui fais tellement de mal.

Je lève les yeux vers lui, caresse sa joue.

– Merci…

Il glisse son pouce sur la mienne, essuie les larmes qui s'y trouvent encore, me dévisage.

– De ne pas réussir à te donner du plaisir ?

– Non, d'être toi.

– Je suis nul, s'excuse-t-il.

Mon cœur se fissure.

– Ne dis pas ça, voyons, c'est moi, le problème, pas toi.

– J'aimerais tellement…

Je pose mes doigts sur ses lèvres.

– Je sais… Ce n'est pas ta faute, Jack.

La musique de *Fifty Shades* continue de s'égrener. Après Annie Lennox, c'est au tour de The Weeknd avec « Earned It » d'emplir la pièce.

Je laisse glisser mes doigts de ses lèvres à sa joue, le dévisage à mon tour, le cœur gorgé d'amour. Un amour que je suis prête à lui révéler tant, en cet instant, sa détresse me fait mal. Une détresse dont je suis la cause. Je le fais douter de lui, je le rends fragile, vulnérable, et ça me tue. Mais… je tais mes sentiments.

– Si… Si tu veux me ramener chez mon père et aller faire la fête avec tes amis, je ne t'en voudrai pas. Je ne veux pas que tu te sacrifies pour moi, que tu sacrifies ta soirée…

Il me rend mon regard, fouille mes iris.

– Pourquoi ? Tu veux que je parte ? Que je te laisse seule ?

– Non, bien sûr que non, je suis bien avec toi, je ne voudrais être nulle part ailleurs, Jack, ni avec personne d'autre. Mais toi ?

– Moi non plus je ne veux être avec personne d'autre que toi !

– Tu en es sûr ?

Ses prunelles alpaguent les miennes.

– Je te l'ai dit je ne sais combien de fois, duchesse, personne ne m'oblige jamais à rien. Si je suis ici, avec toi, c'est que je le veux.

– Je ne te mérite pas, soufflé-je, le cœur en déroute, des larmes encore au bord des cils.

Un sourire étire ses magnifiques lèvres, gonflées par nos baisers passionnés.

Pourquoi, bon sang… Pourquoi je ne le laisse pas me rendre heureuse ? Je le mérite… et lui aussi. Nous méritons d'être heureux ensemble, la vie nous a réunis, non ? Alors, pourquoi ? Pourquoi je n'arrive pas à lui faire confiance et à lâcher prise ?

– On est d'accord, se moque-t-il, avant de m'attirer à lui. Mais nous sommes liés, toi et moi. Tu n'as pas froid ?

Il change de sujet, comme à son habitude, alors que

je voudrais qu'il me parle de nous, justement, de ce qu'être lié à moi lui procure comme sensations. Comme obligations…

– Un peu, avoué-je, décidée à lâcher prise au moins sur ça.

Il nous recouvre avec la couette, embrasse le haut de ma tête, soupire.

Cœur qui soupire n'a pas ce qu'il désire… Il est malheureux, et je ne peux m'empêcher de penser que c'est ma faute…

– Tu as sommeil ? demande-t-il encore.

Je redresse la tête.

– Non, plutôt faim, et toi ?

– Pareil, bouge pas !

Je le regarde se lever et, nu comme un ver, se diriger vers le coin cuisine. Il revient avec un panier de pique-nique.

Je me mets au diapason, oublie mes tourments :

– Tu as vraiment tout prévu…

– Tout ! Profite, duchesse !

Parce que ça ne durera pas ! clame ma petite voix. Cette salope qui m'empêche d'être heureuse ! Cette même voix qui se fait entendre aux pires moments et me foire mes relations amoureuses. Comment la faire taire ? Je décide de l'ignorer. Et de profiter de Jack, tant qu'il est à mes côtés. Parce que oui, malgré tout et malgré mes rouages brisés, il est encore là, et il a manifestement décidé de continuer à me gâter.

Je m'assieds, embarquant la couette avec moi, tandis qu'il passe son boxer.

Il prend place face à moi, croise ses longues jambes, ouvre le panier pour en sortir une petite nappe, qu'il étale entre nous, puis des boîtes d'un traiteur chinois, ainsi que deux contenant des sushis. Mon péché mignon. Il me tend des baguettes.

Je m'en empare, tout sourire, accède à son invitation à déguster et prends l'une des boîtes de sushis.

– Attends, je vais t'aider, décrète-t-il, me voyant batailler contre le couvercle.

Je le regarde faire.

Se sentant observé, il lève les yeux.

– Quoi ?

– Vous êtes vraiment quelqu'un de bien, vous savez, monsieur O'Brien.

Il me rend ma boîte, ouverte, après avoir rempli un compartiment de sauce soja, fournie.

– Je ne crois pas, non…

Je pose ma main autour de son poignet, le retiens un instant avant de le relâcher.

– Je le pense, et j'ai raison… Tout le monde le pense, Jack…

– Pas tout le monde, duchesse ! J'en connais au moins un pour lequel je n'ai toujours été qu'un sale petit morveux.

– Le monde ne se résume pas à ton père ! Oublie-le !

Il s'empare d'une boîte, l'ouvre, puis de ses baguettes, qu'il fait osciller dans ma direction.

– Vous avez entièrement raison, patronne ! Je refuse qu'il gâche notre réveillon ! Bon appétit !

– Bon appétit, à vous aussi, mon brave.

Je gobe un sushi.

– Mmm, succulent !

– Che chais ! Ch'adore che traiteur !

Je ris.

Il est si désopilant, parfois.

J'avale mon deuxième sushi, murmure :

– Jack ?

Il arrête de fouiller dans ses nouilles sautées, lève les yeux vers moi.

– Mmm ?

– On recommencera ?

– Quoi donc ?

– Ce qu'on a fait tout à l'heure…

– Tu as aimé que je t'attache ?

Je secoue la tête.

– J'ai adoré… Tu l'avais déjà fait ?

– Attacher une femme ?

– Oui… soufflé-je, inquiète de la réponse, même si je suis habituée à le décevoir.

Je me demande, à chaque seconde, pourquoi il s'impose de rester avec moi.

– Non, jamais. C'était une grande première, duchesse.

Mes iris fouillent les siens.

– Tu as aimé ?

– Beaucoup…

Il se penche, lèche mes lèvres pleines de sauce, son sourire de retour.

Un sourire séducteur qui me réchauffe instantanément.

– … et je suis impatient de recommencer…

Mon cœur tambourine un peu plus fort.

– Moi aussi… soufflé-je. Maintenant ?

Il hausse un sourcil.

– Tu en as envie ?

– Toujours… J'ai tout le temps envie de toi, et tu le sais !

Ses iris s'accrochent aux miens, se font plus sauvages, plus ténébreux.

Je dévie mon regard, reprends un sushi, m'en délecte, avant de continuer :

– Tu sais que j'ai rêvé de toi et fantasmé sur toi pendant

des jours et des jours avant de venir ?

– Ah, bon ! Comment c'est possible ? demande-t-il, étonné.

– Il y avait une photo de toi dans le dossier de succession, tu étais de dos. J'ai tout de suite flashé sur tes fesses, elles m'ont beaucoup plu !

– Et le reste ?

Je mâchonne.

– Encore plus !

Il me sourit.

– J'en suis ravi, duchesse ! Moi aussi, j'ai fantasmé sur toi !

– C'est vrai ?

– Yep ! James me parlait tellement de toi… Je crois que j'ai passé ces dix dernières années à t'imaginer.

– Et à me détester !

– Oui, aussi… mais tu sais ce qu'on dit, entre haine et amour, parfois, il n'y a qu'un pas…

Je cligne plusieurs fois des paupières, le dévisage, attendant qu'il se livre davantage, qu'il me parle d'amour, de sentiment, d'attachement, mais il n'en fait rien, il se contente de me sourire.

Cependant, il est là, près de moi, et c'est tout ce qui compte.

Et quand, quelques heures plus tard, après que nous avons regardé *La Communauté de l'Anneau*, le premier volet de la saga de Tolkien, sur son téléphone, il s'endort contre moi, dans mon dos, en me serrant dans ses bras, je caresse l'espoir qu'un jour, Jack soit tout à moi.

Comme je suis à lui.

30

Chloé

Moins de six heures plus tard, c'est debout à côté de Jack, mon bras autour de sa taille, le sien autour de mes épaules, que je contemple le lever de soleil inaugurant ce nouveau jour.

Et cette nouvelle année !

Le ciel flambe à mesure que l'astre s'élève et ça me fait quelque chose de savoir que nous sommes dans les premiers à vivre cet évènement.

Jack me serre contre lui, embrasse ma tempe.

– Bonne année, duchesse !

Je me retourne, me pends à son cou, lui présente mes lèvres.

– Bonne année à toi aussi, Jack. J'espère qu'elle t'apportera tout ce que tu souhaites.

Il plaque ses grandes mains sur mes fesses, me presse contre lui.

– Merci, à toi aussi ! lâche-t-il, avant de me donner un baiser fugace et de détourner les yeux.

Pas assez vite, hélas, je l'ai vue ! J'ai vu cette lueur qui, parfois, traverse son regard, et qu'il cherche toujours à me dissimuler. Je fais semblant de l'ignorer, mais elle me blesse. Il me répète que personne ne le force jamais à rien, mais j'ai souvent le sentiment qu'il *s'oblige* à rester avec moi à cause de ce fichu mariage, et ça aussi, ça me blesse.

Je vire ces pensées dérangeantes et démoralisantes qui ravagent mon cœur et, continuant à jouer la comédie et à faire bonne figure, je m'empare de mon portable. Là, tout de suite, j'ai besoin d'entendre les voix de mes amis. Peut-être qu'ils sauront mettre un peu de baume apaisant sur mes plaies à vif.

Je m'écarte de Jack, lui désigne mon téléphone.

– Ça te dérange pas si j'appelle la France ?

– Non, bien sûr, je te laisse en paix…

Il s'éloigne en direction de l'eau, ramasse des cailloux et entreprend de faire des ricochets.

Qu'est-ce qu'il a, bon sang ?

Je déteste quand il se ferme de cette manière et devient nostalgique. Je préfère mille fois le voir en colère, ça me fait moins peur.

Je lance une visio Messenger sur notre groupe.

– Hé, salut, toi ! clame Tristan, rejoignant la conversation.

– Salut ! s'exclament les filles presque aussitôt !

Ils sont là… C'est pas vrai… J'en ai les larmes aux yeux.

– Salut !!! Je suis tellement contente de vous voir ! couiné-je. Ça fait trop longtemps ! Nous, on a déjà fêté la nouvelle année…

Je tourne mon portable en direction du lac, ajoute :

– … avec un magnifique lever de soleil !

– Putain, c'est qui, le beau brun près de l'eau ? demande aussitôt Tristan lorsque je repositionne l'écran face à moi.

Merde…

– Oh… montre… On n'a pas vu, nous ! clament les filles.

– Plus tard, je vous en parlerai dès que…

Ma voix se meurt alors que Jack apparaît à mes côtés dans la visio.

– Salut, moi, c'est Jack ! Jack O'Brien ! Et je suis l'époux de Chloé !

Oh, putain, le con !

Je le pousse d'un coup de hanche, mais trop tard. Les visages effarés de mes amis, qui parlent tous très bien anglais et ont parfaitement compris les paroles de Jack, s'affichent à l'écran avant que des « Quoi ? », « Comment ça ? », « C'est quoi, ce bordel ? » ne nous parviennent.

– T'es content de toi ? grondé-je, à l'attention de mon « homme pour de faux ».

– Pourquoi ? Tu ne voulais pas leur dire ?

– Si, mais pas de cette manière !

– Il n'y a pas trente-six manières de dire que nous nous sommes mariés, Chloé !

– Hé ! On vous entend ! braille Tristan.

– Si vous nous disiez ce qui se passe ? demande Maéva tandis que Ambre se laisse tomber sur l'assise du canapé, les mains sur le visage. Il t'a séquestrée ? Forcée ?

Je jette un coup d'œil à Jack, gênée.

– Nooon ! Où vas-tu chercher une chose pareille ?! Jack est quelqu'un de bien et je…

Je l'aime…

– … j'ai été menacée d'expulsion, voilà, lancé-je, gardant pour moi les secrets de mon cœur. Pour travail illégal. C'était la seule solution pour que je puisse rester en Nouvelle-Zélande.

– Comment ça ? Raconte ! réclame mon meilleur ami. Au fait, enchanté, Jack, moi, c'est Tristan, le meilleur ami de Chloé !

– Salut, Tristan !

– Et nous, Maéva et Ambre, les jumelles ! clament en chœur les filles.

– Je suis pour la non-violence, mais si tu fais du mal à

notre copine, je viendrai te buter ! ajoute Maé, ce qui déclenche le rire diablement viril de Jack.

Il m'embrasse la tempe avant un « Je te laisse, je vais ranger… »

J'acquiesce, le regarde s'éloigner, ne pouvant m'empêcher de sourire en détaillant sa silhouette plus qu'alléchante.

– Chloé ! braille encore Tristan.

Je reporte mon attention sur mon écran.

– Je suis là, les gars !

– Pfiou ! Il donne chaud, ton mec ! ajoute mon meilleur ami. Explique, c'est quoi, ce délire ?!

Je me laisse tomber au sol, croise les jambes et leur raconte.

Tout !

Amusée par leurs « waouh », « nan » et autres « hein ? » à chacun de mes propos, je ne cache rien : les lettres de mon père, ses tentatives de rapprochement, l'argent qu'il m'envoyait, les dissimulations de ma mère, l'animosité de Jack au début de notre rencontre, l'élevage, les agneaux, puis l'arrestation et mon *sauvetage* par Jack. Je leur parle aussi de l'enregistrement de la succession il y a de cela quelques jours, du contrôle et de ma vie avec *lui*…

– T'es heureuse ? demande Tristan après que les filles nous ont quittés en envoyant plein de bisous.

Elles avaient à faire !

– Oui, très !

– Fais attention à toi, Clo…

Mon meilleur ami se fait du souci pour moi, je le sais, je le vois dans son regard.

– Je sais… Je sais que c'est un faux mariage, mais ce que je ressens dans ses bras, ou même lorsqu'il me regarde, Tristan, c'est indescriptible. J'ai envie d'y croire. Peut-être qu'avec le temps, il réussira à m'aimer. Un peu…

– S'il ne tombe pas amoureux de toi, c'est qu'il ne te mérite pas, ma belle, et un faux mariage peut devenir une réalité. Et comment ça se passe au pieu ?

Il n'y a vraiment qu'avec lui que j'aborde ce sujet.

Lui et Jack, maintenant.

– Mieux qu'avec n'importe qui d'autre, mais…

Il grimace.

– T'as pas encore…

– Non, pas encore… mais bon, on y travaille ! Jack est patient, inventif et, s'il n'y arrive pas, je crois que personne n'y arrivera !

– Ne sois pas défaitiste ! Ça marchera, j'en suis sûr ! Certainement lorsque tu auras pleine confiance en lui.

– Je le crois aussi ! Bon, je vais te laisser, il range tout seul, le pauvre, déjà qu'il a tout préparé !

– Il m'a l'air bien, ce petit ! Garde-le !

– C'est bien mon intention, mais ça ne dépend pas que de moi !

– Je sais bien, ma belle, je te charrie ! En tout cas, profite !

– J'y compte bien !

Ce n'est pas tous les jours que l'on a un Jack O'brien dans son lit, ni en guise de mari.

Après un dernier coucou, je coupe la visio et m'empresse d'aller rejoindre mon homme. Qui me manque. À la vérité, il me manque dès que je ne l'ai plus sous les yeux. J'ignore si ça passera un jour, mais là, dans l'instant, c'est ce que je ressens.

Je grimpe l'escalier, le cœur battant, traverse la terrasse, entre par la baie laissée ouverte et, avisant Jack occupé à ranger notre pique-nique, près du matelas, je lui saute dessus, le pousse pour qu'il s'allonge et le chevauche. Je retire mon tee-shirt, gémis lorsque ses mains s'emparent de mes seins. Il me fait rouler sous lui, retire également son tee-shirt avant de venir coller sa peau contre la mienne et m'embrasser. Comme si sa vie en dépendait. C'est acharné, bestial, enfiévré. Et lorsque, quelques minutes plus tard, après que nous nous sommes mis nus, je l'accueille dans mon corps, je me dis que cette nouvelle année commence très bien, même si le plaisir continue de me fuir.

31

Jack

Je raccroche, jette mon portable sur le bureau.

– Jusqu'à quand penses-tu qu'il patientera ?

Je soupire :

– J'en sais rien, Liam ! J'ai réussi à le tenir à distance pendant deux mois, et j'espère que ça va durer.

Il m'appelle chaque jour, et chaque jour je l'envoie balader et le menace de tout arrêter.

– Tu n'as toujours pas pris de décision en ce qui concerne sa proposition au sujet de Wallaroo ?

– Non, toujours pas ! Je…

Je m'interromps en percevant son regard dévier derrière moi.

Merde…

– Oh, Chloé… Entre, je t'en prie…

Je prie, surtout, pour qu'elle n'ait rien entendu de notre conversation.

Je la regarde entrer dans le bureau.

Mes yeux parcourent son corps, s'arrêtent sur ses courbes mises en valeur par la petite robe noire ajustée qu'elle porte avec une grâce infinie, mais quoi qu'elle porte, Chloé est toujours sublime. Et depuis quelque temps, elle se comporte différemment. Elle est plus… plus entreprenante, plus libérée, plus… sexe… comme si… comme si elle s'était mis en tête de me séduire et, bordel, ses iris dévorants à la flamme incendiaire et rebelle foutent le feu à ma bite.

– Je vais vous laisser, déclare Liam avant de s'éclipser, sans même que je daigne lui jeter un coup d'œil, tant je suis subjugué par la femme qui avance, pas à pas, en ondulant sur ses hauts talons.

Elle passe à côté de moi, effleure mon entrejambe du bout des doigts avant d'aller se positionner devant la fenêtre.

– Que me vaut cette visite ? demandé-je.

– Je te dérange ?

La rigidité de sa posture déclenche un signal d'alarme.

Se pourrait-il qu'elle se pose des questions à propos de ma conversation avec Liam ?

Mon cœur s'emballe à cette pensée, mais nous n'avons rien dit de compromettant.

Non, il doit y avoir autre chose…

Je m'approche d'elle, glisse mes mains le long de ses bras.

– Bien sûr que non, duchesse, tu ne me déranges jamais, et jamais tu ne me dérangeras.

Mon organe vital continue de battre la chamade.

– Tu as oublié notre rendez-vous, soupire-t-elle.

Merde… Je lui avais promis d'aller manger un morceau chez Brody.

– Je suis désolé, j'ai eu beaucoup de travail !

– Jusqu'à oublier ton propre anniversaire ?

Je ris.

– C'est un jour comme les autres pour moi, duchesse.

C'est pour cette raison qu'elle semble perturbée ?

Parce que j'ai oublié mon anniversaire, ou plus exactement refusé de m'en souvenir, considérant, comme je viens de le lui dire, que c'est un jour sans importance pour moi ?

Je la prends dans mes bras, niche mon nez dans son cou. Je raffole tellement de son odeur, j'en suis dingue, c'est devenu mon odeur favorite en ce monde. Ma bite se tend. Je la désire et je n'ai plus envie de penser au boulot. Plus envie de penser à la vente de l'exploitation, ni à son départ. Cet élevage qui est toute ma vie va me faire perdre la femme qui la partage et l'idée m'est de plus en plus insupportable.

Je remonte le tissu de sa robe sur ses cuisses, glisse les doigts sur sa peau, si tendre, si douce. Elle frémit, et je suis rassuré sur son état d'esprit lorsqu'elle pousse ses fesses contre mon sexe tendu pour elle et enserre ma nuque. Ses seins majestueux tendent le tissu. Je m'empare de l'un d'eux, en presse la pointe entre deux doigts tout en progressant en direction de sa fente. Un grondement m'échappe lorsqu'elle expire de volupté, se cambre, écarte les cuisses, tandis que je la découvre dépourvue de culotte et trempée.

N'y tenant plus, les reins douloureux, je ne peux plus rien arrêter, la fais pivoter vers le bureau, la penche sur le plateau. Je soulève sa robe, ouvre mon jean, sors mon sexe, enfile un préservatif et m'enfonce profondément en elle avec un râle de plaisir.

– Bordel, Chloé, grondé-je en la pilonnant comme un fou.

Elle se tend, crie de plaisir.

Depuis quelque temps, son comportement lorsque nous baisons a également changé. Elle est plus réceptive, plus détendue, plus expressive. Son corps répond aux stimuli et elle est constamment mouillée.

Oh, putain, oui, elle mouille !

– Viens…

C'est devenu un rituel, lorsqu'elle sent que c'est trop

pour elle, elle m'incite à tout donner.

– Et toi ? réponds-je, perdu, en suspension au bord du précipice avec toujours l'espoir, qu'un jour, elle se laisse aller, elle aussi.

– Viens, réitère-t-elle, le souffle court, le corps tendu.

J'en peux plus.

La culpabilité m'envahit, j'ai le sentiment de me servir d'elle, mais mon plaisir est trop intense, trop violent. J'éjacule avec un grondement sourd et reste là, plongé au fond d'elle, dans son corps, le plus bel endroit au monde pour moi à ce jour.

Lessivé, je me retire de son vagin incandescent, ôte le préservatif, le jette à la poubelle, me rhabille et l'aide à se redresser. Elle me sourit, d'un sourire un peu tendu, mais moins qu'avant, se pend à mon cou et m'embrasse avec passion. Avant, elle aurait été triste de n'avoir pu atteindre l'orgasme, maintenant, je pense qu'elle en a pris son parti et en souffre moins. Du moins, je le pense, mais je ne suis pas dans sa tête. Ce que je sais, c'est que mon plaisir à la posséder est toujours aussi immense, et elle ne me refuse jamais son corps. Sans doute, espère-t-elle, elle aussi, qu'un jour, tout s'arrange et que, ce jour-là, j'arrive à la faire jouir. J'espère toujours, pour ma part, je n'ai pas renoncé, et plus je la possède, plus elle me rend fou et plus je m'attache à elle.

Je le sais, mais je n'ai pas envie de m'arrêter.

Je suis accro.

Accro et toujours animé par ce challenge d'arriver à la faire jouir.

– C'est toujours un plaisir de vous rendre visite, monsieur O'Brien, susurre-t-elle, après avoir quitté mes lèvres.

Je reviens à la réalité, la serre contre moi et niche de

nouveau mon nez contre la peau tendre de son cou.

– Vous serez toujours la bienvenue, madame O'Brien, surtout si vos visites se déroulent de cette façon !

Elle m'embrasse, se détache de moi.

– On y va ?

J'acquiesce, place une main entre ses reins et la guide jusqu'au pick-up.

J'ouvre la portière, la regarde prendre place, lui vole un baiser avant de refermer et d'aller m'installer au volant.

Je la saisis par la nuque, l'attire à moi.

Bordel, la savoir nue sous cette robe me rend dingue ! Tout comme la savoir bientôt dans un lieu public, chez Brody, à moitié à poil !

– Ce soir, cette nuit, tu es toute à moi, et rien qu'à moi !

– Toute à toi, répète-t-elle, ses iris au fond des miens. Et rien qu'à toi.

Elle caresse ma joue, les yeux brillants.

Elle veut me dire quelque chose, je le vois à son expression, et soudain, j'ai peur, j'ai peur qu'elle m'avoue qu'elle en a marre de moi, que je ne la rends pas heureuse et qu'elle s'en va.

Au lieu de ça, elle m'attire à elle, presse ses lèvres sur les miennes, m'embrasse avec passion.

Mon cœur se calme, ma tension se relâche, et c'est rasséréné, quelques secondes plus tard, que je démarre et prends la direction du restaurant de Brody.

Je me gare, saute du pick-up et vais ouvrir la portière de ma femme.

Ma femme…

Quand je pousse la porte, je passe mon bras autour de la taille de Chloé et le referme sur elle en un geste protecteur. Elle me retient, tourne mon visage dans sa direction, m'embrasse à pleine bouche alors qu'un énorme

« Surpriiise ! » résonne autour de nous.

Nan… Elle a pas fait ça !

Elle quitte mes lèvres, et je souris comme un con en regardant autour de moi.

Mon cœur entre en ébullition, se serre alors que je remarque que toutes les personnes qui me sont chères sont présentes : Brody, Liam, Belinda, sa fille et son gendre, Doug, les autres mecs de Wallaroo. Il y a même les woofers, les serveuses… et des gens que je ne connais pas.

Liam vient me prendre aux épaules, m'entraîne au bar, me donne une bière, en tend une à Chloé qui le remercie d'un hochement de menton.

– À ta santé, mec !

Je le prends par la nuque, pose mon front contre le sien.

– Merci, mon frère !

– C'est pas moi qu'il faut remercier, mais ta femme ! C'est elle qui a tout organisé.

Je me tourne vers Chloé, l'attire à moi.

– Merci, ma femme !

Elle m'enlace, se serre contre moi.

– C'est le moins que je puisse faire après tout ce que tu as fait pour moi. Tu t'es sacrifié !

Je presse ses fesses.

– M'en parle pas !

Mon sourire en coin, évidemment, contredit mes paroles.

Elle me frappe l'épaule.

– Ne te fais pas plus dur que tu n'es ! T'es un romantique qui s'ignore, Jack, je le sais, j'en ai eu la preuve plusieurs fois !

Je pose mes mains autour de son visage, lui embrasse les lèvres.

– Uniquement pour toi, duchesse !

– Promis, je ne le révélerai à personne !

– Je n'ai pas peur, je te fais confiance. Et toi, Chloé, tu me fais confiance ? ne puis-je m'empêcher de demander.

Le jour où elle me fera confiance, je gagnerai mon challenge de la faire jouir, j'en suis sûr.

– Oui, Jack, je crois que oui… mais…

– Mais quoi ? Dis-moi…

– Rien… plus tard… C'est ton moment. Profite !

Elle se détourne, boit une gorgée de bière.

Je caresse sa main.

– Ça va ?

– Bien sûr, pourquoi ça n'irait pas ?

– Pour rien, je te trouve bizarre.

Elle embrasse ma joue.

– Tout va bien, je t'assure. On se voit plus tard…

Elle s'éloigne.

Je la suis du regard alors qu'elle se dirige vers Belinda. Elles s'embrassent, discutent, rient. J'en fais de même de mon côté, sans la quitter du regard une seule seconde. Je ne sais pas ce qu'elle a, mais je me promets de lui faire oublier tout ce qui n'est pas nous…

32

Chloé

– Un autre thé ?

– Oui, Brody, avec plaisir, merci !

Dès que j'en ai l'occasion, ou plutôt dès que je me rends à Tūrangi, je m'arrête chez Brody, devenu au fil des mois un véritable ami. J'aime l'ambiance de son bar, je m'y sens chez moi. Je me confie un peu à lui, et il se confie un peu à moi ; il est comme un grand frère. Et avec lui, pas de jugement. Je sais que, quoi que je dise, il le gardera pour lui, et mes états d'âme ne sortiront pas d'ici. Néanmoins, je ne lui parle pas de Jack et moi, car Brody est avant tout l'ami de Jack et je ne voudrais pas le mettre en porte-à-faux. Non, ce qu'il se passe entre Jack et moi, ce que je ressens pour mon mari, l'amour que je lui porte, reste profondément scellé dans mon cœur. Je le garde pour moi, comme un petit trésor que je chéris. Oui, j'aime Jack, mais lui ne m'aimera jamais, j'en ai conscience, et j'en souffre évidemment. J'essaie de me montrer enjouée, de le séduire, de le provoquer, de le surprendre – hier, jour de son anniversaire, je lui ai fait la surprise de ne pas porter de petite culotte ! –, j'essaie de ne pas penser à ce qui nous sépare et à mes… problèmes, mais j'avoue que, parfois, la mélancolie et la tristesse me rattrapent. Je repense à hier, justement, au malaise que j'ai senti en entrant dans son bureau, j'ai eu le sentiment qu'il n'était pas heureux de me voir et me cachait quelque chose, mais quoi ?

Je regarde ma montre.

– Ton rendez-vous avec l'agent immobilier est à quelle heure, déjà ?

– Dans dix minutes !

– Il a une touche, cette fois-ci ?

– C'est ce qu'il dit ! Mais sachant que les trois autres ont capoté, j'imagine que celle-ci aussi !

– Ne dis pas ça, ce sera peut-être la bonne !

– Je ne crois pas…

Et à la vérité, je commence sérieusement à désespérer. Je pense d'ailleurs prospecter pour dénicher quelqu'un de spécialisé dans la vente d'élevages, un notaire, peut-être. L'agent m'a assuré que c'était dans ses cordes et qu'il en avait les compétences, mais je doute. Néanmoins, je ne me plains pas, j'ai un toit, un époux, je m'occupe, et même si quelque chose en moi persiste à déconner, je vais bien.

Je frappe des deux mains sur le bar.

– Bon, faut que j'y aille…

Je fais glisser mes fesses du tabouret.

– Combien je te dois ?

– Rien, c'est cadeau.

– Merci, Brody, je te revaudrai ça, à plus tard !

– À plus tard, ma belle !

Je m'empare de mon sac à main, me dirige vers la sortie du bar, sors sur le parking et vais pour traverser la rue quand un homme se place devant moi, m'empêchant d'avancer.

Je sursaute, recule et m'apprête à l'invectiver lorsque je le reconnais.

– Monsieur O'Brien…

Je cherche à le contourner, mais il se place de nouveau devant moi.

– Pardonnez-moi, je suis pressée !

Il retient mon bras.

– Il ne vous a rien dit, n'est-ce pas ?

Mon cœur manque un battement.

– Je ne vois pas du tout à quoi vous faites référence, et ça ne m'intéresse pas. Laissez-moi passer, monsieur O'Brien !

– Il n'a pas trouvé le moment, mais il le fera, j'en suis sûr !

– OK ! Dites ce que vous avez à dire, et laissez-moi tranquille !

Ses yeux de porcins balaient mon corps.

– Je suppose qu'il veut s'amuser avec vous, histoire de bien en profiter, avant de vous inciter à me signer ce putain d'acte de vente que j'attends depuis des mois ! Depuis la mort de ce cher James pour tout vous dire !

– Jamais ! Jamais Jack ne m'incitera à vous vendre mon élevage, il m'a mise en garde contre vous !

– Oh, si, il le fera ! ajoute-t-il, une expression implacable sur le visage. Il le fera parce que je lui ai promis de le lui céder ! C'est son rêve ! Il ne peut pas renoncer à son rêve.

J'ai le sentiment que le sol s'ouvre sous mes pieds.

– C'est faux, vous mentez !

– Demandez-le-lui ! ricane-t-il, cruel. Et vous verrez quelle sera sa réponse !

– Vous mentez, réitéré-je, avant de le contourner.

Les pensées se bousculent dans ma tête, mais une seule persiste, entêtante : *Jack te manipule, il se sert de toi, il te dupe…*

Mes yeux se voilent de larmes, ma vue se brouille. Je veux fuir, fuir, fuir loin de cet homme qui me broie le cœur de sa poigne impitoyable. J'ai mal, d'autant plus mal que je suis persuadée qu'il dit vrai !

– Attention, mademoiselle !

Le cri me fait tourner la tête.

Mon corps se bloque, des pneus couinent, des gens crient, et moi, moi, je ne peux que fermer les yeux…

33

Chloé

Un bras, soudain, me tire en arrière.

– Vous êtes inconsciente ! s'écrie Conrad O'Brien. Vous voulez vous tuer ?

Je passe une main tremblante sur mon front, complètement déboussolée.

Je me suis vue mourir et… c'est dingue, mais je crois que je n'avais aucune peur… J'allais retrouver mes parents. Ma mère m'attendait… Du moins, c'est ce que je crois parce que là, tout de suite, je ne sais plus…

Subsiste juste… *Jack*…

Les révélations de son père m'ont anéantie.

Jack aurait dû m'en parler, j'aurais compris…

J'observe la rue, la main de Conrad autour de mon bras. Les passants ont repris le cours de leur existence, ce qu'ils auraient fait de la même manière si j'avais été étendue là, dans une mare de sang ; la vie est tellement fragile, tellement futile parfois, tellement éphémère. En tout cas, elle ne tient qu'à un fil. Je le savais, mais je le réalise encore plus crûment en cet instant.

Alors, je vais arrêter de perdre mon temps !

Je dégage mon bras, lui souris (il vient quand même de me sauver la vie, j'ai une dette envers cet homme).

– Excusez-moi, je dois y aller… Merci, monsieur O'Brien !

Il me retient à nouveau.

– Vous allez bien, vous êtes sûre ?

– Oui, je vais bien ! Ne vous inquiétez pas pour moi ! À bientôt !

Il hausse un sourcil.

– Comment ça, « à bientôt » ?

Je lui adresse un signe de tête et m'échappe.

Mes jambes ont du mal à me porter, mes oreilles bourdonnent ou sifflent, ou… J'en sais rien, un bruit persistant a envahi ma tête, je dois me calmer, mais soudain, j'ai froid, mal partout… Je frissonne, et ce n'est qu'une fois assise dans ma voiture que je m'autorise à relâcher la pression et… j'éclate en sanglots.

Les mains sur le visage, je me balance d'avant en arrière, terrassée par une trouille monumentale. Une trouille si monstrueuse que là, tout de suite, j'ai une énorme envie de faire pipi. Mes mains tremblent, mais pas que mes mains, mon corps aussi… et j'ai si froid.

Le choc, sans doute…

Je dois trouver le courage de rentrer.

Les mains toujours tremblantes, je sélectionne l'agence immobilière dans ma liste de contacts et, lorsque la voix de la secrétaire me parvient, je lui explique que je suis désolée, mais que je suis dans l'obligation d'annuler mon rendez-vous. Je lui demande de le mettre en stand-by et lui dis que je rappellerai.

Voilà… Faut que je rentre…

Je n'ai plus que cette idée en tête, une idée fixe, rentrer à la maison du lac, m'allonger, oublier, et dormir, dormir, dormir… Mon corps, épuisé, pèse une tonne et j'ai du mal à me concentrer. Oui, il faut que je dorme, que je réfléchisse et prenne des décisions. La colère n'est jamais bonne conseillère ! Toutefois, si je sonde mon cœur, je ne le suis plus, je suis juste… lasse. Extrêmement lasse, et triste…

Je démarre le vieux pick-up, recule avec précaution.

Ça va aller, Chloé, tu es forte…

Je respire un bon coup, enclenche la vitesse, appuie sur l'accélérateur.

Si je vais tout doucement, ça va le faire…

Ma jambe se contracte sous l'effet d'une crampe, mon pied tressaute, mais je vais réussir à rentrer, il le faut. J'avance dans le parking, lentement, m'arrête à l'intersection avec l'avenue principale, à quelques mètres seulement de l'endroit où j'ai bien failli perdre la vie ! Car à moins d'un miracle, je n'aurais pas survécu à la rencontre avec ce gros 4x4.

Alors, tout ce que je vis, là, à partir de maintenant, c'est du plus !

Je respire un bon coup, fais abstraction de ce qui vient de se passer, de ce à quoi j'ai échappé, je mets mon clignotant et m'engage en serrant les fesses. Je serre tout ce que je peux, traverse la voie pour me faufiler sur celle de gauche, en faisant cahoter le vieux pick-up.

Les mains crispées sur le volant, je roule à deux à l'heure, mais les Néo-Zélandais étant d'un naturel patient et tolérant, je ne me fais même pas klaxonner. Petit à petit, je respire un peu mieux. Le vieux tacot me sécurise, il est haut, déjà cabossé, il ne craint rien, et il est costaud ; à toute épreuve ! Néanmoins, la route jusqu'à Wallaroo me semble interminable et quand enfin, après une bonne demi-heure, je parviens au chemin d'accès, je pousse un profond soupir de soulagement. Je laisse à ma gauche celui menant à l'exploitation, continue tout droit vers la maison, dont j'aperçois le toit.

J'y suis presque… plus que quelques mètres…

Mais ces quelques mètres s'avèrent longs, très longs…

Et lorsque enfin je me gare au pied de l'escalier menant à la terrasse, je coupe le moteur, souffle à fond et me laisse aller contre le dossier de la banquette.

Plus qu'un petit effort…

Je prends mon téléphone, mon sac, sors du pick-up et, comme un automate, monte les marches vers la terrasse, puis celles de l'étage menant à ma chambre et à mon lit, sur lequel je m'allonge après avoir laissé tomber mon sac au sol.

Je m'enroule dans la couette, mets mon oreiller sous ma tête et saisis celui de Jack.

Il a son odeur. Son odeur que j'aime tant, musquée, boisée, indubitablement virile… Mon cœur se crève de douleur, les larmes envahissent mes yeux.

Pourquoi, Jack… pourquoi… pourquoi m'avoir caché ça ?

Je ferme les paupières, laisse s'échapper mes larmes. Aussi brûlantes que de l'acide. Mon ventre se noue, mon estomac se rebelle. Tout n'est que mensonge, depuis le début ! Avait-il déjà le deal en main lorsqu'il a accepté de m'épouser ? Pour, soi-disant, me sauver ? Certainement ! Je me refais le film : il est allé voir son père juste après mon arrestation, qui lui a fait cette proposition de lui céder Wallaroo s'il m'incitait à le lui vendre et, bien sûr, il a accepté ! Même si son père est un connard – selon ses propres mots –, il n'allait pas refuser Wallaroo ! L'élevage auquel il a consacré dix ans de sa vie et qu'il a dirigé après la mort de mon père. Et qui lui serait certainement revenu si je n'existais pas, si mon père ne m'avait pas légué son héritage. Il a dû se sentir trahi par son mentor. Peut-être qu'il était décidé à me mettre le deal entre les mains, peut-être que Conrad O'Brien, l'instigateur de mon arrestation, avait également le pouvoir de me faire libérer, mais que Mike lui avait coupé l'herbe sous le pied en proposant le mariage blanc ! Jack gagnait du temps, en même temps que ma confiance et, tranquillou, il m'aurait amenée à vendre l'élevage à son père, qui ensuite lui serait revenu.

Le pire, c'est que je n'arrive pas à lui en vouloir.

Parce que j'ai des sentiments pour lui.

Oui, j'aime Jack O'Brien !

Et même si ce mariage est un *fake*, ce que je vis dans ses bras est réel, et il me rend heureuse.

Je colle mes paumes sur mes yeux, éclate en sanglots.

Oui, tout ça, c'est du fake… *un vaste mensonge, une comédie, je n'ai rien choisi, rien décidé, j'ai subi et j'en ai assez !*

Je dis STOP !

J'ai échappé à la mort ! Aujourd'hui, à cet instant précis, commence le reste de ma vie. Une vie que je choisirai, une vie que je décide d'écrire selon mes propres choix.

Aujourd'hui, à cet instant précis, une nouvelle Chloé naît.

Et ça va décoiffer !

Faut un peu arrêter de me prendre pour une conne ! Bon, OK, je me suis laissé faire, j'avoue, j'ai subi les évènements – le décès de ma mère, puis cet héritage – parce que… parce que le legs de mon père était une chance, un cadeau de la vie, j'allais enfin pouvoir concrétiser mon rêve d'acheter une boutique dans Paris, de créer mes propres modèles, puis il y a eu Jack. Notre rencontre… Comme j'ai aimé ces mois passés avec lui. Il me comble. En tout (hormis du point de vue sexuel, mais encore une fois, ce n'est pas sa faute). Il est merveilleux ! Mais cela faisait certainement partie de son plan pour me séduire. Pour m'amadouer. Et il y a Belinda, Liam, les garçons, mes adorables agneaux, Jumpy et Fluffy… Je me suis attachée à eux, ils sont entrés dans mon cœur.

Je serre les paupières plus fort, secoue la tête.

Je choisis !

Je choisis mon avenir…

34

Jack

Je soupire, abandonne la souris et m'empare de mon portable qui n'arrête pas de vibrer dans la poche de mon jean.

Mon père...

Pour changer !

Il va pas me foutre la paix !

Je prends la communication, car si je l'ignore, il me harcèle jusqu'à ce que je décroche et ça me fout les nerfs. Et en ce moment, je n'ai pas besoin de ça !

Putain, non...

Il y a Chloé, bien sûr, Chloé, qui, jour après jour, devient de plus en plus importante dans ma vie, de plus en plus vitale, aussi indispensable que l'air que je respire. D'un challenge, elle est devenue le centre de ma vie ; mon mariage arrangé, un véritable engagement.

Je ne peux nier que je ne m'y attendais pas.

Le truc m'a pris par surprise. J'ai lutté. J'ai lutté de toutes mes forces, mais je suis allé trop loin avec elle, je l'ai laissée entrer dans ma vie et... Mon portable n'arrête pas de vibrer.

Putain...

Je prends la communication :

– T'en as pas marre de me faire chier ? Oublie-moi un peu, OK ?!

Un rire me répond.

– Qu'est-ce que tu veux ? m'énervé-je aussitôt.

– T'as parlé à ta femme ?

– Non !

– T'attends quoi ?

– J'en sais rien, Conrad !

– Tu ne veux plus Wallaroo ?

– Si, bien sûr !

C'est mon rêve de posséder cette exploitation, la moderniser, la faire fructifier… Ce serait mon œuvre, le fruit de mon travail, et plus celui de quelqu'un d'autre. Quelqu'un que pourtant j'aimais et respectais, mais les modes d'élevage ont changé. Nous pouvons aller plus loin, beaucoup plus loin…

– Alors, qu'est-ce que tu attends pour lui parler ?

Accepter l'idée de lui faire du mal, peut-être…

Avant, j'en avais rien à foutre, plus maintenant !

Il soupire, finit par lâcher.

– Va la voir ! Va discuter avec elle !

Je me lève, me positionne près de la baie.

– Jack ! me sermonne mon père.

– Pourquoi veux-tu que j'aille la voir ?

– Parce qu'elle est au courant !

Ma main se crispe sur mon téléphone.

Le salaud !

– Tu lui as dit ? articulé-je, le cœur soudain serré dans un étau.

– Fallait bien ! Cette histoire a assez duré !

Putain de merde…

– Si tu veux Wallaroo, tu sais ce qu'il te reste à faire !

Sur ces paroles, il coupe la communication.

Saleté d'enfoiré de merde !

Je le hais, putain, comme je le hais !

Une tache orange, au loin, sur le chemin menant à la maison du lac, attire mon regard.

Chloé…

Je me rue sur mon ordinateur, je dois finir mes saisies comptables, c'est important !

Je me dépêche de terminer, boucle le dossier, délaisse le reste et me presse hors de la pièce pour ensuite grimper dans mon pick-up et démarrer sur les chapeaux de roues. Je remonte le chemin à fond de train, tourne à gauche pour m'engager dans celui de la maison, toujours à fond, mais les ornières me forcent à ralentir. Les cailloux giclent sur les côtés, certains heurtent la carlingue, en dessous, avec un bruit de ferraille.

Mon cœur tambourine avec violence contre mes côtes.

Je ne veux pas la perdre, putain…

Il n'avait pas le droit !

C'est ma faute, je lui faisais confiance, j'ai trop attendu ! Bien sûr, que j'ai trop attendu, j'aurais dû parler à Chloé, lui révéler le deal avec mon père, mais bordel de merde, je ne savais pas ce que je voulais, ou plutôt, si, je le savais, je voulais Wallaroo, mais je n'arrivais pas à me résoudre à la manipuler.

Parce que putain, je tiens à elle !

Je freine comme un taré, me gare à côté du vieux pick-up orange, coupe le moteur, saute de la bagnole et grimpe l'escalier quatre à quatre.

J'entre dans la maison, l'appelle.

Aucune réponse.

Bordel, je dois me calmer… Il faut que je sois convaincant…

Je monte à l'étage, pousse la porte de sa chambre, *notre* chambre. Tout mon corps se tend et l'adrénaline quitte mes veines à l'instant même où je l'entends renifler.

Elle pleure. Et putain, ça me fait mal ! Je fais un pas, puis un autre… lorsque sa voix me parvient, pleine de sanglots, éraillée.

– Va-t'en ! Sors de cette pièce…

Je n'en fais rien, m'assieds au bord du lit, contemple son visage ravagé par les larmes, qu'elle tente de me dissimuler avec son poing fermé.

Je tends la main vers elle, mais elle remonte la sienne, se cache davantage.

Elle m'évite et ça me fend le cœur.

J'ignore comment m'y prendre… Je n'ai jamais eu à demander pardon, jamais eu à m'excuser de quoi que ce soit (enfin, pas auprès de personnes vivantes), ni même à m'expliquer.

– Il faut qu'on discute…

Elle clôt davantage les paupières, retient ses larmes.

– Je n'ai rien à te dire ! Va-t'en !

Je lui fais du mal… Je n'ai jamais cessé de lui faire du mal… alors qu'elle… elle… elle ne demande qu'à être heureuse. Je ne suis qu'un minable, un sans-cœur… un égoïste !

Je pourrais l'abandonner à son chagrin, me barrer, mais… je n'y arrive pas. Je ne peux pas la laisser. Pas comme ça. Je lui ai fait assez de mal, alors que je m'étais juré de la protéger. Contre vents et marées. Contre le monde entier !

De la protéger de moi…

J'inspire, prends mon courage à deux mains.

– Moi, j'ai des choses à te dire…

Elle passe une main sur ses joues, soupire :

– Je ne veux rien entendre, c'est fini, Jack ! Laisse-moi !

Je pose la main sur son épaule, la caresse, souffle d'une voix douce :

– Je vais tout expliquer. S'il te plaît… écoute ce que j'ai à te dire…

Elle soupire, se redresse, échappe à ma main glissant sur son bras, qu'elle dégage aussitôt, comme si mon contact la brûlait. Je soulève le mien, en guise d'excuse. Je ne veux pas la brusquer ni la contraindre, j'ai assez fait de dégâts.

Elle lève enfin les yeux et son regard, implacable, me troue la poitrine.

– J'aimerais que tu sortes !

Je m'empare de sa main qui repose à côté d'elle, comme privée de vie.

– Laisse-moi m'expliquer, réitéré-je. Je ne t'ai pas trahie.

– Non, peut-être, mais tu ne m'as rien dit… J'aurais compris… J'aurais… j'aurais pris des décisions…

– Quelles décisions ? demandé-je, le cœur douloureux.

Elle se frotte le visage, fuit mon regard.

Me fuit.

Elle soupire :

– Tu as raison, faut qu'on parle. Va m'attendre en bas.

– Chloé, je…

Elle m'interrompt.

– S'il te plaît… j'en ai pour une minute, je te rejoins !

Je hoche la tête et me lève.

Je lui lance un regard désespéré avant de quitter la pièce, mais elle s'est rallongée et de nouveau recroquevillée sur elle-même. Je me fais violence pour sortir de la pièce, alors que je n'ai qu'une envie, la rejoindre et la serrer dans mes bras.

Elle m'échappe, et ça m'épouvante.

Comment faire pour me rattraper ? Pour me faire pardonner ? Comment faire pour ne pas lui donner la possibilité de m'abandonner ? Comment faire pour la retenir auprès de moi, lui donner envie de rester avec moi ? Je n'ai jamais su trouver les mots. Je ne sais pas faire ! J'ai toujours eu du mal avec les sentiments !

Ouais, mais là, va falloir porter tes couilles, mec !

Et cette fois, je ne peux pas tout résoudre avec le sexe !

Liam me dirait : « Parle avec ton cœur… »

Il sait sans doute faire, lui, mais pas moi !

J'essuie mes yeux.

J'ignore combien de temps je reste à ruminer, le regard perdu par-delà la baie. Une demi-heure, une heure, je perds la notion du temps. En entendant du bruit derrière moi, je quitte le lac des yeux et me retourne. Chloé est en bas des marches, sa valise à la main.

Non…

Je m'avance vers elle, demande, la voix éraillée.

– Qu'est-ce que tu fais ?

Elle pose sa valise, se redresse et me fait face. Les iris gorgés de larmes, elle redresse le menton, fière et implacable comme elle sait si bien l'être parfois.

– J'accepte de vendre tous mes biens à ton père. Dans quelques jours, Wallaroo sera à toi.

– Mais…

Elle lève la main, m'empêche d'aller plus loin.

– Ce n'est que justice, je sais le mal que tu te donnes, le mal que tu t'es donné depuis tant d'années pour cet élevage. Et ce qui est fou, c'est que…

Une perle d'eau roule sur sa joue et, bordel, je n'ai qu'une envie, prendre Chloé dans mes bras, déposer mes lèvres sur sa peau et capturer cette larme pour la débarrasser de sa peine.

Elle l'essuie, ajoute :

– … c'est que je l'aurais fait si tu ne m'en avais pas

empêchée. Tu aurais dû me le dire, Jack. Si seulement tu m'avais parlé du deal avec ton père, nous n'en serions pas là ! Évidemment que je t'aurais cédé Wallaroo, je ne veux que ton bonheur.

Je reste comme un con face à elle, ses mots ayant du mal à pénétrer mon esprit.

Les yeux toujours gorgés de larmes, elle me dévisage, attendant très certainement une réaction de ma part, mais… elle enchaîne, avant même qu'un fichu mot sorte d'entre mes lèvres :

– Je rentre à Paris. Mon notaire contactera ton père pour les paperasses, débite-t-elle dans un souffle. Tu n'auras qu'à m'envoyer son adresse mail. Adieu, Jack…

Adieu ? Nooon…

Je sors de ma torpeur, la rattrape sur la terrasse, enroule mes doigts autour de son poignet et la force à me regarder.

– Je me fous de Wallaroo, Chloé, c'est toi que je veux ! Toi et seulement toi ! Je ne t'ai rien dit parce que ça n'avait aucune espèce d'importance à mes yeux.

La voyant hausser un sourcil, semblant dans l'incompréhension la plus totale, je m'efforce d'être plus clair.

– Je veux dire… j'ai été tenté par la proposition de mon père, oui, c'est vrai, je l'avoue, et j'avais décidé d'accepter, enfin non, je n'étais pas sûr d'accepter. Putain, Chloé, j'étais paumé ! m'écrié-je, sortant mes tripes.

Elle cille, lâche :

– C'est comme ça que tu t'excuses ?

– Noon ! J'avais besoin de temps, besoin de faire le point, de savoir si oui ou non je pouvais faire confiance à mon père.

– C'est bon, j'en ai assez entendu !

Merde, quel con !

Je vais me placer devant elle, reprend son poignet.

J'ai besoin de la toucher ; je voudrais qu'elle comprenne, qu'elle lise en moi.

– Oui, je voulais Wallaroo, mais pas de cette manière, et surtout, c'était avant… avant de faire le choix de te protéger.

Elle retire son poignet de mes doigts, détourne son visage.

Ne me fuis pas, je t'en supplie.

Mon cœur n'en finit pas de tressauter dans ma poitrine, je ne vais pas y arriver, je suis fichu, elle va me quitter !

Je prends son menton tremblant entre mes doigts, la force à me regarder.

– Ne pars pas. S'il te plaît… reste avec moi… Je ne veux pas que tu partes à cause de moi, pas comme ça… Reste…

Ce dernier mot sort de ma bouche dans un souffle.

Comme une supplique.

Ses iris fouillent les miens.

Reste… pitié…

Elle me regarde avec plus de gravité encore et là, je comprends.

Je comprends que j'ai perdu la partie.

– Je ne peux pas. Je suis désolée.

Ses prunelles fouillent les miennes. Ma trachée se serre, mes entrailles se contractent.

Bordel de merde, je vais me mettre à chialer comme un gamin !

– Je comprends, capitulé-je, n'obtenant pas davantage.

Puis, n'en pouvant plus, je l'attire contre moi, plonge mon nez dans son cou, me gave de son odeur. Et je manque d'éclater en sanglots lorsque ses bras se referment sur moi et qu'elle pose sa tête sur mon torse.

– Sois heureuse, murmuré-je, la voix rauque, le corps au bord de l'explosion.

Des bruits de pneus sur le gravier, un klaxon.

Elle se détache de moi.

– C'est mon taxi… Faut que j'y aille. Adieu, Jack…

Nos iris se capturent une dernière fois. La douleur tapie au fond des siens me fend le cœur, je ne me pardonnerai jamais de lui avoir fait tout ce mal. Je la regarde s'éloigner.

C'est fini… Je l'ai perdue.

Elle lève la tête avant d'entrer dans le taxi, croise mon regard. J'ai l'espoir, jusqu'au dernier moment, qu'elle se ravise et coure vers moi. Et bordel, je le désire tellement que je serais prêt à me jeter à ses pieds et à lui jurer de passer ma vie à me faire pardonner.

Parce que je l'aime.

Putain, oui, je l'aime, je le sais maintenant qu'elle me quitte, mais il est trop tard.

Je l'ai perdue.

Le cœur en miettes, les poings serrés pour ne pas hurler de douleur, je regarde le taxi s'éloigner et reste là, un long moment, jusqu'à ce qu'il disparaisse au loin. Alors seulement, je rentre, vais m'emparer d'une bouteille de whisky et m'allonge sur mon transat en osier, face au lac. L'alcool me brûle la trachée, mais ce n'est rien en comparaison de la douleur qui vrille mes entrailles. J'appuie ma tête contre le dossier, ferme les yeux. Une larme coule, puis une autre, ma gorge se noue. J'ai perdu mon essence, ma raison de vivre, en perdant la femme qui colorait mon existence. Aucun alcool, aussi fort soit-il, ne m'apaisera.

Je veux ma femme.

J'ai besoin de ma femme.

J'ai besoin d'elle pour continuer à vivre.

Le manque d'elle me tue.

J'ouvre les yeux.

Ça ne peut pas se terminer comme ça, je ne le permettrai pas ! Je l'aime…

35

Chloé

J'essuie des deux mains les larmes sous mes yeux, qu'occultent des solaires, renifle, avec la sensation que tout le monde me regarde, mais qu'y puis-je ? Je n'arrête pas de pleurer depuis que je suis partie de la maison du lac. Je ne peux pas m'en empêcher. J'ai pleuré en payant le taxi, pleuré en montant dans le petit avion privé que j'ai réservé avant de partir, pleuré encore en survolant cette terre que j'ai appris à aimer. J'ai le cœur brisé de tout abandonner derrière moi – mes terres justement, mais aussi les êtres devenus si importants dans ma vie, les employés de Wallaroo, Belinda, Liam, et Jack – avec la sensation qu'on me l'a arraché de la poitrine, laissant à la place une plaie béante qui n'en finit pas de saigner. J'ai pleuré durant la totalité du vol, et je pleure encore, depuis deux heures, si ce n'est plus, effondrée dans l'un des fauteuils devant la porte d'embarquement, ne cessant de me remémorer les bons moments.

Mes larmes ne changeront rien à la situation, j'ai quitté Wallaroo, et j'ai quitté Jack.

Je me suis causé ces souffrances.

Moi toute seule, comme une grande ! Et je le regrette. Il me demandait de rester, il m'a suppliée, même, mais je n'ai rien voulu entendre, je n'ai pas cédé. À quoi bon ? Il ne m'aimera jamais et m'abandonnera à la fin de notre année de mariage, et alors, ce sera pire. Je ne m'en relèverai pas. Il avait pourtant l'air sincère. Certainement parce qu'il culpabilisait de m'avoir trahie parce que, oui, pour moi, m'avoir caché le chantage de son père est une trahison. Il aurait dû m'en parler.

Bon sang, comme je hais les mensonges !

Ma mère, et maintenant Jack !

Ils n'avaient pas le droit de décider à ma place, même pour me protéger ! Les remords m'assaillent : peut-être que Jack m'a caché la vérité parce que, justement, il voulait me protéger, peut-être qu'il attendait le bon moment pour m'en parler et peut-être qu'il était paumé, effectivement, comme il me l'a avoué.

Peut-être que j'aurais pu discuter davantage, plus l'écouter, nous aurions pu trouver ensemble une solution, au lieu de cela, j'ai fui. Mais j'avais trop mal, je voulais fuir. Fuir pour me protéger et ne plus souffrir.

Une silhouette, à l'extrémité du rang où je suis installée, attire mon regard.

J'écarquille les yeux, me redresse, le souffle court, en voyant Jack avancer vers moi. Je les pense même sur le point de sortir de leur orbite lorsqu'il se jette à mes pieds et s'empare de mon poignet pour le caresser avec douceur, son si beau visage levé vers moi.

– Je refuse que tu partes. Reste avec moi ! insiste-t-il.

Il prend une grande inspiration :

– J'ai bien réfléchi, tu pourrais ouvrir une boutique à Wallaroo, créer des modèles en te servant de notre laine, développer un réseau de vêtements équitables, et adopter des tas d'agneaux qui pourront même dormir chez nous si tu le désires, et je veux… je veux ce que, toi, tu veux, je veux tout de toi, Chloé, parce que je te veux, TOI ! Toi, et toi seule.

Il me retire mon alliance, m'arrachant un petit cri au passage, et l'élève vers moi.

– Épouse-moi encore une fois !

J'ôte mes lunettes de soleil, le regarde intensément.

– T'es fou, tu sais ça ?

– Je sais ! Fou de toi, mon amour !

Mon amour…

Je reste muette, me contente de l'analyser, de tenter de lire dans son âme. Une âme qu'il me livre. Mais il me faut plus.

– Épouse-moi, Chloé, supplie-t-il encore.

– Pourquoi je ferais ça ?

– Parce que je t'aime ! Et que tu m'aimes aussi ! Parce que cette fois-ci, je te propose un mariage d'amour ! Je t'aime, Chloé, comme jamais je n'ai aimé. De toute ma vie. Je ne croyais pas cela possible, mais c'est un fait, tu as conquis mon cœur, je t'aime à en crever. Et je vais crever si tu me quittes.

Mon rythme cardiaque s'accélère. J'ai tellement rêvé qu'il se livre à moi et m'avoue qu'il m'aime autant que je l'aime. Parce que oui, je l'aime comme une folle, je l'aime moi aussi à en crever.

– Tu m'aimes, bégayé-je, la voix éraillée.

– Oui, je t'aime, duchesse !

– Arrête de m'appeler « duchesse », je déteste !

– OK, tout ce que tu voudras. Mais reste, et épouse-moi !

– D'accord !

Un immense sourire se déploie sur ses traits.

– T'es d'accord ?

– Oui, Jack, je suis d'accord.

Il pousse un cri de joie, me renfile ma bague, prend mon visage en coupe et colle ses lèvres sur les miennes.

Sous un tonnerre d'applaudissements. J'éclate de rire à mon tour, tout contre ses lèvres, et contemple, effarée, les visages autour de nous, les mains jointes de certaines femmes qui, je le perçois, sont heureuses pour moi, et heureuses que j'aie accepté la demande en mariage de Jack. L'une d'elles hoche la tête et me sourit lorsque nos regards se croisent.

– Chloé ?

Je reporte mon attention sur Jack, qui s'est redressé, a récupéré ma valise et me tend la main.

– Viens, on rentre à la maison !

36

Chloé

Des étoiles plein les yeux, le sourire aux lèvres, je renoue avec les incroyables sensations qui m'animaient lors de mon arrivée, quatre mois auparavant, retrouve les odeurs marines, le vent, les couleurs, et ce ciel si bleu, avec le long nuage blanc. J'ai l'impression de rêver. Je souris davantage en observant Jack qui n'est pas en train de bougonner dans son coin, mais a sa main sur ma cuisse. Et dès qu'il le peut, c'est-à-dire à chaque feu rouge, il m'embrasse comme un mort de faim. À tel point que je me demande si nous n'allons pas finir par nous arrêter au bord de la route afin d'assouvir cette envie de nous donner l'un à l'autre qui n'en finit pas de croître. Nous nous chauffons mutuellement, et c'est trop bon. Je retrouve le goût de ses lèvres, de sa peau, et ça aussi, c'est trop bon. Il nous faut une demi-heure pour gagner l'aérodrome, puis deux heures et demie d'avion où, là encore, je retrouve les sensations ainsi que le si extraordinaire panorama qui ont marqué mon âme, et encore une demi-heure pour faire Tūrangi-Wallaroo.

Le sourire ne me quitte pas lorsqu'il s'engage sur le chemin menant à la maison du lac, se gare au pied de l'escalier et coupe le moteur. Avant que je lui saute dessus, il quitte le pick-up, le contourne, ouvre la portière, s'empare de ma valise, la pose au sol et me tend les bras.

Je m'y laisse glisser.

Il me retient un instant contre lui avant de me poser au sol.

– Bienvenue chez nous, mon amour…

J'englobe son visage et, après un baiser et un « merci » éraillé tant je suis émue, je me tourne face au lac. Il fait encore chaud, les senteurs d'eucalyptus exacerbent mes sens. Cette odeur, c'est Wallaroo, c'est ma maison, et c'est Jack.

Comme c'est beau !

Je fais face à Jack et, quand il me prend contre lui et m'embrasse, scellant notre promesse de nous aimer toute la vie, je ne peux que répondre à ses baisers, en laissant de nouveau couler mes larmes. Des larmes qui nettoient et guérissent mon âme.

Une âme qui n'appartient qu'à Jack.

Nos baisers deviennent plus ardents, la passion nous embrase.

Le désir enfle dans mon corps.

Je le veux… maintenant… et lui aussi me veut, je le sens dans son souffle, dans la fébrilité de ses mains sur moi. Alors, ce sera ici. Et maintenant. Nous sommes redevenus mari et femme, nous sommes chez nous, et seuls au monde au bord de ce lac…

Du moins, c'est ainsi que je me sens, seule au monde dans les bras de mon époux. De cet homme qui m'a fait la plus belle déclaration d'amour que j'aie jamais entendue. C'était si beau, si romantique, digne d'une romance comme on en voit à la télé.

Je m'écarte de quelques centimètres, laisse tomber ma veste, retire mon tee-shirt et, à moitié nue, je lui saute de nouveau au cou, l'embrasse, tout en l'aidant à retirer sa chemise, puis son pantalon, ainsi que son boxer. Je quitte ses lèvres, me baisse pour les faire glisser sur ses cuisses, libérant son sexe. Je m'en empare, glisse ma langue tout du long, le goûte, m'en délecte… le fais coulisser… Je lève les yeux, accroche les siens… Il glisse les doigts dans mes cheveux, agrippe ma queue de cheval, geint, mais me laisse maîtresse de son plaisir. Son souffle devient ardu, des gémissements lui échappent, je reconnais le plaisir sur ses traits, la façon qu'il a de me regarder, ses iris ténébreux, incandescents… Je l'englobe en totalité, le fait toucher le fond de ma gorge. Plus loin, toujours plus loin, ça me plaît à moi aussi, j'aime lui donner du plaisir de cette manière, le faire succomber…

Il tire sur ma queue de cheval, m'oblige à me relever et prend ma bouche, mêlant sa salive à la mienne, partageant son goût avec moi. Nos baisers deviennent acharnés. Il me prend sous les fesses, me dépose au sol, se couche sur moi et continue de me dévorer la bouche. De longues secondes. Avant de quitter mes lèvres et, à son tour, de descendre le long de mon ventre. Je soulève les fesses afin de lui permettre de me retirer mon jean en même temps que ma culotte, le laisse m'en débarrasser, après s'être occupé de mes chaussures, une à une. Il prend son temps, excite mes sens. Tous mes sens. Son sexe, dressé sur son ventre, est magnifique. Et il me tente plus que de raison à tel point que je passe ma langue sur mes lèvres, qu'ensuite je mords, anticipant ce moment où il me possédera. Le mien se trempe de désir, d'envie, d'impatience. Les pointes de mes seins se dressent, ma peau se couvre de frissons.

Mon ventre se contracte et mon corps entier frémit lorsqu'il se positionne entre mes jambes et embrasse l'intérieur de mes cuisses. Puis ma vulve. Doucement. Presque avec dévotion. Il dépose de petits baisers sur ma peau avant que sa langue n'entre en jeu. Je perds la tête quand il la fait entrer entre mes nymphes palpitantes, me cambre.

J'en veux plus, plus... mille fois plus...

– Jack...

Je le supplie, la voix rauque.

Il remonte prendre ma bouche.

– Qu'est-ce que tu veux ?

J'empoigne sa verge, la caresse.

– Toi... en moi...

– Je suis clean, je...

– Je te fais confiance, l'interromps-je.

Il englobe mon visage, se couche sur moi, ancre ses iris aux miens et doucement, tout doucement, il me pénètre. Nous faisant nous tendre, et haleter.

Bon sang, oui... oui... ouiiiii...

Il se retire, recommence, me torture, fait monter la tension dans mon corps.

– Ça va... feulé-je. Tout va bien. Accélère ! Plus fort, Jack, vas-y plus fort, ne retiens rien...

Je mouille comme une dingue.

– Tu veux que je te baise ? Fort ? gronde-t-il, en me pénétrant à fond, me faisant crier de plaisir.

– Oui, baise-moi, fais-moi hurler...

La tension monte lorsqu'il se couche sur moi, élève mes bras, me maintient les poignets et entame de puissants va-et-vient.

Il y va fort.

Très fort.

Il se déchaîne, me pénètre loin, de plus en plus loin, et de plus en plus vite, chaque coup de reins enfiévré me poussant de plus en plus vers le firmament.

– Bon Dieu, comme je t'aime, gronde-t-il dans mon

oreille. Je t'aime, je t'aime, je t'aime…

Je m'abandonne.

Le plaisir monte, et monte, et monte encore, enflamme mon sexe, mon ventre, j'y suis presque…

Il m'aime… Il ne m'abandonnera pas… Jack m'aime… Il m'aime…

Ses mots tournent en boucle dans mon esprit, pénètrent mon cœur, mon âme, je libère mes mains, englobe son visage, l'embrasse, tout en répondant fiévreusement à ses coups de bassin.

– Oui, continue, continue, supplié-je, tout contre sa bouche, à bout de souffle. Moi aussi, je t'aime. Je t'aime plus que tout…

Il redouble d'ardeur.

Je lis sur son visage qu'il est à bout de résistance. Il frappe fort au fond de mon ventre, une fois, deux fois, trois fois, il donne tout ce qu'il a et… *bon sang…* des digues, soudain, se rompent, chacune de mes terminaisons nerveuses s'embrase, le plaisir m'inonde et je crie, je crie, je crie mon amour pour lui. Je crie de jouissance, de libération, et mon cri se perd dans un sanglot lorsque Jack s'empare de ma bouche avec fièvre en s'effondrant sur moi, en larmes lui aussi, avant de jouir à son tour en poussant un long gémissement de volupté.

Nous avons réussi !

Nous avons joui, ensemble, l'amour de Jack, *ses mots d'amour* m'ont guérie et ont guéri mon âme.

37

Jack

Nom de Dieu de bordel de merde…

Je me laisse tomber à côté du corps de ma femme, vaincu. Repu. Heureux comme je ne l'ai jamais été.

Putain, je l'ai fait… Je l'ai fait jouir… J'ai réussi !

Je pourrais me lever et sauter partout, mais je n'ai plus de pattes.

Les yeux perdus dans le ciel si bleu parsemé de filaments de nuages blancs, je savoure mon succès. Je ne vais pas me jeter des fleurs, mais bordel de Dieu, j'ai assuré comme une bête, et surtout, j'ai rendu ma femme heureuse, elle aussi.

Je suis bien… Bordel, comme je suis bien !

Je soupire d'aise, décale mon bras vers Chloé, effleure ses doigts du bout des miens et m'en saisis, avant de tourner le visage vers elle pour la contempler. Ses yeux sont, eux aussi, perdus dans l'immensité bleue au-dessus de nous, un léger sourire erre sur ses lèvres rouges comme des boutons de roses, gonflées de nos ébats. Elle semble apaisée, et putain, ce qu'elle est belle… Ses joues sont également toutes rouges, sa poitrine monte et descend au rythme de son souffle saccadé, son ventre se creuse et son corps… ses courbes, ses longues jambes fuselées… Ma femme est une putain de bombe ! Et je ne me lasserai jamais de la regarder.

Elle tourne la tête, me sourit.

Mon cœur fait un bond dans ma poitrine, ce cœur qui, aujourd'hui, ne bat que pour elle. Et ça me rend heureux, moi aussi.

Très heureux.

– Alors, heureuse ? demandé-je, avec un sourire en coin.

Je suis conscient que mon petit air suffisant va l'agacer, mais c'est fait pour ; j'adore l'agacer et la faire sortir de ses gonds.

Elle tourne la tête vers moi, fronce les sourcils.

– T'es incroyable !

Ce qui signifie très certainement « suffisant », ou « arrogant », mais je m'en tape !

Je lui fais mon plus beau sourire.

– Ouais, je sais, je suis un dieu du sexe, ne me remercie pas, bébé !

Elle éclate de rire, roule sur elle-même, vient se lover contre moi et embrasse ma peau avant de plonger ses iris dans les miens.

– Oui, je suis heureuse. Très ! C'était merveilleux ! Et pour toi ?

– Pour moi aussi, c'était merveilleux, chérie !

Je glisse mes doigts entre ses mèches, à la base de son crâne, lui masse le cuir chevelu. Elle ferme les yeux, accompagne ma main avec de petits mouvements de tête, et de petits soupirs.

– Mmm, tu as des mains magiques, feule-t-elle.

– Je sais…

Elle grimpe davantage sur moi, replie son bras et pose son menton dessus.

– Je suis heureuse que tu sois venu me chercher.

Je caresse sa joue.

– Quand tu es partie, j'ai cru que mon cœur allait lâcher. J'avais mal dans tout le corps, et je… j'avais même du mal à respirer. Il fallait que je tente quelque chose.

Je garde sous silence que j'avais dans l'idée de m'enivrer, avant de prendre la décision d'aller la trouver, de lui déclarer ma flamme et de l'empêcher de me quitter.

– Je t'aime, ajouté-je, la gorge serrée, les yeux humides. Je t'aime tellement…

Elle pose sa main sur ma joue, cherchant certainement à apaiser la peine qu'elle décèle dans mon regard. La frousse aussi. Ouais, j'ai peur de la perdre, mais je ferai en sorte qu'elle ne veuille jamais me quitter. Je serai le meilleur des maris et lui prouverai chaque jour mon amour pour elle.

– Moi aussi, je t'aime, Jack.

Elle se hisse sur moi, et je referme mes bras autour d'elle. Je ne veux pas forcément refaire l'amour, même si mon corps quémande un second round. Je veux juste la tenir serrée contre moi, de cette façon, la contempler, l'embrasser, me gorger de sa présence, de sa chaleur, mais oui, aussi… ma queue se tend, j'ai envie d'elle.

J'écarquille les yeux, entrouvre les lèvres et respire plus fort lorsque sa vulve trempée vient se frotter contre ma queue, enflammant mon bas-ventre. Je glisse mes mains sur ses hanches, la soulève légèrement. Tout mon corps se tend et mon souffle s'altère lorsque mon sexe entre dans le sien et qu'ensuite, elle me chevauche et me fait l'amour. Je rends les armes et nous jouissons à l'unisson. Une seconde fois. Ensemble. En une communion magnifique. Un pur moment d'harmonie parfaite.

C'est ça, la magie de l'amour.

Qui naît d'un désir, certes physique, mais quand on s'aime, cela va bien au-delà.

Quand on s'aime, l'acte d'amour devient une évidence, une fusion des corps, des cœurs et des âmes, un instant de paradis arraché à cette chienne de vie qui nous malmène. Le cadeau fait aux humains.

Le plus beau des cadeaux…

ÉPILOGUE

Jack
Un an plus tard

Je glisse mes bras autour du corps de ma femme, la serre contre moi et contemple avec elle son œuvre. *Notre œuvre.* Notre première création ensemble : sa boutique de vêtements en laine de mouton mérinos, bio et équitable ! Après en avoir longuement discuté, avoir pesé le pour et le contre, nous avons pris, ensemble, la décision de la construire ici, sur Wallaroo, comme je le lui avais suggéré. Proche de mon bureau, pour… pour travailler côte à côte et nous voir à chaque instant. Et j'en suis heureux. Il était hors de question qu'elle parte en ville.

Pfff, n'importe quoi !

Elle est mieux ici !

Et… non, plus sérieusement, elle gagne en visibilité en implantant sa boutique là où transitent nos plus gros clients venus du monde entier. Nous avons donc déplacé le hangar – reconstruit plus loin, embelli et modernisé – et fait construire un chalet.

Un vrai bijou.

Que Chloé a décoré avec goût pour l'occasion !

Dehors, et dedans.

Les jolies étagères aux montants travaillés accueillent les vêtements, pour l'essentiel créés par elle. Des articles de luxe ! Pour les enfants, les hommes et les femmes ; imprimés ou non. Des modèles uniques. Les teintures sont végétales, respectueuses de l'environnement, et toute la filière est écologique. Et locale. Les vêtements sont fabriqués à Tūrangi, où nous avons monté une usine. Et ça tourne !

Je ne pensais pas que son business marcherait aussi bien, mais c'est le cas, et je suis bluffé. En plus d'être admiratif. La boutique attire du monde, fait connaître notre élevage de qualité supérieure, qui lui-même attire les clients, qui ensuite s'intéressent à la boutique…

Alors certes, il y a beaucoup de passage, mais nous avons l'espace !

Aujourd'hui est un grand jour. Aujourd'hui, nous fêtons l'ouverture officielle de la boutique, ainsi que notre véritable anniversaire de mariage, et pour l'occasion, nous attendons des visiteurs.

Des visiteurs un peu spéciaux.

Les collations et les rafraîchissements sont prêts et Belinda doit déjà être sur les dents.

Je serre davantage ma femme contre moi, dépose un baiser dans son cou.

– Alors ? Heureuse ?

Cette petite phrase a le don de l'énerver, mais je ne m'en lasse pas.

Je ne m'en lasserai jamais.

J'aime la faire bouillir de colère, elle n'en est que plus… bandante.

Elle se retourne, m'enlace.

– Toujours, lorsque je suis dans tes bras, mon amour. Et toi ?

Elle s'inquiète sans arrêt de savoir si, moi, je vais bien, si je suis heureux, moi aussi, comblé. Si j'aime la titiller et la mettre en colère, j'aime encore plus sa générosité et qu'elle prenne soin de moi.

Mon visage s'éclaire.

– Moi aussi, mon amour, j'ai tout ce qu'il me faut, toi, et Wallaroo.

Oh, oui, je suis heureux. Chaque jour davantage. J'ai tout ce que j'ai toujours voulu : mon élevage, ainsi qu'une merveilleuse femme avec qui partager mon existence, mes jours et mes nuits. Ce dernier vœu ne m'étant tombé dessus que récemment, lorsque Chloé est entrée dans ma vie. Je ne pensais pas vouloir me lier à une femme et me marier, mais aujourd'hui, je ne changerais rien. Pour rien au monde.

– Merci pour tout ça, ajoute-t-elle, je ne serais jamais allée au bout de ce rêve sans toi.

– Mais si, tu l'aurais fait, la rassuré-je. Tu es douée, et tu as le sens des affaires. Comme ton père !

J'envoie un baiser vers le ciel.

Je ne le remercierai jamais assez de m'avoir envoyé sa fille ! Il nous a fait nous rencontrer, peut-être qu'il avait tout prévu, je l'ignore. Il me parlait si souvent d'elle qu'il avait peut-être une idée derrière la tête, celle d'éveiller mon intérêt, de m'intriguer… Bref, c'est grâce à lui que nous sommes là, il nous a réunis, et j'aime l'idée que, où qu'il soit, il veille sur nous, ainsi que sur notre bonheur.

Nous nous embrassons voluptueusement, passionnément, nous enflammant à mesure que nos corps s'échauffent. Sans quitter ses lèvres, je la prends sous les fesses, vais la plaquer contre le mur. J'ai envie d'elle. Ce sera brutal, violent, bestial, comme on aime ; nos ébats ressemblent toujours à des combats, pour notre plus grand plaisir. Je la maintiens d'un bras, ouvre mon jean, libère mon sexe bandé, tandis qu'elle remonte sa robe. J'écarte sa lingerie et m'enfonce en elle jusqu'à la garde en grondant. Elle est si douce, si chaude, si serrée, et toujours prête pour moi. Un vrai bonheur. Un délice. Je la pilonne, la faisant gémir de plaisir, et mêle mes gémissements aux siens en la pénétrant loin, fort, jusqu'à nous faire chavirer dans la jouissance.

Ensemble.

Aujourd'hui, ma femme n'a plus aucun problème avec l'orgasme, qu'elle atteint même parfois avant moi, et putain, dans ces moments-là, mon cœur se gonfle de fierté. Et d'amour.

Oui, j'aime ma femme, et je le lui prouve tous les jours.

Même plusieurs fois par jour !

Je l'embrasse éperdument, intensément, avec passion, je l'embrasse comme je l'aime, avec tout mon cœur.

Je stoppe mes baisers en la sentant se raidir.

– Les voilà !

Merde...

Je la laisse m'échapper, me rhabille tout en la regardant repositionner sa culotte et lisser sa robe.

– Je suis présentable ? demande-t-elle, inquiète, levant les yeux vers moi.

Je m'approche, l'enlace, la colle contre moi et soude mes lèvres aux siennes brutalement, avant de la relâcher.

– Parfaite !

Elle glousse, me gratifie d'un bref baiser et s'élance vers l'extérieur. Je la vois battre des mains tandis qu'un taxi se gare. Et quand trois personnes s'en extraient, Tristan et les jumelles, ses amis français que j'ai appris à connaître par visio, j'ai presque envie de me boucher les oreilles tant leurs cris de joie les agressent. Mais je ne peux me priver du plaisir de la contempler du pas de la porte de la boutique, le sourire aux lèvres, avant d'aller les rejoindre.

Chloé enlace ses doigts aux miens.

Elle rayonne.

– Mon amour, je te présente Tristan, Maéva et Ambre, ajoute-t-elle, me désignant chacun d'eux de la main. Les gars, voici Jack. *Mon* Jack !

Je serre la main de Tristan, puis celles des filles. En Nouvelle-Zélande, à la différence de la France, on ne s'embrasse pas pour se dire bonjour, encore moins lorsqu'il s'agit d'inconnus.

Chloé passe son bras autour de ma taille, pose sa tête sur mon épaule.

Ça non plus, ça ne se fait pas. Nous sommes un peuple pudique avec les sentiments, les couples ne se tiennent pas la main dans la rue, mais les mœurs sont en train de changer et il y a de plus en plus de personnes qui le font. En tout cas, pour ma part, je ne me priverai pas de ces petites démonstrations d'amour maintenant que j'y ai goûté. Pour rien au monde.

– Oh, vous voulez que je vous montre le baiser maori ? s'écrie Chloé, avec son engouement habituel.

– Ouais, bébé, bien sûr, vas-y ! clame Tristan à son tour en tendant les lèvres.

Elle s'esclaffe.

– T'es bête ! C'est pas comme ça !

Elle avance vers lui, approche son visage du sien, pose son nez et son front sur ceux de son ami. Par deux fois.

– Voilà ! C'est le *hongi* !

– Oh, c'est chou ! À moi ! s'écrie Maéva.

À moins que ce soit Ambre.

Je suis encore incapable de les reconnaître.

S'ensuit une séance d'embrassades que je contemple de la même manière, le sourire aux lèvres.

– Et ce soir, enchaîne Chloé, vous aurez droit à un haka d'accueil. Hein, chéri ? Vous verrez, c'est impressionnant.

Ce truc me file toujours la chair de poule !

Et pas que… il lui donne aussi envie de me sauter dessus !

Ce que je garde pour moi !

J'acquiesce d'un hochement de tête.

– Tout ce que tu voudras, duchesse !

Son petit surnom, que je lui donne de temps à autre, fait pouffer ses copines.

Je propose des rafraîchissements et, après nous être sustentés, nous passons le reste de la journée à visiter la boutique, les plaines, la bergerie pour ensuite finir autour d'un barbecue, avec tous les autres membres de Wallaroo.

Je porte une bière à ma femme, occupée à discuter avec ses amis.

Elle s'en empare, la choque contre la mienne, plonge ses yeux pétillants dans les miens.

– À nous, mon amour !

– À nous !

Elle glisse sa main derrière ma nuque, m'embrasse goulûment.

– Ça devrait être interdit en public, un truc pareil ! s'esclaffe Tristan.

– Sérieux, prenez une chambre ! renchérit l'une des jumelles.

Chloé quitte mes lèvres, leur tire la langue.

– Les écoute pas, chéri ! Ils sont jaloux !

– T'as raison, laissons-les jaser ! ajouté-je, en la pressant contre moi, les mains sur ses fesses.

Un bruit de bagnole me fait détourner les yeux.

– J'ai invité ton père !

Je reste con.

– Pourquoi ?

Elle saisit ma main.

– Parce que je veux qu'il fasse partie de nos vies, Jack. Et il a sauvé la mienne en m'évitant de passer sous cette voiture. C'est un peu grâce à lui si nous en sommes là. En tout cas, il y a joué un rôle. Je n'aurais pas pris la décision de te quitter, et tu ne serais pas venu me chercher à l'aéroport. Il t'a poussé dans tes retranchements, toi aussi, ajoute-t-elle avec une adorable petite moue. Fais ça pour moi, mon amour, fais la paix avec ton père.

Le lendemain du premier jour de ma nouvelle vie avec ma femme, je suis allé le trouver et j'ai réglé mes comptes. J'ignorais que Chloé en avait fait autant.

– C'est bon, j'ai compris, grondé-je.

– Tu vas faire un effort ?

– Je vais essayer ! soufflé-je avant de reporter mon regard sur mon père.

Je retiens un geste d'humeur lorsque je le vois embrasser ma femme sur les joues, puis me tendre la main.

– T'es mourant ? attaqué-je. Tu vas crever et tu viens te faire pardonner !

Je lui en veux toujours.

Je crois que je lui en voudrai toute ma vie. Ou qu'en tout cas, il me faudra du temps pour lui pardonner.

– Jack… me sermonne gentiment Chloé.

– Laissez, Chloé, ce n'est rien. Entre Jack et moi, ça restera compliqué.

La faute à qui, connard ?!

– Merci encore pour l'invitation, ajoute-t-il. Je ne vais pas pouvoir rester, je suis attendu ailleurs.

C'est ça, casse-toi !

Chloé m'adresse des regards suppliants, que je fais semblant de ne pas voir.

– OK, ben, salut !

Après un signe de tête, il s'éloigne.

– Jack…

Je reporte mon attention sur Chloé.

– Quoi ?

Elle passe les bras autour de ma taille, se presse contre moi.

Je ne résiste pas à ses iris gorgés d'amour. Et de bienveillance. Ni à ses lèvres, que j'embrasse.

– Fais un effort. Il serait peut-être temps de faire la paix, non ?

– Oui, un jour, peut-être, mais…

J'observe mon père, note son pas pesant. Il vieillit, c'est indéniable. Et un jour, lui non plus ne sera plus là.

– Il faut savoir pardonner, me dit encore Chloé. Ça fait du bien, nous libère de nos chaînes. Moi, je donnerais tout pour avoir encore mes parents, pour leur dire que je les aime. Je ne voudrais pas que tu regrettes de ne pas avoir fait la paix avec lui lorsqu'il ne sera plus là. Je ne te demande pas de passer toutes tes journées avec lui, juste de faire la paix. Promets-moi d'y réfléchir…

Je me retourne, embrasse le bout de son nez.

– Un jour, chérie, lui promets-je. Un jour, je ferai la paix avec lui, mais pas maintenant.

– OK ! Alors, danse pour moi !

– Ça, je veux bien !

Je passe un bras autour de sa taille, l'entraîne vers les autres autour du feu, lui colle un baiser sur les lèvres.

– Bouge pas !

Je vais rejoindre Liam, lui pose la main sur l'épaule, tout en regardant mon père remonter le chemin au volant de sa voiture et sortir de Wallaroo. Seul. Et je crois que ça me fait de la peine. Peut-être qu'il est temps, effectivement, de tirer un trait et d'oublier le passé.

– T'as besoin de moi ? demande Liam.

– Toujours, mon ami !

– Je suis ton homme !

Alors… je me place face à Chloé, que ses amis sont venus rejoindre. J'écarte les jambes, les fléchis et remonte mes manches de chemise. Je tire la langue, roule des yeux, monte les mains en les agitant et… plongeant mes iris dans ceux de ma femme, je pousse mon cri de guerrier.

Je la revendique, lui démontre mon amour, danse pour elle.

Rien que pour elle.

***

Chloé

Le puissant cri de Jack résonne dans mes entrailles. Ma peau se couvre de frissons, mon sexe frémit. Sa voix, son attitude, même ses grimaces, me donnent atrocement envie de lui, d'arracher mes vêtements, tous mes vêtements, de me coucher dans l'herbe et de le laisser me posséder sauvagement. C'est primaire, instinctif, irrationnel, mais c'est ce que je ressens.

Et c'est l'effet Jack !

Bien que, si j'en crois les mines effarées de mes potes, je ne sois pas la seule : Maéva bouffe Liam des yeux, Ambre, Doug, et Tristan semble subjugué par le nouveau woofer venu tout récemment d'Écosse qui, lui, ne pratique pas le haka, mais paraît très intéressé par mon meilleur ami. Je regarde, le sourire aux lèvres, les liens se tisser, les couples se former, l'énergie d'amour nous rassembler.

Je reporte les yeux sur mon époux, l'homme de ma vie. Nos iris s'accrochent.

Bon sang, comme je l'aime…

Je ne pensais pas qu'il soit humainement possible d'aimer autant, mais chaque jour, je l'aime un peu plus. Et chaque jour, il me comble.

Aussi, lorsqu'il termine son haka, face à moi, tout transpirant et excité, je franchis la distance qui nous sépare, me pends à son cou et m'empare de ses lèvres, ma façon à moi de le revendiquer et de démontrer à tous qu'il est mien.

Et que je suis sienne.

Pour toujours et à jamais.

Quand Jack referme ses bras sur moi et répond à mon baiser, je sais, sans le moindre doute, qu'il est l'homme que j'attendais. L'homme qui fait battre mon cœur. J'ai trouvé mon âme sœur et jamais, plus jamais, je ne me sentirai seule, car il sera toujours à mes côtés.

Pour l'éternité.

Et même au-delà…

Autrice : Ana Scott

Edisource – Éditions Addictives
100, rue Petit, 75019 Paris
Imprimé par FINIDR – Lipova cp. 1965 – 73 701 Cesky Tesin,
République tchèque
Dépôt légal : mars 2023 – Achevé d'imprimer : janvier 2023
ISBN : 978-2-37126-549-3
Réf. contrat : ZZEL_001